In the Air Tonight – Im Dunkel der Nacht

Marie Force

Über das Buch

Ich war dort. Ich habe gesehen, was du getan hast.

Eigentlich hätte ich gar nicht auf der Party sein sollen, aber meine Freundin hat mich überredet, sie zu begleiten, um ihrem Freund nachzuspionieren. Doch dann werden wir in unserem Versteck Zeugen eines schrecklichen Verbrechens … und begehen einen schlimmen Fehler.

Wir leben in einer Kleinstadt. Jeder kennt jeden, und alle halten zusammen. Man drängt mich, zu schweigen, obwohl sich alles in mir dagegen auflehnt. Ich hatte immer gedacht, dass ich in jeder Situation das Richtige tun würde. Doch da hab ich mich geirrt, wie bei so vielem anderen auch.

Das alles belastet mich sehr, und daran hat auch der Umzug in die große Stadt, weit weg von zu Hause und meinem vertrauten Leben, nichts geändert.

Als ich vierzehn Jahre später erfahre, dass der Mann, der dieses unsägliche Verbrechen begangen hat, für den Kongress kandidieren will, kann ich nicht länger schweigen. Ich kehre nach Hause zurück, ohne zu ahnen, was ich damit auslöse – und in welche Gefahr ich mich begebe.

Inmitten der sich überschlagenden Ereignisse gibt mir eine neue

Liebe die Kraft, stark zu bleiben, um mein Leben zu kämpfen und ein schreckliches Unrecht wiedergutzumachen.

Triggerwarnung: In der folgenden Geschichte werden sexualisierte Gewalthandlungen und deren Folgen für die Betroffenen geschildert, die für Leser belastend und retraumatisierend sein können.

Impressum

Originaltitel: In the Air Tonight © 2024 HTJB, Inc.

Copyright für die deutsche Übersetzung: © 2024 Ivonne Senn

Lektorat: Ute-Christine Geiler, Birte Lilienthal, Agentur Libelli GmbH

ISBN 978-1958035887

Deutsche Erstausgabe

Cover: Hang Le

Buchdesign und Satz: E-book Formatting Fairies

KAPITEL 1

Blaise
Heute

Ich komme spät von der Arbeit nach Hause, erschöpft von einem weiteren langen Tag, an dem Wendall, mein Vollidiot von einem Boss, mich mit so vielen Aufgaben bombardiert hat, dass sie selbst in einem Monat unmöglich zu schaffen wären, geschweige denn an einem einzigen Tag. Aber das erwartet er – alles muss immer *sofort* geschehen. Vor sechs Monaten habe ich aufgehört, nach Feierabend Anrufe von ihm entgegenzunehmen, weil ich nicht dafür bezahlt werde, ihm mehr als acht Stunden am Tag zur Verfügung zu stehen. Also kriegt er auch nicht mehr.

Das hat ihm nicht gefallen.

Fragt mich, ob mich das interessiert. Wir haben einen Punkt erreicht, an dem er mich wesentlich dringender braucht als ich ihn, was ihm selbst auch durchaus bewusst ist.

Meine Freunde in der Stadt waren grün vor Neid, als ich die Stelle als persönliche Assistentin eines der gefragtesten Stars am Broadway ergattert hatte. Sie wissen nicht, dass er der reinste Albtraum ist. Das weiß niemand außer mir und den Leuten, mit denen er in *Gray Matter* auftritt, der kommerziell erfolgreichsten Show dieses Jahr. Und je erfolgreicher die Show wird, desto schlimmer führt er sich auf.

Ich gebe ihm noch sechs Monate, dann suche ich mir was anderes. Das Leben ist zu kurz, um für jemanden zu arbeiten, den man nicht ausstehen kann.

Kaum habe ich meine Wohnung betreten, klingelt mein Handy. Es ist meine Mutter. Eigentlich will ich nicht mit ihr reden, weil ich so schlechte Laune habe, doch sie macht sich Sorgen, wenn sie mich nicht erreicht, also gehe ich ran.

»Hey, Mom.« Nachdem ich meine Turnschuhe ausgezogen habe, lasse ich meine Tasche aufs Sofa fallen. Sie enthält meinen Laptop und die High Heels, die ich im Theater trage, wo ich meine Tage verbringe.

»Ich bin so froh, dass ich dich an der Strippe hab, Süße. Ich habe es gestern schon versucht, bin aber nur auf deiner Mailbox gelandet.«

Ich habe ihr – viele Male – gesagt, dass ich meine Mailbox nicht abhöre und sie mir eine Textnachricht schicken soll, wenn sie mit mir sprechen will, doch das mit den Textnachrichten ist für sie immer noch ein Buch mit sieben Siegeln. Meine Geschwister und ich haben versucht, es ihr beizubringen. Sie meint, sie hätte in dem Punkt eine mentale Blockade. Ich denke, sie will es einfach nicht lernen. »Was ist los?«

»Teagan ist schon wieder schwanger.«

Ich bin geschockt. Meine Schwester hat bereits vier Kinder unter sieben Jahren. »Wow. Vier waren nicht genug?«

»Offenbar nicht. Sie ist furchtbar glücklich. Das habe ich an ihrer Stimme gehört, als sie mich angerufen hat, um mir die Neuigkeiten mitzuteilen. Doug hat einen tollen neuen Job, der es ihr erlaubt, mit den Kindern zu Hause zu bleiben. Sie ist total happy, nicht mehr arbeiten zu müssen.«

»Das ist schön. Es wäre sonst auch ganz schön viel.«

»Es war definitiv *zu* viel, und die Kosten für die Kinderbetreuung haben ohnehin den Großteil ihres Gehalts verschlungen.«

»Ich schick ihr eine Nachricht.«

»Ich weiß, dass sie sich freuen wird, wenn du dich bei ihr meldest.«

Ich merke natürlich, dass meine Mutter traurig ist. Wie könnte ich auch nicht? Das ist sie seit dem Tag, an dem ich meiner Heimatstadt den Rücken gekehrt habe, ohne je einen Blick zurückzuwerfen. Meine Familie hat mich im Laufe der Jahre immer wieder gefragt, warum ich nie zu Besuch komme, nicht mal über Feiertage, die ich früher geliebt habe. Eine befriedigende Antwort darauf bin ich immer schuldig geblieben. So, wie es ist, funktioniert es für mich. Mich von ihnen fernzuhalten, von den Erinnerungen, hat es mir ermöglicht, mein Leben zu führen, ohne von Schuldgefühlen aufgefressen zu werden.

Seitdem ich vor dreizehn Jahren ausgezogen bin, um aufs College zu gehen, war ich nur ein einziges Mal zu Hause – nach dem überraschenden Tod meines Vaters.

Mir ist sehr bewusst: Wenn ich für längere Zeit zurückkehre, wird mein sorgsam konstruiertes Kartenhaus in sich zusammenfallen.

Meine Mutter plaudert über Leute, an die ich mich kaum erinnere, Kids, mit denen ich aufgewachsen bin und die nun selbst Kinder haben, über die Enkel ihrer Freundinnen und anderen Klatsch.

»War Ryder Elliott eigentlich in deinem Jahrgang oder in dem von Arlo?«

Bei der Erwähnung dieses Namens tut sich der Boden unter meinen Füßen auf.

Ryder Elliott.

»Blaise? Hallo? Bist du noch da?«

Ich schlucke schwer. »Ja. Was hast du gesagt?«

»War Ryder in deinem Jahrgang oder dem von Arlo?«

Mein Mund ist wie ausgetrocknet, und ich bin wieder zurück im Wald, an dem Abend, der alles verändert hat. Der rauchige Geruch eines Lagerfeuers ist für mich genauso untrennbar damit verbunden wie der Steve-Miller-Song »Jet Airliner«.

»Ich, äh … In meinem«, bringe ich irgendwie heraus.

»Er kandidiert für den Kongress. Ist es zu fassen, dass jemand, mit dem du in der Schule warst, jetzt so was tut?«

Ein Dröhnen steigt in mir auf, das so laut ist, dass es jeden Gedanken in meinem Kopf übertönt. »Nein.«

»Was? Hast du was gesagt, Liebes?«

Ich schreie innerlich. *Nein, nein, nein, nein.* Er kann nicht für den Kongress kandidieren. Das geht nicht. Das darf nicht sein. Etwas an den Worten »Er kandidiert für den Kongress« stößt mich über den Rand der Klippe, auf der ich seit vierzehn Jahren stehe. Ich kann so nicht weitermachen.

Ich erinnere mich an jedes Detail jenes Abends, als wäre es vor fünf Minuten passiert. Im Gegensatz zu anderem, was im Laufe der Zeit verblasst sind, ist alles noch genauso lebendig wie damals.

»Mom?«

»Du hörst dich auf einmal so merkwürdig an, Blaise. Was ist los?«

»Ich komme nach Hause.«

Blaise
Damals

Meine Mom hat Hackbraten gekocht, was eins der fünf Gerichte ist, die wir alle essen. Da sie es leid war, sich jeden Abend das Gemaule von vier Kindern anzuhören, wechselt sie die Gerichte ab, und Hackbraten ist normalerweise mein Favorit. Aber heute kriege ich kaum einen Bissen runter, weil ich so nervös bin. Während meine Eltern, meine Schwestern und mein Bruder sich angeregt unterhalten, kämpfe ich gegen die Übelkeit, die meine Nervosität mit sich bringt.

In einem Monat werde ich siebzehn, und ich stehe kurz davor, am ersten Abend der Sommerferien etwas zu tun, was ich noch nie zuvor getan habe – mich meinen Eltern zu widersetzen. Sicher, hier und da habe ich ihnen kleinere Lügen aufgetischt, habe ein paar Bier getrunken und ab und zu Pot geraucht. Doch ich habe nie das Auto genommen, um irgendwohin zu fahren, nachdem sie es mir strikt untersagt hatten.

Mein Handy vibriert wegen einer Nachricht von Sienna Lawton, meiner besten Freundin. *Steht unser Plan noch?*

Wir dürfen beim Essen nicht chatten, also halte ich das Handy auf dem Schoß, während ich mit einem *Ja!* antworte.

Gleich wird mir schlecht.

»Was ist los, Blaise?«, fragt Mom. »Warum isst du nicht? Das ist dein Leibgericht.«

»Ich hab auf dem Rückweg vom Strand gegessen. Kann ich den Rest für später aufheben?«

»Natürlich, Liebes. Kein Problem.«

»Es schmeckt köstlich, Mom. Vielen Dank.«

Sie lächelt mich an. »Gern geschehen.«

Ich bin ein braves Kind. Ich lerne fleißig für die Schule, habe ausgezeichnete Noten und tue generell das, was man mir sagt – im Gegensatz zu meiner Schwester Teagan, die drei Jahre älter ist als ich und meinen Eltern nur Probleme bereitet. Ich fliege unterhalb des Radars, und das gefällt mir. Ich wollte nie die Art Aufmerksamkeit, die Teagan von ihnen fordert und zu der viel Geschrei, Türenknallen und jede Menge Streit gehören.

Mein Bruder Arlo ist ein Jahr älter als ich und mein Held. Er schafft es irgendwie, alles zu tun, was zum Teufel er will, und damit durchzukommen. Meine Eltern glauben, dass er der perfekte Sohn ist. Ich weiß allerdings, wo seine Leichen vergraben sind. Und ich werde diese Information mit ins Grab nehmen. Er und ich kümmern uns umeinander. Wir reden zwar nie darüber, aber wir halten einander den Rücken frei.

Meine kleine Schwester Juniper – auch June oder Junie genannt – plappert nonstop, was mich normalerweise nervt. Heute bin ich jedoch dankbar für die Ablenkung, die sie damit liefert.

Ich werde nachher mit dem Auto zu einer Party auf der anderen Flussseite fahren, in Land's End, was meine Eltern mir definitiv niemals erlauben würden. Sie meinen, die lange, gewundene Straße, die da rausführt, wäre für Teenager viel zu gefährlich. Außerdem ist es in Hope, der Stadt, in der wir wohnen, bekannt, dass einige der Kids von dort, die mit dem Bus zu unserer Schule gefahren werden, weil es bei ihnen keine gibt, gerne feiern.

Meine Eltern würden durchdrehen, wenn sie wüssten, was ich vorhabe.

Sie tracken mein Handy nicht, weil ich ihnen bisher keinen Anlass dazu gegeben habe, wohingegen sie extra für die neueste Technologie bezahlen, die es ihnen erlaubt, Teagans Aufenthaltsort zu sehen. Sie nennt mich die »mustergültige Tochter«, was aus dem Mund der Hauptaufrührerin der Merrick-Familie kein Kompliment ist.

Nur weil ich nicht ständig in Schwierigkeiten gerate, bedeutet das allerdings nicht, dass ich nicht weiß, wie man Spaß hat. Okay, ich gehöre nicht zu den superbeliebten Mädchen, wie Teagan auf der Highschool eins gewesen ist, aber damit kann ich leben. Ich habe mehrere gute Freunde, auch wenn keiner von uns zu den »coolen Kids« zählt.

Dank ihres Freunds Camden Elliott hat Sienna einen Fuß in beiden Welten. Er und sein älterer Bruder Ryder sind die beliebtesten Jungs an unserer Schule. Ryder ist länger im Kindergarten geblieben und ist deshalb ebenfalls in unserem Jahrgang. Sie sind die Co-Captains des Footballteams und die Stars in Baseball (Camden) und Leichtathletik (Ryder).

Außerdem sind sie Arlos beste Freunde. Man sollte meinen, dass es einem Punkte bringt, einen Bruder zu haben, der mit den beiden erfolgreichsten Sportlern der Schule befreundet ist, doch da würde man sich irren.

Sienna und Cam sind schon so lange ein Paar, wie ich zurückdenken kann. Ich habe praktisch keine Erinnerungen an sie ohne ihn. Aber in letzter Zeit läuft es irgendwie komisch zwischen ihnen, weshalb wir ihm auch auf einer Party nachspionieren wollen, zu der wir gar nicht eingeladen sind. Cam hat so getan, als wüsste er gar nichts von der Party, was Siennas Misstrauen geweckt hat. Da sie heute Abend nicht das Auto ihrer Eltern haben konnte, wurde dieses Misstrauen zu meinem Problem.

Oben in meinem Zimmer schlüpfe ich in eine abgeschnittene Jeans und ein Trägertop. Für den unwahrscheinlichen Fall, dass es uns gelingen sollte, uns unbemerkt unter die Gäste zu mischen, schminke ich mich, wobei ich mich auf meine blauen Augen konzentriere, die angeblich zu meinen Vorzügen zählen. Ich bürste meine rotbraunen Haare, die ich geglättet habe. Ich würde sie mir zu gerne färben, doch das erlaubt meine Mutter nicht. Es ist kein Spaß, rötliche Haare zu haben, wenn man Blaise heißt. Ich hatte schon alle Spitznamen von »Feuerameise« bis »Feuerball«. Am meisten hasse ich es, wenn die Jungs mich »Ablaze« nennen. Das ist der schlimmste Name von allen.

Zum krönenden Abschluss lege ich etwas von dem teuren Parfüm auf, das mir meine Großmutter zu Weihnachten geschenkt hat. Ich hatte noch nie von dem Duft gehört, aber Gran meinte, es sei besser, nicht so zu riechen wie alle andcren.

Ich bin fertig, doch mir ist weiter übel. Ich klopfe an die Tür von Teagan, die nur zu Hause ist, weil sie mal wieder Stubenarrest hat.

»Was?« Sie ist zwanzig und hat ihr zweites Jahr am Community College gerade so geschafft. Sie muss noch ein weiteres Semester dranhängen, um ihren Abschluss zu machen. Letzte Woche ist sie in einer Bar in Newport erwischt worden, obwohl sie minderjährig ist. Meine Eltern sind durchgedreht und haben verlangt, dass sie ihnen ihren gefälschten Ausweis aushändigt. So wie ich Teagan kenne, hat sie mindestens zwei weitere in ihrem Zimmer versteckt.

»Hast du Magentabletten?«

Sie pfeffert die Packung in meine Richtung, wobei die nur knapp meinen Kopf verfehlt. Ich fange sie auf, nehme mir zwei Tabletten und lege die Schachtel auf den Schreibtisch, auf dem sich Klamotten und anderer Kram türmen. In all den Jahren, seitdem Mom Schreibtische für uns gekauft hat, hat er noch nie ein Schulbuch gesehen.

»Danke.«

Sie murmelt irgendeine Antwort, blickt aber nicht von ihrem Handy hoch, das sie sich nach dem letzten Streit mit unseren Eltern zurückverdient hat, indem sie Aufgaben im Haushalt übernommen hat.

Auf gewisse Weise bin ich ihr dankbar. Sie lenkt die Aufmerksamkeit von mir ab.

Im Flur laufe ich Arlo über den Weg. Seine hellbraunen Haare sind feucht vom Duschen, und er mustert mich mit seinen blauen Augen von Kopf bis Fuß. »Was ist mit dir los?«

»Nichts. Wieso?«

»Du hast dich schick gemacht.« Er beugt sich vor und schnüffelt. »Parfüm und Make-up. Wo willst du hin?«

»Nirgendwo.« Wenn jemand meine Lügen durchschaut, dann er, was irgendwie tröstlich und nervtötend zugleich ist.

»Ich sehe dich heute Abend besser nicht in der Nähe von Land's End, verstanden?«

»Warum sollte ich da hinwollen?«

Er wirft mir einen vernichtenden Blick zu, wie ihn große Brüder seit Anbeginn der Zeiten speziell für ihre jüngeren Schwestern reservieren. »Halte dich fern.«

»Ich habe Besseres zu tun, als zu einer deiner blöden Partys zu gehen.«

»Erzähl Mom und Dad nichts davon, sonst bring ich dich um.«

Ich verdrehe die Augen. Als würde ich ihnen verraten, dass Houston Raffertys Eltern nicht da sind und er eine Party mit Alkohol schmeißt. Wobei das schon seit Tagen Stadtgespräch ist. Ich bin überrascht, dass meine Eltern bisher nichts davon mitbekommen haben.

Als ich wieder unten bin, fühle ich mich dank der Magentabletten besser.

Mein Vater spült das Geschirr. Meine Mutter kocht, er räumt hinterher auf. Sie verstehen sich super und geraten sich nur über Teagan in die Haare. Mom ist zu nachgiebig, was meinen Dad furchtbar auf die Palme bringt, der, wie er immer betont, lediglich versucht, Teagan davor zu bewahren, im Gefängnis zu landen. Mom meint, er würde übertreiben, doch ich neige dazu, ihm zuzustimmen. Er ist vermutlich der einzige Grund, warum sie nie in ernsthafte Schwierigkeiten geraten ist.

Dad schaut zu mir und lächelt. »Willst du los?« Er mustert mein Outfit. Obwohl er die bauchfreien Tops, die alle Mädels gerade tragen, furchtbar findet, macht er zum Glück kein Drama daraus.

Ich schlucke den Kloß in meiner Kehle hinunter. »Jap.«

»Und ihr wollt ins Kino und danach vielleicht noch in die Stadt, richtig?«

»Ja.« Die Lüge verstärkt meine Übelkeit.

»Du bist um Mitternacht zu Hause?«

»Ich versuch's. Sollte ich mich verspäten, schick ich dir eine Nachricht.«

Er reicht mir den Schlüssel für seinen Toyota-SUV und gibt mir einen Kuss auf die Wange.

»Danke, dass du so vernünftig bist. Das weiß ich sehr zu schätzen.«

Ich stehe so kurz davor, mit der Wahrheit herauszuplatzen. Aber er würde mich niemals nach Land's End fahren lassen, und Sienna zählt auf mich.

Wie oft werde ich mir wünschen, ich hätte ihm meine Pläne für jenen Abend verraten?

Jeden Tag für den Rest meines Lebens.

Kapitel 2

Blaise
Damals

Sienna springt in den Wagen, bevor er überhaupt richtig zum Stehen gekommen ist, und kreischt aufgeregt, was meinen angespannten Nerven nicht gerade guttut. Ihre wilden braunen Locken sind noch feucht vom Duschen, und sie hat offenbar in *Victoria's Secret*-Bodyspray gebadet. »Ich hab echt gedacht, dass du einen Rückzieher machst.« Sie wechselt den Radiosender von B101 zu WHJY und dreht die Lautstärke auf, als »Freebird« erklingt.

»Das hätte ich auch beinahe. Ich glaub, ich muss mich übergeben.«

»Ach, das wird schon. Wir fahren da schnell hin, gucken, was Cam so treibt, und dann geht's gleich wieder zurück. Keine große Sache.«

Richtig. Keine große Sache. Es wird schließlich nicht sie sein, die Probleme kriegt, wenn wir erwischt werden. Die Leute kennen den Wagen meines Vaters, was der Grund dafür ist, dass wir eine Stunde ziellos herumfahren, bis es dunkel genug ist, um das hier wirklich durchzuziehen.

Wir nehmen die Brücke nach Monroe, der Stadt zwischen unserer und Land's End. Früher haben die Kinder aus Land's End die Highschool in Monroe besucht, aber aus irgendeinem Grund, der mir nicht ganz klar ist, sind sie jetzt bei uns gelandet. Der Schulalltag ist definitiv interessanter geworden, seitdem sie in der neunten Klasse zu uns gestoßen sind, vor allem Dallas Rafferty.

Nicht dass er von meiner Existenz auch nur etwas ahnt, doch ein Mädchen darf ja wohl träumen. Niemand weiß, dass ich ihn mag, nicht einmal Sienna, die sofort versuchen würde, mich mit ihm zu verkuppeln, weil Cam mit Dallas zusammen Football spielt und auch außerhalb der Schule mit ihm befreundet ist.

Ehrlich gesagt ist es Houston, Dallas' älterer Bruder – ihre Mutter stammt aus Texas, und die Tochter heißt Austin –, der heute die Party schmeißt. Das hat mich überrascht, denn sein Dad ist der Polizeichef von Land's End. Sienna hat erzählt, dass seine Eltern auf einer Kreuzfahrt sind, deshalb die Party.

Houston geht schon aufs College und ist volljährig, was bedeutet, es wird Bier und anderen Alkohol geben. Das wiederum wird viele Kids aus Hope anlocken, was noch ein Grund mehr ist, vorsichtig zu sein. Es ist nicht undenkbar, dass jemand den Wagen meines Vaters erkennt und mich verpetzt.

So viele meiner Freunde können tun, was immer sie wollen. Ihre Eltern fragen sie nie, was sie vorhaben, mit wem sie unterwegs sind oder wann sie wieder zu Hause sein werden. Obwohl ich glaube, dass das schon nett wäre, bin ich andererseits dankbar dafür, dass ich jemandem wichtig genug bin, dass er sich Gedanken macht, sollte ich nicht nach Hause kommen. Meine Eltern würden in dem Fall definitiv die Polizei einschalten.

Sienna kann vor Ungeduld keine Minute still sitzen. »Du fährst wie meine Oma.«

Sie wird leicht etwas überaktiv, wenn sie gestresst ist, und die Sorge, dass Cam sie anlügen könnte, treibt sie schon seit Tagen fast in den Wahnsinn.

»Warum fragst du ihn nicht einfach, ob er zu der Party geht?«

»Er soll nicht wissen, dass ich überhaupt von der Party gehört habe.«

»Warum nicht?«

»Weil er dann denkt, dass ich ihm nicht vertraue.«

Dieser Logik kann ich nicht folgen. »Äh, aber das tust du ja auch nicht …«

»Doch, tu ich wohl! Das ist nur ein kleiner Stolperstein. Das mit uns ist was Echtes. Das war es immer und wird es immer sein.«

»Na klar.« Ich sage, was sie hören will, auch wenn ich mir da in letzter Zeit nicht mehr so sicher bin. Mir sind subtile Anzeichen dafür aufgefallen, dass Cam sich von ihr zurückzieht, selbst wenn sie sich das nicht eingestehen kann.

Ich will nicht in der Nähe sein, wenn die beiden sich trennen. Ich werde mir dann einen Notfalltrip nach Sibirien oder so einfallen lassen müssen, um mich nicht mit ihr herumschlagen zu müssen. Nicht dass ich nicht für meine beste Freundin da sein will, aber sie ohne Cam ist unvorstellbar. Sie sind eine Institution, die längste Beziehung an unserer gesamten Schule, Homecoming King und Queen zwei Jahre in Folge und das Paar, das nach Meinung aller am wahrscheinlichsten heiraten wird. Sie haben sogar vor, gemeinsam in Arizona aufs College zu gehen. Ihr Leben ist eng mit seinem verflochten, genau wie seins mit ihrem.

Ich hoffe wirklich, dass wir ihn nicht dabei erwischen, wie er auf dieser Party etwas Unverzeihliches tut.

Die Straße zum Haus der Raffertys ist von Autos gesäumt.

»Wo sollen wir parken? Wenn Arlo den Wagen entdeckt, bin ich geliefert.«

»Cam hat mir mal eine Nebenstraße gezeigt. Fahr an seinem Haus vorbei. Wir können von da aus zu Fuß weiter.«

Ich folge ihren Anweisungen, bis wir einen Häuserblock weiter sind, und stelle das Auto im unbeleuchteten Bereich zwischen zwei Straßenlaternen ab. In dem Moment, in dem wir aus dem SUV steigen, höre ich schon die Party. Musik, laute Stimmen und Gelächter steigern meine Anspannung, während wir uns den Weg durch ein Wäldchen bahnen. Der Lärm wird lauter, und der Geruch von einem Lagerfeuer liegt in der Luft. Houston ist bekannt für seine epischen Lagerfeuer – zumindest hat man mir das erzählt. Ich bin noch nie zu einer seiner Partys eingeladen worden.

Sienna packt meinen Arm, um mich davon abzuhalten, weiterzugehen. »Von hier aus haben wir alles im Blick.«

Die Party ist riesig. Wenn ihr mich fragt, sind praktisch alle Kids aus Hope, Monroe und Land's End hier – außer uns.

Ich erschlage eine Mücke, die auf meinem Hals gelandet ist. »Mist, wir haben Insektenspray vergessen.«

Sienna wühlt in ihrer riesigen Tasche, die sie überall mit hinschleppt. »Ich hab welches dabei.«

Es ist kein Scherz, wenn wir sagen, dass wir alles, was wir je brauchen könnten, in ihrer Tasche finden.

Der Geruch von Rauch und Mückenspray wird mich immer an jenen Abend erinnern.

»Da ist Cam«, flüstere ich Sienna zu.

Sie beugt sich vor.

Er sieht aus wie Ryder mit hellerem Haar, ist aber nicht so muskulös. Sienna meint, das läge daran, dass er Pizza zu sehr liebt.

Mist, er unterhält sich mit Brooke, die ein Jahr über uns ist und einen Busen hat, der doppelt so groß ist wie der von Sienna. »Sie reden nur«, beruhige ich sie. »Das ist keine große Sache.«

Ich schaue kurz zu Sienna und stelle fest, dass es für sie sehr wohl eine große Sache ist. Ich wollte sie fragen, wie es zwischen ihnen läuft, wenn sie allein sind, habe mich jedoch nicht getraut. Von außen betrachtet scheint sich etwas verändert zu haben, und wenn ich das erkennen kann, kann sie es sicherlich auch.

Mein Magen schmerzt wie vorhin, während ich bete, dass Cam nichts tut, was nicht ungeschehen – oder ungesehen – gemacht werden kann. Allein die Tatsache, dass wir ihm hinterherspionieren, sollte ein Riesenwarnsignal für ihre Beziehung sein, aber das werde ich Sienna nicht sagen.

Plötzlich entdecke ich Arlo zwischen den anderen. Er hält Hof, wie er es immer tut. Alle mögen ihn. Er ist groß, dunkelhaarig, attraktiv und ganz entspannt. Ich bemühe mich wirklich, mehr wie er zu sein und weniger eine von Ängsten geplagte Anhäufung von Unsicherheiten. Doch da habe ich noch einen langen Weg vor mir, während er das Ziel schon erreicht hat. Wenn ich ihn nicht so sehr lieben würde, würde ich ihn dafür hassen.

»Was zum Teufel hat *sie* hier verloren?«, fragt Sienna.

Anfangs bin ich mir nicht sicher, wen sie meint. Und dann sehe ich sie – das neue Mädchen. Denise Sutton, die Neisy genannt wird. Die Jungs sind verrückt nach ihr. Die Mädchen hassen sie, weil sie umwerfend ist, mit großen Brüsten, langem, von der Sonne gesträhntem Haar und vollen Lippen. Sie ist im September auf unsere Schule gewechselt, zu Beginn der elften Klasse, und hat mit der Gewalt eines Tornados die soziale Hackordnung auf den Kopf gestellt. Selbst die beliebtesten Mädchen aus unserem Jahrgang können ihr nicht das Wasser reichen, und das wissen sie, weshalb sie Neisy nicht ausstehen können.

Sie behandeln sie, als wäre sie radioaktiv. Auf dem Flur machen sie einen Bogen um sie, springen von Tischen auf, wenn sie sich in der Cafeteria zu ihnen setzt, und verbreiten gemeine Gerüchte über sie, wie dass sie im letzten Herbst nach einem Footballspiel die gesamte Mannschaft gevögelt hätte oder dass jemand aus ihrer alten Schule behauptet hätte, sie habe in der neunten Klasse eine Abtreibung gehabt.

Es erstaunt und beschämt mich, dass Mädchen, die ich mein ganzes Leben lang kenne, zu so einem Verhalten in der Lage sind.

Es ist schwer zu entscheiden, was ich glauben soll. Jeden Tag ist es etwas Neues. Ich wäre nicht überrascht, wenn einige der Mädchen sich einfach Sachen ausdenken, nur um ihr eins auszuwischen. Die Jungs sind viel zu fasziniert von ihr, um sich darum zu scheren, was über sie geredet wird.

Oh, Mist. Jetzt spricht Cam mit Neisy.

Neben mir vibriert Sienna praktisch vor Wut.

Er beugt sich vor, um besser hören zu können, was Neisy sagt. Dann schallt sein Lachen so laut durch die Luft, dass es so ist, als würde er direkt neben uns stehen.

»Ich bring ihn verdammt noch mal um«, murmelt Sienna.

»Es ist nichts Schlimmes daran, mit anderen Mädchen zu reden.«

»Er weiß, was ich von ihr halte.«

Es ist mir neu, dass sie eine Meinung über Neisy hat. »Und das wäre?«

»Sie ist eine Schlampe.«

»Was? Das weißt du ja gar nicht.«

»Du kennst die Gerüchte so gut wie ich.«

»Das bedeutet noch lange nicht, dass sie stimmen.«

»Auf wessen Seite stehst du eigentlich?«

»Auf deiner«, versichere ich ihr. »Immer.« Wir sind seit der dritten Klasse beste Freundinnen. »Aber wir kennen sie nicht gut genug, um so etwas über sie sagen zu können.«

»Nach allem, was Cam erzählt, kennt das gesamte Footballteam sie.«

»Ihn eingeschlossen?«

»Das würde er niemals tun.«

Da bin ich mir nicht so sicher, doch das behalte ich lieber für mich. Seitdem sie letzten Winter endlich Sex hatten, ist Sienna noch besitzergreifender geworden, was ihn betrifft.

Minuten vergehen, in denen Cam seine Runden dreht und sich mit jedem zu unterhalten scheint. Sienna ist ganz still. Das ist nie ein gutes Zeichen.

Wir hocken hier jetzt schon ziemlich lange, und ich bekomme langsam Krämpfe in den Beinen.

»Da ist Ryder«, flüstert Sienna. »Nicht bewegen, sonst sieht er uns.«

Ich finde Ryder Elliott schon so lange heiß, wie ich weiß, was »heiß« bedeutet. Mit seinem dunklen, gewellten Haar, den atemberaubenden blauen Augen und dem muskulösen Körper ist er an unserer Schule so etwas wie ein Gott. Alle beten ihn an, und die Colleges wollen ihn für ihre Football- und Leichtathletik-Teams gewinnen. Jedes Mädchen will seine Freundin sein, aber er ist seit der neunten Klasse mit Louisa Davies zusammen. Sie gelten als das perfekte Paar in unserem Jahrgang, und allgemein geht man davon aus, dass sie gleich nach dem College heiraten werden – falls Louisa dann noch lebt.

Louisa kämpft seit ihrem vierzehnten Lebensjahr mit Morbus Hodgkin. Ryder war die ganze Zeit an ihrer Seite, hat Spendenveranstaltungen für ihre Familie organisiert und sichergestellt, dass sie alles hat, was sie braucht. Erst kürzlich haben sie ihre Remission ihrer

Krankheit nach einer quälenden Behandlung gefeiert, die dafür gesorgt hat, dass sie den Großteil der zehnten und das letzte halbe Jahr der elften Klasse nicht am Unterricht teilnehmen konnte.

Alles sah gut aus, bis bekannt wurde, dass sie einen Rückfall erlitten hat. Sie ist wieder in Behandlung, und ihr Immunsystem ist sehr geschwächt, sodass sie das Haus nicht verlassen darf. Ich habe gehört, dass Ryder ihr jeden Morgen Blumen vor die Tür legt. Sie ist so superlieb, und wir alle beten, dass sie wieder gesund wird. Niemand mehr als Ryder.

Er ist ungefähr zwei Meter von uns entfernt, als er stehen bleibt und sich umdreht, um mit jemandem zu sprechen.

Neisy.

Ich bin geschockt. Das kann nicht sein. Was will sie von ihm? Sie muss wissen, dass er schon ewig eine Freundin hat. Vielleicht stimmt das, was die Leute über sie erzählen, ja doch.

Ich will Sienna sagen, dass wir gehen sollen, nur bringe ich die Worte nicht raus.

Später werde ich mich wieder und wieder fragen, was schlimmer war: dass wir Zeuge geworden sind oder dass niemand wüsste, was er mit ihr gemacht hat.

Zuerst unterhalten sie sich bloß.

Wir können alles hören.

Er trinkt aus einem roten Plastikbecher. »Du weißt, dass du mich langsam in den Wahnsinn treibst mit der Art, wie du mich in der Schule ansiehst.«

»Wie sehe ich dich denn an?«

»Als wolltest du mich vögeln.«

Sie verschränkt die Arme vor der Brust. »Tja, das will ich aber nicht.«

»Doch, klar willst du das.«

»Nein, wirklich nicht.«

»Es gibt nichts Schlimmeres als ein Mädchen, das einen erst heißmacht und dann einen Rückzieher macht. Und das sagen alle Jungs über dich. Dass du in der Beziehung ein echtes Miststück bist – unter anderem.«

»Die können reden, was sie wollen. Ich kenne die Wahrheit. Hattest du nicht gemeint, dass du mit mir über Louisa sprechen wolltest?«

Ryder ignoriert ihre Frage und tritt näher zu ihr. »Dir ist egal, was man über dich redet?«

»Ja. Warum sollte es mich interessieren? Ich kenne die nicht mal. Und dich kenn ich auch nicht. Warum denkst du, dass ich mit dir vögeln will?«

Er bewegt sich so schnell, dass es sie völlig überrumpelt – und uns auch. In einem Moment stehen sie einen Schritt voneinander entfernt, im nächsten liegen sie auf dem Boden, er auf ihr, seine Hand über ihrem Mund, während er an ihren Klamotten zerrt.

Sie wehrt sich heftig, hat aber keine Chance gegen ihn.

Sienna gräbt die Finger in meinen Arm.

Ich will hier sofort weg. Ich will das nicht sehen. Übelkeit steigt in mir auf.

Neisy beißt ihm in die Hand, und er schlägt sie ins Gesicht.

Sie schreit, doch über die zahllosen Stimmen und »Empire State of Mind« in voller Lautstärke hinweg hört sie niemand.

»Wir müssen was unternehmen«, flüstere ich Sienna zu.

»Nein. Dann kriegen wir Riesenärger.«

»Er wird ihr wehtun.«

Seine Hand ist zwischen ihren Beinen.

Ich wende den Blick ab und greife nach Siennas Arm. »Bitte. Lass uns von hier verschwinden.«

»Wenn wir uns bewegen, bemerkt er uns.«

Galle brennt in meiner Kehle.

Neisy fleht ihn an, nicht zu tun, was er bereits tut. »Bitte, ich hab noch nie …« Sie schreit vor Schmerz auf.

»Halt den Mund«, knurrt er. »Halt die verdammte Fresse, und nimm, worum du seit dem ersten Tag bettelst, an dem wir uns gesehen haben.«

Ich will sterben.

Noch nie habe ich irgendwas erlebt, das mich auf das hier vorbereitet hätte.

Sienna weint leise neben mir. Ihre Finger sind so fest in meinen Arm gekrallt, dass es vermutlich blaue Flecken hinterlässt.

Wenn wir uns rühren, wird er uns entdecken.

Unsere Eltern werden erfahren, dass wir hier waren. Wir werden für den Rest unseres Lebens zu Stubenarrest verdonnert. Wir werden ruiniert sein, weil wir eine Party ausspioniert haben. Weil wir Ryder ausspioniert haben.

Wir kennen Neisy kaum.

Aber wir kennen ihn. Wir kennen ihn schon unser gesamtes Leben lang.

Ich empfinde Abscheu und Ekel.

Nachdem er mit einem lauten Stöhnen zum Ende gekommen ist, steht er auf, zieht sich die Hose hoch und lässt Neisy schluchzend auf dem Boden zurück.

»Wir müssen ihr helfen«, flüstere ich Sienna zu.

»Das geht nicht, Blaise.«

»Wie meinst du das? Wen interessiert es schon, wenn wir Ärger kriegen?«

»Er ist Cams Bruder und Arlos bester Freund. Wir können das nicht tun.«

Plötzlich sehe ich sie auf eine Weise, wie ich sie nie zuvor gesehen habe.

Neisy hat sich zu einem Ball zusammengerollt. Sie liegt weiter auf dem Boden, den Slip um die Knöchel, und schluchzt.

Sienna zieht mich in Richtung des SUVs.

»Wir können sie nicht einfach da liegen lassen.«

»Wir kennen sie doch nicht mal richtig«, zischt Sienna.

»Sienna! Wen interessiert es, ob wir sie kennen? Er hat sie verge-waltigt.«

Sie zerrt mich weiter. »Lass uns nach Hause fahren und das alles vergessen.«

»Bist du verrückt? Ich werde das niemals vergessen.«

»Das musst du aber. Sie bedeutet uns nichts. Er hingegen ist Teil unseres Lebens. Er wird immer Teil meines Lebens sein. Du darfst nichts sagen. Es würde uns sowieso niemand glauben.«

Sie hat recht, auch wenn mir das nicht gefällt.

Die Leute an der Schule hassen Neisy.

Und sie lieben ihn.

Es wäre unser Wort – und ihres – gegen seins. Wir wären die Bösen.

Ich beuge mich vor und übergebe mich, der Hackbraten brennt in meiner Kehle.

Ich werde nie wieder Hackbraten essen.

»Mein Gott, Blaise, sei nicht so dramatisch.«

Die Fahrt nach Hause verläuft in eisigem Schweigen. Meine Hände zittern so sehr, dass ich den Wagen kaum in der Spur halten kann. Meine größte Angst, als ich heute Abend zu Hause losgefahren bin, war es, mit dem Auto auf der anderen Flussseite erwischt zu werden. Das ist jetzt meine geringste Sorge. Ich fahre vor Siennas Haus vor, einem zweistöckigen Bau im Kolonialstil mit schwarzen Fensterläden.

»Du darfst kein Wort über die Sache verlieren.«

Ich schweige weiter. Ich habe das Gefühl, sie überhaupt nicht zu kennen.

»Schwöre, dass du nichts sagen wirst, Blaise. Niemand weiß bisher davon, und Ryder hat einen Termin an der Marineakademie.«

Als ich das höre, wird mir wieder schlecht. Sein vergoldetes Leben wird weitergehen, als wäre nichts passiert, während Neisys Leben nie wieder dasselbe sein wird. Und meins auch nicht.

»Blaise?«

Nach beinahe zehn Jahren Freundschaft haben wir diesen Punkt erreicht. Wenn ich das Richtige tue, werde ich meine beste Freundin verlieren und an der Schule wie eine Aussätzige behandelt werden. Ganz zu schweigen davon, dass mich Arlo hassen wird. Ryder ist seit Jahren sein bester Freund. Noch nie habe ich mich so hin- und hergerissen gefühlt. Wenn ich erzähle, was ich beobachtet habe, wird mein Leben, wie ich es kenne, vorbei sein. Die Leute werden mich dafür hassen, für Neisy gegen Ryder Partei ergriffen zu haben.

»Ich werde nichts sagen.«

»Gut.« Sienna steigt aus und schlägt die Autotür zu. Dann verschwindet sie im Haus und lässt mich unkontrolliert zitternd zurück. Es ist so schlimm, dass ich nicht die kurze Strecke nach

Hause fahren kann. Also bleibe ich dort sitzen und versuche, mich zusammenzureißen.

Ich schluchze so sehr, dass ich fürchte, mich erneut zu übergeben.

Später werde ich mich an die Heimfahrt nicht erinnern. Diese Minuten werden komplett aus meinem Gedächtnis verschwunden sein, während das, was ich im Wald gesehen habe, für immer in grellen, leuchtenden Farben in mein Gedächtnis eingebrannt ist.

Meine Mutter ist in der Küche, als ich durch die Hintertür trete.

»Du bist aber früh zurück«, meint sie, während sie ihren abendlichen Tee zubereitet, der ihrer Aussage nach wichtig ist, um einen erholsamen Schlaf zu haben.

»Ich fühle mich nicht gut. Mein Magen.«

Sie stellt sich vor mich und fühlt mir die Stirn. »Hast du geweint?«

»Weil mir so schlecht ist.«

»Du hast kein Fieber. Hast du was getrunken?«

»Natürlich nicht. Ich bin gefahren. Ich will einfach nur ins Bett.«

Sie holt die limonengrüne Schüssel unter der Spüle hervor, die schon mein ganzes Leben lang unser Spuckeimer ist. »Hier. Vorsichtshalber.«

Ich nehme die Schüssel und hoffe, dass meine Mom nicht bemerkt, wie sehr meine Hände zittern. »Gute Nacht.«

»Ruf mich, wenn du irgendwas brauchst.«

»Okay.«

Auf dem Weg zur Treppe sehe ich meinen Dad im Wohnzimmer sitzen. »Was ist los? Ich hätte gedacht, du bist bestimmt noch ein paar Stunden weg.«

»Ich fühle mich nicht gut.«

»Oh. Das ist schade.«

»Ja. Bis morgen.«

»Gute Besserung.«

»Danke.«

Ich schließe die Tür zu meinem Zimmer und lasse mich zu Boden fallen, wo ich mein Gesicht in den Händen vergrabe und krampfhaft schluchze, schlimmer als je zuvor in meinem Leben, sogar mehr als nach dem Tod meines Grandpas. Jede Zelle in meinem Körper ist von Übelkeit erfüllt. Es war falsch von uns, Neisy dort zu lassen. Ich bin dazu erzogen worden, andere so zu behandeln, wie ich selbst behandelt werden möchte, und wenn mir so etwas passieren würde, würde ich hoffen, dass mir jemand hilft.

Was ich damals noch nicht wissen kann, ist, dass mich dieses Gefühl der Übelkeit nie wieder verlassen wird.

KAPITEL 3

Neisy
Damals

Ich stehe unter Schock. Das muss der Grund dafür sein, dass meine Arme und Beine sich weigern, den Befehlen meines Gehirns zu gehorchen, aufzustehen und zu fliehen, bevor mich hier jemand halb nackt und blutend findet. Die Vorstellung, erklären zu müssen, was passiert ist, verleiht mir die Kraft, mich aufzusetzen und zu versuchen, mich zu sammeln. Meine Hände zittern, als ich meinen Slip über meine blutverschmierten Oberschenkel hochziehe.

Ryder Elliott hat mich vergewaltigt.

Noch während diese Worte durch meinen Kopf schießen, kann ich nicht glauben, dass es wirklich passiert ist.

Ich habe noch immer den furchtbaren Gestank von dem Bier in seinem Atem in der Nase und muss würgen. Ich übergebe mich in das trockene Laub neben mir auf dem Boden. Ich hasse den Geruch von Bier und werde das von nun an immer tun.

Auf wackligen Beinen stehe ich auf und schlüpfe in meine Sandalen, die ich irgendwann verloren habe, ziehe meinen Rock herunter und suche mir einen Weg durch das dichte Gebüsch zu der

Straße, auf der mein Auto steht. Als ich den Bürgersteig erreiche, sind meine Arme zerkratzt und blutig.

Ich bin wie betäubt und fühle kaum die Schmerzen in allen Teilen meines Körpers und vor allem zwischen meinen Beinen. Entgegen den Gerüchten, die über mich im Umlauf sind, war ich noch Jungfrau.

Das bin ich nun nicht mehr, und mein Herz zersplittert in tausend Teile.

Ich kämpfe darum, weiterzuatmen, als das Gewicht dieser neuen Realität sich schwer auf meine Brust senkt. Kanes Lächeln taucht vor meinem geistigen Auge auf. Er hätte mein Erster sein sollen. Wenn ich jetzt an ihn denke, werde ich die Fassung verlieren, die ich benötige, um hier wegzukommen.

O Gott, wo sind meine Schlüssel?

Irgendwie hängt mir meine Handtasche immer noch quer über der Brust, aber meine Schlüssel sind nicht darin. Sie müssen rausgefallen sein.

Ich kann nicht zurückgehen und nach ihnen suchen.

Ich kann es einfach nicht.

Für den Fall, dass ich mich mal aussperre, hat mein Dad einen Schlüssel unter der hinteren Stoßstange des weißen Honda Civic versteckt, den er mir gekauft hat. Ich taste ungelenk nach dem Magnetkästchen, das dort hängt, und es fällt zu Boden. Ich muss mich hinknien, damit ich es aufheben kann, und bin unendlich dankbar für meinen Dad, für den Sicherheit immer an erster Stelle steht.

Ein Schluchzen entringt sich meiner Brust.

Er darf nie hiervon erfahren. Er würde Ryder umbringen.

Tränen laufen mir über die Wangen, als ich ins Auto steige, und ich schreie unwillkürlich auf, als meine wunde Haut mit dem Sitz in Berührung kommt. Ich lasse den Kopf aufs Lenkrad sinken, und mein Körper wird von Schluchzern geschüttelt, während Tränen mir die Kehle zuschnüren. Als Ryder behauptet hat, er müsse mit mir über Louisa reden, hab ich keinen Verdacht geschöpft und bin ihm arglos zu einem Ort ein Stück abseits der anderen gefolgt, an dem wir uns ungestört unterhalten konnten.

Alle wissen, dass er total verliebt in Louisa ist und wie gut er sich während ihrer gesamten Krankheit um sie gekümmert hat.

Ich starte den Motor. Vermutlich sollte ich nicht fahren, aber ich muss hier weg, bevor mich jemand sieht und anfängt, Fragen zu stellen. Ich fahre langsam, was laut meinem Dad ein Warnsignal für die Polizei ist, wenn sie nach betrunkenen Fahrern Ausschau hält. Ich denke lieber an Dinge, die mein Dad sagt, als an das, was im Wald passiert ist.

Ich verlagere mein Gewicht auf dem Sitz und merke, dass meine Kleidung feucht ist. Ist das Blut oder … Ich kann nicht. Ich kann einfach nicht.

Zum ersten Mal bin ich dankbar, dass mein Dad mehr unterwegs als zu Hause ist. An meiner Mom vorbeizukommen wird kein Problem sein. An ihm schon.

Ich zittere immer noch, und mir ist übel, als ich die Brücke nach Hope überquere und die Ausfahrt nehme, die zu dem Haus führt, das meine Eltern gekauft haben, als wir im letzten Juni hierhergezogen sind, damit meine Mutter näher bei ihren alternden Eltern sein kann. Nach dem höllischen Jahr an der Hope High School, wo mich alle vom ersten Augenblick an gehasst haben, scheint mir das ewig her zu sein.

Letzten Sommer habe ich mit Houston Rafferty zusammen im Restaurant meines Cousins gearbeitet, was der einzige Grund dafür ist, dass ich überhaupt zu der Party eingeladen worden bin. Ich hätte nicht hingehen sollen. Das habe ich gewusst, bevor ich losgefahren bin, aber ich wollte nicht, dass es so aussieht, als würde ich mich vor den Vollidioten aus der Schule verstecken.

Als ich mir vorstelle, Ryder Elliott der Vergewaltigung zu bezichtigen, erfasst mich eine solche Welle der Übelkeit, dass ich am Straßenrand anhalten und mich übergeben muss. Galle brennt in meiner Kehle, während ich heftig würge. Ich will, dass es aufhört, damit ich weiterfahren kann, bevor ich die Aufmerksamkeit der Polizei auf mich ziehe. Das ist das Letzte, was ich jetzt gebrauchen kann.

Niemand darf je hiervon erfahren, denn sonst würde mein Leben noch schrecklicher werden, als es bereits ist. Da mein Dad ein hochrangiger Marineoffizier ist, bin ich es gewohnt, die Neue zu sein.

Doch an keiner Schule war es bisher so schwierig wie an dieser. Die anderen Schüler haben mich vom ersten Schultag an abgelehnt, und damit war die Sache klar. Seitdem ist mein Leben ein Albtraum.

Houston ist der einzige wahre Freund, den ich hier gefunden habe. Er sagt mir ständig, dass ich die Blödmänner ignorieren und einfach mein Leben weiterleben soll. Er hat leicht reden. Zu ihm war noch nie jemand so gemein wie zu mir. Er behandelt mich genauso wie seine kleine Schwester Austin, wofür ich dankbar bin. Aber da er beinahe die ganze Zeit, seit ich hier wohne, in Boston auf dem College war, ist er mir an der Schule keine große Hilfe.

Ich will ihm so gerne erzählen, was gerade passiert ist, doch das kann ich nicht. Houstons Vater ist der Polizeichef von Land's End. Wenn ich es Houston erzähle, erzählt der es seinem Vater, und dann werden alle davon erfahren.

Niemand darf es wissen, oder meine Hölle wird noch höllischer.

Ich biege in die Einfahrt vor dem Haus ein. Ich nenne es nie »mein Zuhause«, weil es sich nicht so anfühlt. Es ist nur ein weiteres in einer langen Reihe von Häusern, die wir für eine gewisse Zeit bewohnen. Nachdem ich den Motor abgestellt habe, sitze ich lange da und versuche, mich zu sammeln, bevor ich reingehe.

Meine Mom schläft um diese Uhrzeit gewöhnlich schon, nachdem sie ihre üblichen zwei Flaschen Wein oder mehr intus hat. Normalerweise ist mir ihr Trinken zuwider. Heute Abend hingegen bin ich dankbar dafür. Ich schleiche mich durch die Seitentür in die Garage und von dort in die Küche. Auf Zehenspitzen husche ich am Wohnzimmer vorbei, wo sie auf dem Sofa liegt, und nach oben, direkt in das Bad gegenüber von meinem Zimmer. Als ich mich ausziehe, stelle ich alarmiert fest, wie viel Blut da ist und dass es mit anderer Flüssigkeit gemischt ist, die mich angewidert erschauern lässt.

Was, wenn ich schwanger werde?

Bei dem Gedanken muss ich erneut würgen, bis nichts mehr in meinem Magen ist.

Ich werfe meine Klamotten in die Badewanne und stelle mich unter die Dusche.

Noch nie hat sich heißes Wasser so gut angefühlt, und ich

schrubbe meinen Körper vom Kopf bis zu den Füßen, wobei ich zusammenzucke, als die Seife mit der misshandelten Haut zwischen meinen Beinen in Berührung kommt. Und dann schluchze ich wieder. Ich gleite an der Wand hinunter und sitze in der Duschwanne, während das Wasser auf mich herabregnet und ein wenig von dem Horror hinwegspült.

Nachdem ich in meinen ersten siebzehn Jahren an zehn verschiedenen Orten gelebt habe, bin ich wirklich nicht naiv zu nennen, aber ich hätte nie gedacht, dass mir so etwas passieren könnte. Ich bin vorsichtig. Clever. Ich passe auf. Dafür hat mein Dad gesorgt. Ich kehre in Gedanken immer wieder zu dem Moment zurück, in dem Ryder mich gefragt hat, ob er mit mir über Louisa reden könne. Sie ist in meinem Englischkurs gewesen, bevor sie nicht mehr am Unterricht teilnehmen konnte. Ich hab sie sehr nett gefunden und hatte das Gefühl, dass sie mich ebenfalls gemocht hat.

Ihre Freundlichkeit ist mir besonders aufgefallen, weil alle anderen so gemein gewesen sind.

Ich hatte keinen Grund, vor Ryder Angst zu haben.

Sicher, er hat mal mit mir geflirtet, doch das tun sie alle. Deshalb hassen die Mädchen mich auch so sehr, obwohl ich die Jungs nie ermutige. Mein Freund Kane lebt derzeit in Spanien. Wir haben uns kennengelernt, als unsere Familien für vier Jahre in Jacksonville, Florida, stationiert waren. Das war die längste Zeit, die ich je an einem Ort verbracht habe.

Wir sind seit der siebten Klasse ein Paar, was verrückt klingt, ich weiß. Aber wir haben uns sofort zueinander hingezogen gefühlt und uns von Anfang an auf einer tiefen Ebene verstanden, und daran hat sich auch nichts geändert, selbst über die Entfernung hinweg.

Er hat mich gefragt, ob ich wirklich zu Houstons Party gehen will, zu der bestimmt genau die Kids kommen würden, die mich systematisch ausgeschlossen haben. Er weiß, dass Houston hier mein einziger Freund ist, und ich wollte seine Party nicht wegen ein paar Idioten verpassen. Ich hätte auf Kane hören sollen.

Ich schlinge die Arme um die Knie und lasse den Kopf auf meine Unterarme sinken.

Kane …

Er hätte mein Erster, mein Einziger sein sollen. Ich weiß seit Jahren, dass er die Liebe meines Lebens ist und ich umgekehrt seine. Ja, wir sind jung und haben von allen möglichen Seiten gehört, dass wir realistisch bleiben sollten, was eine gemeinsame Zukunft betrifft. Doch wenn man es weiß, weiß man es einfach.

Wie soll ich ihm je hiervon erzählen?

Ich sitze immer noch in der Dusche, als eine ganze Weile später das Wasser kalt wird. Ich zwinge mich, aufzustehen. Ich sehe, dass das Wasser dort, wo ich gesessen habe, rosa gefärbt ist, und ich zittere von der Kälte genauso wie von dem erlittenen Trauma.

Obwohl es draußen warm ist und mein Dad es hasst, die Klimaanlage unnötig laufen zu lassen, schlüpfe ich in meine kuscheligste Jogginghose und ein langärmliges T-Shirt, bevor ich ins Bett krieche und mir die Decke über den Kopf ziehe. Wenn ich könnte, würde ich hier ewig liegen bleiben.

Niemand darf je davon erfahren. Obwohl ich noch unter Schock stehe, ist mir das klar. Ryder Elliott ist der König der Highschool. Ich könnte das, was er getan hat, von den Dächern schreien, und niemand würde mir glauben. Sie kennen ihn schon sein ganzes Leben lang. Die meisten sind mit ihm zusammen im Kindergarten gewesen. Ihre Eltern waren gemeinsam auf der Schule.

Ich bin auf jede nur denkbare Art eine Außenseiterin.

Und sie halten mich für eine Schlampe, und genau das würden sie über mich sagen, wenn ich ihn beschuldigen würde.

Ich habe mal einen Film über ein Mädchen gesehen, das eine Vergewaltigung angezeigt hat und dessen Leben danach von den Freunden und der Familie des Jungen ruiniert worden ist. Genau das würde hier auch passieren. Deshalb bin ich nicht direkt zur Polizei gefahren, wie ich es hätte tun sollen.

Selbst wenn ich mir die Mühe gemacht hätte, Beweise zu sichern, stünde mein Wort gegen das von Ryder Elliott.

Sie würden mich in der Luft zerreißen.

Blaise
Damals

Am Tag danach werden wir im Haus meiner Großmutter zu einer lang geplanten Familienfeier erwartet, auf die ich mich seit Monaten gefreut habe. Ich treffe meine Cousins und Cousinen nicht oft, und die meisten von ihnen werden dort sein.

Ich kann mich nicht dazu aufraffen, das Bett zu verlassen.

Teagan taucht mit entnervter Miene an meiner Tür auf. »Was zum Teufel trödelst du so? Alle warten auf dich.«

»Ich bin krank.«

»Das bin ich auch, aber ich gehe trotzdem.«

»Ich kann nicht.«

»Was soll das, Blaise? Du hast mitgeholfen, diese blöde Feier zu planen. Und jetzt willst du nicht hin?«

»Ich will, ich bin bloß zu krank.«

»Was ist los, Mädels?« Mom runzelt die Stirn, als sie mich im Bett liegen sieht. »Steh auf, Blaise. Wir sollen in einer halben Stunde bei Gran sein.«

»Ich bin immer noch krank.«

Mom berührt meine Stirn. »Du fühlst dich ein wenig warm an.«

»Sie spielt das nur vor«, behauptet Teagan.

»Schh«, sagt Mom. »Das ist das, was du tun würdest, nicht sie.«

Teagan wirft mir einen bösen Blick zu.

»Bist du sicher, dass du nicht mitkannst, Süße?«, fragt Mom. »Du hast dich so darauf gefreut. Es kommt sogar ein Fotograf, um ein Bild von der gesamten Familie zu machen.«

Sie ist unglücklich, weil ihr klar wird, dass ich nicht auf dem Foto sein werde, aber ich krieg das nicht hin, nicht einmal für sie.

»Tut mir leid, Mom.«

»Ist schon gut. Du warst seit einer Ewigkeit nicht krank. Ich schätze, es war an der Zeit.«

Jetzt fühle ich mich doppelt schuldig, weil ich sie anlüge.

»Grüß alle schön von mir, und sag ihnen, dass es mir leidtut.«

»Natürlich.« Sie beugt sich vor und gibt mir einen Kuss auf die Wange. »Brauchst du noch was, bevor wir fahren?«

Der Gedanke, etwas zu essen, verursacht mir Übelkeit. »Nein, danke.«

»Ich bring dir ein paar von Grans Brownies mit.«

»Das klingt gut.« Ich schlucke Galle hinunter. »Danke.«

Mom verlässt mein Zimmer.

Teagan bleibt noch einen Moment. »Das ist totaler Quatsch. Warum tust du so, als wärst du krank?«

»Weil ich es bin.«

»Bist du nicht. Und ich werde herausfinden, was hier wirklich los ist.«

Sie stürmt aus dem Zimmer, und beim Gedanken daran, dass sie möglicherweise tatsächlich erfahren könnte, warum ich nicht zu unserer Familienfeier gehe, verknotet sich mein Magen noch mehr.

Zwei Stunden später klingelt mein Handy. Es ist Sienna.

»Hey.«

»Bist du bei der Familienfeier?«

»Ich bin krank.«

»Echt?«

»Ja.«

Nach ihrem Verhalten gestern Abend kommt sie mir vor wie eine Fremde. Ihr erster Impuls war es, Ryder zu decken, und nicht, Neisy zu helfen. Ich hasse sie dafür so sehr, wie ich mich selbst dafür hasse, ihrem Druck nachgegeben zu haben.

»Gestern Abend war echt abgefuckt.«

So kann man es auch ausdrücken.

Sie räuspert sich. »Ich, äh … Du hast es doch niemandem erzählt, oder?«

»Nein.«

»Oh.« Sie atmet hörbar aus. »Gut. Das ist gut.«

»Das ist gar nicht gut. Nichts von alldem ist gut. Ryder hat sie vergewaltigt, Sienna.«

»Sei still! Jemand könnte dich hören.«

»Ich bin allein im Haus.«

»Sag es trotzdem nicht laut.«

»Es ist falsch. Das weißt du genauso gut wie ich.«

»Wie falsch ist es, jemanden, mit dem wir aufgewachsen sind, vor jemandem zu beschützen, von dem wir praktisch nichts wissen?«

»*Er* ist der Schuldige hier, nicht sie.«

»Sie muss etwas getan haben, das ihn dazu gebracht hat.«

»Sienna …« Habe ich sie überhaupt jemals richtig gekannt? »Eine Vergewaltigung ist niemals die Schuld des Opfers. Bitte bestätige mir, dass du das weißt.«

»Und was, wenn sie vorher schon miteinander rumgemacht haben? Vielleicht mag sie es ein wenig grob.«

Jetzt ist mir noch schlechter als zuvor. »Ich muss auflegen.«

»Du darfst mit niemandem darüber reden. Das hast du mir versprochen.«

Ich würde ihr gerne entgegenschleudern, dass sie sich verpissen soll und ich mich einen Dreck um die Versprechen schere, von denen sie glaubt, ich hätte sie gegeben.

»Blaise … Du musst doch verstehen, dass du es keinem erzählen darfst. Außerdem würde es sowieso niemand glauben.«

»Sie würden es, wenn wir es bezeugen.«

»Das werde ich niemals tun. Nicht jetzt und überhaupt nie.«

»Wie kannst du so tun, als wärst du nicht Zeugin eines Verbrechens geworden?«

Ihr Lachen trifft mich wie ein Messer in die Brust. »Ein Verbrechen? Wovon zum Teufel redest du? Zwei notgeile Teenager haben es im Wald getrieben, und du willst es als Verbrechen hinstellen?«

»Ja, weil es genau das war, und das weißt du.«

»Ich werde leugnen, je dort gewesen zu sein. Wenn du was sagst, streite ich es ab.«

»Wie kann dir das, was ihr passiert ist, so egal sein?«

»Weil sie mir nichts bedeutet.«

Sie ekelt mich an. Auch wenn ich immer gewusst habe, dass sie ein wenig oberflächlich sein kann, ist das hier eine Seite von ihr, die ich nie zuvor erlebt habe. »Sie ist ein menschliches Wesen.«

»Wir sind mit ihm zusammen aufgewachsen. Er ist einer von uns. Sie nicht. Das Ganze ist es nicht mal wert, weiter darüber zu reden. Wenn sie clever ist, hält sie einfach den Mund. Die Leute hassen sie ohnehin schon. Wenn sie versucht, Ryder etwas anzuhängen, wird das für sie kein gutes Ende nehmen.«

»Es sei denn, jemand würde ihre Aussage bestätigen.«

»Das würdest du nicht wagen.«

Ich schweige.

»Versprich mir, dass du nichts sagst, Blaise. Wenn du es tust, wirst du alles zerstören! Bin ich dir jetzt völlig egal? Und was wird Cam davon halten, wenn meine beste Freundin seinen Bruder eines Verbrechens beschuldigt?«

»Sein Bruder hat ein Verbrechen begangen!«

»Es wäre ihr Wort gegen seins, und niemand würde ihr glauben. Alle wissen, dass er total in Louisa verliebt ist.«

»Wenn das stimmt, warum hat er sich dann an Neisy vergriffen?«

»Wer weiß, was sie zu ihm gesagt hat, was ihn dazu gebracht hat? Er ist völlig fertig wegen Louisa. Vielleicht stellt Neisy ihm schon seit Wochen nach. Sie hat sich das vermutlich selbst eingebrockt.«

Ich keuche auf, angewidert von meiner sogenannten besten Freundin. »Wie kannst du so reden? Niemand hat es verdient, vergewaltigt zu werden, Sienna.«

»Du hast gesehen, wie sie sich mit den Jungs aufführt. Sie macht sie ständig an und flirtet mit ihnen.«

»Sie könnte nackt vor ihnen herumlaufen und hätte es trotzdem nicht verdient, vergewaltigt zu werden.«

»Ich werde nicht weiter mit dir darüber sprechen. Halt einfach den Mund, sonst …«

»Sonst was?«

»Sonst kannst du damit rechnen, dass alle dich hassen, weil du dich auf ihre Seite gestellt hast.«

Die Leitung ist tot.

Ich kann nicht glauben, dass sie einfach aufgelegt hat. Oder diese Sachen gesagt hat.

Eine überwältigende Übelkeit steigt in mir auf, und ich renne zum Badezimmer, wo ich mich erneut übergebe. Mein Magen ist leer, aber die Galle brennt in meiner Kehle und meinem Mund. Ich dachte, ich könnte mich nicht schlimmer fühlen als nach dem Tod meines Großvaters im letzten Jahr. Doch das war nichts im Vergleich zu jetzt.

Ich hasse es, dass Sienna recht hat. Wenn ich etwas sage oder Neisy verteidige, ist mein Leben hier in der Stadt nichts mehr wert. Alle werden mich verabscheuen, auch die Eltern, die mich immer für ein liebes Mädchen gehalten haben. Niemand wird hören wollen, dass Neisy von Ryder vergewaltigt worden ist. Und selbst wenn ich mich als Zeugin melde, würde uns niemand glauben.

Ryder ist der Sohn, den alle gerne hätten. Als ich letzten Sommer in McChords Supermarkt gearbeitet habe, hab ich das so oft von Leuten gehört. Nächstes Jahr wird er im Juni als einer der Besten seines Jahrgangs die Highschool abschließen. Er ist der Star mehrerer Sportmannschaften und hat die Aussicht auf einen Platz an der Marineakademie. Wie es wohl sein müsse, hat eine der Frauen gemeint, die mit mir zusammengearbeitet haben, einen Sohn zu haben, der in dem Alter schon so erfolgreich sei? Sie hat darüber Witze gemacht, dass ihr Sohn gerade mal mit Ach und Krach die zehnte Klasse geschafft hat.

Ich zittere am ganzen Körper, während ich mir vorstelle, was für Folgen es für mich hätte, wenn ich das Richtige tun würde.

Alle würden mich hassen, sogar mein eigener Bruder.

Ich lasse den Kopf auf die Knie sinken, als ein Schluchzer aus meiner Brust dringt.

Wenn man mich vor dem gestrigen Tag gefragt hätte, ob ich ein Mensch sei, der immer das Richtige tut, hätte ich mit »Auf jeden Fall« geantwortet.

Jetzt weiß ich, dass es so etwas nicht gibt.

Ich hasse mich genauso sehr, wie ich Ryder und Sienna hasse. Ich hasse es, zu wissen, dass Leute, mit denen ich aufgewachsen bin und die ich als Freunde betrachtet habe, zu solchen Taten fähig sind.

Aber am meisten hasse ich es, dass ich mit dem, was ich gesehen habe, für immer werde leben müssen. Ich hasse es, dass eine junge Frau leidet, nachdem sie Opfer eines grässlichen Verbrechens geworden ist, und dass ich verdammt noch mal nichts dagegen tun kann, ohne mein eigenes Leben zu zerstören.

Kapitel 4

Neisy
Damals

Die letzten Wochen sind wirklich schlimm gewesen. Ich bin kaum aus dem Bett gekommen und daher in dem Restaurant, das dem Cousin meiner Mutter gehört, gefeuert worden, weil ich zu viele Schichten habe ausfallen lassen. Zum ersten Mal in meinem Leben bin ich dankbar dafür, eine Alkoholikerin als Mutter zu haben, die so mit sich selbst beschäftigt ist, dass sie mich kaum bemerkt.

Doch heute wird mein Dad zurückerwartet, und er wird sofort erkennen, was meiner Mutter die ganze Zeit entgangen ist. Er und ich hatten schon immer eine sehr enge Bindung, und auch wenn ich immer auf seine täglichen Textnachrichten geantwortet habe, wird er nach einem einzigen Blick auf mich wissen, dass etwas nicht stimmt.

Ein Teil von mir hofft, dass er versteht, dass etwas Schreckliches passiert ist.

Der andere Teil fürchtet sich davor, dass er es tatsächlich herausfinden könnte.

Was soll ich sagen, wenn er fragt, ob was passiert ist?

Er ist sich bewusst, dass das Leben hier für mich schwierig ist und dass es vermutlich ein Fehler war, sich von meiner Mom dazu überreden zu lassen, für meine beiden letzten Schuljahre in ihre Heimatstadt zu ziehen, während er in D. C. stationiert ist. Meine Mutter hat es so gehasst, dort zu sein, wie ich es hier hasse.

Ich vermisse meine Freunde in Virginia. Wir stehen weiter in Kontakt, und ich hoffe, nach einem weiteren langen Jahr in Rhode Island mit ihnen zusammen aufs College der University of Virginia gehen zu können.

Ich sehne mich nach Kane, der sich große Sorgen um mich macht. Obwohl ein ganzer Ozean zwischen uns liegt, spürt er, dass ich irgendwas habe, und möchte wissen, was los ist. Gestern Abend hat er mir eine Textnachricht geschickt und gefragt, ob ich einen anderen kennengelernt hätte und Angst hätte, es ihm zu sagen.

Nein!, habe ich zurückgeschrieben. *Es ist nur der gleiche alte Mist mit dieser Stadt. Es liegt definitiv nicht an dir. Du bist der einzige Lichtblick in meinem Leben.*

Ich wünschte, du müsstest nicht dortbleiben. Warum kannst du nicht mit deinem Dad nach D. C. zurückkehren und auf deine alte Schule gehen?

Weil er zu viel zu tun hat, um auf einen Teenager aufzupassen. Das sagt er zumindest. Er arbeitet zwölf Stunden am Tag.

Trotzdem wärst du da besser aufgehoben als da, wo du jetzt bist.

Das wird nicht passieren. Den Kampf habe ich vor einem Jahr ausgefochten und verloren, als sie darauf bestanden haben, hierherzuziehen.

Sie waren besorgt wegen meines Umgangs in Virginia. Ich habe versucht, ihnen zu erklären, dass sie sich irrten, was meine Freunde betrifft, dass sie einfach nur ganz normale Teenager seien. Doch das haben sie mir nicht abgekauft. Als mein Dad sich bezüglich des Umzugs nach Rhode Island auf die Seite meiner Mutter gestellt hat, habe ich einen ganzen Monat lang nicht mit ihm geredet.

Das hat ihn zwar tief getroffen, aber offenbar trotzdem nicht gereicht, um seine Meinung zu ändern.

Wenn er wüsste, was mit Ryder vorgefallen ist, würde er durchdrehen.

Er darf es niemals erfahren.

In Vorbereitung auf seine Ankunft zwinge ich mich, aufzustehen und zu duschen. Zum ersten Mal seit Wochen gebe ich mir Mühe mit meinem Aussehen, föhne mir die Haare und schminke mich ein wenig, um die dunklen Ringe unter meinen Augen zu verbergen. Ich starre mein Spiegelbild an, als wäre es eine Fremde. Wer ist dieses Mädchen nach dem, was ihm passiert ist?

Die Ungerechtigkeit brennt in meinem Magen. Ich bin am Boden zerstört, während Ryder sein perfektes Leben weiterlebt, als wäre nie etwas passiert. Auf Facebook habe ich gelesen, dass er seine alljährliche Spendenveranstaltung für Louisas Familie abgehalten hat, die ein Riesenerfolg war und knapp einhunderttausend Dollar eingebracht hat. Er hat Fotos von sich gepostet, auf denen er breit lächelt, den Arm um seine wunderschöne, zerbrechliche Freundin gelegt, während ihre Eltern links und rechts von ihnen stehen.

Seine Heuchelei macht mich krank.

Hat er beschlossen, mir das anzutun, weil sie keinen Sex mit ihm haben kann? Ist seine Wahl auf mich gefallen, weil er weiß, dass die Leute mich hassen und ich es nie wagen würde, gegen ihn vorzugehen?

Kane und ich wollten mit dem Sex warten, bis er mich nächsten Monat besuchen kommt, und das ist noch etwas, das Ryder mir genommen hat: mein erstes Mal mit jemandem, den ich wirklich liebe. Jetzt kann ich mir nicht mehr vorstellen, das mit Kane oder überhaupt irgendjemandem zu tun.

Jemals.

Was früher etwas war, worauf ich mich voller Aufregung und mit einem Hauch Angst gefreut habe, ist jetzt etwas, das ich auf alle Fälle vermeiden muss.

Ich will, dass Ryder für das bezahlt, was er mir angetan hat.

Ich bin wütend, verletzt und panisch vor Angst, dass ich schwanger sein könnte. Meine Periode ist in zwei Tagen fällig, und ich weiß nicht, was ich tun werde, wenn sie ausbleibt.

Ein paar Stunden später liege ich auf meinem Bett, das zum ersten Mal seit Wochen gemacht ist, und tue so, als würde ich ein Buch lesen, als mein Vater in der Tür auftaucht.

»Da ist ja mein kleines Mädchen.«

»Hey, Dad.« Ich stehe auf, um ihn mit einer Umarmung zu

begrüßen. Er ist groß, dunkelhaarig und attraktiv – so beschreibt ihn meine Mutter immer.

In der Minute, in der mir sein vertrauter Duft in die Nase steigt, will ich zusammenbrechen und ihm alles erzählen.

Doch das kann ich nicht.

Es ist unmöglich.

»Wie geht es meiner Lieblingstochter?«

»Sie ist immer noch deine einzige Tochter – zumindest soweit ich weiß.«

Dieses Geplänkel zwischen uns gehört zu den besten Sachen in meinem Leben.

Sein Lächeln schwindet ein bisschen. »Was war mit deiner Mom?«

»Ein bisschen schlechter als üblich.«

»Wie kann das sein?«

»Ich weiß es nicht.«

Er fährt sich mit den Fingern durchs Haar, was er immer tut, wenn er genervt oder frustriert ist. Ich bin mir sicher, was sie betrifft, ist er beides. »Ich muss sie irgendwo in einem Programm unterbringen.«

»Das hat keinen Sinn, solange sie es nicht selber will.«

Wir haben recherchiert. Vor einem Jahr war eine örtliche Einrichtung bereit, sie für eine dreiwöchige Intensivbehandlung aufzunehmen, aber sie hat sich geweigert. Da haben wir erfahren, dass wir sie nicht zwingen können. Sie hat Rechte.

Und was ist mit unseren Rechten?, hat Dad damals gefragt.

»Ronnie hat mich angerufen.«

Mein Magen zieht sich zusammen. »Er hat mit dir geredet?«

Ronnie ist der Cousin meiner Mutter, dem das Restaurant gehört, in dem ich gearbeitet habe.

»Er hat sich Sorgen gemacht, weil du nicht mehr zur Arbeit erschienen bist.« Er lehnt sich gegen den Türrahmen. »Deine Mom hat nicht auf seine Anrufe reagiert, und du hast rumgedruckst und bist nicht damit rausgerückt, was los ist. Du hast mir nicht gesagt, dass du deinen Job aufgegeben hast. Ich dachte, es hätte dir dort gefallen.«

»Das hat es auch.«

»Was ist passiert?«

»Es ging mir ein paar Tage nicht gut, und Ronnie war wütend, als ich mich krankgemeldet habe.«

»Er meinte, das hättest du eben nicht getan. Du wärst einfach nicht mehr aufgetaucht, was so gar nicht zu dir passt.«

Fuck, fuck, fuck. Ich hatte nicht damit gerechnet, dass Ronnie meinen Dad kontaktieren würde.

»Ich war in den letzten Wochen nicht so gut drauf.«

Als er das hört, richtet er sich auf. »So wie früher?«

»Vielleicht. Ein wenig.«

In der siebten Klasse hatte ich das, was sie damals eine »depressive Episode« genannt haben. Nach über einem Jahr mit intensiver Therapie und Medikamenten, die ich immer noch nehme, habe ich endlich wieder angefangen, mich wie ich selbst zu fühlen.

»Das müssen wir checken lassen. Vielleicht brauchst du jetzt eine andere Dosierung, weil du älter bist. Ich besorg dir einen Termin in der Marineklinik.«

»Danke, Dad.«

»Du hättest mir davon erzählen sollen, Neisy.«

»Ich wollte nicht, dass du dir Sorgen machst, wo du doch so viel zu tun hast.«

»Wenn es um dich geht, habe ich nie zu viel zu tun, wie du genau weißt.« Er mustert mich eindringlich. »Läuft es mit den Kids in der Stadt besser?«

»Nope«, antworte ich. »Aber es ist, wie es ist.«

»Tut mir leid, dass dieser Umzug für dich so eine Katastrophe ist, Süße. Ich hasse das.«

O Daddy, du hast ja keine Ahnung … »Ist schon gut.« Ich will ihn anflehen, mich nach D. C. mitzunehmen, weiß aber, dass er das nicht tun wird. Er teilt seine Zeit zwischen hier und dort auf, und er würde mich niemals allein in Washington lassen, wenn er hier sein muss. »Es ist nur noch ein Jahr. Das schaff ich schon.«

Doch stimmt das wirklich? Wie soll ich an die Schule zurückkehren, *ihm* dort auf dem Flur begegnen und so tun, als wäre nichts passiert? Für ihn hat sich ja nichts geändert. Für mich hingegen schon. Alles ist anders, und daran trägt er die Schuld.

»Neisy? Wo bist du mit deinen Gedanken?«

»Nirgendwo.«

»Ich mach mir Sorgen um dich, Süße.«

»Das musst du nicht.«

»Lass mich den Termin vereinbaren, damit du dich bald besser fühlst.«

»Okay.«

Zwei Tage später fährt mich mein Vater zur Klinik der Navy. Ich habe versucht, ihn davon abzubringen, mitzukommen, aber er hat darauf bestanden und meinte, dass wir danach noch zusammen zu Mittag essen könnten.

Mir ist klar, dass er sich hierfür freigenommen hat, und ich bin ihm dankbar für seine Fürsorge, auch wenn ich Angst habe, vor ihm in Tränen auszubrechen und ihm die ganze schreckliche Geschichte zu beichten.

Denn insgeheim will ich es.

Ich will es ihm erzählen.

Ich will sehen, wie er durchdreht und Ryders goldenes Leben in genau die Hölle verwandelt, in die Ryder meins verwandelt hat.

Doch wenn ich es meinem Dad sage, müsste ich ihm auch beibringen, dass alle Mädchen in der Schule mich für eine Schlampe halten, nur weil ihre Freunde mich attraktiv finden. Er würde erfahren, dass sie behaupten, ich hätte mit der gesamten Footballmannschaft geschlafen und als Nächstes das Basketballteam ins Auge gefasst oder was für einen Unsinn auch immer sie sich haben einfallen lassen.

Die Ironie entgeht mir nicht. Ich war Jungfrau, bis Ryder mich vergewaltigt hat, aber dank dieser giftsprühenden Schlangen würde mir das niemand glauben.

»Willst du, dass ich mit reinkomme, Süße?«, fragt Dad, als wir im Wartezimmer sitzen.

»Nein, ist schon gut. Es wird sicher nicht lange dauern.«

»Sag ihnen auf jeden Fall, wie sehr dir die Medikamente beim letzten Mal geholfen haben.«

»Ja, mach ich.«

»Okay. Schick mir eine Nachricht, wenn du mich brauchst.«

»Denise?«

Niemand nennt mich so, deshalb ist es komisch, so angesprochen zu werden. Ich stehe auf, um dem jungen Arzthelfer ins Behandlungszimmer zu folgen.

Zum Glück lässt er die Tür offen, als er mich auf die Waage bittet und meinen Blutdruck misst, ansonsten hätte ich ihn gebeten, sie zu öffnen. Mir fällt auf, dass sein Blick auf meinem Busen ruht, während er meinen Puls misst.

Ich bin geneigt, ihn darauf hinzuweisen, dass mein Dad ein hohes Tier bei der Marine ist und ihn und seine Karriere zerstören würde, wenn er wüsste, wie er mich anschaut.

Das ist ein Gedanke, den ich vor der Vergewaltigung nie gehabt hätte. Bis dahin habe ich die Aufmerksamkeit von Jungs und Männern immer genossen. Doch das war, bevor ich am eigenen Leib erfahren habe, zu was sie fähig sind. Jetzt will ich nicht, dass mich auch nur einer von ihnen ansieht oder sich mich nackt vorstellt oder was auch immer für widerliche Gedanken sie haben.

»Dr. Cummings kommt gleich«, unterrichtet er mich, bevor er den Raum verlässt.

Als er weg ist, atme ich erleichtert auf und bete, dass Dr. Cummings eine Frau ist. Armeeärzte wechseln ständig die Praxis, deshalb weiß man nie, wer einen behandeln wird.

Ich will keine Männer mehr in meiner Nähe, nicht mal an einem Ort wie diesem, der ja sicher sein sollte.

Ist es irgendwo sicher?

Dr. Cummings ist klein, blond und hochschwanger. Ihr khakifarbenes Uniformhemd hängt locker über ihrem runden Bauch. Ich betrachte die goldenen Abzeichen auf ihrem Kragen. Lieutenant Commander. Mein Dad wäre stolz. Ich habe schon mit sechs Jahren alle Ränge gekannt.

»Hi, Denise, ich bin Dr. Cummings.« Sie tritt ans Waschbecken, um sich die Hände zu waschen. »Wie geht es dir?«

»Gut.«

Sie wirft ihr benutztes Papierhandtuch weg, dann setzt sie sich auf einen Hocker. »Was führt dich heute zu mir?«

»Ich fühle mich in letzter Zeit irgendwie niedergeschlagen.«

»Hattest du so etwas früher schon mal?«

»Ja, als ich zwölf war. Seitdem nehme ich Tabletten. Mein Dad meint, dass vielleicht die Dosis angepasst werden müsste.«

»Lass mich mal sehen, was du derzeit bekommst.« Sie klickt in meiner Akte herum und nennt den Namen und die aktuelle Dosierung meines Medikaments. »Wir könnten es mit zehn Milligramm mehr am Tag probieren und gucken, ob das hilft.«

»Okay.«

»Hat es in letzter Zeit irgendwelche Veränderungen in deiner Ernährung oder beim Sport gegeben oder ist sonst etwas vorgefallen?«

Ich habe seit drei Wochen kaum etwas gegessen oder mein Zimmer verlassen, aber das kann ich ihr nicht sagen. »Nein.«

Ist sie dazu ausgebildet, zu erkennen, was mir passiert ist? Ich will weglaufen, doch wo könnte ich hin? Und wie sollte ich mein Verhalten der Ärztin oder meinem Dad erklären? Ich stehe kurz davor, zu hyperventilieren, dabei hat sie nichts weiter getan, als etwas in den Computer einzutippen.

»Geht es dir gut?«, fragt sie und sieht mich besorgt an.

»Ich … Ich bin nur nervös.«

Ich will ihr so gerne die Wahrheit sagen, aber wenn ich daran denke, wie gemein diese Mädchen zu mir waren, wird mir erneut klar, dass ich das nicht kann. Niemand würde mir glauben, und alles würde bloß noch schlimmer werden, als es bereits ist.

»Atme ein paarmal tief ein und aus, und versuch, dich zu entspannen. Wir reden nur, okay?«

»Mhm.«

»Ich habe ein paar Routinefragen, die einige grundlegende Dinge abdecken.«

Ich beantworte die Fragen über meine Gesundheit – Alter bei der ersten Regelblutung, Zeitpunkt der letzten und ein volles Screening für Depressionen, das ich schon kenne. Die Fragen bringen Erinnerungen an die Zeit zurück, in der ich mich so schlecht gefühlt habe, dass ich mich gewundert habe, wie ich noch am Leben sein konnte. Ich wusste damals nicht, dass sich das noch steigern könnte.

»Besteht irgendeine Möglichkeit, dass du schwanger bist?«

Ich will auf der Stelle sterben. Kann sie erkennen, ob ich es bin, und wird sie es merken, wenn ich lüge?

»Es ist in Ordnung, Denise. Du kannst mit mir reden.«

Als wäre ein Damm gebrochen, fange ich an, so heftig zu weinen, dass ich nicht mehr atmen oder denken oder überhaupt irgendetwas anderes tun kann.

Sie steht neben mir und hält meine Hand, während der emotionale Tsunami über mich hinwegrollt. Ich schätze, es war nur eine Frage der Zeit, bis ich zusammenbrechen würde.

»Ich hole dir ein Glas Wasser.« Sie reicht mir ein Taschentuch. »Bin sofort zurück.«

Nachdem sie mit einem Plastikbecher mit Wasser zurück ist, reibt sie mir über den Rücken und hält den Becher, während ich einen Schluck trinke. »Tut mir leid.«

»Muss es nicht. Wie kann ich dir helfen?«

»Gar nicht. Niemand kann das.«

»Das stimmt nicht.«

Ich stoße ein bitteres Lachen aus, während ich meine Augen mit einem weiteren Taschentuch abwische. »In diesem Fall schon.«

»Ich habe festgestellt, dass es meist hilft, über das zu reden, was einen belastet. Wenn du es mit jemandem teilst, nimmt das ein wenig von der Last von deinen Schultern.«

Ihre Worte legen sich wie eine warme Decke um mich. Ich will es so dringend jemandem erzählen, fürchte mich aber panisch vor den Konsequenzen.

»Müssen Sie meinen Dad darüber informieren, was ich Ihnen hier drinnen anvertraue?«

»Definitiv nicht. Das bleibt unter uns. Es könnte allerdings sein, dass ich dich ermutige, mit ihm oder jemand anderem zu reden, der dir möglicherweise helfen kann.«

»Bin ich schwanger?«

»Das kann ich ohne weitere Untersuchungen nicht mit Sicherheit sagen.«

Ein neuerliches Schluchzen entringt sich meiner Brust, als meine größte Angst sich zu bewahrheiten droht. »Kann man beim ersten Mal schwanger werden?«

»Ja.«

Das ist nicht das, was ich hören wollte. Ich hatte schon seit Wochen überlegt, die Frage zu googeln, mich jedoch vor der Antwort gefürchtet. Der Sexualkundeunterricht, in dem solche Dinge behandelt wurden, liegt schon Jahre zurück, und ich kann mich nicht mehr an die Einzelheiten erinnern. Bisher hatte ich ja auch keinen Grund dazu.

»Bist du in einer Beziehung?«

»Ja, aber er lebt in Spanien.«

Darauf erwidert sie nichts, vermutlich weil sie hofft, dass ich weiterspreche.

»Das … was passiert ist … Es war nicht …« Der Kloß aus Emotionen, der in meiner Kehle steckt, macht es mir unmöglich, die Worte herauszubringen.

»Denise, bist du vergewaltigt worden?«

Da ist er. Der Moment der Wahrheit. Wenn ich es ihr sage, wird es nicht mehr länger nur mein Geheimnis sein – und seins. Jemand anders wird davon wissen.

Sie streicht mir weiter beruhigend über den Rücken. »Du bist an einem sicheren Ort. Was immer du mir erzählst, wird, solange du es willst, vertraulich behandelt.«

»M-müssen Sie das der Polizei melden?«

»Nur wenn du das möchtest.«

Schweigen senkt sich auf uns herab, bis ich es nicht länger ertrage. »Ich bin vergewaltigt worden. Das war vor drei Wochen.«

»Kennst du den Täter?«

Ich nicke. »Wir gehen auf dieselbe Schule.« Ich kann nicht glauben, wie erleichtert ich mich fühle, weil nun noch jemand anders darüber Bescheid weiß.

»Und war das dein erstes Mal?«

»J-ja.«

»Es tut mir leid, dass dir das passiert ist, Denise.«

»Meine Freunde nennen mich Neisy.«

»Neisy.« Sie reicht mir weitere Taschentücher, die ich auch brauche. »Bist du verletzt worden?«

»Ich glaube ja. Vielleicht. Es hat danach sehr lange wehgetan.«

»Würdest du einer Untersuchung zustimmen, damit ich mich davon überzeugen kann, dass alles gut verheilt ist?«

»Ich … ich glaube nicht, dass ich das kann.«

»Ist schon gut. Das kann warten.«

»W-was soll ich jetzt machen?«

»Das kann ich dir nicht sagen.«

»Was würden Sie tun?«

»Ich würde wollen, dass er für das bestraft wird, was er mir angetan hat.«

»Es ist nur … Niemand würde mir glauben. Er ist der beste Freund von allen, ein Spitzensportler und ein super Schüler. Seine langjährige Freundin unterzieht sich einer Krebsbehandlung, und er unterstützt sie dabei mustergültig. Ich bin seit letztem Jahr neu an der Schule, und alle hassen mich. Es stünde mein Wort gegen seins.«

»Wenn du schwanger bist, würde die DNA des Babys deine Geschichte stützen.«

Daran hatte ich noch gar nicht gedacht, und zum ersten Mal verspüre ich einen Funken Hoffnung, dass er mit dem, was er mir angetan hat, nicht ungestraft davonkommt. Doch dann überlege ich, was passieren würde, sollte ich Ryder Elliott wegen Vergewaltigung anzeigen, und meine Hoffnung schwindet.

»Ich kann es nicht melden. Das geht einfach nicht. Es wäre der reinste Albtraum.«

»Du bist das Opfer eines Verbrechens, Neisy. Eines Verbrechens, an dem du keinerlei Schuld trägst.«

»Die Mädchen in der Schule werden sagen, dass ich es darauf angelegt habe. Sie haben am ersten Tag entschieden, dass ich eine Schlampe bin, und erzählen seitdem die schrecklichsten Lügen über mich.«

»Es tut mir leid, dass du das erleben musst.«

Ich zucke die Achseln. »Meistens kümmere ich mich nicht darum, was sie reden, weil ich die Wahrheit kenne. Aber das hier … Es wäre anders. Sie sind mit ihm zusammen aufgewachsen. Sie würden ihn verteidigen und erklären, dass er so etwas unmöglich getan haben kann. Sie würden mich als komplett schamlos hinstellen und verkünden, dass ich es nicht besser verdient habe.« Allein der Gedanke daran lässt mich erschauern.

»Das mag alles sein, doch du würdest ihn zwingen, sich vor Gericht zu verteidigen. Selbst wenn er freigesprochen würde, würde er den Vorwurf nie ganz loswerden. Es könnte auch sein, dass sich herausstellt, dass du nicht die Einzige bist, der er das angetan hat.«

Diese Möglichkeit ist mir noch gar nicht in den Sinn gekommen.

»Oder du könntest die Erste, aber nicht die Letzte sein.«

Galle brennt in meiner Kehle und lässt mich würgen.

Sie reicht mir erneut den Becher mit Wasser, und ich trinke vorsichtig ein paar Schlucke.

Jemand klopft an die Tür.

Sie geht hin.

»Der Vater der Patientin fragt, ob alles in Ordnung ist.«

»Sag ihm, dass wir noch ein paar Minuten brauchen.«

»Okay.«

Sie schließt die Tür und lehnt sich dagegen. »Wenn du möchtest, kann ich einen Schwangerschaftstest machen, damit wir es mit Sicherheit wissen.«

»Wie läuft das ab?«

»Du musst nur eine Urinprobe abgeben.«

»Äh, okay. Ich schätze, das krieg ich hin.«

»Nimm dir eine Minute Zeit, dann komm in mein Büro auf der anderen Flurseite. Dort steht alles für dich bereit.«

»Kann ich Sie etwas fragen?«

»Natürlich.«

»Wenn ich schwanger sein sollte, muss ich dann aufhören, meine Tabletten zu nehmen?«

»Nein, das würden wir nicht empfehlen.«

»Oh, gut. Okay.«

»Ich warte in meinem Büro auf dich.«

Nachdem sie den Raum verlassen hat, gehe ich zum Waschbecken und spritze mir etwas kaltes Wasser ins Gesicht. Ich nehme mir volle zwei Minuten, um einfach nur tief durchzuatmen, bevor ich die Tür öffne und den Flur zu ihrem Büro überquere.

»Weißt du, wie man eine Urinprobe abgibt?«

Ich nicke. »Ich hatte früher öfter Blasenentzündungen.«

Sie reicht mir ein Desinfektionstuch und einen Becher. »Die Toiletten sind zwei Türen weiter auf der linken Seite. Ich warte hier auf dich.«

Dass ich schwanger sein könnte, ist zu groß und zu unfassbar, um überhaupt darüber nachzudenken.

Was ist, wenn Kane mir nicht glaubt, dass ich vergewaltigt worden bin, und stattdessen denkt, ich hätte ihn betrogen? Wie soll ich ihm das alles jemals beibringen? Wird er mich noch lieben, wenn er davon erfährt? Der Gedanke daran ist mehr, als ich ertragen kann. Er war in den letzten vier Jahren mein Fels in der Brandung und mein bester Freund. Daran hat selbst der Umstand, dass uns ein Ozean trennt, nichts geändert.

Ich liebe ihn.

Ich darf ihn nicht verlieren.

Tränen rollen über meine Wangen, während ich für die Urinprobe auf der Toilette bin.

Danach wasche ich mir die Hände und keuche auf, als ich mein Spiegelbild sehe.

Mein Dad wird wissen, dass etwas Fürchterliches passiert ist.

Einen Schritt nach dem anderen, Neisy.

Ich bringe die Probe zur Ärztin.

»Setz dich. Ich bin gleich zurück.«

Als sie zehn Minuten später zurückkommt, kann ich an ihrer Miene ablesen, dass der Test positiv ausgefallen ist.

Mein Herz zieht sich zusammen, und Verzweiflung droht mich zu verschlingen. »Was soll ich jetzt machen?«

»Das ist allein deine Entscheidung.«

»Wie kann es meine Entscheidung sein? Ich weiß nicht, was zum Teufel ich tun soll.«

»Wäre dein Vater gewillt, dir zu helfen?«

»Er wird tot umfallen, wenn er hört, dass ich schwanger bin. Und dann wird er denjenigen umbringen wollen, der mir das angetan hat.«

»Ganz sicher nicht.«

»Ich weiß nicht. Es könnte durchaus sein.«

»Ich habe schon zwei ältere Kinder, und in dieser Situation würde mein erster Gedanke dem Wohl meines Kindes gelten. Ich würde sicherstellen, dass es die Unterstützung hat, die es braucht, um das durchzustehen.«

»Was ist, wenn er mir nicht glaubt, was passiert ist?«

»Warum sollte er nicht? Hast du ihn zuvor schon mal angelogen?«

»Einmal. In der fünften Klasse. Ich habe behauptet, nicht dabei gewesen zu sein, als die anderen Kinder Telefonstreiche gemacht haben, doch meine Stimme war aufgezeichnet worden. Er hat lange gebraucht, um das zu verarbeiten.«

»Damals warst du ja noch viel jünger. Hast du ihn seitdem angelogen?«

»Nicht ein einziges Mal. Ich war so traurig, weil er beim ersten Mal so enttäuscht von mir gewesen ist. Ich wollte nicht, dass er sich jemals wieder so fühlt.«

»Ich bin mir sicher, dass er gesehen hat, wie wichtig es dir ist, immer aufrichtig zu ihm zu sein.«

»Ja, vermutlich.« Ich kämpfe mit mir. »Er ist oft weg, auf Einsätzen und so.«

»Was ist mit deiner Mutter?«

»Sie hat ein paar Probleme. Sie, äh … Sie trinkt. Sehr viel.«

»Ich verstehe.«

»Sie würden ihr aber nie verraten, dass ich das gesagt habe, oder?«

»Nein. Was wir beide besprechen, unterliegt der ärztlichen Schweigepflicht.«

»Oh. Okay. Danke. Das würde sie wütend machen. Sie redet nicht gerne darüber.«

»Willst du, dass ich deinen Dad hereinbitte, damit wir gemeinsam mit ihm sprechen können?«

»Das würden Sie tun?«

»Natürlich. Was immer du brauchst, Neisy. Ich bin für dich da.«

»Sie haben doch bestimmt noch andere Patienten, die auf Sie warten.« Ich suche nach Gründen, um zu vermeiden, es meinem Dad erzählen zu müssen.

»Ich habe meine Kollegen gebeten, für mich einzuspringen, damit ich dir helfen kann.«

Angesichts ihrer Freundlichkeit kommen mir erneut die Tränen. »Das ist sehr nett von Ihnen.«

»Das tue ich gern.«

Ich bin mir sicher, dass das nicht stimmt, bin aber dankbar für ihre Unterstützung, die mir den Mut gibt, den nächsten Schritt zu gehen. »Ich schätze, ich werde es meinem Dad sowieso irgendwann erzählen müssen.« Dann kann ich es genauso gut mit der Ärztin an meiner Seite tun.

»Ich hole ihn eben dazu.«

»Können … können Sie ihn bitten, nicht auszuflippen? Das würde nicht helfen.«

»Natürlich.«

Sie verlässt den Raum, und ein paar Minuten später höre ich Stimmen im Flur, von denen ich eine als die meines Dads erkenne.

»Was ist los mit ihr?«, fragt er etwas lauter.

»Sie würde gerne mit Ihnen über etwas sprechen, das sie sehr verstört hat, und sie hat darum gebeten, dass Sie nichts sagen, bis sie Ihnen alles erzählt hat.«

»Was zum Teufel? Wo ist sie?«

»Hier entlang.«

Die Ärztin kommt mit meinem Dad im Schlepptau herein, der beim Anblick meines roten, verquollenen Gesichts abrupt stehen bleibt.

»Neisy, Liebes. Was ist los?«

»Würden Sie sich bitte setzen, Captain Sutton?«

Er will es nicht, setzt sich jedoch trotzdem neben mich und nimmt meine Hand. »Was immer es ist, wir kriegen das gemeinsam hin, Schatz.«

Jetzt laufen mir schon wieder Tränen über die Wangen.

»Süße, du machst mir Angst. Was ist los?«

Ich schaue zur Ärztin, die mir ermutigend zunickt.

»Vor ein paar Wochen«, fange ich leise an, »war ich mit Kids von meiner Schule auf einer Party in Land's End. Sie hat bei Houston stattgefunden. Erinnerst du dich noch an ihn? Vom Restaurant?«

»Sicher. Er ist ein netter Junge.«

»Ja, ist er. Normalerweise nehme ich keine Einladungen zu so was an, weil … Na ja, du weißt, warum. Aber wir sind befreundet, und deshalb wollte ich hin.« Ich nehme mir ein Taschentuch aus der Box, die Dr. Cummings mir über den Schreibtisch zuschiebt, und wische mir über die Augen. »Dort hat ein Junge aus meinem Jahrgang gesagt, er wolle mit mir über seine Freundin reden, die ich vom letzten Jahr kenne. Sie ist sehr krank, und ich wollte hören, ob es was Neues zu ihrem Gesundheitszustand gibt. Wir sind ein Stück von den anderen weggegangen. Ich, äh … Er hat was darüber behauptet, wie ich ihn angucke, was nicht stimmt. Dann hat er mich zu Boden gestoßen und …«

»O nein«, keucht Dad. »Neisy.«

»Es tut mir so leid, Dad.« Schluchzer schütteln mich. »Ich schwöre, ich habe nie etwas getan, um ihn zu ermutigen.«

Er zieht mich schnell in seine Arme. »Schh, es ist nicht deine Schuld. Du hast nichts falsch gemacht.«

Während ich seinen vertrauten Duft einatme und die Wärme seiner Umarmung spüre, durchströmt mich Erleichterung, weil er es jetzt weiß und mir glaubt.

»Wer war es?«

»Das will ich nicht verraten.«

»Denise fürchtet, dass Sie sich zu etwas Unüberlegtem hinreißen lassen und ihm etwas antun könnten.«

»Ich schwöre bei deinem Leben, dass ich ihm keinen körperlichen Schaden zufügen werde.«

Ich verstehe, dass er auf nichts Wichtigeres hätte schwören können. Ich bin das Wichtigste in seinem Leben, das habe immer gewusst. »Ryder Elliott.«

»Der Footballspieler?« Er klingt so schockiert, wie ich war, als es passiert ist.

»Ja.«

An die Ärztin gewandt fragt er: »Sind Sie verpflichtet, das zu melden?«

»Nicht ohne Denises Zustimmung. Sie macht sich Sorgen, dass ihr Wort gegen seins stehen würde. Es ist schon vor mehreren Wochen passiert.«

»Also gibt es keine Beweise.«

»Nun, es könnte einen Beweis geben.« Sie wirft mir einen Blick zu, um sich meine Erlaubnis einzuholen.

Mein Dad lehnt sich zurück, um mich anzuschauen. »Was für einen Beweis?«

»Ich bin schwanger.«

Für den Rest meines Lebens werde ich den Ausdruck auf seinem Gesicht nicht vergessen, als die Bedeutung der Worte einsinkt. Es ist ein Schock, wie er mir noch nie zuvor oder seitdem untergekommen ist.

»Schwanger.«

»Ja«, bestätigt die Ärztin. »Und die DNA des Babys könnte von irgendwann zwischen der neunten und zwölften Schwangerschaftswoche an genutzt werden, um Denises Behauptung zu bestätigen.«

Dad lässt den Kopf in die Hände sinken.

»Es tut mir so leid, Daddy.«

Er reißt sich zusammen und sieht mich mit entschlossener Miene an. »Das muss es nicht. Schließlich ist es dir angetan worden, und ich werde mich darum kümmern.«

»Wie?«

»Darüber musst du dir keine Gedanken machen.«

»Doch! Es ist mein Leben. Du kannst nicht einfach losziehen und mich außen vor lassen.«

»Als Erstes werde ich mal ein Gespräch mit Ryders Vater führen.«

»Wenn ich vielleicht …«

Er schaut zu Dr. Cummings.

»Ich schlage vor, dass Sie zuerst mit der Polizei reden. Allerdings nur, wenn Denise damit einverstanden ist.«

Beide blicken mich an.

Hier ist er. Der Moment der Wahrheit. Wenn ich mit diesen Anschuldigungen an die Öffentlichkeit gehe, wird eine Schmutzkampagne gegen mich losbrechen wie niemals zuvor.

Doch andererseits, wie würde sich das davon unterscheiden, wie sie mich bis jetzt behandelt haben? Gar nicht. Houston ist der einzige Freund, den ich hier habe, und er hat gerade seinen Collegeabschluss gemacht und in der Nähe von Boston eine Stelle bei der Polizei angenommen. Er wird nicht hier sein, um mir zu helfen, das letzte Jahr auf der Highschool oder sonst etwas zu überstehen, nachdem diese Bombe geplatzt ist.

Das muss ich allein tun.

Will ich, dass Ryder für das bezahlt, was er mir angetan hat?

Verdammt, ja.

Interessieren mich die Konsequenzen?

Nicht so sehr, wie sie es vermutlich sollten.

»Ich glaube, ich möchte es der Polizei melden.«

»Dann werden wir genau das tun«, erklärt Dad.

Kapitel 5

Blaise
Damals

Ich schlafe schon halb, als mein Handy gegen halb elf von eintreffenden Textnachrichten förmlich explodiert. Alle fragen, ob ich davon gehört habe, dass Ryder von Neisy wegen Vergewaltigung angezeigt worden ist.

Ich setze mich auf und scrolle durch die Nachrichten, bevor ich zu Facebook wechsle, wo die Mädchen aus der Schule sie bereits als Lügnerin bezeichnen.

Auf keinen Fall würde Ryder sie anrühren, meint Brooke in einem aufgebrachten Post. *Alle wissen, wie verliebt er in Louisa ist, und er hat in der ganzen Zeit, in der sie zusammen sind, nie ein anderes Mädchen auch nur angeguckt. Neisy lügt. Glaubt ihr nicht. Ryder ist unschuldig!*

Mein Bruder ist unschuldig, was diese ekelhafte Anschuldigung angeht, schreibt Cam. *Glaubt nichts, was ihr von Leuten hört, die immer nur Aufmerksamkeit suchen. #JusticeforRyder*

Ernsthaft?, kommt von Sienna. *Sie muss unter Wahnvorstellungen leiden, wenn sie glaubt, er würde irgendwas mit ihr zu tun haben wollen. #JusticeforRyder*

Ihre Worte treffen mich wie ein Dolchstoß ins Herz. Sie weiß genau, dass Neisy die Wahrheit sagt, und stellt sich dennoch öffentlich auf Ryders Seite.

Mir ist wieder genauso übel wie an dem Abend, an dem das alles passiert ist, und es wird immer schlimmer, je mehr Leute Gemeinheiten über Neisy von sich geben.

Die Tür zu meinem Zimmer wird aufgestoßen, und Arlo stürmt aufgebracht herein. »Hast du es schon gehört?«

»Ja.«

»Was zum Teufel glaubt sie, was sie da tut?«

»Äh, ich weiß es nicht.« Am liebsten würde ich ihm sagen, dass ich alles gesehen habe.

Ich werde mich jahrelang fragen, warum ich es nicht getan habe.

In dem Moment bringe ich diese Worte, die für uns beide alles verändern würden, jedoch einfach nicht über die Lippen.

»Sie redet so einen Mist! Alle wissen, was er für Louisa empfindet. Mein Gott, was muss sie nur denken? Hast du gehört, dass sie ins Hospiz kommt? Sie reagiert nicht auf die Behandlung, und die Ärzte können nichts mehr für sie tun. Als hätten sie und Ryder nicht schon genug Sorgen.«

Mein Herz wird schwer. »Nein, das ist mir neu. Wie schrecklich.«

»Ich weiß ehrlich gesagt nicht, wie viel mehr sie noch aushalten können. Cam meinte, Neisys Dad würde bei der Polizei einen Riesenaufstand machen und verlangen, dass sie Ryder verhaften.«

»Und, werden sie das tun?«

»Ich bin mir nicht sicher. Ich habe gehört, dass es irgendeinen Beweis geben soll, aber das glaube ich nicht. Das werde ich niemals glauben.« Er schaut mich voller Kampfgeist an. »Wir werden ihn bis aufs Blut verteidigen. Das fängt morgen mit einer Versammlung in der Schule für alle an, die ihm glauben. Auf keinen Fall werden wir zulassen, dass jemand wie sie ihn ruiniert. Ich geb dir Bescheid, wenn ich mehr weiß.«

Arlo verschwindet so schnell, wie er gekommen ist, weil er Dinge zu organisieren hat, um seinem besten Freund zu helfen.

Ich renne ins Bad, um mich zu übergeben, was seit jenem Abend beinahe jeden Tag der Fall ist. Ich habe sieben Kilo abgenommen, dabei war ich schon vorher wirklich schlank, und meine Mom fragt ständig, was mit mir nicht stimmt.

Nichts stimmt.

Überhaupt gar nichts.

Ich weiß nicht, wie ich mit diesem Wissen leben soll, mit dem ich nichts anfangen kann. Wenn ich die Wahrheit sage, werden mich alle hassen, einschließlich meines Bruders und meiner jetzt ehemaligen besten Freundin. Ich habe nichts mehr von Sienna gehört, seit sie mich angerufen und von mir verlangt hat, ich solle den Mund halten. Und das ist auch in Ordnung, denn ihr Verhalten widert mich an. Doch ich vermisse es, jemanden zum Reden zu haben. Vor allem jetzt. Und es gibt definitiv niemanden sonst, mit dem ich darüber sprechen könnte.

Kurz hatte ich überlegt, Teagan einzuweihen. Es gab eine Zeit, und die liegt noch gar nicht so lange zurück, da haben wir uns richtig nahegestanden. Das war, bevor sie beschlossen hat, es wäre wichtiger, eine Rebellin zu sein, als eine gute Schwester. Jetzt hat sie kaum noch Zeit für mich, aber ich muss einfach glauben, dass sie, wenn ich mich an sie wenden und ihr erzählen würde, was ich beobachtet habe, für mich da wäre.

Doch was, wenn nicht? Was ist, wenn sie mich als Lügnerin bezeichnet oder überall verbreitet, ich hätte mir irgendeine verrückte Geschichte über Ryder ausgedacht? Was dann?

Das kann ich nicht. Ich muss noch ein Jahr an der Hope High School durchstehen, und ich habe nicht vor, mein letztes Jahr praktisch als Aussätzige zu verbringen.

Aber dann muss ich an Neisy denken und daran, wie es ihr wohl geht. Wieder wird mir schlecht. Ich wünschte, ich wäre stark genug, um mich und meine Beziehung zu meinen Freunden und meiner Familie zu riskieren, ganz zu schweigen davon, mich dem zu stellen, was passieren würde, wenn ich gestehe, dass ich an jenem Abend dort gewesen bin. Ich wünschte, ich wäre stark genug, um das Richtige zu tun.

Nur leider bin ich das nicht.

Ein guter Mensch würde den Mund aufmachen, würde die Wahrheit sagen, egal, welche Konsequenzen das für ihn selbst hätte.

Die Erkenntnis, dass ich kein so guter Mensch bin, wie ich immer gedacht habe, lastet schwer auf mir. Bevor das alles passiert ist, wäre mir nie in den Sinn gekommen, dass ich Zeugin eines Gewaltverbrechens werden könnte, ohne jemandem davon zu erzählen.

Ich frage mich, warum Neisy so lange damit gewartet hat, ihn anzuzeigen. Ist sonst noch etwas passiert? Und wie hat ihr Dad davon erfahren? Ich hoffe, dass die Polizei Ryder verhaftet. Dann würde ich mich wesentlich besser fühlen, auch wenn weiterhin ihr Wort gegen seins stehen würde. Arlo hat Beweise erwähnt. Ich würde zu gerne wissen, um was es sich dabei handelt.

Nichts würde mich mehr freuen, als mitzuerleben, dass sie gegen ihn gewinnt.

Als ich wieder in meinem Zimmer bin, nehme ich mein Handy, um durch die vielen Hasskommentare zu scrollen, die sich gegen die Außenseiterin richten, die einen von uns eines Verbrechens bezichtigt.

Alle sind zu hundert Prozent auf seiner Seite. Sie betonen, was für eine wichtige Rolle er in unserem Jahrgang und in unseren Leben spielt. Seit der achten Klasse war er der Schülersprecher, von seinen vielen Siegen auf dem Spielfeld und seinen hervorragenden Leistungen im Klassenzimmer ganz zu schweigen.

Alle wissen, dass er eine Karriere als Marineoffizier anstrebt.

Werden Neisys Anschuldigungen seine Chancen auf eine Aufnahme in der Offiziersakademie beeinflussen?

Teagan klopft einmal, bevor sie mein Zimmer betritt. »Kennst du das Mädchen, das Ryder beschuldigt?«

Das sind die ersten Worte, die sie seit Tagen an mich richtet.

»Ein wenig. Sie ist in unserem Jahrgang.«

»Meinst du, er könnte es getan haben?«

Ich zucke mit den Schultern, weil ich bereits entschieden habe, dass ich ihr nicht vertrauen kann.

»Vermutlich hat sich vieles in ihm aufgestaut, weil Louisa schon so lange so krank ist.«

»Das ist eklig, Teagan.«

»Aber es stimmt. Es würde mich nicht wundern, wenn er hinter ihrem Rücken mit etlichen Mädels rumgemacht hat.«

»Eine Vergewaltigung ist nicht ›rummachen‹.«

»Also glaubst du, er hat es getan?«

»Woher soll ich das wissen?«

»Er hat es nicht getan, Teagan!«, ruft Arlo hinter ihr. »Und ich höre besser nicht, dass du das noch mal sagst.«

»Ganz ruhig, kleiner Bruder. Ich habe nur Blaise gefragt, was sie denkt.«

»Es ist egal, was andere denken. Ich *kenne* ihn. Ich kenne die Wahrheit. Jeder, der etwas anderes behauptet, ist für mich gestorben, hörst du?«

»Ja, ich höre dich laut und deutlich«, antwortet Teagan von oben herab. »Was interessiert es mich überhaupt? Er spielt in meinem Leben keine Rolle.«

»Er ist mein bester Freund. Und das hier könnte sein Leben zerstören. Also entschuldige bitte, wenn es mich interessiert.«

»Was ist hier los?«, fragt Mom vom Flur aus.

Arlo funkelt unsere Schwester an. »Teagan reißt das Maul über etwas auf, wovon sie keine Ahnung hat.«

»Halt den Mund, Arlo. Ich habe mich einfach nur bei Blaise erkundigt, ob sie glaubt, dass er es getan hat.«

»Und ich habe einfach nur gesagt, dass du den Mund halten sollst.«

»Das reicht, Teagan. Die ganze Sache ist für Arlo und Blaise sehr verstörend. Sie sind mit Ryder befreundet.«

»Bin ich nicht.« Es ist mir wichtig, das klarzustellen.

Arlo sieht mich ungläubig an. »Du bist mit ihm aufgewachsen, Blaise. Er mag nicht dein bester Freund sein, doch es ist deine Pflicht, dich auf seine Seite zu stellen, wenn jemand versucht, mit Lügen sein Leben zu zerstören.«

»Niemand ist zu irgendetwas verpflichtet, Arlo«, sagt Mom. »Man tut, was man tun muss, und Blaise kann tun, was immer sie will.«

»Unser ganzes Leben lang hast du uns gepredigt, wie wichtig Loyalität ist, Mom.« Arlo ist den Tränen nahe. »Er ist einer von uns. Er ist praktisch in diesem Haus aufgewachsen. Wie kann jemand auch nur eine Sekunde lang an ihm zweifeln?«

»Ich zweifle nicht an ihm«, entgegnet Mom. »Aber ich kenne ihn auch nicht so gut wie du, also kannst du nicht erwarten, dass ich mir genauso sicher bin wie du.«

»Du kennst ihn! Du hast geholfen, ihn und Cam aufzuziehen, so wie ihre Eltern geholfen haben, mich aufzuziehen.«

»Das stimmt. Trotzdem habe ich keine Ahnung, wie er sich benimmt, wenn seine Eltern nicht dabei sind.«

Für diese Äußerung würde ich sie am liebsten umarmen. Doch ich balle die Fäuste und falle ihr nur im Geist um den Hals.

»Ich fass es nicht«, erklärt Arlo. »Ich bin von euch allen sehr enttäuscht.«

»Mach mal halblang, Arlo«, meint Mom, »und überlege, warum diese junge Frau so etwas sagen würde, wenn es nicht stimmt. Was sollte ihr das bringen?«

»Rache.« Bei Arlos unheilvollem Tonfall läuft mir einen Schauer über den Rücken. »Die Leute haben sie mies behandelt, seitdem sie aus dem Nichts an unserer Schule aufgetaucht ist, und das ist ihre Art, es uns heimzuzahlen.«

Wir drei starren ihn entgeistert an.

»Das ist verrückt«, stellt Mom fest. »Das alles wird ihr Leben genauso zerstören wie seins. Warum sollte sie sich dem aussetzen? Warum sollte sie ihn einer solchen Tat beschuldigen, nur um sich an Menschen zu rächen, die nicht nett zu ihr waren?«

»Weil sie inzwischen weiß, was er uns bedeutet«, entgegnet Arlo erbittert. »Wenn ihr ihn nicht genauso unterstützen könnt, wie ihr es tun würdet, wenn es mir passiert wäre, habe ich euch nichts mehr zu sagen.«

Er stürmt in sein Zimmer und knallt die Tür hinter sich zu.

»Er hat recht«, befindet Teagan. »Ryder ist in diesem Haus aufgewachsen, und wir sollten zu ihm halten.«

Mom scheint sich dessen nicht so sicher zu sein, schweigt aber.

Teagan geht in ihr Zimmer und schließt die Tür.

»Ich möchte mit dir reden.« Mom kommt in mein Zimmer und zieht die Tür hinter sich zu. »Was ist los, Blaise? Und sag nicht, es wäre nichts. Du hast dein Zimmer kaum verlassen, außer für deinen Ferienjob, und du isst nicht. Du weißt, was ich darüber denke.«

Sie hatte als Teenager mit Magersucht zu kämpfen und ist deshalb sehr wachsam, was das betrifft.

»Ich fühle mich in letzter Zeit einfach irgendwie komisch«, antworte ich. »Ich weiß nicht, warum.«

»Wenn du nicht anfängst, wieder zu essen und am Leben teilzunehmen, werde ich einen Arzt zurate ziehen. Selbst Junie ist es schon aufgefallen. Ich werde nicht zulassen, dass einem meiner Mädchen das passiert. Hast du mich verstanden?«

»Ja. Tut mir leid.« Und es tut mir auch leid, dass meine kleine Schwester sich Gedanken um mich macht.

Mom gibt mir einen Kuss auf die Stirn. »Du hast mir bisher nie Sorgen bereitet. Fang jetzt nicht damit an, okay?«

Ich zwinge mich zu einem Lächeln. »Okay.«

»Ich hab dich lieb, Süße.«

»Ich dich auch, Mom.«

»Ruh dich ein wenig aus. Wir sehen uns morgen früh.«

Nachdem sie gegangen ist, lege ich mich wieder aufs Bett und scrolle weiter, lese einen fiesen Post nach dem anderen über Neisy, ihre vermeintlichen Motive, ihren Ruf als Schlampe und lauter andere hässliche Sachen, die den Leuten zu ihr einfallen.

Ich hab immer gewusst, dass sie so was tun würde, schreibt ein Mädchen namens Abby. *Das war nur eine Frage der Zeit. Doch da hat sie sich die Falschen ausgesucht. Wir sind auf deiner Seite, Ryder. #JusticeforRyder*

Mein Herz schmerzt für Neisy.

Ich wünschte, ich hätte jemanden, den ich um Rat fragen kann, was ich tun soll.

Ich könnte mich an einen Vertrauenslehrer oder Schultherapeuten wenden, aber ich erinnere mich an einen Kurs in der siebten oder achten Klasse, in dem es um das Thema ging. Sie wären gesetzlich verpflichtet, es zu melden, wenn ich ihnen berichte, dass ich Zeugin eines Verbrechens geworden bin, also scheidet das aus.

Es gibt niemanden, mit dem ich reden kann und der die Informationen vertraulich behandeln würde. Und da ich es nicht ertragen würde, wenn alle, die ich kenne, mich noch mehr hassen, als ich mich selbst hasse, muss ich den Mund halten.

Auch wenn es mich umbringt.

· · ·

Neisy
Damals

Nichts in meinem Leben, nicht mal die Hölle des letzten Jahres, hätte mich auf das vorbereiten können, was passiert, nachdem wir Ryder bei der Polizei angezeigt haben. Bevor ich noch die Gelegenheit habe, Kane zu erzählen, was passiert ist, wird mein Handy mit Nachrichten von Nummern bombardiert, die ich nicht kenne. Darin werde ich mit wüsten Schimpfwörtern überhäuft – von »Nutte« über »Lügnerin« bis »Miststück« ist alles dabei. Außerdem droht man an, mir und meiner Familie etwas anzutun.

Einer der Absender fordert mich sogar auf, mich umzubringen, bevor jemand anders das für mich erledigt.

Mein Dad leitet die Drohungen an die Polizei weiter.

Sie bitten Ryder für eine Befragung aufs Revier und lassen ihn wieder laufen, als er seine Unschuld beteuert und damit seine Aussage gegen meine steht. Er streitet alles ab und behauptet, ich hätte ihm schon seit Monaten nachgestellt und dass er viel zu sehr damit beschäftigt ist, sich wegen des sich rapide verschlechternden Gesundheitszustands seiner Freundin zu sorgen, als dass er Zeit hätte, sich mit anderen Mädchen zu treffen.

Facebook steht in Flammen mit Geschichten darüber, dass ich versucht hätte, ihn Louisa in dieser schlimmen Zeit abspenstig zu machen, woraufhin mir noch mehr Verachtung und Hass entgegenschlagen als vorher.

Die engsten Cousinen meiner Mutter, die mit den Elliotts befreundet sind, schicken ihr Nachrichten, dass sie und ich für sie gestorben seien und wie ich es wagen könne, so eine Lüge über Ryder in die Welt zu setzen. Seit Mom sie erhalten hat, ist sie durchgehend betrunken.

Ich spüre eine seltsame Distanz zu alldem, als würde ich über der hitzigen Debatte schweben und zusehen, wie das jemand anderem passiert. Wenn es eine gute Nachricht gibt, dann die, dass mein Dad mit mir einer Meinung ist, dass ich nicht auf die Hope High School zurückkehren kann. Er hat erklärt, er werde sich etwas einfallen lassen, damit ich für mein letztes Jahr an meine alte Schule in Virginia zurückkehren kann. Wobei das vielleicht gar nicht möglich sein wird, denn ich fürchte, dass mir Gerüchte über meine Probleme hier überallhin folgen werden.

Und dann ist da noch das Baby, das ich in mir trage und das ab der neunten oder zehnten Woche beweisen wird, dass ich mir das, was Ryder mir angetan hat, nicht ausgedacht habe. Im Moment will ich auch noch gar nicht darüber nachdenken, *wie* so eine DNA-Probe des Babys entnommen wird.

Kane schickt mir über Nacht eine Nachricht. *Neisy … Was zum Teufel ist da los?*

Kannst du reden?

Ja.

Ich rufe ihn über Skype an, was es uns erlaubt, ohne zusätzliche Kosten miteinander zu sprechen.

»Hey«, sagt er. »Geht's dir gut?«

Ich liebe es, dass das seine erste Frage ist.

»War schon mal besser.«

»Neisy … Warum hast du mir das nicht erzählt?«

Er sieht aus, als wäre sein Herz gebrochen.

Tränen steigen mir in die Augen und rollen über meine Wangen. »Ich habe es niemandem erzählt.«

»Ich bin nicht niemand.«

»Ich dachte, du würdest wütend auf mich sein.«

»Was? Warum? Du hast ja nichts gemacht.«

»Vielleicht doch. Vielleicht habe ich ihm falsche Signale gesendet und …«

»Neisy, nein. Absolut nicht. Er hat dir das angetan. Bist du … Ich meine, hattest du Schmerzen?«

»Für eine Weile. Aber jetzt geht es mir besser. Da … Da ist allerdings noch was, das ich dir sagen muss.« Ich spüre, dass ich kurz davor stehe, zu hyperventilieren. »Ich, äh, ich bin schwanger.«

»O Süße. O nein.«

»Das ist ehrlich gesagt sogar gut. Die DNA des Babys wird helfen, zu beweisen, dass ich nicht gelogen habe.«

»Es tut mir so unendlich leid, dass dir das passiert ist. Ich würde am liebsten sofort in das nächste Flugzeug steigen, zu dir kommen und ihn erwürgen.«

»Ich kann es nicht erwarten, dich zu sehen, nur erwürg bitte niemanden.« Ich versuche mich zusammenzureißen. »Kannst du …«

»Kann ich was, Süße?«

»Kannst du mich nach alldem immer noch lieben?«

»Ich werde dich für immer und ewig lieben. Amen.«

Das sagen wir seit Jahren zueinander, und es jetzt zu hören bricht mich. »Es hätte mit dir sein sollen«, schluchze ich. »D-du hättest mein Erster sein sollen.«

»Und das werde ich auch sein. Was er getan hat, zählt nicht.«

Ich weine so heftig, dass ich nicht reden kann.

»Schh, ist schon gut. Alles ist gut.«

»Ist es nicht.«

»Das wird es aber wieder sein.«

Ich weiß nicht, ob das stimmt. Ich habe das Gefühl, dass nichts je wieder gut sein wird. »Es tut mir leid, dass ich es dir nicht früher erzählt habe.«

»Das muss es nicht. Du warst traumatisiert.«

»Ich bin mir nicht sicher, ob das jetzt die beste Zeit für deinen Besuch ist. Das alles ist so ein Chaos.«

»Damit ist es die absolut beste Zeit dafür, an deine Seite zu eilen und dir beizustehen. Ich hab mir solche Sorgen gemacht. Ich wusste, dass etwas nicht in Ordnung ist. Ich dachte, du hättest vielleicht jemanden kennengelernt, den du lieber magst.«

»Das ist unmöglich.«

»Du bist alles, woran ich denken kann, alles, was ich brauche. Ich kann es nicht erwarten, dich zu sehen.«

»Selbst jetzt, wo du weißt, dass ich ein emotionales Wrack bin?«

»Vor allem jetzt.«

»Ich hab Angst, dass Dad etwas tut, das ihn in Schwierigkeiten bringen könnte. Er ist so wütend.«

»Das wird er nicht. Dazu ist er zu klug.«

»Ich weiß nicht … Ich habe ihn noch nie so aufgebracht erlebt. Und er ist auf hundertachtzig, weil meine Mutter nicht gemerkt hat, dass etwas nicht stimmt, während er weg war. Ich habe gehört, wie er zu ihr meinte, er habe die Faxen dicke mit ihr und ihrem Trinken und ihrer Selbstvergessenheit. Er hat ihr gesagt, wenn sie sich keine Hilfe holt – und zwar bald –, wird er sie verlassen und mich mitnehmen.«

»Das hat sich doch schon eine ganze Weile abgezeichnet, oder?«

»Ja, vermutlich schon. Er ist nur so wütend, weil das alles passiert ist, als ich mit ihr allein hier war, und sie absolut nichts mitbekommen hat. Sie haben sich angeschrien.«

»Es tut mir leid, dass du einen so schrecklichen Sommer hast. Ich bin bald da und werde tun, was ich kann, damit du dich besser fühlst.«

»Ich hatte solche Angst, dass du mich jetzt hassen würdest.«

»Niemals. Ich liebe dich mehr als je zuvor. Bleib stark. Wir stehen das gemeinsam durch. Versprochen.«

Wir reden noch eine Weile, über die Ferien mit seiner Familie in Südfrankreich und den Besuch seines Cousins aus San Diego.

Es ist eine Erleichterung, für ein paar Minuten an etwas anderes zu denken als an meine eigene Situation, aber sobald wir uns verabschieden, bin ich sofort wieder in der Hölle. Meine Brüste spannen, und mir ist übel. Ich habe gelesen, dass beides zu Anfang einer Schwangerschaft normal ist, doch an dieser Schwangerschaft ist nichts normal.

Es klopft an der Tür, und ich setze mich auf. »Herein.«

Mein Dad kommt rein und schließt die Tür. Er sieht furchtbar aus, als hätte er seit Tagen nicht geschlafen. Sein Gesicht wirkt ausgezehrt, und sein Kinn ist von Stoppeln bedeckt. So kenne ich ihn gar nicht. Er ist immer glatt rasiert und ordentlich, deshalb ist es erschütternd, dass er sich in diesem Zustand befindet. »Hast du mit Kane gesprochen?«

»Ja. Ich hab ihm endlich alles erzählt.«

Dad setzt sich ans Fußende meines Betts. »Wie hat er es aufgenommen?«

»Er ist natürlich entsetzt, aber er hat all die richtigen Dinge gesagt.«

»Ich bin froh, dass du ihn zur Unterstützung hast. Kommt er immer noch nächste Woche?«

»Das ist der Plan.«

»Ich habe über … das Baby nachgedacht.« Seine Miene ist herzzerreißend.

»Was ist damit?«

»Es ist nicht richtig, dass du ein Baby austragen musst, das unter diesen Umständen empfangen wurde. Wenn du dich nach Alternativen umhören möchtest, unterstütze ich dich. Egal, wofür du dich entscheidest.«

Meine Eltern haben nie einen Zweifel daran gelassen, dass eine Abtreibung nichts ist, was sie befürworten, auch wenn natürlich jeder diese Entscheidung für sich selbst treffen muss. Deshalb weiß ich, dass es für meinen Dad eine große Sache ist, mir das anzubieten.

»Könnten wir die DNA des Babys dann immer noch überprüfen?«

»Ja, ich glaube schon. Ich will nur, dass du alle Optionen kennst. Am Ende ist es deine Entscheidung.«

»Danke für deine Unterstützung.«

»Es macht mich krank, dass du mit alldem wochenlang allein warst, Neisy. Du hättest mich anrufen sollen. Ich wäre sofort hergekommen.«

»Das weiß ich. Ich hab erst mal Zeit gebraucht, um das alles zu verarbeiten. In Gedanken gehe ich den Abend wieder und wieder durch, suche nach dem Punkt, der dazu geführt hat, dass er geglaubt hat, es sei okay, zu tun, was er getan hat. Als er mir erklärt hat, er wolle mit mir über Louisa sprechen, hatte ich Mitleid mit ihm und hab mich überreden lassen. Mir wäre unter keinen Umständen eingefallen …«

Dads warme Hand landet auf meiner kalten. Mir ist in letzter Zeit ständig kalt. »Du hast nichts getan, um ihn zu ermutigen. Ebenso wenig wie du irgendetwas getan hast, um das zu verdienen. Ein echter Mann nimmt sich nicht einfach mit Gewalt, was eine Frau ihm nicht freiwillig gibt.«

»Daddy …« Ich winde mich, als seine Hand sich so fest um meine schließt, dass es anfängt wehzutun.

Sofort lässt er mich los. »Es tut mir leid, Baby. Ich bin nur so wütend. Am liebsten würde ich zu ihm rüberfahren und meine Hände um seinen Hals legen und ihm zeigen, was mit solchen Schweinen wie ihm passiert, die Frauen vergewaltigen.«

»Bitte tu das nicht. Oder irgendetwas anderes in der Art. Wir müssen die Sache der Polizei überlassen. Er ist es nicht wert, dass du seinetwegen deine Karriere und deine Pension aufs Spiel setzt.«

»Ich habe gehört, dass er in die Marineakademie aufgenommen werden soll. Da werde ich definitiv einschreiten. Dreckskerle seines Kalibers sind das Allerletzte, was wir in der Navy brauchen.«

»Versprich mir, dass du nicht zu ihm gehst.«

Er schaut zu Boden und scheint einen inneren Kampf auszufechten. »Ich könnte ihn umbringen.«

»Ich weiß, Dad, aber bitte versprich mir, dass du nichts unternimmst, was die Sache nur schlimmer macht.«

Nach einer langen Pause sagt er: »Ich werde ihm keinen körperlichen Schaden zufügen. Doch ich werde dafür sorgen, dass er für das bezahlt, was er dir angetan hat.«

KAPITEL 6

Camden
Damals

Selbst nach einem ganzen Tag, an dem ich Zeit hatte, die Neuigkeiten zu verarbeiten, kann ich es nicht glauben. Neisy Sutton wirft Ryder vor, sie vergewaltigt zu haben. Als würde Ryder so etwas jemals tun, vor allem wo er total in Louisa verliebt ist, und das schon so lange, wie wir uns alle erinnern können.

Die Polizei hat Ryder zu einer weiteren Befragung aufs Revier bestellt.

Meine Eltern drehen durch. Sie haben einen hochkarätigen Anwalt aus Boston hergeholt, der Ryder rät, sich vom Polizeirevier fernzuhalten.

»Du willst ihnen nicht die Möglichkeit geben, dich dazu zu verleiten, etwas zuzugeben, was nicht stimmt«, schärft ihm der Anwalt ein, nachdem er in unserem Wohnzimmer Platz genommen hat. »Überlass die Polizei mir. Du hältst still und redest mit niemandem.«

»Er hat Footballtraining«, erklärt Dad. »Er ist der Captain der Mannschaft. Das kann er nicht ausfallen lassen.«

»Dann geh zum Training«, erwidert der Anwalt. »Und komm

danach direkt nach Hause. Rede mit *niemandem* über den Fall. Bestätige mir, dass du verstanden hast, was ich meine, wenn ich sage: mit *niemandem*.«

»Ich hab's verstanden«, antwortet Ryder.

»Sie müssen dafür sorgen, dass das alles verschwindet.« Mom klingt panisch. »Dass jemand ihn einer solch grauenhaften Tat beschuldigt … Seine gesamte Zukunft steht auf dem Spiel.«

»Es ist mir sehr wohl bewusst, was hier auf dem Spiel steht, Mrs Elliott. Und ich tue, was ich kann.«

Der Anwalt geht noch einmal den Ablauf der Ereignisse in der fraglichen Nacht durch, schreibt sich die Namen von Freunden auf, die bestätigen können, dass Ryder auf Houstons Party war, dass er sich nicht mal in der Nähe von Neisy aufgehalten hat, dass das, was sie ihm vorwirft, unmöglich passiert sein kann.

Die Party war schon vor Wochen. Da ist es schwierig, sich an Einzelheiten zu erinnern. Seitdem ist so viel passiert – Louisas Verlegung ins Hospiz und was das mit sich bringt, die Treffen mit Freunden, die Feier zum Unabhängigkeitstag, jede Menge Footballtraining.

Der Anwalt bittet Ryder, ihm möglichst wortgetreu jede Unterhaltung wiederzugeben, die er je mit Neisy geführt hat, was seiner Erinnerung nach nur drei waren, und alle im Vorübergehen.

»Hast du je mit ihr geflirtet, sie um ein Date gebeten, etwas Unangemessenes über sie oder sonst jemanden gesagt?«

»Nein, nie. Ich habe eine Freundin. Wir sind seit der Mittelstufe zusammen.«

Mein Herz schmerzt für ihn und Louisa, die schon genug Kummer hat, nachdem sie gehört hat, dass die Ärzte nichts mehr für sie tun können. Ich kann mir ein Leben ohne sie nicht vorstellen und hab nicht mal ansatzweise eine Ahnung davon, wie Ryder sich fühlen muss. Die Nachricht hat ihn völlig fertiggemacht, und das war, bevor die Polizei vor der Tür gestanden hat.

Der Anwalt verspricht, sich zeitnah wieder zu melden.

Mom und Dad sind verzweifelt, und Ryder … Er ist kreidebleich und zittert am ganzen Körper.

Ich nicke ihm zu, damit er mit mir nach draußen kommt. Wir gehen in den Garten, den meine Eltern so sorgfältig angelegt haben.

Er ist wunderschön, eine echte Oase, und wir alle halten uns hier gerne auf, doch heute vermag er uns nicht zu trösten. Unsere beiden älteren Schwestern, die nicht in der Nähe wohnen, schicken uns ununterbrochen Nachrichten, seitdem die Neuigkeit auch sie erreicht hat.

»Was kann ich tun?«, frage ich meinen Bruder, der zugleich mein bester Freund und engster Vertrauter ist.

»Ich weiß es nicht.«

»Willst du einen Drink?«

Er schüttelt den Kopf. Während der Footballsaison trinkt er nic, aber es gibt für alles ein erstes Mal.

Wir sitzen in den Adirondack-Stühlen, die um die Feuerstelle herumstehen, die Dad selbst errichtet hat.

»Wenn du reden willst, weißt du, dass ich immer da bin.«

»Ja, ich weiß.«

»Die Mädchen hatten recht, was Neisy angeht. Sie hat von Anfang an Schwierigkeiten gemacht.«

Ryder starrt vor sich hin, als ob in dem gemauerten Steinring vor uns ein Feuer flackern würde.

Ich fühle mit ihm. Ich würde alles tun, um das hier verschwinden zu lassen. Unsere Handys vibrieren unablässig von Textnachrichten, die wir ignorieren. Unsere Freunde scharen sich um uns, bieten Hilfe an, drücken ihren Schock und ihre Fassungslosigkeit aus.

Niemand glaubt ihr.

Sie sind mit Ryder aufgewachsen. Sie kennen ihn. Sie wissen, dass er das, was sie ihm vorwirft, niemals tun würde.

»Cam.«

»Ja?«

»Ich muss dir was sagen.«

»Okay.«

»Doch du musst es mit ins Grab nehmen.«

»Was ist es?«

»Schwör es mir. Egal, was passiert, es bleibt unter uns.«

»Du hast mein Wort.«

Er schweigt sehr lange und schabt mit der Schuhspitze im Gras. »Was sie behauptet …«

Alles um uns herum wird still. Selbst die Grillen verstummen.

Ich halte den Atem an, zu gleichen Teilen gespannt, was er zu sagen hat, und voller Angst, dass es alles ändern könnte.

»Es ist genau so passiert, wie sie es erzählt hat.«

Das Rauschen in meinem Kopf ist wie ein Tsunami, der mich überrollt, während ich versuche, die Worte zu verstehen, die Auswirkungen, das Grauen …

»Ryder, nein. So etwas hättest du nie getan.«

»Ich konnte nicht klar denken. Ich hatte gerade gehört, dass Louisa ins Hospiz kommt. Ich meine, nach all dieser Zeit, all dem Kampf muss sie trotzdem sterben? Ich hatte den ganzen Tag getrunken, seit ich es erfahren hatte. Alles war das reinste Chaos, und Neisy war einfach da, weißt du? Niemand mag sie … Ich weiß nicht mal, wie es passiert ist. Aber das ist es.«

»Du … du hast sie vergewaltigt?«

»Ich hab es nicht gewollt. Sie hat mich immer angeschaut, als wäre sie interessiert, also habe ich sie gefragt, ob wir reden können, und eins hat zum anderen geführt. Es war, als wäre ich besessen oder so. Louisa ist so krank … Ich war schon lange nicht mehr mit ihr zusammen. Sag mir, dass du es verstehst.«

Das tue ich nicht. Ich verstehe es nicht. Er könnte jedes Mädchen haben, das er will. Er muss niemanden zwingen.

»Camden, bitte. Sag mir, dass du es verstehst. Ich war nicht ich selbst, nachdem ich das von Louisa gehört habe. Sie wird sterben.« Er klingt verzweifelt und verstört. Und er benutzt meinen vollen Namen. So habe ich ihn noch nie gesehen. Er ist derjenige, der immer logisch denkt und alles unter Kontrolle hat. Ich bin der Emotionale. »Ich brauche dich.«

Das Gewicht seines Geständnisses ist bereits jetzt unerträglich, und ich weiß erst seit ein paar Minuten davon. Ich will zu dem Zeitpunkt zurückkehren, bevor wir hier rausgegangen sind, bevor er es mir gebeichtet hat. »Warum erzählst du mir das?«

»Weil ich jemanden brauche, der es weiß. Ich fühle mich ganz krank deswegen.«

Genau wie ich jetzt auch. »Weil du es getan hast oder weil sie damit bei der Polizei war?«

»Weil es überhaupt passiert ist!« Er zerrt an seinen Haaren, während er zusammenbricht. »Das Mädchen hat mich seit dem ersten Tag, an dem sie in der Schule aufgetaucht ist, in den Wahnsinn getrieben.«

Das ist noch etwas, das ich lieber nicht gewusst hätte. »W-was ist mit Louisa?«

Er sieht mich mit tränenüberströmtem Gesicht an, und ich erkenne seine Qualen, seinen Schmerz. »Ich liebe sie mehr als alles andere auf der Welt. Das werde ich immer tun. Doch ihre Krankheit … ist schwer auszuhalten. Nicht zu wissen, was geschieht, und dann zu hören, dass sie nach allem, was sie durchgemacht hat, was *wir* durchgemacht haben, trotzdem sterben wird … Ich war betrunken und am Boden zerstört und bin einfach durchgedreht. Das ist die einzige Erklärung, die ich dafür habe. Du musst mir helfen, Cam. Ich weiß nicht, an wen ich mich sonst wenden soll. Die Schuldgefühle fressen mich auf. Weil ich Louisa betrogen habe. Weil ich Neisy wehgetan habe. Weil das alles überhaupt passiert ist.« Er lässt den Kopf in die Hände sinken. »Ich begreife nicht, warum es passiert ist.«

Ich schlucke schwer. Ich bin siebzehn Jahre alt. Er ist ein Jahr älter – offiziell ein Volljähriger, der für so ein Verbrechen ins Gefängnis gehen müsste. Ich habe keine Ahnung, was ich mit alldem anfangen soll oder wie ich ihm helfen kann. Am liebsten würde ich ihm eine Tracht Prügel verpassen, weil er etwas getan hat, das uns alle zerstören könnte. Unsere Eltern sind supergestresst, weil sie eine weitere Hypothek auf das Haus aufnehmen müssen, um zusätzlich zu den Studiengebühren für vier Kinder einen Anwalt zu bezahlen. Und dann herauszufinden, dass er Neisy tatsächlich vergewaltigt hat … Mein Gott. Ich schlucke die bittere Galle hinunter, die mir die Kehle hochsteigt.

»Camden.«

So nennt er mich nie, und jetzt hat er es zweimal innerhalb von fünf Minuten getan.

Ich zwinge mich, ihn wieder anzuschauen. »Was?«

»Bitte hilf mir.«

Ich bin mir nicht sicher, was mich in diesem Moment überkommt. Eine Welle der Gewissheit oder wie auch immer man es nennen will, aber ich erkenne, dass nur wenige Dinge in meinem Leben so viel bedeuten werden wie das, was ich jetzt entscheide. Ryder ist mein Bruder. Mein bester Freund. Mein Seelengefährte, wenn man an solche Dinge glaubt. Ich werde alles tun, um ihn zu beschützen.

»Du darfst es niemandem sonst erzählen. Niemandem. Nicht einmal Louisa. Hast du das verstanden?«

»J-ja. Okay. Niemandem.«

Ich halte seinen Blick. »Nicht einmal Louisa.«

»Nicht einmal Louisa.«

»Du darfst nie wieder einen schwachen Moment haben, in dem du den Drang verspürst, dein Gewissen zu erleichtern. Soweit es uns betrifft, ist nichts passiert. Sie lügt. Die Mädchen auf der Schule hassen sie, also hat sie beschlossen, sich an uns allen zu rächen, indem sie einen der beliebtesten Typen einer so schlimmen Tat beschuldigt. Niemand wird ihr glauben. Sie werden *dir* glauben. Sie *kennen* dich.«

Während ich spreche, nickt er wie ein Wackeldackel und hängt mir an den Lippen.

»Hast du verstanden, was du tun musst?«

»Ich muss sagen, dass sie lügt. Dass nichts passiert ist.«

»Du darfst nie, nie, nie von dieser Geschichte abweichen.«

Er sieht mich an, während wir diese unheilige Allianz schmieden. »Das werde ich nicht.«

»Wenn du reden musst, kommst du zu mir. Zu niemand anders.«

»Nur zu dir.«

Ich strecke meine Hand aus. Er umfasst sie und hält sie fest, während wir einander tief in die Augen schauen.

Was auch immer als Nächstes passiert, wir stehen das zusammen durch.

Kapitel 7

Blaise
Heute

Ich fahre mit dem teuren Mietwagen los, der ein ziemliches Loch in mein sowieso immer viel zu knappes Budget gerissen hat. Aber egal. Das ist die schnellste Möglichkeit, nach Rhode Island zu gelangen, und wenn ich dort bin, brauche ich sowieso irgendeinen fahrbaren Untersatz. Wenn die Leute hören, dass ich aus dem kleinsten Staat der USA stamme, fragen sie oft, ob man da überhaupt ein Auto haben muss, doch *so* klein ist er nun auch wieder nicht.

Über derart Belangloses nachzudenken hilft, dass meine Gedanken nicht immer in Endlosschleife darum kreisen, wohin ich fahre und was ich vorhabe, wenn ich dort bin.

Durch Rye, New York, nach Connecticut, an Greenwich, Norwich, Stanford, New Haven und New London vorbei werde ich mit jeder Minute und jeder Meile angespannter.

Ich hab schon lange nicht mehr im Auto hinter dem Steuer gesessen. Normalerweise genieße ich es, aber an diesem Trip ist nichts normal und schon gar nichts genießenswert.

Um zwei Uhr überquere ich die Grenze nach Rhode Island und

trete das Gaspedal durch. Ich kann es nicht erwarten, endlich anzukommen, bevor es zu spät ist. Ich will nicht noch einen Tag länger warten.

Ein weiterer Tag ist zu viel. Es ist jetzt schon viel zu lang. Ich ertrage das keine weitere Sekunde, keine weitere Stunde und schon gar nicht eine weitere Nacht oder einen weiteren Morgen.

Es muss heute sein.

Bevor ich den Mut verliere.

Wieder einmal.

Ich habe es zuvor schon einmal fast durchgezogen, ein paar Monate nachdem es passiert ist. Als ich befürchtet habe, einen Nervenzusammenbruch zu erleiden, wenn ich nicht sofort das Richtige tat.

Ich hatte vor, am nächsten Tag zur Polizei von Land's End zu gehen und die Wahrheit zu sagen, egal, was die Konsequenzen wären. Ich hatte mich damit abgefunden, eine Ausgestoßene zu sein. Ich dachte, alles wäre besser als dieses Fegefeuer, in dem ich feststeckte … zusammen mit den anderen Kids, mit denen ich aufgewachsen war und die Neisy mit den hässlichsten Schimpfwörtern unter der Sonne belegten, um sie in Misskredit zu bringen.

Ich ertrug es nicht mehr.

Und dann ist Louisa gestorben, und ich hab es nicht über mich gebracht.

Ich habe mir eingeredet, ich würde ihretwegen schweigen. Für Louisa. Ich würde ihre Erinnerung mit meinem Schweigen ehren. Doch das war Bullshit.

Der einzige Mensch, den ich beschützt habe, war ich selbst.

Das wusste ich damals, und das Wissen begleitet mich seitdem an jedem einzelnen Tag.

Ich habe mich vierzehn Jahre lang dafür gehasst, dieses Geheimnis gewahrt und Ryder gedeckt zu haben.

Aber damit ist heute Schluss.

Zu hören, dass Ryder für den Kongress kandidiert, war endgültig zu viel. Ich verabscheue mich dafür, es nicht schon früher getan zu haben. Es ist kein Tag vergangen, an dem ich nicht an jenen Abend gedacht habe, an Neisy und das, was sie durchgemacht hat, oder daran, dass ich ihr hätte helfen können und es nicht getan habe – nicht nur, als es passiert ist, sondern an jedem weiteren Tag danach.

Ich kann einfach nicht länger damit leben.

Auch wenn ich mir sicher bin, dass die Konsequenzen für mich jetzt genauso zerstörerisch sein werden, wie sie damals gewesen wären – mein Bruder ist immer noch der beste Freund der Elliott-Brüder, die inzwischen beide verheiratet und beruflich erfolgreich sind –, ist es mir jetzt egal, was mit mir passiert.

Ich liebe Arlo.

Das tue ich wirklich. Ich fühle mich schrecklich, weil ich unsere Beziehung vielleicht unwiderruflich zerstören werde. Ich hasse es, dass das zu einem furchtbaren Riss in unserer Familie führen wird, es unvermeidlich ist, dass auf meine Mutter und meine Geschwister herabgeschaut wird, dass ich angeprangert, verurteilt und verunglimpft werde.

Es ist mir egal.

Als ich die Newport Bridge überquere – ich werde sie niemals Pell Bridge nennen –, stürzt eine Flut von Erinnerungen auf mich ein, und ich lasse den Blick über die Insel schweifen, die ich in den ersten achtzehn Jahren meines Lebens mein Zuhause genannt habe. Meine Kindheit hier war idyllisch, bestand aus langen Tagen am Strand, aus Segeltörns in der Narragansett Bay, aus heimeligen Weihnachten, aus Footballspielen und anderen Schulveranstaltungen, aus dem Gefühl, dazuzugehören, das damit einhergeht, wenn man in einer Kleinstadt lebt, wo jeder jeden kennt. Die Eltern haben sich um alle Kinder gekümmert, nicht nur um die eigenen.

Wenn ich Worte ausspreche, die nicht zurückgenommen werden können, werde ich den Zusammenhalt in der Stadt sprengen, in der Arlo, Ryder und Cam jetzt mit ihren Familien leben. Ich weiß über Social-Media-Apps, dass Cam inzwischen mit Sienna verheiratet ist und sie vier Kinder unter sieben Jahren haben. Ryder hat lange gebraucht, um sich von Louisas Tod zu erholen. Nachdem seine Aufnahme an der Militärakademie widerrufen wurde, hat er die University of Rhode Island besucht, hat seinen Abschluss in Ingenieurwesen gemacht und acht Jahre in der Navy gedient.

Nach seinem ehrenhaften Ausscheiden aus dem Militär hat er

einen gut dotierten Posten bei einer renommierten Ingenieurfirma in Providence angetreten.

Jetzt kandidiert er für den Kongress, um den Distrikt zu repräsentieren, in dem er aufgewachsen ist.

Aber nicht, wenn ich es verhindern kann.

Mir ist schlecht.

In meinem Magen brennt Übelkeit, die bis in meinen Brustkorb und meine Kehle ausstrahlt. Es ist ein Gefühl, das mich an jenen Sommer erinnert. Damals war mir ständig so schlecht, dass ich kaum mehr essen konnte. Ich habe zehn Kilo abgenommen. Als ich für mein letztes Jahr an die Schule zurückgekehrt bin, haben alle erklärt, ich sähe toll aus. Sie haben auch über den offensichtlichen Bruch zwischen mir und Sienna gesprochen und endlos darüber spekuliert, was wohl zwischen uns vorgefallen sein könnte, nachdem wir seit der dritten Klasse beste Freundinnen gewesen waren.

Keine von uns hat es je verraten.

»Menschen leben sich auseinander«, hab ich meiner Mutter geantwortet, als sie nachgefragt hat.

Ich habe mich von all meinen Freunden zurückgezogen. Ich bin nicht mehr zu den Football- oder Basketballspielen gegangen und bin in der Schule und außerhalb für mich geblieben. Im Frühling habe ich mich geweigert, am Abschlussball teilzunehmen, und bin bei der Zeugnisvergabe nur auf der Bühne gewesen, weil meine Eltern darauf bestanden haben. Ich habe ihnen nicht erlaubt, eine Party für mich zu schmeißen, und stattdessen lieber die Tage gezählt, bis ich endlich von hier wegziehen konnte.

Als ich endlich in meinem Zimmer im Studentenwohnheim der New York University ankam, habe ich zum ersten Mal seit über einem Jahr aufgeatmet. Ich hatte es überstanden. Irgendwie. Und nun lag ein ganz neues Leben vor mir, in einer Stadt, wo ich in der Masse untertauchen konnte.

Doch die Sache ist die: Wegzuziehen und ein verstörendes Geheimnis mit sich zu nehmen ändert gar nichts. Im Gegenteil, es wird nur schlimmer, wenn man nicht mehr täglich in Kontakt mit den Leuten steht, die man durch sein Schweigen beschützen will.

In diesem ersten Semester hat sich mein Gesundheitszustand

rapide verschlechtert. Ich hatte mit Essstörungen und Pfeiffer'schem Drüsenfieber zu kämpfen und wäre beinahe vom College geflogen. Nur weil die Vorstellung, nach Hause zurückzukehren, so schrecklich war, habe ich mich zum Ende des Semesters zusammengerissen und noch einen relativ guten Notendurchschnitt erreicht. Aber mit meiner Gesundheit ist es trotzdem nicht bergauf gegangen. Ich habe lästige Hautprobleme entwickelt und eine dauerhaft gestörte Beziehung zum Essen.

Ich bin weiter für mich geblieben, was zu einer einsamen Existenz geführt hat.

Ich habe mir eingeredet, dass diese Isolation für mich am besten wäre, auch wenn sie sich unerträglich angefühlt hat.

Niemand kann sich auf lange Sicht komplett von seinen Mitmenschen zurückziehen. Irgendwann musste ich wieder mit der Welt in Kontakt treten, zumindest um Geld zu verdienen. Doch die Scham war mein ständiger Begleiter. Sie war wie ein Tumor, der mich nicht umbringen, aber krank machen würde, solange er in mir wucherte.

Dieser Tumor wird heute entfernt.

Ich fahre durch die vertrauten Straßen von Hope, an endlosen Mauern und den ordentlichen Rasenflächen vorbei, auf denen meine Geschwister und ich Fußball, Lacrosse, Baseball und Softball gespielt haben. Als ich an der Straße vorbeikomme, die in das Viertel führt, in dem Sienna aufgewachsen ist, durchfährt mich eine schmerzliche Sehnsucht nach einer längst vergangenen Zeit, in der ich dachte, dass eine Freundschaft wie die unsere für immer halten würde.

Jetzt weiß ich es besser.

Als ich die Zufahrt zu meiner alten Wohnsiedlung passiere, gönne ich ihr einen kurzen Blick, konzentriere mich jedoch weiter auf die vor mir liegende Straße, die nach Land's End führt – dem Ort, an dem ich dem Mann gegenübertreten werde, der die nun berüchtigte Sommerparty veranstaltet hat.

Houston Rafferty ist hier jetzt Polizeichef, und ihm werde ich meine Geschichte erzählen.

Niemandem sonst.

Ich kenne ihn nur dem Namen nach, aber ich vertraue darauf,

dass er mit den Informationen, die ich ihm liefern werde, das Richtige tut.

Ich hatte vergessen, wie lang die Fahrt von Hope nach Land's End ist, wie gewunden die Straße auf dem Weg zu der abgelegenen kleinen Stadt. Ich erinnere mich an die Vorfreude, als die LE-Kids, wie wir sie genannt haben, in der neunten Klasse an unsere Schule gewechselt sind. Fünfzig neue Schüler in unserem Jahrgang zu haben war das Aufregendste, was uns seit Jahren passiert war.

Viele von ihnen waren im Vergleich zu uns ein wenig wild. Sie haben mitten im Nirgendwo gewohnt und mussten eine Stunde mit dem Bus fahren, um zur Schule zu gelangen. Ihre älteren Geschwister haben die besten Partys gefeiert, und die Eltern waren alle superlocker. Es war eine komplett andere Welt, die sich uns eröffnete, und wir haben es geliebt. Wir konnten über den Fluss schauen und ihre Stadt sehen, doch es war, als kämen sie aus einem anderen Land.

Da Teagan und Arlo diesen Zustrom von neuen Freunden von der anderen Flussseite bereits vor mir erlebt hatten, hatten meine Eltern gelernt, misstrauisch zu sein in Bezug auf das, was »da drüben« vor sich ging, bis sie eine Chance hatten, die Kids und ihre Eltern kennenzulernen. Ich hatte ein paar neue Freunde aus Land's End, stand ihnen allerdings nicht supernahe. Wer hätte gedacht, dass meine erste Party »da drüben« der Abend sein würde, der mein Leben für immer verändert hat?

Seitdem bin ich nicht mehr hier gewesen. Meine Haut fühlt sich klamm an, und mein Magen rumort unablässig, als das Navi mich dem Polizeirevier und meinem Date mit dem Schicksal immer näher bringt.

Vor dem Revier bleibe ich volle fünfzehn Minuten lang in meinem Wagen sitzen und starre das Gebäude an, das in einem fröhlichen Gelb gestrichen ist und blaue Fensterläden und bunt bepflanzte Blumenkästen hat. Es sieht nicht wie ein Polizeirevier aus – wobei ich nicht behaupten kann, dass ich in der Hinsicht viel Erfahrung hätte.

Als ich aussteige und auf den Eingang zugehe, rede ich mir ein, dass alles besser sein wird, sobald ich diese Last mit jemandem geteilt habe, der deswegen etwas unternehmen kann.

Aber sicher kann ich mir da nicht sein.

Vielleicht wird es alles nur noch schlimmer machen.

Ist das überhaupt möglich?

Nichts kann schlimmer sein, als vierzehn endlose Jahre lang auf diesen schrecklichen Informationen zu sitzen.

Ich ziehe die Tür auf und trete ein, entschlossen, es hinter mich zu bringen. Was auch immer die Konsequenzen sein werden, ich akzeptiere sie, um endlich mein Gewissen zu erleichtern.

»Kann ich Ihnen helfen?«, fragt eine junge Polizistin.

»Ich würde gerne mit Chief Rafferty sprechen, bitte.«

»Er ist für heute schon weg, jedoch morgen früh ab acht Uhr wieder da.«

»Ich muss ihn heute sehen. Es ist dringend.«

»Wie ist Ihr Name?«

Ich befeuchte mir die Lippen. Da ist es. Der Moment, nach dem es kein Zurück mehr gibt.

»Ich bin Blaise Merrick, und ich möchte ein Verbrechen melden.«

KAPITEL 8

Neisy
Damals

Sobald Kane da ist, wird alles besser. Da mein Dad spürt, wie schlecht es mir geht, hat er nichts dagegen, dass Kane in meinem Zimmer schläft, was zuvor undenkbar gewesen wäre. Kanes Arme um mich zu spüren hilft mir, die Hölle der letzten Wochen hinter mir zu lassen. Aufgrund der völlig aus dem Ruder laufenden Anfeindungen gegen mich, seitdem ich mit meinem Vater bei der Polizei war und Ryder angezeigt habe, musste ich meinen Facebook-Account löschen und habe mich komplett vom Internet ferngehalten.

Die *Hope Times* und andere lokale Zeitungen haben auf der Titelseite ein Foto von ihm bei der Anklageerhebung gedruckt. Nur weil mein Vater so hartnäckig geblieben ist, ist Ryder in diesem Fall, bei dem Aussage gegen Aussage steht, angeklagt worden. Sie überlassen es dem Richter, zu entscheiden, ob der Fall weiterverfolgt werden soll.

In dem Artikel stand, dass Ryders langjährige feste Freundin Louisa Davies kürzlich nach einem langen Kampf gegen Morbus Hodgkin ins Hospiz verlegt wurde. Diese Erwähnung hat mich geärgert. Was hat das damit zu tun, dass er mich vergewaltigt hat? Selbst die Medien stehen auf seiner Seite – das ist zumindest der Eindruck, den ich habe.

»Lass uns für ein paar Tage wegfahren, einfach um mal rauszukommen«, schlägt Kane in der zweiten Nacht vor, als er neben mir im Bett liegt. Eigentlich hatte ich gedacht, wir würden bis zum nächsten Jahr und zum College warten müssen, bis wir uns ein Bett teilen könnten. »Du brauchst dringend eine Pause von diesem Wahnsinn.«

»Das ist die beste Idee überhaupt. Was schwebt dir vor?«

»Wir steigen ins Auto und fahren los. Den Rest überlegen wir uns danach.«

»Das wäre schön.«

»Gut. Dann machen wir das, gleich morgen.«

»Sorry, dass deine Zeit hier nicht so ist, wie du es dir erhofft hast.«

Er streichelt mir den Rücken. »Du musst dich nicht entschuldigen. Das Einzige, was ich brauche, um glücklich zu sein, bist du.«

»Das gilt umgekehrt genauso.« Ich lege meinen Kopf auf seine Brust und schlafe zum Klang seines Herzschlags ein. Irgendwann später wache ich auf, weil jemand an die Haustür hämmert. Ich höre, wie mein Dad die Treppe hinuntereilt.

»Was ist los?«, fragt Kane verschlafen.

»Da ist jemand an der Tür.«

Die Uhr auf dem Nachttisch zeigt zehn nach drei an.

Ich stehe auf und öffne die Zimmertür.

Jemand brüllt meinen Vater an. »Was zur Hölle denken Sie sich eigentlich? Das hier wird sein Leben zerstören! Ist es Ihnen egal, dass Ihre Tochter lügt? Mein Sohn muss niemanden vergewaltigen. Er könnte jedes Mädchen haben, das er will.«

»Verschwinden Sie, bevor ich die Polizei rufe«, erwidert mein Vater mit eiskalter, harter Stimme. Diese Seite von ihm kenne ich bisher nicht.

»Bitte.« Mr Elliott klingt, als würde er weinen. »Von Vater zu Vater. Können wir nicht eine Lösung finden? Wollen Sie Geld? Ich kann Ihnen Geld geben.«

»Verschwinden Sie«, entgegnet mein Dad.

Als Kane hinter mich tritt und mir die Hände auf die Schultern legt, zucke ich zusammen.

»Ganz ruhig, Süße. Ich bin's nur.«

Ich entspanne mich, doch mein Herz hämmert wie verrückt.

»Ich werde nicht zulassen, dass sie sein Leben zerstört! Eher zerstöre ich ihres, bevor sie seine Zukunft ruiniert. Die Anschuldigungen sind haltlos, das wissen alle. Sie ist eine Lügnerin! Wir können das gleich hier beenden, von Vater zu Vater.«

»Ich rufe die Polizei«, verkündet Kane.

Ich will ihm sagen, dass er das nicht tun soll, dass das alles nur noch schlimmer machen wird, aber ich habe Angst, dass Mr Elliott meinem Vater etwas antut.

Binnen weniger Minuten säumen Autos mit blau und rot blitzenden Lichtern unsere Straße.

Mr Elliott schreit rum, während er verhaftet wird. »Sie ist eine verdammte Lügnerin! Mein Sohn hat sie nicht angerührt!«

Ich merke erst, dass ich weine, als Kane mich in seine Arme zieht. »Ist schon gut, Süße. Er ist jetzt weg.«

»Es wird nie wieder gut sein.«

»Doch. Dafür werden wir sorgen.«

»Wie?«

Mein Dad kommt die Treppe hoch, das Gesicht wutverzerrt. »Es tut mir so leid, dass du das hören musstest. Er will es einfach nicht wahrhaben, dass sein kostbarer kleiner Junge zu so einer ekelhaften Tat fähig ist.«

»Ich will sie von hier wegbringen«, sagt Kane. »Jetzt gleich.«

»Wo wollt ihr hin?«, fragt Dad.

»Irgendwohin. Hauptsache, weit weg von hier.«

Dad ist sichtlich aufgelöst.

Meine Mutter hat die ganze Sache vermutlich in einem alkoholseligen Nebel verschlafen. Ich beneide sie um ihre Fähigkeit, sich dem Leben derart zu entziehen. Wenn ich nicht aus nächster Nähe mitbekommen hätte, wohin es führt, hätte ich in den letzten Wochen vermutlich auch mit dem Trinken angefangen.

»Ich glaube, das ist eine gute Idee. Fahrt los. Alles andere planen wir später.«

»Es könnte sein, dass Sie ein Hotelzimmer für uns reservieren müssen«, meint Kane.

Dad fährt sich mit einer zitternden Hand durchs Haar. »Ich kümmere mich um alles, was ihr braucht. Neisy hat für Notfälle meine Kreditkarte. Und das hier ist definitiv einer.«

»Ich kann nicht hierher zurückkommen, Dad.«

»Ich weiß. Ich überlege mir was. Mach dir keine Sorgen.« Er umarmt mich. »Wir finden gemeinsam eine Lösung, versprochen.«

»Ich bleibe bei ihr«, erklärt Kane. »Ich habe meinen Eltern erzählt, was passiert ist. Ich glaube, wenn Sie mit ihnen sprechen, Captain Sutton, können wir sie überzeugen, dass ich mein Abschluss-jahr gemeinsam mit Neisy absolvieren sollte. Zu Weihnachten wollten sie ohnehin in die Staaten zurückziehen und hatten die Sorge, dass ich dann mitten im letzten Jahr die Schule wechseln muss. Vermut-lich werden sie einverstanden sein, dass ich einfach hierbleibe.«

»Ich werde mit ihnen reden. Das wird schon.«

Mir wird ganz leicht ums Herz bei der Vorstellung, dass Kane im nächsten Schuljahr an meiner Seite ist. Was mir bisher Angst einge-flößt hat, scheint jetzt bewältigbar zu sein.

»Geht und packt. Ich will, dass Neisy so schnell wie möglich von hier fortkommt.«

Niemand will hier dringender weg als ich.

Kane und ich brauchen eine halbe Stunde, um Klamotten für alle Wettereventualitäten einzupacken, darunter auch Badesachen und Sweatshirts. Er meinte, wir könnten unterwegs genauso gut Spaß haben, und dem stimme ich von Herzen zu.

Als wir um halb fünf aufbrechen, schaue ich nicht zum Haus zurück. Ich hoffe, dass ich nie wieder in diese Stadt zurückkehren werde, außer um gegen Ryder auszusagen, wenn es so weit ist. Ich freue mich auf den Tag. Ich werde tun, was immer nötig ist, damit er seine gerechte Strafe erhält, selbst wenn mir bei dem Gedanken, ihm beim Prozess gegenübertreten zu müssen, die Knie weich werden und meine Handflächen anfangen zu schwitzen. Mir wird außerdem bewusst, dass ich, wenn ich nicht zurückkomme, meine geliebten Großeltern vielleicht nie wiedersehen werde. Zum Glück gibt es genügend andere Möglichkeiten, auch aus der Ferne mit ihnen in

Kontakt zu bleiben. Ich habe ihnen gezeigt, wie man mit einem Smartphone umgeht, und ihre Textnachrichten sind göttlich.

Meine Mom hat ihnen vorsichtig erklärt, was los ist, und sie haben sofort meine Partei ergriffen – während sie zugleich am Boden zerstört waren.

Kane nimmt meine Hand. »Tief durchatmen, Süße. Einfach nur atmen.«

»Danke für das hier. Du hast keine Ahnung, wie sehr ich dich brauche.«

»Ich bin hier, und ich werde dich nie wieder allein lassen. Was auch immer als Nächstes passiert, wir stehen es gemeinsam durch.«

»Wir … wir sollten über das Baby reden.«

»Im Moment müssen wir über gar nichts reden. Erst mal kümmern wir uns darum, hier wegzukommen. Später ist noch genügend Zeit, um über die schwierigen Themen zu sprechen.«

Ich drücke seine Hand und atme zum ersten Mal auf, seitdem Mr Elliott uns geweckt hat. Wenn sie nicht wissen, wo ich bin, können sie mir nicht wehtun.

Das glaube ich zumindest.

Cam
Damals

Die Anklageerhebungen gegen meinen Bruder und meinen Vater sind surreal. Ryder wird wegen Vergewaltigung angeklagt und mein Dad wegen Nötigung von Neisys Familie. Ich konnte es nicht glauben, als er mich aus dem Gefängnis angerufen hat und meinte, ich müsse Geld am Bankautomaten abheben, um die Kaution für ihn zu stellen.

Ryder steht blass und verkniffen vor dem Richter. Uns wurde gesagt, dass er nicht auf schuldig oder unschuldig plädieren muss, weil er eines Verbrechens angeklagt ist, das mit mehr als fünfzehn Jahren Gefängnis geahndet werden kann. Der nächste Schritt ist eine Anhörung in einem Monat, darüber, ob ein hinreichender Tatverdacht besteht. Dort wird die Staatsanwaltschaft ihren Fall vortragen, es können Zeugen aufgerufen werden, und der Richter wird entscheiden, ob ausreichend Beweise vorliegen, um einen Prozess anzusetzen.

Das mit den Beweisen bereitet mir Sorgen. Was ist, wenn Neisy sich hat untersuchen lassen, wenn sie ihre Klamotten aufbewahrt hat oder auf sonst eine Weise Ryders DNA mit sich in Verbindung bringen kann?

Diese Gedanken halten mich nachts wach, während ich die sehr reale Möglichkeit in Betracht ziehe, dass mein Bruder im Gefängnis landen könnte, obwohl er eigentlich nach Annapolis hätte gehen sollen. Jetzt könnte es sein, dass er für einen großen Teil seines Lebens hinter Gittern verschwindet, wenn Neisy einen Richter und eine Jury davon überzeugen kann, dass er sie vergewaltigt hat. Seitdem ich die Wahrheit über jenen Abend kenne, denke ich beinahe genauso oft an sie wie an ihn.

Wie konnte er nur so etwas tun, wo wir doch beide dazu erzogen worden sind, Frauen zu respektieren und Mädchen so zu behandeln, wie wir wollen, dass unsere Schwestern behandelt werden?

Die letzten beiden Wochen waren die schlimmsten meines Lebens, und ich fürchte, das könnte erst der Anfang gewesen sein.

Sienna greift nach meiner Hand.

Ich hatte vergessen, dass sie zum Gericht gekommen ist, um mich zu unterstützen. Sie hat mich vorher nicht gefragt, sonst hätte ich ihr gesagt, dass sie das lassen soll.

Ich glaube, sie ist hauptsächlich hier, um all die schlüpfrigen Einzelheiten zu hören.

Vielleicht ist das nicht fair von mir, aber egal. Mir ist nichts anderes wichtig, als meinen Bruder – und nun meinen Vater – aus dieser grauenhaften Situation zu holen.

Mein Dad wird als Nächstes vorgeführt und plädiert auf nicht schuldig. Der Anwalt hat uns vorgewarnt, dass er vermutlich verurteilt wird, weil die Polizei ihn um drei Uhr morgens vor Neisys Haus verhaftet hat.

Da Captain Sutton ein angesehener Marineoffizier ist, wird seine Aussage beim Richter Gewicht haben.

Nach seiner Verhaftung ist Dad zum schlimmstmöglichen Zeitpunkt von seiner Firma beurlaubt worden – ohne Bezahlung. Die

Anwaltskosten für Ryder steigen stetig, und jetzt verdient Dad kein Geld mehr und braucht selbst einen Anwalt. In seinem Fall kann die Strafe für die Nötigung von fünfhundert Dollar bis zu einem Jahr im Gefängnis reichen – oder beides.

Noch dazu sind die überregionalen Medien auf den Fall der jungen Frau aufmerksam geworden, die einem Spitzensportler und Einserschüler Vergewaltigung vorwirft, während seine krebskranke langjährige Freundin im Sterben liegt. Für einen Außenstehenden muss sich das Ganze wie der Film der Woche anhören.

Für uns ist es ein Albtraum, der praktisch jeden wachen Moment bestimmt.

Als wir aus dem Gerichtsgebäude treten, werden wir sofort von Reportern umringt, die ein Statement von Ryder oder Dad oder sogar von mir haben wollen. Ich kann es nicht fassen, als eine Frau meinen Namen ruft, als würden wir einander kennen, und fragt, ob ich vorhabe, weiterhin zu meinem Bruder zu stehen.

Am liebsten würde ich ihr antworten, dass sie sich verpissen soll.

Doch stattdessen greife ich Siennas Hand fester und haste zu meinem Jeep. Ihr Auto können wir später holen.

Ryder steigt hinten ein.

Auf der Heimfahrt werden die Stille und die Anspannung im Wagen immer drückender.

Ich würde alles dafür geben, die Zeit zu dem Abend von Houstons Party zurückdrehen zu können. Ich würde an Ryder kleben und dafür sorgen, dass er sich nicht mit Neisy wegstehlen und sie vergewaltigen kann.

Ich bin es in meinem Kopf wieder und wieder durchgegangen und habe keine Erinnerungen daran, dass er oder Neisy die Party verlassen haben. Es waren so viele Leute da. Hunderte, wenn ich schätzen müsste. Es war nicht möglich, den Überblick darüber zu behalten, wer was gemacht hat. Die Polizei befragt jeden, der dabei war. Selbst wenn nur ein Einziger sagt, er habe gesehen, wie Ryder sich mit ihr von der Gruppe entfernt hat, ihr gefolgt ist oder sonst was mit ihr getan hat, sind wir geliefert.

Im Rückspiegel schaue ich zu meinem Bruder. Er starrt aus dem Fenster. »Alles gut, Ry?«

»Klar. Ging mir nie besser.«

»Sie muss es beweisen«, stellt Sienna fest. »Wie soll sie das machen?«

Darauf haben wir keine Antwort, also schweigen wir.

Wir sind zu sehr damit beschäftigt, zu beten, dass es keinerlei Beweise gibt.

KAPITEL 9

Neisy
Damals

Die Zeit mit Kane ist wundervoll. Sie ist genau das, was ich nach der Hölle der letzten Wochen brauche. Außer um mich einmal am Tag bei meinem Dad zu melden, fasse ich mein Handy nicht an.

Wir landen an einem See in Upstate New York, wo mein Dad uns eine kleine Hütte wenige Schritte vom Ufer entfernt mietet. Das ist wieder etwas, was vor ein paar Monaten undenkbar gewesen wäre. Aber weswegen sollte mein Dad sich jetzt auch noch Sorgen machen müssen, nachdem mir das Schlimmste schon passiert ist?

Kane war allein im Supermarkt, um unsere Lebensmittelvorräte aufzufüllen, damit wir hier nicht wegmüssen. Ich will niemanden sehen. Ich fühle mich innerlich wie zerschunden von den Ereignissen, die uns zu dieser Flucht veranlasst haben.

Ich kann es weiter nicht fassen, dass Mr Elliott bei uns zu Hause aufgetaucht ist, um meinen Dad zur Rede zu stellen.

Zum Glück ist Dad cool geblieben und hat sich zu nichts hinreißen lassen, was nur weitere Schwierigkeiten nach sich gezogen hätte.

Er hat mir erzählt, dass Mr Elliott wegen Nötigung oder so angeklagt worden ist.

Ich bin mir sicher, dass mir alle auch daran die Schuld geben.

Kane kommt vom Joggen zurück und findet mich in einem der Holzstühle, von denen aus man einen Blick auf den malerischen See hat. Er gibt mir einen Kuss auf die Wange. »Wie geht es dir?«

»Okay.«

Die Übelkeit und die generelle Erschöpfung sind schwer auszuhalten. Ich bin es nicht gewohnt, dass mir ständig schlecht ist und ich immer müde bin.

»Ich schwimme kurz im See, und dann müssen wir reden.«

»Warum? Ist was passiert?«

»Nicht dass ich wüsste. Doch wir müssen ein paar Entscheidungen treffen.«

Wegen des Babys.

In den zwei Wochen, seitdem wir die Stadt verlassen haben, sind wir um das Thema herumgeschlichen, haben aber nichts entschieden. Bald wird das Baby weit genug entwickelt sein, um den Beweis zu führen, dass Ryder mich vergewaltigt hat.

Anfang September werden Kane und ich unser letztes Jahr an der Highschool in Fairfax County beginnen, wo ich schon die neunte und zehnte Klasse besucht habe. Meine Freunde freuen sich riesig, dass ich zurückkomme, was eine große Last von mir nimmt. Und ja, sie wissen, was geschehen ist und dass ich irgendwann gegen Ryder werde aussagen müssen. Sie haben nur besorgt gefragt, was sie tun können, um mir zu helfen.

Es ist auch eine Erleichterung, endlich der Stadt den Rücken zu kehren, in der ich schon lange vor Ryders Tat so unglücklich gewesen bin. Wenn ich noch mal vor die Wahl gestellt wäre, würde ich meinen Dad anflehen, mich aus der Schule und der Stadt rauszuholen, bevor eine Katastrophe passiert. Er hat gewusst, dass ich dort nicht glücklich gewesen bin, doch er hatte keine Ahnung, wie schlimm es wirklich war, bis auf Facebook die Hölle losgebrochen ist, nachdem wir bei der Polizei waren.

Jetzt hat er es begriffen und hat furchtbare Schuldgefühle, weil er erkannt hat, wie es für mich gewesen ist. Es hat auch seine Wut auf Mom gesteigert. Er hat ihr ein Ultimatum gestellt: Entweder sie hört mit dem Trinken auf und geht in eine Entzugsklinik, oder er reicht die Scheidung ein. Seine Erbitterung darüber, dass ihr an meinem Verhalten nach der Tat gar nichts Ungewöhnliches aufgefallen ist, reicht tief. Er wird nicht bei ihr bleiben, wenn sie nichts an ihrem Leben ändert.

Ich hoffe wirklich, dass sie das tut. Mir ist klar, dass Alkoholismus eine Krankheit ist, trotzdem vergeudet sie ihr Leben, indem sie sich ins Vergessen trinkt. Ich will Mitgefühl mit ihr haben, aber ich hätte auch gerne wieder eine Mutter, die für mich da ist. Ich bin mir nicht sicher, ob sie in Rhode Island bleibt oder mit uns nach Virginia kommt. Dass es mir relativ egal ist, was sie tut, verrät viel darüber, wie weit sie sich in den letzten Jahren von mir entfernt hat.

»Können wir darüber reden?«, fragt Kane, und ich merke erst jetzt, dass ich ganz in Gedanken versunken war.

»Nicht heute. Es geht mir nicht so gut.«

»Was ist los?«

»Mir tut irgendwie der Rücken weh, und ich fühle mich einfach … schlecht.«

»Willst du dich hinlegen?«

»Ich würde lieber mit dem Boot rausfahren.« Zu der Hütte, die wir gemietet haben, gehört ein Holzboot, mit dem wir beinahe jeden Tag auf den See hinausrudern. Es ist so entspannend, auf dem Wasser zu treiben und über nichts anderes nachzudenken als darüber, was wir zu Abend essen wollen.

»Dann packe ich heute das Picknick zusammen.«

Das ist normalerweise mein Job. »Danke.«

»Du musst mir nicht danken.«

»Doch, muss ich. Du hast dein Leben angehalten, um herzukommen, mit mir ins Ungewisse zu fahren und mir in dieser höllischen Situation beizustehen. Ich schulde dir so viel.«

Er lässt sich neben meinem Stuhl in die Hocke sinken und nimmt meine Hand. »Ich liebe dich, Neisy. Ich liebe dich schon so lange, dass ich mich nicht mehr daran erinnere, wie es war, dich *nicht* zu lieben. Von dir getrennt zu sein war die reinste Folter. Sosehr ich das hasse, was dir passiert ist, und all den Schmerz und die Sorgen, mit denen du dich rumschlagen musst, so glücklich bin ich, endlich wieder mit dir zusammen zu sein und zu wissen, dass ich dich nie wieder verlassen muss.« Er haucht mir einen Kuss auf den Handrücken. »Also nein, du schuldest mir gar nichts.«

Bevor ich etwas erwidern kann, steht er auf und joggt zur Hütte.

Wir hatten solches Glück, uns so früh gefunden zu haben. Unsere Eltern haben uns gewarnt, dass wir zu jung sind, um schon so fest zusammen zu sein, aber wir haben davon nichts hören wollen. Für uns ist klar, dass wir zusammengehören, und ich habe nicht den geringsten Zweifel dabei, mich fürs Leben an ihn zu binden. Zu wissen, dass es ihm genauso geht, fühlt sich unglaublich an.

Ein paar Minuten später ist er mit dem Picknickkorb zurück, den wir in einem Schrank in der Hütte entdeckt haben. Er hat auch Sweatshirts und Handtücher für uns beide mitgebracht und die große Tasche mit meiner Sonnencreme und dem E-Reader, den meine Großeltern mir zu Weihnachten geschenkt haben. Kane zieht mich immer damit auf, dass ich das Ding mehr liebe als ihn. Seit ich es gelernt hab, war Lesen mein Lieblingshobby. Nur in den letzten, aufwühlenden Wochen hatte ich einfach nicht die nötige innere Muße dafür. Doch der Aufenthalt hier hat mir die ersehnte Ruhe verschafft, sodass ich es wieder genießen kann.

Kane hilft mir ins Ruderboot, bevor er es vom Ufer wegdrückt und dann hineinspringt.

Die Kissen und der Sonnenschirm sind noch genau dort, wo wir sie gestern liegen gelassen haben.

Ich lehne mich entspannt zurück und betrachte Kane, bewundere das Spiel seiner Muskeln, während er rudert.

Er ist so umwerfend mit seinem dunklen Haar, dem gebräunten Teint, den braunen Augen und der makellosen Haut. Ich sag ihm ständig, wie unfair es ist, dass er nicht einen einzigen Pickel hat, während ich mit Hautproblemen kämpfe, seit ich dreizehn war. Ich habe zwar Cremes, die gut wirken, aber er hatte nie solche Probleme.

Es wäre ein perfekter Tag, wenn mir mein Rücken nicht so wehtun würde. Ich wünschte, ich könnte Ibuprofen nehmen, das mir bei Schmerzen normalerweise gut hilft, doch ich habe gelesen, dass es besser ist, während der Schwangerschaft auf Schmerzmittel zu verzichten. Ich bringe es nicht über mich, irgendetwas zu tun, das einem unschuldigen Kind schaden könnte. Daher hab ich mich praktisch schon entschieden, das Baby auszutragen und zur Adoption freizugeben. Ich habe das bisher nicht mit Kane besprochen, aber das werde ich. Bald.

Kane rudert sehr lange, bis wir so weit vom Ufer entfernt sind, dass unsere Hütte nur noch ein kleiner Fleck in der Ferne ist. Die Sonne ist warm, die Luft frisch und der See ruhig und still.

»Es ist so schön hier«, sage ich nach längerem, zufriedenem Schweigen.

Das gehört zu den Sachen, die ich am meisten an ihm liebe. Wir sind so glücklich damit, zusammen zu sein, dass wir nicht den Drang verspüren, die Stille mit konstantem Geschwätz zu füllen.

»Das ist es. Wir müssen jeden Sommer hierher zurückkommen, außer es würde dich an Dinge erinnern, die du lieber vergessen möchtest.«

»Ich fühle mich so viel besser, seitdem wir hier sind. Ich würde gerne wieder herfahren.« Ich verlagere mein Gewicht auf der Suche nach einer bequemeren Position, weil meine Schmerzen immer intensiver werden.

»Was ist los?«, fragt Kane.

»Es ist nur dieser komische Schmerz im Rücken, der den ganzen Tag schlimmer wird.«

»Warum hast du nichts gesagt?«

»Ich dachte, es wäre bloß ein gezerrter Muskel oder so, doch es ist …«

Der Atem wird mir aus den Lungen gepresst, als ein scharfer Schmerz mich durchschießt und ein Schwall von Flüssigkeit zwischen meinen Beinen herausläuft. Keuchend beuge ich mich vor.

Kane lässt die Ruder los und streckt die Hände nach mir aus. »Neisy, du blutest.«

»Nein! Das Baby!«

Wenn ich das Baby verliere, verliere ich auch den Beweis dafür, dass Ryder mich vergewaltigt hat.

»Ich bringe uns ans Ufer zurück.«

Er legt los wie ein Teilnehmer bei den Olympischen Spielen und hält nur kurz inne, um sein Handy aus der Tasche zu ziehen. »Verdammt, ich hab hier draußen keinen Empfang.« Er rudert weiter.

Der Schmerz lässt sich mit nichts vergleichen, was ich je erlebt habe, nicht einmal mit dem Blinddarmdurchbruch, den ich mit zehn hatte.

»Geht es noch, Neisy?«

»Äh …« Ich kann keinen klaren Gedanken fassen.

Der Boden des Boots ist voller Blut.

Als wir uns dem Ufer nähern, versucht Kane es noch mal mit dem Handy. »Gott sei Dank, ich glaub, hier hab ich jetzt Empfang.«

Die nächste Stunde verläuft wie im Nebel. Ich werde in einen Krankenwagen geschoben, und Kane ist auf der Fahrt zum Krankenhaus an meiner Seite. Ich will ihn daran erinnern, dass wir die DNA des Babys brauchen, um Ryder verurteilen zu lassen, aber ich kriege kein Wort heraus, weil der Schmerz mich innerlich zerreißt. Irgendwann werde ich ohnmächtig und komme in einem hell erleuchteten Raum, umringt von Menschen in Krankenhauskluft, wieder zu mir. Wo ist Kane? Ich will nach ihm fragen, kann allerdings nicht reden. Ich kann nichts anderes tun, als diesen unglaublichen Schmerz irgendwie auszuhalten.

Als mir eine Nadel in die Hand gestochen wird, merke ich es kaum, doch die Erleichterung folgt sofort.

Meine Lider werden schwer. Ich kann sie nicht offen halten.

Als ich die Augen das nächste Mal aufschlage, bin ich in einem dunklen Raum.

Kane sitzt neben meinem Bett und hält meine Hand.

Ich lecke mir über die Lippen, die so trocken sind, dass sie sich wie Sandpapier anfühlen. »Was ist passiert?«

»Du hattest eine Fehlgeburt.«

»Oh.«

»Du hast viel Blut verloren. Sie mussten dir eine Transfusion geben.«

Ich versuche, das, was er sagt, zu verstehen, aber es ist, als wäre mein Kopf mit Watte gefüllt. Nichts ergibt einen Sinn.

»Ich hatte solche Angst um dich.«

»Sorry«, flüstere ich.

Er streichelt meine Wange und streicht mir die Haare aus der Stirn. »Du kannst ja nichts dafür.«

»Kann ich …« Ich zwinge meinen unfokussierten Blick auf sein Gesicht. »Kann ich weitere haben?«

»Ja, das kannst du.«

Ich stoße ein Seufzen aus, das zu einem Schluchzen wird, das sich tief aus meinem Inneren löst. Das Baby, das ich nicht gewollt habe, ist fort. Ich sollte erleichtert sein, doch ich bin zutiefst erschüttert über das Ende eines Lebens, das an dieser Situation völlig unschuldig war. Tränen rollen mir über die Wangen.

Kane setzt sich auf den Rand des Bettes und wischt sie mit einem Taschentuch fort.

»Ich weiß nicht, w-warum ich weine.«

»Du hast eine traumatische Erfahrung hinter dir.«

»Hast du meinen Dad angerufen?«

»Noch nicht. Ich dachte, es wäre besser, wenn du das selbst machst, damit er deine Stimme hört.«

»Danke, das ist sehr umsichtig von dir.«

»Keine Ursache.«

Ich habe noch eine Frage an ihn, die größte und wichtigste überhaupt. »Konnten sie irgendwelche DNA vom Baby sichern?«

»Nein, Süße. Als wir hier ankamen, war es bereits zu spät.«

Die Enttäuschung ist niederschmetternd. Wie soll ich ohne die DNA als Beweis dafür sorgen, dass Ryder für das, was er mir angetan hat, bezahlt? Nun wird mein Wort gegen seins stehen, und alle werden ihm glauben. Gegen ihn und sein Ansehen hab ich keine Chance. Vielleicht ist das sogar der Grund, weshalb er sich mich ausgesucht hat. Er wusste, dass er mich im Zweifelsfall vernichten kann.

Kane streckt sich neben mir aus und hält mich, während ich weine. »Ich weiß, im Moment kannst du es dir nicht vorstellen, aber alles wird wieder gut. Das verspreche ich.«

Er riecht nach frischer Luft und Sonnencreme.

Ich spüre, dass auch sein Gesicht feucht ist. Als ich mich ein wenig zurücklehne, um ihn anzuschauen, bin ich erschüttert davon, wie traurig er wirkt. »Kane …« Ich wische ihm die Tränen weg. »Was ist los?«

»Da war eine Schwester in der Notaufnahme … Sie war so nett und fürsorglich. Sie … sie sagte, wir seien jung und könnten es noch mal probieren. Dass wir viele Babys haben würden, wenn wir so weit wären.«

»O Gott, es tut mir so leid.« Natürlich hat sie gedacht, dass es unser Baby war. Warum sollte sie auch nicht?

»Sie hat recht, weißt du? Wir sind jung, und wir werden uns von alldem hier erholen und viele Babys und ein glückliches Leben haben. Wir werden uns nicht kaputtmachen lassen, hörst du?«

»Ja, ich höre dich.«

»So schrecklich das alles auch ist, wir werden es gemeinsam überstehen und dadurch stärker werden.«

»Ich frage mich oft, womit ich es verdient habe, dich so jung kennengelernt zu haben und zu wissen, dass ich für immer mit dir zusammen sein will, egal, was passiert.«

»Das empfinde ich genauso, Süße. Das ist wirklich ein Riesenglück, und so wird es immer bleiben.«

Er hält mich so fest, wie es nur möglich ist, und genau hier will ich sein. Wie immer sorgt er dafür, dass ich mich so viel besser fühle, als es ohne ihn an meiner Seite der Fall wäre. Wenn er mir sagt, dass alles gut wird, glaube ich ihm.

Am nächsten Tag ruft mein Vater an, um sich nach meiner Entlassung aus dem Krankenhaus zu erkundigen, wie ich mich fühle. Mir wurde gesagt, ich solle mich die nächsten vier bis sechs Wochen schonen. Gestern Abend haben wir ihm eine Textnachricht geschrieben und erzählt, was passiert ist. Mir war nicht danach, zu reden, deshalb habe ich ihn gebeten, sich heute zu melden.

»Wie geht es dir, Süße?«

»Ich bin furchtbar müde und wund, sonst jedoch ganz okay.«

»Es tut mir so leid, dass du auch das noch durchmachen musstest.«

Seine Stimme klingt, als kämpfte er mit den Tränen, was mir das Herz bricht. Mein Dad ist der stärkste Mann, den ich kenne, und ich hasse es, dass er meinetwegen leidet. »Alles gut, Dad. Versprochen. Aber was passiert jetzt, wo wir die Tat nicht länger mit der DNA des Babys beweisen können?«

»Ich bin mir nicht sicher. Ich werde nachher den Staatsanwalt anrufen und ihn auf den neuesten Stand bringen.«

»Ich will trotzdem gegen ihn aussagen. Selbst wenn wir verlieren, will ich, dass die Leute erfahren, was er getan hat.«

»Das werde ich weitergeben. Ich bewundere dich, Neisy. Du bist sehr entschlossen.«

»Das hab ich von dir.«

»Ja, das kann gut sein. Trotzdem war ich in deinem Alter nicht so stark wie du.«

»Was sagst du immer? Dass man in dem Moment die Kraft in sich aufbringt, in dem man sie braucht? Genau das tue ich.«

»Ich bin sehr stolz auf dich.«

»Das ist das Einzige, was mir je wichtig war. Das weißt du, oder?«

»Ja, meine Süße, das weiß ich. Möchtest du, dass ich zu euch raufkomme?«

»Nein, das musst du nicht. Uns geht es gut. Kane kümmert sich ganz wunderbar um mich.«

»Richte ihm bitte meinen Dank aus.«

»In Ordnung. Wie sieht es bei Mom aus?«

»Sie hat seit einer Woche keinen Tropfen mehr angerührt und hat Mrs Dalton zu einem Treffen der Anonymen Alkoholiker begleitet. Kennst du Mrs Dalton?«

»Unsere Nachbarin?«

»Ja. Mom hat gehört, dass sie auch mit dem Trinken Probleme hatte, aber jetzt trocken ist, und hat sie angesprochen. Mrs Dalton hat angeboten, sie mitzunehmen und ihr Sponsor zu sein.«

»Das ist gut.«

»Ja. Schauen wir mal, ob sie dranbleibt, ohne sich in eine Entzugsklinik zu begeben.«

»Ich hoffe es.«

»Ich auch.«

»Liebst du sie noch, Dad?«

»Das ist eine komplizierte Frage. Wenn du mich das gefragt

hättest, bevor dir das passiert ist, hätte ich uneingeschränkt Ja gesagt. Jetzt … weiß ich es nicht. Ich bin wütend, weil sie dich wochenlang stillschweigend hat leiden lassen. Wie hat sie nicht mitbekommen können, dass dich irgendwas furchtbar aus der Bahn geworfen hat?«

»Sie ist krank, Dad. Das nehme ich ihr nicht übel. Und du solltest das auch nicht tun.«

»Ich bemühe mich. Mrs Dalton hat mir ans Herz gelegt, zu Al-Anon-Treffen zu gehen, und ich denke darüber nach. Darüber habe ich viel Gutes gehört.«

»Ich denke, du solltest es versuchen. Es kann nicht schaden, oder?«

»Das hat Mrs Dalton auch gemeint. Meldest du dich nachher noch mal mit einem Update?«

»Klar. Danke, dass du angerufen hast.«

»Ich liebe dich so sehr, Süße. Ich hoffe, das weißt du.«

»Ja, immer. Ich hab dich auch lieb.«

»Wie geht es ihm?«, fragt Kane, der mir einen Tee bringt.

Ich sitze auf dem Sofa und nehme ihm den Becher ab. »Gut. Er ist natürlich aufgewühlt. Ich habe das Gefühl, das ist das Wort des Sommers: ›aufgewühlt‹.«

»Ich würde ›unverwüstlich‹ oder ›mutig‹ oder ›inspirierend‹ vorziehen.«

Das entlockt mir ein Lächeln, selbst wenn ich gedacht hätte, dass das an einem Tag wie heute unmöglich wäre.

»Ist es seltsam, dass ich wegen des Babys trotz allem traurig bin?«

»Nein, das verstehe ich. Es hatte nichts mit alldem zu tun und hat es verdient, dass jemand seinetwegen trauert.«

»Es hilft mir sehr, dass du das verstehst.«

»Das tue ich. Ich bin auch traurig darüber, und nicht nur, weil das Baby dir geholfen hätte, die Vergewaltigung zu beweisen.«

»Das wird jetzt wesentlich komplizierter.«

»Du kannst bloß die Wahrheit sagen und auf das Beste hoffen.«

Als ich mir vorstelle, wie ich den Zeugenstand betrete und gegen Ryder aussage, spannen sich alle Muskeln in meinem Körper an.

»Zerbrich dir deswegen nicht den Kopf.« Ich sollte mich mittlerweile daran gewöhnt haben, dass Kane immer weiß, was ich denke.

»Später ist noch genügend Zeit dafür, dich vorzubereiten. Im Moment musst du dich darauf konzentrieren, dich auszuruhen und zu erholen. Okay?«

Ich sehe ihn an, und in seinem Blick liegen so viel Besorgnis und Liebe. So unglaublich viel Liebe. »Okay.«

Kapitel 10

Neisy
Damals

Zwei Wochen nach meiner Fehlgeburt kehren Kane und ich für eine Anhörung nach Rhode Island zurück. Ryders Anwalt hat die Abweisung der Klage aufgrund mangelnder Beweise beantragt. Die Richterin hat beide Parteien einbestellt, damit sie ihre Fragen beantworten.

Danach werden wir zum Apartment meines Vaters in Virginia fahren, wo er wohnt, wenn er in Washington ist. Er ist dabei, für mein letztes Schuljahr ein Haus in unserem ehemaligen Viertel zu mieten.

Kane macht sich Sorgen darüber, wie ich die Anhörung verkrafte.

Ich werde vor Gericht beschreiben müssen, was passiert ist – vor Ryder, seiner Familie und seinen Freunden. Beim Gedanken daran, ihn erneut zu treffen, wird mir so schlecht, wie mir seit der Fehlgeburt nicht mehr war, aber entweder ich tauche bei dieser Anhörung auf, oder er kommt ungeschoren davon.

Alles hängt von der Richterin ab.

Der stellvertretende Staatsanwalt Neil DeGrasso ist ein sehr netter Mann. Er hat mir erklärt, dass der Ausgang ungewiss ist. Ausschlaggebend ist, wem von uns die Richterin glaubt und ob sie meint, dass wir einen ausreichend starken Fall haben, um eine Jury von Ryders Schuld zu überzeugen.

Ohne Beweise oder andere Personen, die meine Aussage bestätigen, ist es gut möglich, dass die Richterin sie als nicht ausreichend einstuft. Ich habe keinen Zweifel daran, dass sein Anwalt dafür sorgen wird, dass Ryders makelloser Ruf in die Überlegung mit einfließt. Mr DeGrasso hat mich gewarnt, dass die Verteidigung fragen wird, warum ein so beliebter junger Mann wie Ryder es nötig haben sollte, jemanden zum Sex zu zwingen. Das ist keine faire Frage, hat er unumwunden eingeräumt, aber er wollte, dass ich darauf vorbereitet bin.

Am Abend vor der Anhörung erreichen wir um elf Uhr das Haus meiner Eltern.

Mein Dad steht in der Tür. Ich habe das Gefühl, dass er um zehn Jahre gealtert ist, seitdem er von meiner Vergewaltigung erfahren hat.

Er umarmt mich fest.

Als er beiseitetritt, um uns einzulassen, bin ich überrascht, dass meine Mom nervös darauf wartet, mich ebenfalls zu begrüßen.

Ich schließe sie in die Arme. »Hi, Mom. Es ist schön, dich zu sehen.«

»Gleichfalls. Es ist gut, dich wieder zu Hause zu haben.«

»Danke.« Ich will ihr sagen, dass das hier niemals mein Zuhause sein wird, aber sie braucht keine Erinnerung daran, dass all meine Probleme damit angefangen haben, dass sie mich in ihre Heimatstadt verschleppt hat, wo ich einfach keinen Anschluss gefunden habe. An meiner alten Schule gab es eine Menge Kinder von Militärangehörigen, deshalb war es dort nicht so kompliziert, die Neue zu sein. An der Schule hier gibt es solche Kids zwar auch, doch aus irgendeinem Grund hatten sie nicht solche Probleme wie ich.

Vielleicht liegt es an mir. Ich muss irgendetwas an mir gehabt haben, dass mich alle auf Anhieb nicht leiden konnten. Darüber habe ich in den letzten zwei Wochen viel nachgedacht. Ich bin jede

Sekunde meiner ersten Wochen an der neuen Schule in Gedanken noch einmal durchgegangen. Aber mir fällt beim besten Willen nichts ein, was ich getan haben könnte, um so einen Hass zu wecken.

Kane meint, es liege daran, dass sie neidisch auf mein Aussehen gewesen seien.

Das ist so albern. Viele der Mädchen sind hübscher als ich.

Das bezweifelt er, hat er erwidert.

Ich habe entgegnet, dass er voreingenommen ist, und ich weigere mich, zu glauben, dass das, was ich erleben musste, mit etwas so Oberflächlichem wie meinem Aussehen zu tun hat.

Zurück in meinem alten Zimmer zu sein triggert mich. Ich würde alles dafür geben, keine einzige weitere Nacht in diesem Raum verbringen zu müssen, aber da Kane bei mir ist, stehe ich es irgendwie durch.

Als wir am nächsten Morgen den Gerichtssaal betreten, versetzt mich Ryders Anblick zurück in die Tatnacht. Sein Platz ist vorne im Raum an einem Tisch, neben ihm sitzt ein Mann mit grauen Haaren, der sich gerade zu ihm beugt, um zu hören, was Ryder zu ihm sagt.

Auf dem Weg nach vorne zum Tisch der Anklage spüre ich, dass alle mich anschauen – oder vielmehr an*starren*.

Kanes Hand auf meinem Rücken erinnert mich daran, weiterzuatmen und stark zu bleiben, damit ich hier so schnell wie möglich wieder rauskomme.

Meine Eltern folgen uns und nehmen neben mir Platz. Kane hält meine rechte Hand und mein Dad meine linke.

Als die Richterin den Saal betritt, befiehlt uns der Gerichtsdiener, aufzustehen.

»Die ehrenwerte Richterin Morgan Denton.«

»Bitte setzen Sie sich«, fordert Richterin Denton alle auf.

Sie ist jünger, als ich erwartet hatte, maximal vierzig, mit dunkler Haut, dunklen Augen und sachlicher Miene.

»Wir sind heute hier, um über die Klageabweisung aufgrund eines Mangels an Beweisen zu entscheiden. Bevor ich das tun kann, würde ich gerne Ms Sutton hören.«

Kane drückt noch einmal meine Hand, bevor er sie loslässt.

Ich habe viel darüber nachgedacht, was ich heute anziehen soll, und mich für ein dunkelblaues Kleid entschieden, das ich letztes Jahr zur Hochzeit meiner Cousine anhatte. Das Haar trage ich offen, und bis auf etwas Lipgloss bin ich ungeschminkt. Ich war überrascht, als Mr DeGrasso mich gefragt hat, was ich anziehen würde, und mir geraten hat, mich so schlicht wie möglich zu kleiden.

Als ich im Zeugenstand neben der Richterbank sitze, kommt der Gerichtsdiener mit einer Bibel, um mich zu vereidigen.

»Vielen Dank, dass Sie heute hier erschienen sind, Ms Sutton«, sagt die Richterin. »Ich möchte, dass Sie vereidigt werden, weil es eine Straftat ist, unter Eid zu lügen. Sie beschuldigen Mr Elliott eines sehr ernsthaften Verbrechens. Ich will von Ihnen selbst hören, was geschehen ist, bevor ich über die Klageabweisung entscheide. Haben Sie das verstanden?«

»Ja.«

In der nächsten halben Stunde führt mich Mr DeGrasso als Vertreter der Anklage durch die Ereignisse des Abends. Ich bemühe mich sehr, nicht emotional zu werden, doch als ich den Übergriff im Detail beschreiben muss, laufen mir die Tränen über die Wangen.

»Ms Sutton«, wendet sich die Richterin an mich. »Was für Kontakt hatten Sie vor jenem Abend mit Mr Elliott?«

»Ich kannte ihn nur aus der Schule. Ich meine, jeder kennt ihn.«

»Haben Sie mit ihm gesprochen, oder hatten Sie sonst irgendwas direkt mit ihm zu tun?«

»Wir sind uns ein- oder zweimal begegnet, aber wir haben uns nur gegrüßt.«

»Und doch hat er laut Ihrer Schilderung behauptet, Sie hätten ihn angeschaut, als wollten Sie ihn ›vögeln‹? Hat er das so ausgedrückt?«

Ich nicke.

»Sie müssen die Worte für die Stenografin aussprechen.«

»Ja. Das hat er wörtlich gesagt, aber es stimmt nicht. Ich habe einen Freund, den ich sehr liebe. Wir sind seit Jahren zusammen. Ich wollte nie einen anderen. Alle an der Schule wussten außerdem, dass

Ryder mit Louisa zusammen ist, daher war es für mich auch so schockierend, so was von ihm zu hören.«

»Einspruch.« Der Verteidiger springt auf. »Die Zeugin gibt eine eigene Meinung wieder.«

»Abgelehnt. Wir sind heute hier, um zu entscheiden, was an jenem Abend passiert ist und ob es zu einem Prozess kommt. Ich will hören, was Ms Sutton zu sagen hat.«

Sichtlich gereizt setzt sich der Verteidiger wieder.

Ich weigere mich, auch nur in Ryders Richtung zu sehen, doch ich spüre, dass er und alle anderen mich mit kaum verhohlener Feindseligkeit betrachten.

»Ms Sutton«, übernimmt wieder der Staatsanwalt. »Als Mr Elliott Sie gefragt hat, ob er privat mit Ihnen sprechen könne, hatten Sie da Angst, die Party mit ihm zu verlassen?«

»Nein. Dafür gab es keinen Grund. Zumal er ja behauptet hat, es ginge um seine Freundin Louisa. Bevor sie nicht mehr zum Unterricht kommen konnte, waren wir zusammen in einem Kurs. Ich mochte sie und hatte das Gefühl, dass das umgekehrt genauso war. Und als er dann die Sachen gesagt hat … darüber, wie ich ihn anschaue … war ich geschockt.«

»Was ist nach jenem Abend passiert?«

»Ein paar Wochen später wurde bei mir eine Schwangerschaft festgestellt.«

Im Gerichtssaal bricht Tumult aus, und die Richterin klopft mehrmals mit ihrem Hammer und bittet um Ruhe.

»Wer war der Vater des Kindes?«, fragt Mr DeGrasso.

»Ryder Elliott.«

»Einspruch!«

»Abgelehnt.«

»Sind Sie immer noch schwanger?«

»Nein. Ich hatte in der fünften Woche einen Abgang.«

»Haben Sie heute wahrheitsgemäß geschildert, was an jenem Abend passiert ist?«

»Ja.«

»Keine weiteren Fragen«, verkündet Mr DeGrasso.

Der Verteidiger steht auf. »Stimmt es, dass Sie an der Schule den Ruf hatten, promiskuitiv zu sein?«

»Ich habe nichts getan, um eine derart gehässige üble Nachrede zu verdienen.«

»Aber stimmt es, dass man sich das über Sie erzählt hat?«

»Es wurden viele Sachen über mich erzählt, doch das war alles völlig aus der Luft gegriffen.«

»Bitte beantworten Sie nur die Fragen, die Ihnen gestellt werden. Stimmt es, dass Sie intime Beziehungen zu Mitgliedern der Footballmannschaft hatten?«

»Nein, das ist nicht wahr.«

»Eurer Ehren, wir haben eidesstattliche Versicherungen von zehn Mitgliedern der Mannschaft, die das Gegenteil behaupten.«

»Das ist eine Lüge!«

»Ms Sutton, bitte beherrschen Sie sich, und unterlassen Sie in meinem Gerichtssaal derartige Ausbrüche.«

»Sie lügen! Ich habe nie mit einem von ihnen geschlafen!« Was, wenn Kane ihnen glaubt? Wie können sie schwören, dass ich das getan habe, obwohl es gar nicht stimmt? Ich schaue zum Staatsanwalt, in der Hoffnung, dass er etwas gegen diese gemeine Verleumdung unternimmt. Es sollte mich nicht überraschen, dass Ryders Freunde ihn auf diese Weise in Schutz nehmen, trotzdem … Ich bin schockiert, dass sie unter Eid lügen.

»Einspruch!«, sagt Mr DeGrasso, nachdem ihm eine Kopie der Dokumente gereicht worden ist. »Die sind vom Bruder des Angeklagten und von seinen besten Freunden. Natürlich würden sie alles behaupten, um ihn zu beschützen.«

»Das ist eine sehr ernsthafte Anschuldigung, Mr DeGrasso. Diese jungen Männer haben eine eidesstattliche Versicherung abgegeben und wurden über die Konsequenzen aufgeklärt, die es hat, unter Eid zu lügen.«

»Wir haben Aussagen von Camden Elliott, Arlo Merrick …«

Der Verteidiger fährt fort, Namen aufzuzählen, die mir bekannt sind, aber es sind alles Lügen. Ich bin keinem von ihnen jemals auch nur nahe gekommen.

Mr DeGrasso schaut mich an. Als unsere Blicke sich treffen, wird mir klar, dass er nicht weiß, wem er glauben soll.

»Ms Sutton«, spricht der Verteidiger weiter. »Stimmt es, dass Sie sexuell promiskuitiv waren, während Sie die Hope High School besucht haben?«

Ich schüttle den Kopf. »Nein, das ist nicht wahr. Ich hatte nie Sex, bevor Ryder Elliott mich vergewaltigt hat.«

»Ms Sutton, bitte beschränken Sie Ihre Antworten auf die Fragen, die Ihnen gestellt werden«, verlangt der Anwalt. »Ein Letztes noch: Waren Sie enttäuscht, als Sie Ryder Elliott um ein Date gebeten haben und er abgelehnt hat?«

Vor Schock bleibt mir der Mund offen stehen. »Das ist nie passiert.«

»Bitte antworten Sie einfach mit Ja oder Nein, Ms Sutton. Waren Sie enttäuscht?«

»Nein, das war ich nicht, weil ich das überhaupt nie getan habe.«

»Keine weiteren Fragen.«

»Vielen Dank, Ms Sutton, Sie können gehen.«

Ich sehe die Richterin an und bin fassungslos, weil sie zulässt, dass man mich so verunglimpft.

Sie blickt mich nicht an.

In diesem Moment weiß ich, dass sie ihn laufen lassen wird. Dass die Lügen, die Ryder und seine Freunde erzählt haben, mehr wiegen als die Wahrheit.

Ich bin so verzweifelt, dass ich kaum die Kraft dafür finde, aufzustehen und an meinen Platz zurückzukehren. Es wird noch schlimmer, als Kane nicht nach meiner Hand greift. Er kann unmöglich glauben, dass ich ihm so etwas angetan habe, oder? Was, wenn er es tut?

Wenn ich ihn verliere, werde ich nie darüber hinwegkommen.

»Die Lage stellt sich als überaus kompliziert dar«, verkündet die Richterin.

Im Saal wird es beklemmend still, und die Spannung liegt schwer in der Luft, während alle auf ihr Urteil warten.

»Ms Sutton, ich glaube Ihnen, dass an jenem Abend etwas passiert ist, aber ohne belastbare Beweise, die Mr Elliott mit einer so schweren Straftat in Zusammenhang bringen, kann ich nicht zulassen, dass dieser Fall vor Gericht geht. Die Klage wird abgewiesen. Mr Elliott, Sie sind frei.«

Ryders Unterstützer brechen in Jubel aus, als er erst seinen Anwalt und dann seine Eltern umarmt.

Er wird von denselben Jungs umringt, die für ihn gelogen haben und nun seinen Freispruch feiern.

»Bitte bring mich hier weg«, sage ich zu meinem Dad.

Er legt einen Arm um mich und führt mich innerhalb von Sekunden aus dem Saal.

Mir ist so kalt, dass ich glaube, ich werde nie wieder warm werden.

Den Weg nach Hause legen wir in bedrücktem Schweigen zurück.

Kane schaut aus dem Beifahrerfenster.

Was denkt er gerade?

Vor unserem Haus steigen meine Eltern aus.

Kane und ich rühren uns nicht.

»Kommt ihr?«, fragt mein Dad, und seine Miene verrät, dass er am Boden zerstört ist.

»Eine Minute.« Ich ertrage es nicht eine Sekunde länger, nicht zu wissen, was Kane denkt. In dem Moment, in dem die Wagentür zufällt, wende ich mich an ihn. »Sag etwas! Nichts von alldem ist wahr! Du bist der Einzige, den ich liebe, und das weißt du.«

»Sie haben es an Eides statt versichert.«

»Sie haben *gelogen*! Ich schwöre bei Gott. Ich habe Arlo Merrick und Camden Elliott und die meisten der Jungs, die diese Lügen unterschrieben haben, nicht mal gekannt.«

Er starrt geradeaus, und an seinem Kiefer zuckt ein Muskel.

Da wird mir klar, dass er weint.

»Kane …«

»Ich dachte, ich würde verstehen, was du hier durchgemacht hast … Aber bis heute wusste ich nicht, wie schlimm es wirklich gewesen ist.«

Ich strecke die Hand nach ihm aus.

Er legt die Arme um mich. »Es tut mir so unendlich leid, Neisy.«

»Es ist nicht deine Schuld.«

»Am liebsten würde ich sie alle zusammenschlagen, weil sie es wagen, Lügen über dich zu verbreiten.«

Mir wird fast schlecht vor Erleichterung, weil er mir glaubt.

Wir halten einander sehr lange, und als wir uns schließlich voneinander lösen, sind unsere Gesichter tränenfeucht.

»Lass uns von hier verschwinden.«

»Ja, bitte.«

»Und nie wieder zurückkommen.«

KAPITEL 11

Blaise
Heute

Ich muss sehr lange warten, bis Houston im Revier eintrifft. Er trägt Jeans und ein langärmliges T-Shirt. Seine Haare sind vom Wind zerzaust und seine Wangen gerötet, als hätte er sich gerade angestrengt. Er ist größer, als ich ihn in Erinnerung hatte, mit dunkelblondem Haar und blaugrünen Augen. Sein Bruder Dallas, der Junge, in den ich heimlich verknallt war, bis er so dreist über Neisy gelogen hat, ist gebaut wie er, hat allerdings dunklere Haare und Augen.

Ich stehe auf, um ihn zu begrüßen.

»Ich bin so schnell gekommen, wie ich konnte, Blaise. Sorry, dass du warten musstest.«

»Ist schon okay.«

»Lass uns in mein Büro gehen.«

Er führt mich an der Polizistin vorbei, die mir geholfen hat, ihn ausfindig zu machen, zu einem Raum im hinteren Teil des Gebäudes. Nachdem er mir bedeutet hat, vor ihm einzutreten, schließt er die Tür hinter sich und setzt sich hinter seinen Schreibtisch.

Mein Herz klopft so schnell und heftig, dass ich fürchte, ohnmächtig zu werden, bevor ich die Worte aussprechen kann, die ich seit vierzehn quälenden Jahren mit mir herumschleppe.

»Was ist los? Ich dachte, du würdest jetzt in der Stadt leben.«

Ich bin geschockt, dass er irgendwas über mich weiß. Ich bin vier Jahre jünger als er. Er hat seinen Abschluss gemacht, bevor ich überhaupt an die Highschool gewechselt bin, aber er kennt natürlich Teagan und Arlo. »Das ist auch so. Ich wohne in New York.«

»Respekt. Ich würde da durchdrehen. Normalerweise halte ich es kaum ein Wochenende lang dort aus.«

»Wenn man Land's End gewohnt ist, kommt einem alles andere im Vergleich verrückt vor.«

Er lacht leise. »Das stimmt wohl. Ich hab das Fußballteam von meiner Nichte und meinem Neffen trainiert, sonst wäre ich früher hier gewesen. Ich hab gehört, du willst ein Verbrechen melden?«

»Ja.«

»Ich bin ein wenig verwirrt, schließlich wohnst du nicht mehr hier.«

»Es ist vor vierzehn Jahren geschehen.«

»Oh. Okay …«

»Auf der Party, die du gegeben hast.«

Er setzt sich ein wenig aufrechter hin, und seine Augen weiten sich. »Sprichst du von Ryder und Neisy?«

Da ist es. Mein Mund ist so trocken, dass ich kaum schlucken kann. Alle Feuchtigkeit in meinem Körper hat sich in meinen Handflächen gesammelt, die ich fest zusammengepresst habe. »Ja.«

»Was willst du mir sagen, Blaise?«

»Ich … ich habe gesehen, wie er ihr das angetan hat.«

Er schweigt für einen langen Moment und mustert mich eindringlich. »Du warst Augenzeugin, als Ryder Neisy vergewaltigt hat.«

»Ja.«

»Blaise …«, entgegnet er ungläubig. »Warum hast du dich nicht eher gemeldet?«

Ich erwidere seinen Blick. Eigentlich müsste der Grund doch auf der Hand liegen. »Es war falsch von mir, das habe ich immer gewusst. Aber damals hat mir zu diesem Schritt der Mut gefehlt, und das verfolgt mich bis heute. Es macht mich noch genauso krank wie an dem Tag, an dem es passiert ist.«

»Warum meldest du dich jetzt?«

»Mir ist zu Ohren gekommen, dass er für den Kongress kandidiert, und ich konnte nicht länger schweigen.«

»Es kann als Verbrechen gewertet werden, Beweise für ein anderes Verbrechen zurückzuhalten.«

Daran hatte ich noch nicht gedacht, und für eine Sekunde bin ich nicht sicher, wie ich reagieren soll. Doch dann weiß ich, was ich sagen muss. »Ich bin gewillt, alle Konsequenzen zu tragen, wenn ich jetzt das nachhole, was ich schon vor vierzehn Jahren hätte tun sollen.« Meine Stimme bricht bei »alle Konsequenzen« ein wenig, aber mein Entschluss steht fest. Ich kann nicht länger damit leben.

»War noch jemand anders bei dir?«

»Ich spreche nur für mich.«

»Ist das ein Nein?«

»Dazu möchte ich nichts sagen.«

Er stößt den Atem aus und ist auf einmal sehr interessiert an der gegenüberliegenden Wand, während er mit einem Stift spielt. »Du verstehst, was passiert, wenn ich den Staatsanwalt darüber informiere, dass es eine Zeugin gibt?«

»Ich glaube schon.«

Er beugt sich vor, stützt die Arme auf den Schreibtisch und richtet seinen Blick auf mich. »Es wird ein Albtraum werden, Blaise. Die Leute werden dir Vorwürfe machen, weil du dich damals nicht sofort gemeldet hast. Sie werden deine Motive in Zweifel ziehen. Sie werden jeden Aspekt deines Lebens auseinandernehmen. Irgendwelcher Mist von der Highschool wird ausgegraben werden. Die Elliotts werden sich wehren – und zwar mit allen Mitteln. Bist du sicher, dass du dazu bereit bist?«

»Mit anderen Worten: Das Gleiche, was vor vierzehn Jahren passiert wäre, wird jetzt passieren, nur heftiger, weil ich zusätzlich dafür verurteilt werde, so lange gewartet zu haben. Hab ich das richtig verstanden?«

Er blinzelt nicht, als er erwidert: »Ja.«

»Damit kann ich umgehen.«

»Bist du sicher?«

»Nein, bin ich nicht! Wärst du das an meiner Stelle?«

»Ich hätte nicht über zehn Jahre lang auf der Information gesessen.«

»Wirklich? Bist du dir dessen so sicher? Du hättest den Mut gehabt, in Kauf zu nehmen, dass sich eine ganze Stadt gegen dich wendet, weil du es wagst, einen von ihnen so eines Verbrechens zu bezichtigen? Du hättest die Kraft gehabt, von deinem einzigen Bruder gehasst zu werden, weil du einen seiner besten Freunde dieser grausamen Tat beschuldigst? Es wäre für dich in Ordnung gewesen, mit siebzehn ein Ausgestoßener zu sein, ein Paria, ein Ziel für Facebook-Hass?«

»Vielleicht nicht«, räumt er ein. »Aber es liegen ziemlich viele Jahre zwischen siebzehn und einunddreißig.«

»Das ist mir bewusst, und ich hätte nicht so lange warten dürfen. Ich weiß nicht, was ich zu meiner Verteidigung sagen kann, außer dass es falsch war. Das wusste ich damals, und das weiß ich heute. Und deshalb will ich jetzt endlich das Richtige tun.«

»Ich muss Neisy über diese neue Entwicklung informieren. Wir müssen sie mit an Bord haben, wenn wir den Fall neu aufrollen wollen.«

»Weißt du, wo sie wohnt?«

»Nein. Ich werde sie ausfindig machen müssen. Ihr Cousin leitet immer noch das Restaurant, in dem sie und ich zusammen gejobbt haben. Da werde ich anfangen.«

Er notiert sich meine Handynummer und verspricht, sich zu melden, sobald er mit Neisy und dem Staatsanwalt geredet hat.

»Glaubst du mir, Houston?«

Nach einer langen Pause antwortet er: »Ich glaube, du hast keinen Grund, dir etwas auszudenken, das dein Leben genauso auf den Kopf stellen wird wie das von Neisy und Ryder.«

»Danke.«

»Ich will, dass du darauf vorbereitet bist, Blaise. Wenn wir das weiterverfolgen, wird es hässlich werden.«

»Darüber bin ich mir im Klaren.«

»Du brauchst einen sicheren Ort, an dem du unterkommen kannst.«

»Ich kann bei meiner Mutter wohnen.«

»Nein, kannst du nicht.« Er schreibt etwas auf einen Post-it-Zettel und reicht ihn mir. »Geh zu meinem Freund Jack Olsen, und sag ihm, dass ich dich geschickt habe. Er hat ein paar Cottages auf seinem Grundstück, die er vermietet. Dort wird niemand nach dir suchen. Ich will, dass du dortbleibst, bis du von mir hörst.«

»Meinst du wirklich, dass das nötig ist?«

»Ja, das meine ich.«

Houston
Heute

Nachdem Blaise mein Büro verlassen hat, sitze ich volle fünf Minuten lang da und versuche, zu verarbeiten, was sie mir gerade erzählt hat.

Ryder Elliott hat Neisy Sutton tatsächlich vergewaltigt.

Und er ist vierzehn Jahre lang damit durchgekommen. Jahre, in denen er auf dem College war, das er mit Auszeichnung abgeschlossen hat, und von denen er acht in der Navy gedient hat, aus der er schließlich mit verschiedenen Orden und Ehrungen ausgeschieden ist. Seit seiner Entlassung aus der Marine arbeitet Ryder als Ingenieur für ein Top-Unternehmen in Providence. Er ist verheiratet, hat drei kleine Kinder und wohnt in einem Haus in derselben Straße in Hope, in der er, Cam und ihre Schwestern aufgewachsen sind.

Jeden dritten Samstag im Monat spielen Dallas und ich mit ihm und Cam sowie mit Blaises Bruder Arlo Poker.

Es widert mich an, dass ich ihn als Freund betrachtet habe.

Die ganze Zeit …

Als Neisys Anschuldigungen bekannt wurden, hat ihr niemand geglaubt. Niemand hat sich auf ihre Seite gestellt oder erklärt, dass sie niemals eine Vergewaltigung erfinden würde, weil niemand sie gut genug kannte, um sie zu verteidigen. Selbst ich, der ich einer ihrer wenigen Freunde hier war, habe den Mund gehalten, habe nicht gesagt, dass sie sich niemals so eine Geschichte aus den Fingern saugen würde, weil ich mir nicht wirklich sicher war. Sie war drei Jahre jünger als ich, und ich kannte Ryder und seine Familie so viel besser und länger als sie.

Ich habe es nicht so direkt ausgesprochen, aber ich habe mich auf seine Seite gestellt.

Alle haben das getan, einschließlich seiner Mannschaftskollegen, die zudem geschworen haben, dass Neisy mit ihnen allen im Bett gewesen sei. Einer davon war mein eigener Bruder, eine Erkenntnis, bei der mir angesichts dessen, was Blaise mir gerade erzählt hat, schlecht wird.

Neisy hat damals keine Chance gehabt.

Ich gehe zu den Aktenschränken in einem Nebenraum, um die Fallakte zu suchen. Dann nehme ich sie mit in mein Büro und schließe die Tür hinter mir. Ich schenke mir den vierten Kaffee des Tages ein und schlage den Ordner auf, der aus der Ära meines Vaters stammt, bevor das Revier vollständig auf Computer umgerüstet wurde. Mein Dad war sehr genau und hatte eine superordentliche Handschrift. Wir haben immer gescherzt, dass sie als Vorlage für einen Font dienen könnte.

Habe auf den Anruf von Navy Captain Rick Sutton reagiert, der meldete, dass seine Tochter Denise vor drei Wochen von Ryder Elliott in dem Gehölz neben meinem Haus vergewaltigt worden sei. Der unterstellte Übergriff fand auf einer Party statt, die mein Sohn Houston gegeben hat, während meine Frau und ich nicht in der Stadt waren. Captain Sutton hat seine Tochter am Tag nach seinem Anruf aufs Revier gebracht. Sie hat folgende Aussage gemacht:

Ich habe die Party meines Freundes Houston Rafferty besucht, mit dem ich im vorigen Sommer im The Daily Catch *gejobbt habe. Während dieser Party hat Ryder Elliott mich gefragt, ob er mit mir über seine Freundin Louisa reden könne, und hat mich von der Gruppe weggeführt, einen Weg hinunter in einen Bereich mit vielen Bäumen und Büschen. Ich habe ihn gefragt, was er mir über Louisa erzählen möchte, und er sagte, er wüsste, was ich wirklich wollte. Ich wusste es nicht. Ich hatte bis dahin noch nie mit ihm gesprochen, abgesehen von einem Hallo ab und zu. Ich weiß, dass er in verschiedenen Sportmannschaften ist und mit Louisa zusammen ist, die sehr krank ist. Ich war mit ihr und seinem Bruder Cam in einem Kurs, hatte aber ansonsten nie was mit einem der*

Elliott-Brüder zu tun. Ich habe Ryder gebeten, mir zu erklären, was er meint, und er sagte, ich würde ihn mit meiner Art, ihn in der Schule anzugucken, in den Wahnsinn treiben. Als ich ihn fragte, was für eine Art das denn genau wäre, erwiderte er: »Als wolltest du mich vögeln.« Ich sagte, dass ich das nicht wollte, und wir haben uns darüber gestritten. Er hat behauptet, es wäre sehr wohl wahr, und meinte, die anderen Jungs wären ebenfalls der Meinung, dass ich alle immer heißmachen und dann abblitzen lassen würde. Ich habe ihm gesagt, dass ich ihn kaum kenne, warum sollte ich also Sex mit ihm haben wollen? Danach hat er mich mit einer schnellen Bewegung überrumpelt und zu Boden gestoßen. Er hat sich auf mich gelegt und an meinem Rock gezerrt und mir den Slip runtergezogen. Ich hab ihn angeschrien, er solle aufhören, und habe um Hilfe gerufen, doch niemand hat mich gehört. Die Musik war sehr laut, und es waren so viele Leute da, die alle geredet haben, sodass es niemand mitbekommen hat.

Der Rest ist schwer auszuhalten. Als Ryder fertig war, ist er aufgestanden und einfach weggegangen, hat sie dort blutend und schluchzend liegen lassen. Sie hat noch zu Protokoll gegeben, dass sie irgendwann in der Lage gewesen sei, sich aufzurappeln und zu ihrem Auto zu gelangen, das ungefähr eine Viertelmeile vom Haus entfernt geparkt war.

Ich stehe auf und verlasse das Büro. Schuldgefühle und Bedauern drohen mich zu ersticken. Neisy war meine Freundin. Warum bin ich nicht zu ihrer Verteidigung geeilt, als sie mich gebraucht hat? Ich habe einen ganzen Sommer lang Seite an Seite mit ihr gearbeitet. Wir haben uns super verstanden, und ich hätte sie um ein Date gebeten, wenn sie nicht so viel jünger als ich gewesen wäre. Wir waren eher wie Geschwister miteinander. Als sie Ryder wegen Vergewaltigung angezeigt hat, war mein erster Gedanke: *Das kann nicht sein.* Vor allem weil er zu dem Zeitpunkt schon jahrelang mit Louisa zusammen war und während ihrer fürchterlichen Krankheit immer zu ihr gehalten hatte.

Ich konnte diesen Jungen einfach nicht mit der Person in Einklang bringen, die Neisy in ihrer Aussage beschrieben hatte. Ich kannte sie, weil ich meinen Dad gebeten hatte, sie lesen zu dürfen. Es hatte mich zutiefst bestürzt, zu erfahren, dass es bei meiner Party möglicherweise eine Vergewaltigung gegeben hatte. Ich erinnere mich daran, damals gedacht zu haben, wenn der Täter irgendjemand anders gewesen wäre, hätte ich ihr geglaubt.

Aber Ryder Elliott? Nein, das war unmöglich, und mein Bruder und unsere Freunde sahen das genauso.

Dallas hat ihn gut gekannt und darauf beharrt, dass Ryder zu so etwas niemals fähig wäre. Ich erinnere mich an die heftigen Worte, mit denen er Ryder unserem Dad gegenüber verteidigt hat, der keine andere Wahl hatte, als der Anzeige nachzugehen.

Dad war wütend auf mich, weil ich mit Minderjährigen eine Party veranstaltet hatte, bei der es Alkohol gab, während meine nichts ahnenden Eltern ihren wohlverdienten Urlaub genossen. Das war das einzige Mal, dass mein Dad und ich wirklich aneinandergeraten sind. Seine Enttäuschung war schwer zu verkraften.

Ich erinnere mich, sauer auf Neisy gewesen zu sein. Weil sie Anzeige erstattet hatte, hatte ich nun Ärger mit meinem Dad. Wenn sie Ryder nicht beschuldigt hätte, hätten meine Eltern nie von der Party erfahren. Ich wusste natürlich, dass das zutiefst unfair war, doch so empfand ich nun mal.

Das war damals für alle Beteiligten eine schwere Zeit, aber für niemanden war es schwerer als für Neisy, die kurz danach aus der Stadt weggezogen ist und, soweit ich weiß, nur für die Anhörung zurückgekommen ist, nach der die Anklage gegen Ryder fallen gelassen wurde.

Ich will mit meinem Dad über diese neue Entwicklung reden, deshalb fahre ich zu dem Haus, in dem ich mit meinem Bruder und meiner Schwester aufgewachsen bin. Die Fahrt ist kurz und führt über die gewundenen Straßen, die für meine Heimatstadt so typisch sind. Hier hat sich nicht viel verändert, und uns gefällt das so. Hier gibt es keine Filialen von großen Ladenketten zwischen den Marktständen, Antiquitätenläden und Coffeeshops. In Land's End mögen wir es ländlich und sind daher in den letzten zehn Jahren zu einer exklusiven Enklave geworden. Viele der Strandhäuser gehören Sommertouristen und stehen den Rest des Jahres über leer.

Die Polizei hat hier manchmal wenig zu tun, das gilt allerdings nicht für mich als Polizeichef. Der bin ich nun seit vier Jahren. Viele der jungen Polizisten halten nicht lange durch und suchen nach etwas Aufregenderem als unserem ruhigen Fleckchen Erde.

Das werfe ich ihnen nicht vor. Nach meinem Studium in Boston habe ich zwei Jahre in einem Vorort gearbeitet, bevor ich hierhin zurückgekehrt bin. Ich wollte nie irgendwo anders leben als in Land's End.

Es ist mein Zuhause.

Ich biege nach links auf eine gewundene Schotterstraße ab, die zum Haus meiner Eltern führt, in dem sie immer noch wohnen, nachdem sie sich vor Jahren zur Ruhe gesetzt haben – mein Dad nach seinem Job bei der Polizei und meine Mom als Rektorin der örtlichen Grundschule.

Heutzutage kümmern sie sich um ihre Pferde, ihren Garten und die fünf Enkel, die mein Bruder und meine Schwester ihnen beschert haben.

Ich parke meinen Dienstwagen hinter dem alten Ford-Pick-up meines Dads und gehe rein.

»Klopf, klopf«, sage ich, während ich eintrete.

»Du musst nicht anklopfen«, antwortet meine Mom, wie sie es immer tut, wenn ich vorbeischaue und auf dem Ritual bestehe. Sie reckt mir das Gesicht für einen Kuss auf die Wange entgegen. »Das ist aber eine nette Überraschung. Hast du Hunger?«

»Immer.«

»Wir hatten heute Abend Schmorbraten. Ich wärm dir schnell einen Teller auf.«

»Verfütterst du wieder meine Reste an ihn?«, fragt Dad, der jetzt zu uns stößt.

»Sei still, Chuck. Es ist trotzdem mehr als genug für dich da.«

Ihr Geplänkel hat mich immer amüsiert und in mir den Wunsch geweckt, einmal das zu haben, was sie haben. Bisher habe ich es nicht gefunden, doch ich habe noch nicht aufgegeben. Da ich inzwischen allerdings bereits Mitte dreißig bin, sind die Aussichten diesbezüglich nicht mehr sonderlich rosig.

Dad holt uns ein Bier aus dem Kühlschrank. »Was ist los?«

»Ich wollte was mit dir besprechen.«

»Wenn du mit Dad allein reden willst, kann ich solange ›Jeopardy‹ gucken«, meint Mom, die gerade die Arbeitsflächen abwischt.

»Bitte bleib. Ehrlich gesagt würde ich gerne auch deine Meinung dazu hören. Trotzdem ist es wie immer höchst vertraulich.«

»Wir werden es auf keinen Fall weitererzählen«, versichert sie mir.

Das weiß ich, denn das haben sie noch nie getan.

Ich esse ein paar Bissen von dem köstlichen Braten und spüle sie mit Bier hinunter. »Erinnert ihr euch daran, wie Ryder Elliott wegen Vergewaltigung angezeigt wurde?«

»Oje«, erwidert Mom. »Und ob ich das tue. Das war eine furchtbare Angelegenheit. Mary und Dave haben mir schrecklich leidgetan. Sie waren so aufgebracht.«

»Was ist damit?« Dad betrachtet mich mit den Augen eines Kollegen von der Polizei, der damals mit an dem Fall gearbeitet hat. Es hat lange gedauert, bis er mir das mit der Party verziehen hatte, deshalb ist das Thema wieder hochzuholen eigentlich das Letzte, was ich tun will. Aber ich möchte dringend seine Einschätzung hören.

»Heute ist jemand auf dem Revier erschienen und hat behauptet, damals Zeuge der Tat geworden zu sein.«

Schock zeichnet sich auf ihren Gesichtern ab.

»Was?«, fragt Mom leise. »Das ist doch Jahre her.«

»Vierzehn, um genau zu sein.«

»Und diese Person hat sich erst heute gemeldet?«

»Ja. Sie meinte, seit dem Tag, an dem es passiert sei, würde es sie krank machen, und nachdem sie gehört hat, dass Ryder für den Kongress kandidiert, wusste sie, dass sie nicht eine Minute länger schweigen durfte.«

»Glaubst du ihr?«, fragt Dad.

Ich massiere mir den Nacken, der völlig verspannt ist. »Ja, tu ich. Sie hat nichts zu gewinnen, außer ihr Gewissen zu erleichtern. Dafür hat sie aber eine Menge zu verlieren, darunter ihren Bruder, der Ryder immer noch nahesteht.«

»Genau wie du«, merkt Mom an.

»Ich würde nicht sagen, dass wir uns nahestehen. Wir spielen einmal im Monat Karten zusammen.«

»Trotzdem. Er ist ein Freund.«

»Ja, das ist er.«

»Was hast du vor?«, fragt Dad.

»Ich schätze, ich werde Neisy ausfindig machen und ihr mitteilen müssen, dass sich eine Zeugin gemeldet hat. Dann ist es an ihr, zu entscheiden, was sie tun will, denn ohne sie kann ich nichts unternehmen, nicht einmal mit einer Zeugin.«

»Es gibt eine beeidigte Erklärung von ihr«, meint Dad.

»Ich bin mir nicht sicher, ob das ausreicht, wenn sie nicht persönlich aussagen will, sollte der Fall neu aufgerollt werden.«

»Also wirst du nichts unternehmen, wenn sie nicht kooperiert?«, will Dad wissen.

»Was würdest du tun?«

»Das ist eine schwierige Entscheidung. Auf der einen Seite hast du neue Beweise für ein altes Verbrechen, doch ich bin nicht sicher, wie du daraus ohne die Mitarbeit des Opfers einen Fall basteln willst, außer du nutzt ihre damals unter Eid erfolgte Aussage. Aber da ist noch der Umstand, dass deine Zeugin vierzehn Jahre gebraucht hat, um sich zu melden. Das spricht nicht unbedingt für ihre Glaubwürdigkeit.«

»So wie damals alle zu Ryders Verteidigung geeilt sind, hatte sie aus ihrer Sicht gute Gründe, nichts zu sagen. Stell dir mal vor, du bist siebzehn und musst dich gegen dein gesamtes Umfeld stellen. Ganz zu schweigen davon, dass Ryder der beste Freund ihres Bruders gewesen ist. Das wäre für jeden viel, vor allem in einer so kleinen Gemeinde wie Hope.«

»Ich muss vor allem an das arme Mädchen denken, das vergewaltigt wurde«, wirft Mom ein. »Hatte diese Zeugin denn nicht mal einen Hauch von Mitgefühl für sie?«

»Ich glaube, davon hatte sie sogar sehr viel, doch als ihr klar wurde, was es für sie selbst bedeuten würde, den Mund aufzumachen, hatte sie zu große Angst. So sind Kinder und Teenager nun mal.«

»Sie ist schon lange kein Kind oder Teenager mehr«, gibt Mom mit einem leicht scharfen Unterton zu bedenken. »Warum hat sie nicht schon früher etwas unternommen?«

»Das weiß nur sie, aber Menschen haben ihre Gründe, Mom. Das verstehe ich, auch wenn ich nicht mit ihnen übereinstimme. Sie hat mich gefragt, was ich an ihrer Stelle getan hätte, und ich bin mir nicht hundertprozentig sicher, dass ich die Sache anders gehandhabt hätte.«

»Natürlich hättest du das«, sagt Dad sofort. »Du hast immer das Richtige getan.«

»Das stimmt nicht. Ich habe immerhin die Party veranstaltet, während ihr weg wart.«

»Du hättest nicht so lange auf solch einer Information gesessen.«

Ich stoße einen tiefen Seufzer aus. »Wir alle glauben gerne, dass wir in jeder Situation das Richtige tun würden, doch bis wir nicht selbst drinstecken und uns mit den möglichen Konsequenzen konfrontiert sehen, kann keiner mit Sicherheit sagen, wie er sich verhalten würde.«

»Du hast recht.« Mom runzelt die Stirn. »Die Leute denken immer, sie wüssten, wie sie reagieren würden. Aber das weiß niemand, bis es so weit ist.«

»Deshalb will ich ihr vorerst glauben. Es ist nicht leicht, jemanden, mit dem man aufgewachsen ist, eines schrecklichen Verbrechens zu beschuldigen. Ich finde, es ist wichtiger, dass sie zu mir gekommen ist, als dass sie so lange geschwiegen hat.«

»Der Staatsanwalt mag das anders sehen«, erwidert Dad. »Du solltest dich mit ihm besprechen, bevor du in dieser Sache weiter ermittelst.«

»Natürlich. Das steht für morgen gleich als Erstes auf meiner Liste. Wenn er mit im Boot ist, werde ich als Nächstes versuchen, Neisy aufzuspüren.«

»Darum beneide ich dich nicht, mein Sohn«, erklärt Dad. »Wenn du dich entscheidest, das Ganze weiterzuverfolgen, wird das nicht leicht. Die Leute halten große Stücke auf Ryder.«

»Das weiß ich. Verdammt, das habe ich immer gewusst. Doch ich kann es jetzt, wo sich die Zeugin bei mir gemeldet hat, nicht mehr aufhalten.«

»Stimmt, das kannst du nicht.«

KAPITEL 12

Blaise
Heute

Ich folge der Wegbeschreibung, die Houston mir gegeben hat, und fahre eine lange, von Steinmauern gesäumte Auffahrt hinunter, an deren Ende ein großes weißes Haus im Kolonialstil mit schwarzen Fensterläden steht. Als ich den Wagen parke, tritt ein Mann in verblichenen Jeans und einem Flanellhemd heraus. Er ist barfuß.

»Kann ich Ihnen irgendwie behilflich sein?«

Ich steige aus. »Houston Rafferty hat mich geschickt. Er meinte, Sie würden Ferienwohnungen vermieten?«

»Das stimmt.« Er streckt mir die Hand hin. »Jack Olsen.«

Als ich seine Hand schüttle, kann ich nicht anders, als zu bemerken, wie attraktiv er ist. Seine goldbraunen Augen passen zu den dunkelblonden Haaren, die mal wieder geschnitten werden müssten. »Blaise Merrick.«

»Freut mich.« Er bedeutet mir, ihm um das Haus herum zu folgen, und ich zögere kurz, bis mir einfällt, dass Houston für ihn gebürgt hat. Nach dem, was ich vor so vielen Jahren mit angesehen habe, ist meine Vorsicht vermutlich verständlich. Doch meine

Vertrauensprobleme machen mir den Umgang mit Männern nicht gerade leichter.

»Kommen Sie?«, fragt Jack und wirft über die Schulter einen Blick zurück zu mir.

»Ja.«

Er führt mich in den Garten hinter dem Haus, wo vor einer weiteren Steinmauer nebeneinander drei Cottages stehen. »In jedem gibt es ein Bett, ein Sofa, eine Küche und ein Bad. Da die Saison vorbei ist, haben Sie freie Auswahl.«

»Was soll es kosten?«

»Hundert pro Woche?«

Ich überschlage kurz, ob ich mir das zusätzlich zu meiner Miete in New York leisten kann, wenn ich eine Weile nicht arbeite. Ich habe einen Notgroschen, aber der wird nicht lange reichen. Gott sei Dank gibt es Kreditkarten.

»Das klingt super. Danke.«

»Jeder Freund von Houston ist auch ein Freund von mir«, erwidert er mit einem Lächeln. »Es kann nie schaden, wenn der Polizeichef einem einen Gefallen schuldet.«

Oh, er ist außerdem charmant. Nicht, dass mich das interessiert. »Ich bin nicht sicher, wie lange ich bleiben werde.«

Er zuckt die Achseln und schließt die Tür des mittleren Häuschens auf. »Das ist egal. Bis Thanksgiving habe ich keine Buchungen, und selbst dann ist es nur für ein Cottage. Schauen Sie sich ruhig um.«

Als ich über die Schwelle trete, steigt mir Zitrusduft in die Nase. »Oh, das ist wirklich hübsch«, sage ich.

»Die Lorbeeren gebühren meiner besten Freundin von der Highschool. Sie ist Innenarchitektin und für die Einrichtung verantwortlich. Sie hat mir einen guten Preis gemacht.«

»Und hat ausgezeichnete Arbeit geleistet.«

Die blau gemusterte Überdecke auf dem Bett passt perfekt zu dem blauen Sofa.

Ich drehe mich um und zucke zusammen, als ich feststelle, dass er mir in den kleinen Raum gefolgt ist.

»Ganz ruhig.« Er hebt beschwichtigend die Hände. »Es besteht nicht der geringste Grund zur Sorge.«

»Sorry.«

»Ist schon gut. Was denken Sie?«

»Ich nehme es.«

Jack löst einen Schlüssel vom Schlüsselbund und reicht ihn mir. »Fühlen Sie sich wie zu Hause. Falls Sie irgendetwas brauchen, finden Sie mich auf der anderen Seite des Gartens in dem großen Haus. Kennen Sie sich in der Gegend aus?«

»Ich stamme ursprünglich aus Hope, habe früher jedoch nicht viel Zeit auf dieser Seite des Flusses verbracht.«

Er erklärt mir, wo der Supermarkt ist, und erwähnt ein nettes neues Café in einem Gartencenter.

»Vielen Dank. Kann ich Ihnen das Geld für diese Woche morgen früh geben?«

»Kein Problem. Hier, speichern Sie sich meine Handynummer, für den Fall, dass Sie irgendwelche Fragen haben.«

Er nennt mir seine Nummer, und ich tippe sie in mein Handy ein.

»Schicken Sie mir am besten eine Nachricht, dann hab ich Ihre Nummer.«

Nachdem ich das getan habe, verlässt er das Cottage durch die Tür, die er während meiner Besichtigung offen gelassen hat. Das flößt mir spontan Vertrauen ein. Fast ist es so, als wüsste er, dass ich nicht auf so engem Raum mit einem Mann eingesperrt sein will, den ich gerade erst kennengelernt habe. Ich bin deswegen schon unnahbar, kalt und distanziert genannt worden, da viele Männer kein Verständnis für mein Sicherheitsbedürfnis aufbringen können. Sie finden, ich würde es damit zu weit treiben.

Doch ich weiß besser als die meisten, dass man es in diesen Dingen gar nicht zu weit treiben kann.

Mit der kleinen Geste, die Tür offen zu lassen, hat Jack sich ein paar schwer zu ergatternde Punkte bei mir erworben. »Wenn Sie sich vorne an der Auffahrt nach rechts wenden, können Sie mit Ihrem Wagen ums Haus herumfahren«, sagt er über seine Schulter.

»Ah, gut zu wissen. Danke.«

»Gern geschehen.«

Ich frage mich, ob er Single ist oder ob es eine Mrs Olsen gibt.

Wieso interessiert mich das? Ich bin schließlich nur so lange hier, bis Houston die nächsten Schritte eingeleitet hat, dann fahre ich nach New York zurück.

Mein Handy klingelt. Es ist Wendall, und ich gehe ran, weil ich ihm sagen muss, dass ich mir ein paar Tage freinehme.

»Verdammt, Blaise, wo zum Teufel steckst du?«

»In Rhode Island.«

»Was? Seit wann?«

»Seit meine Mutter mich gebeten hat, wegen eines familiären Notfalls heimzukommen. Ich hätte dir noch eine Nachricht geschickt.«

Es wäre typisch für ihn, mir zu erklären, das sei kein Grund, meiner Arbeit fernzubleiben. Doch stattdessen sagt er nur: »Was soll ich denn ohne dich anfangen?« Ich sehe seinen schmollend verzogenen Mund förmlich vor mir, als er diese Worte ausspricht.

»Ich bin mir sicher, dass du ein paar Tage ohne mich zurechtkommst. Ich schicke dir später den Terminplan für morgen.«

»Na gut.«

Ich warte, um ihm die Gelegenheit zu geben, sich zu bedanken, aber das tut er nicht. Manchmal frage ich mich, ob das Wort »danke« in seinem Sprachschatz überhaupt existiert.

»Ich, äh, hoffe, dass mit deiner Familie alles in Ordnung ist.«

Ich bin fast geschockt, das von ihm zu hören. »Danke.«

Ich beende das Telefonat, bevor er noch etwas sagen kann, das meine wohlmeinende Stimmung ihm gegenüber wieder zerstört.

Dann gehe ich zur Einfahrt zurück, steige in meinen Wagen und fahre um das Haus herum, um vor meinem Cottage zu parken. Nachdem ich meinen Koffer und meine Laptoptasche ausgeladen habe, schicke ich Wendall seinen Terminplan für morgen, damit er keinen Nervenzusammenbruch erleidet, und überlege, was ich zu Abend essen soll.

Mein Handy klingelt. »Hey, Mom.«

»Ich dachte, du würdest herkommen?«

»Ich bin in Land's End.«

»Was machst du denn da drüben?«

»Ich kümmere mich um ein paar Angelegenheiten.«

»Was für Angelegenheiten, Blaise? Was ist los?«

Ich würde es ihr so gern erzählen, doch zuerst muss ich herausfinden, was Houston mit den Informationen vorhat, die ich ihm gegeben habe. Es hat keinen Sinn, diese Bombe in meinem Leben platzen zu lassen, wenn Neisy oder der Staatsanwalt entscheiden, dass sie die Sache nicht weiterverfolgen wollen.

»Das sag ich dir, sobald ich kann, Mom.«

»Ich finde das alles wirklich beunruhigend. Erst bleibst du jahrelang weg, dann kommst du spontan zurück, als du hörst, dass Ryder für den Kongress kandidiert, und jetzt willst du lieber da drüben bleiben, als bei mir zu wohnen.«

»So ist es im Moment am besten. Ich besuche dich bald, okay?«

»Und verrätst du mir dann endlich, was los ist?«

»Wenn ich es kann.«

»Bist du in Sicherheit?«

»Ja. Mach dir keine Sorgen.«

»Da könntest du mir genauso gut sagen, ich solle nicht atmen.«

»Ich weiß, Mom. Es tut mir leid. Ich wünschte, ich könnte offen darüber reden.«

»Rufst du mich morgen an?«

»Auf jeden Fall.«

»Ich hab dich lieb, Blaise.«

»Ich dich auch, Mom.«

Mit dem Handy in der Hand strecke ich mich auf dem Sofa aus. Ich bin erschöpft von den Aufregungen des Tages. Aber mehr als alles andere bin ich erleichtert. Endlich kennt noch jemand mein fürchterliches Geheimnis. Es ist in die Welt entlassen, und egal, was als Nächstes passiert, das ist besser, als es die ganze Zeit mit mir herumzuschleppen.

Das glaube ich zumindest.

Houston
Heute

Da Neil DeGrasso seit fünf Jahren pensioniert ist, gilt mein erster Anruf am nächsten Morgen dem dienstältesten stellvertretenden Staatsanwalt, weil der sich noch am ehesten an den Fall vor vierzehn Jahren erinnern wird.

»Vage«, antwortet Joshua Spurling auf meine diesbezügliche Frage.

»Es hat sich eine Zeugin gemeldet.«

»Eine Zeugin.«

»Ja. Jemand, der die Vergewaltigung beobachtet hat.«

»Und wo hat diese Zeugin in den letzten vierzehn Jahren gesteckt?«

»Sie war damals noch ein Teenager mit engen Verbindungen zu Elliott und seiner Familie. Sie ist mit ihm zusammen aufgewachsen. Daher hatte sie zu viel Angst, um sich zu melden, ist nun aber gewillt, eine Aussage zu machen.«

»Warum jetzt?«

»Nachdem sie gehört hat, dass er für den Kongress kandidieren will, konnte sie es nicht länger für sich behalten.«

»Ich weiß nicht, Houston. Sein Anwalt würde sie im Zeugenstand zerreißen.«

»Das ist ihr bewusst. Sie hatte gute Gründe, zu schweigen, oder zumindest erschien ihr das aus ihrer Sicht so. Doch so, wie sie es mir geschildert hat, leidet sie seit dem Vorfall unter ihrer Entscheidung, mit ihrem Wissen nicht an die Öffentlichkeit zu treten.«

»Hast du vor, den Fall neu aufzurollen?«

»Das kommt darauf an, ob ich die Unterstützung von deinem Büro habe.«

»Ich werde mit Roberts darüber reden, kann dir aber nichts versprechen.« Victor Roberts hat das Amt des Staatsanwalts noch keine drei Jahre inne und hatte somit mit dem ursprünglichen Fall nichts zu tun. »Es könnte inzwischen zu spät sein. Wissen wir überhaupt, wo sich das Opfer befindet?«

»Nein, doch das lässt sich leicht feststellen.«

»Dann tu das, während ich Roberts informiere.«

»Okay.«

»Ich melde mich, so schnell ich kann.«

»Danke, Josh.«

Mein nächster Schritt besteht darin, Neisy aufzuspüren. Nachdem sie die Gegend verlassen hat, ist der Kontakt zwischen uns abgerissen. Ich beginne mit den sozialen Medien, wühle mich durch Facebook und Instagram, aber vergebens. Dann versuche ich es ganz allgemein mit Google, was genauso ergebnislos ist. Nach ihrem Abschluss an einer Highschool in Virginia – ein Jahr nach dem Vorfall – gibt es keine Erwähnung mehr von ihr.

Heutzutage sind Leute leicht zu finden, außer sie wollen das nicht, was bei ihr vermutlich der Fall ist. Ich kann es ihr nach allem, was sie hier erlebt hat, nicht verdenken.

Ich wollte ihr so gerne glauben, weil sie kein Mädchen war, das sich so etwas ausdenken würde, nur um Aufmerksamkeit auf sich zu lenken. Ihr Leben an der Hope High School war hart, und ich erinnere mich, damals gedacht zu haben, dass sie auf keinen Fall etwas tun würde, was die Sache für sie noch schlimmer machen würde. Trotzdem war ich mir ebenso sicher, dass Ryder so etwas niemals tun würde. Das habe ich vor vierzehn Jahren auch meinem Dad gesagt.

Eins stand jedoch fest: Das Strahlen, das sie in dem Sommer hatte, in dem wir zusammen gejobbt haben, verblasste nach und nach, nachdem sie an der Highschool angefangen hatte.

Das Restaurant gehört einem Cousin ihrer Mutter, also werde ich dort mal vorbeifahren und hören, ob die was wissen.

Ich schnappe mir mein Funkgerät, unterrichte den Sergeant am Empfang, dass ich kurz wegmuss, und steuere meinen SUV nach Monroe und zu dem Restaurant.

Während der Fahrt erinnere ich mich daran, wie umwerfend attraktiv Neisy damals war. Mit sechzehn war sie viel zu jung für mich, aber man hätte schon blind sein müssen, um nicht zu bemerken, wie hübsch und süß sie war. Es war das erste Mal in meinem Leben, dass ich mir gewünscht habe, jünger zu sein. Ein zwanzigjähriger Collegestudent bittet ein Mädchen von der Highschool nicht um ein Date, egal, wie erwachsen es wirkt. Und schon gar nicht, wenn dieses Mädchen die Cousine des Chefs ist.

Also hab ich mich mit ihr angefreundet und später von ihrer langjährigen Beziehung mit Kane erfahren, davon, wie sehr sie ihn liebte und dass sie es kaum erwarten konnte, dass er sie im Sommer besuchen würde.

Ein Jahr später, als ihr Dad Ryder angezeigt hat, weil er sie angeblich auf meiner Party vergewaltigt hat, war ich am Boden zerstört. Dass so etwas auf meiner Feier passiert sein sollte, und noch dazu jemandem, an dem mir wirklich etwas lag … Und Ryder Elliott … Mein Bruder Dallas war mit ihm in der Footballmannschaft und in seinem Leichtathletik-Team. Sie waren eng befreundet. Während Dallas die Vorwürfe als absurd abgetan und Ryder verteidigt hat, habe ich einen halbherzigen Versuch unternommen, für Neisy Partei zu ergreifen. Mir war klar, dass sie nichts dadurch zu gewinnen hatte, sich so etwas auszudenken. Das war das erste Mal, dass Dallas und ich uns in die Haare geraten sind.

Nachdem der Fall aus Mangel an Beweisen abgewiesen worden war, hat es lange gedauert, bis mein Bruder mir das verzeihen konnte. Er hat nie vergessen, dass ich an seinem Freund gezweifelt hatte, und ich habe nie vergessen, dass er an meiner Freundin gezweifelt hatte. Irgendwann haben wir den Punkt erreicht, an dem wir aufgehört haben, darüber zu reden, und akzeptiert haben, dass wir in dieser Sache unterschiedlicher Meinung waren. Doch das hat Jahre gedauert, und danach war es zwischen uns nie wieder so wie vorher.

Dallas und Arlo haben kürzlich, genau wie Ryders Bruder Cam, ihre gut bezahlten Jobs gekündigt, um Ryder bei seiner Kandidatur zu unterstützen und ihm zu helfen, eine erfolgreiche Kampagne zu führen.

Mein Magen zieht sich zusammen, wenn ich mir die möglichen Konsequenzen von Blaises Geständnis vor Augen führe, und was das im Leben von Menschen anrichten könnte, die mir nahestehen.

Es wäre leichter, das, was sie gesagt hat, einfach zu vergessen.

Aber dann denke ich an Neisy und daran, was sie durchgemacht hat, nachdem die Anschuldigungen öffentlich geworden waren, und kann nicht zu dem Punkt zurückkehren, an dem ich noch nicht wusste, dass es eine Augenzeugin des Verbrechens gibt.

Ich parke den Wagen vor dem *Daily Catch* und werde von Millionen von Erinnerungen geflutet, an all die Sommer, in denen ich hier frittierten Fisch und Meeresfrüchte serviert habe und meine Familie mich beim Nachhausekommen gezwungen hat, mich draußen auszuziehen, weil ich so schlimm gestunken habe.

Als ich die Tür öffne, ertönt eine kleine Glocke und ruft weitere Erinnerungen wach, genau wie der Geruch von frittiertem Fisch.

Ronnie, der Besitzer, steht mit einem Stapel Papiere, einem Stift und einem Taschenrechner hinter dem Tresen. Er schaut auf und lächelt, als er mich entdeckt. »Das ist doch mal eine nette Überraschung.«

Ich strecke die Hand über den Tresen und schüttle seine. »Schön, dich zu sehen.«

»Gleichfalls. Wie steht's in Land's End?«

»Es war ein hektischer Sommer, aber im Moment ist es ziemlich ruhig.«

»Das kann ich mir vorstellen. Kaffee?«

Ich setze mich auf einen der Hocker am Tresen. »Dazu sage ich nicht Nein. Wie läuft das Geschäft?«

»Wir haben mehr zu tun als je zuvor. Inzwischen herrscht hier das ganze Jahr über Hochbetrieb.«

»Das freut mich.« Das Restaurant liegt am Ufer eines ruhigen Seitenarms des Flusses. Die Tische im Freien und der breite Steg sorgen dafür, dass Bootsbesitzer hier gern anlegen, um was zu essen.

»Was führt dich her, Houston?«

»Ich habe vor Kurzem an Neisy gedacht und mich gefragt, was sie wohl macht.«

»Ihr geht es super. Sie ist mit Kane verheiratet und hat vier Kinder.«

Ich bin froh, zu hören, dass das mit den beiden gehalten hat. Nachdem ich sie zusammen gesehen hatte, hatte ich keinen Zweifel daran, dass das mit ihnen etwas Echtes war. »Wohnt sie noch in Virginia?«

Er nickt. »Ja, in Norfolk. Kane ist Lieutenant Commander in der Navy. Sie sind vor sechs Monaten von einer dreijährigen Entsendung aus Italien zurückgekommen. Sie hatten da eine tolle Zeit.«

»Es freut mich, zu hören, dass sie immer noch zusammen sind.«

»Das stand ja quasi fest. Es hat für sie nie einen anderen gegeben, und das schon, seit sie Kinder waren.«

»Ja, das ist wohl so.«

»Was ist mit dir? Du hast nie geheiratet, oder?«

»Nein. Ich hab immer noch niemanden gefunden, ohne den ich nicht leben kann.«

Sein Lachen ist ansteckend. »Ich weiß, was du meinst. Meine Claire ist ein Schatz, doch manchmal könnte ich sie erwürgen.«

Ich schmunzle. »Wenn ich mich recht entsinne, könntest du diesen Laden ohne sie nicht führen.«

»Das stimmt, und sie hält außerdem unsere drei Teenager in Schach. Ich hatte Glück, das ist mir sehr bewusst. Das wirst du auch irgendwann haben. Dessen bin ich mir sicher.«

»Tja, wir werden sehen. Ist schön, mal wieder hier zu sein, Ronnie.« Ich lege ein paar Münzen für den Kaffee auf den Tresen, die er zu mir zurückschiebt.

»Der geht aufs Haus. Lass öfter von dir hören, und komm doch mal mit deiner Familie zum Essen vorbei.«

»Das mach ich. Danke für den Kaffee.«

»Jederzeit.«

»Okay.« Ich geb ihm die Hand und verlasse das Lokal mit der Information, wegen der ich hergefahren bin. Ich fühle mich ein wenig schuldig, weil ich Ronnie nicht verraten habe, warum ich ihn wirklich nach Neisy gefragt habe. Er ist in der Zeit, in der ich hier gekellnert habe, immer gut zu mir gewesen. Genau wie seine Eltern, die das Lokal vor ihm geführt haben.

Jetzt, wo ich weiß, dass Neisy und Kane verheiratet sind und in Norfolk leben, brauche ich ungefähr vier Sekunden, um auf meinem Handy ihre Adresse zu finden. Und das, bevor ich weiß, dass er mit Nachnamen Messner heißt.

Denise Messner.

Wer ist sie heute? Und denkt sie immer noch an das, was in jener Sommernacht passiert ist? Was wird es für sie bedeuten, zu hören, dass es eine Augenzeugin gab? Wird sie wollen, dass der Fall neu aufgerollt wird, oder möchte sie die Sache lieber auf sich beruhen lassen? Wenn der Staatsanwalt gewillt ist, sich des Falls angesichts von

Blaises Zeugenaussage anzunehmen, hängt die Entscheidung schlussendlich von Neisy ab.

Ich schicke Josh eine E-Mail und informiere ihn, dass ich sie gefunden habe.

Als ich wieder auf dem Revier bin, kommt seine Antwort.

Treffe mich um zwei mit Roberts. Melde mich danach.

Ich rufe Blaise an, um sie auf den neuesten Stand zu bringen und sicherzustellen, dass sie keinen Rückzieher machen will.

Sie meldet sich nach dem ersten Klingeln. »Hi.«

»Wie geht es dir?«

»Ganz okay, denke ich. Jacks Cottages sind toll. Danke für die Empfehlung.«

»Freut mich, dass es geklappt hat. Ich würde dich gern auf den neuesten Stand bringen. Ich habe die Staatsanwaltschaft darüber informiert, dass sich eine Zeugin gemeldet hat. Der stellvertretende Staatsanwalt trifft sich heute mit seinem Chef. Ich habe auch Neisy aufgespürt. Sie lebt jetzt mit ihrem Mann und vier Kindern in Norfolk, Virginia.«

»Wow, sie ist also verheiratet und hat Kinder.«

»Sie hat ihre Jugendliebe Kane geheiratet. Er ist Lieutenant Commander in der Navy.«

»Es freut mich, dass sie glücklich ist.«

»Was ist mit dir?«, platzt es aus mir heraus, bevor ich darüber nachdenken kann, ob ich das fragen sollte. »Bist du verheiratet?«

»Nein. Das stand für mich bisher nicht zur Debatte. Ich hab nicht viele Beziehungen gehabt.« Sie hält inne, bevor sie hinzufügt: »Was ich an jenem Abend gesehen habe, hat mich auf eine Weise verfolgt, die ich kaum beschreiben kann. Ich hatte gesundheitliche Probleme, psychische und emotionale Probleme, Angstzustände … Es hat mich schlimm verkorkst, Houston.«

»Der Staatsanwalt wird fragen, warum du so lange damit gewartet hast, dich zu melden.«

»Das ist eine berechtigte Frage. Die einzige Antwort, die ich darauf geben kann, ist, dass so viele Menschen, die ich geliebt habe, verletzt worden wären, wenn ich eine Aussage gemacht hätte. Also habe ich entschieden, es nicht zu tun. Das war falsch von mir. Meine einzige Entschuldigung ist, dass ich siebzehn und der Täter jemand war, mit dem ich aufgewachsen bin. Er war der beste Freund meines Bruders. Meine beste Freundin war mit seinem Bruder zusammen und ist jetzt mit ihm verheiratet. Damals konnte ich nur daran denken, dass sich alle gegen mich wenden würden, wenn ich mit der Wahrheit rausrücke. Und in diese Überlegung war noch nicht einmal eingeflossen, dass es mir ausdrücklich verboten war, an jenem Abend nach Land's End zu fahren. Wenn meine Eltern rausgefunden hätten, dass ich dort war, wären sie maßlos enttäuscht gewesen.«

»Das verstehe ich alles, trotzdem ist es vierzehn Jahre her, Blaise. Du hättest dich doch sicher nach deinem Auszug zu Hause an irgendeinem Punkt melden können?«

»Einmal hätte ich es beinahe getan.«

»Was hat dich abgehalten?«

»Ryders Freundin Louisa ist gestorben. Danach hab ich es nicht mehr über mich gebracht.«

»Hm. Ich schätze, das kann ich verstehen.«

»Ich wünschte, du wüsstest, wie viele Nächte ich an die Decke gestarrt und mir ausgemalt habe, damit an die Öffentlichkeit zu gehen. Ich habe keine vernünftige Erklärung dafür, dass ich es nicht früher getan habe. Vielleicht war ich nicht bereit, mein Leben dafür zu ruinieren. Das will ich immer noch nicht, aber ich kann auch nicht mehr länger schweigen. Ich kann einfach nicht mehr.«

»Wenn der Staatsanwalt beschließt, den Fall neu aufzurollen, fürchte ich, wird es hässlich. Ich will, dass du darauf vorbereitet bist.«

»Ich rede mir ein, dass ich das der Hölle vorziehe, in der ich bisher gelebt habe.«

»Du weißt, wie die Leute hier sind. Sie rücken zusammen, und Ryder ist einer von ihnen.«

»Ich weiß«, meint sie und seufzt. »Ich kann nicht mehr tun, als die Wahrheit zu sagen und die Konsequenzen zu tragen. Ich habe beobachtet, wie er sie vergewaltigt hat, und seit jenem Tag macht es mich krank, dass ich nichts getan habe.«

»Du hast gesagt, dass du nicht allein dort warst.«

»Ich erzähle lediglich meine eigene Geschichte.«

Mir fällt auf, dass sie meine unausgesprochene Frage nicht wirklich beantwortet hat. »Also warst du nicht allein, und die andere Person ist nicht gewillt, zu reden.«

»Ich spreche nur für mich.«

»Der Staatsanwalt wird fragen, wer noch dabei war.«

»Ich spreche nur für mich.«

»Es wäre besser, wenn jemand deine Geschichte bestätigen könnte.«

Ihre einzige Erwiderung darauf ist Schweigen.

»Okay, Blaise. Wir machen es auf deine Art. Ich gebe dir Bescheid, was der Staatsanwalt sagt.«

»Danke, Houston.«

Ich starre lange aus dem Fenster, denke über den Fall nach und über den absoluten Shitstorm, der losbrechen wird, sobald der Staatsanwalt die ersten Schritte einleitet, um ihn wieder aufzunehmen. Am Nachmittag kommt die E-Mail von Spurling, in der er mir mitteilt, dass der Staatsanwalt vierundzwanzig Stunden braucht, um sich die Akte anzuschauen und eine Entscheidung zu treffen.

In der Zwischenzeit muss ich Neisy aufsuchen, sie über die neuste Entwicklung informieren und vor dem warnen, was ihr gegebenenfalls bevorsteht. Wenn sie nicht einverstanden ist, hat sich die Sache ohnehin erledigt. Doch ich kann auf keinen Fall zulassen, dass das Ganze sie unvorbereitet erwischt.

Ich fahre den Computer hoch und buche mir für heute Abend einen Flug nach Norfolk.

KAPITEL 13

Neisy
Heute

»Levi, zieh dir die Schuhe an. Es ist schon spät.« Der Junge wird noch mal mein Tod sein. Vor allem morgens kommt er einfach nicht in die Gänge. Kane und ich scherzen immer darüber, dass wir unserem Sechsjährigen Kaffee zum Frühstück servieren sollten, nur für den Koffeinkick. Wir freuen uns schon darauf, dass er ein Teenager ist, weil das dann wirklich eine Option ist. Bis dahin ist es jeden Morgen ein Kampf mit ihm.

»Er ist noch im Bad, Mom«, sagt Charlotte, meine Älteste, als sie die Treppe runterläuft, bereit, in der vierten Klasse die Regie zu übernehmen.

»Ernsthaft?«

»Würde ich dich anlügen?«

»Nein. Pass bitte kurz auf die Zwillinge auf, während ich ihn hole.« Ich gebe ihr einen Kuss auf den blonden Scheitel und sprinte, immer zwei Stufen auf einmal, die Treppe hinauf. »Levi! Wir müssen los.«

»Ich bin gleich fertig.«

»Aber nicht schnell genug.«

»Dad sagt immer, dass diese Dinge eben Zeit brauchen.«

Ich verdrehe die Augen, weil das stimmt. Kane ist auch immer eine Ewigkeit im Bad, und sein Sohn ist in mehr als einer Hinsicht genau wie er.

»Wenn ich reinkommen muss …«

»Nein, du willst hier *nicht* reinkommen.«

»Du wirst noch den Bus verpassen.« Früher habe ich Charlotte immer zur Schule gefahren, doch seit der Ankunft der Zwillinge ist es unmöglich, vier Kinder um Viertel vor acht so weit fertig zu haben, dass wir das Haus verlassen können. Der Bus ist das Beste, was mir seit der Geburt der Zwillinge passiert ist.

»Ich habe ihn noch nie verpasst, und ich werde heute nicht damit anfangen.«

»Bitte, Kumpel. Beeil dich.«

»Ich komm ja schon.«

Das Geräusch der Toilettenspülung weckt in mir die Hoffnung, dass ich nicht mit vier Kindern im Auto zur Grundschule fahren muss.

»Ich hab deine Sachen.« Mit seinen Turnschuhen und seinem Sweatshirt gehe ich nach unten. Morgens ist es noch kühl, aber gegen Mittag erreichen die Temperaturen die Zwanzig-Grad-Marke. Ich liebe den Herbst, wenn auch nicht so sehr wie die trägen Sommertage, wenn niemand irgendwo sein muss, bis Ende August das Cheerleadertraining für Charlotte beginnt.

Ich bin in der Küche und schließe die Brotdosen, als mein Handy klingelt. Als ich sehe, dass es Kane ist, nehme ich ab. Er war für zwei Wochen auf dem Flugzeugträger *U.S.S. Dwight D. Eisenhower* und wird heute zurückerwartet. Ich freue mich riesig, dass er wieder in einer Gegend ist, wo er Handyempfang hat.

»Hey, du.« Ich klemme mir das Handy zwischen Ohr und Schulter, damit ich die Hände frei habe.

»Selber hey. Wie läuft's bei euch?«

»Dank deines Sohnes herrscht das übliche morgendliche Chaos.«

»Wie schön, dass er mein Sohn ist, wenn er Chaos verursacht, und dein Sohn, wenn er gute Noten heimbringt.«

»Was willst du damit sagen?«, frage ich lächelnd. Ich kann es gar nicht erwarten, ihn zu sehen. Alles ist besser, wenn er zu Hause ist.

»Gar nichts. Ich vermisse euch. Was machen meine Babys?«

»An der Front ist alles in Ordnung. Charlotte passt auf sie auf, während ich Levi aus dem Badezimmer ausräuchere.«

Kane lacht.

»Das ist nicht lustig. Und außerdem ist es deine Schuld, weil du ihm gesagt hast, dass ein Mann morgens Zeit für sich braucht.«

»Das stimmt ja auch!«

»Wenn du das Hayes und Hudson ebenfalls beibringst, kriegen wir ein Problem.«

»Ich freu mich schon, bald wieder bei euch zu sein.«

»Wir zählen die Stunden.«

»Datenight, nachdem die Kids im Bett sind?«

»Auf jeden Fall.«

Wir sind inzwischen Experten für Datenights in unserem eigenen Haus, weil es praktisch unmöglich ist, für vier Kinder unter neun Jahren einen fähigen Babysitter zu finden. Noch dazu, wenn zwei von ihnen neun Monate alte Zwillinge sind.

»Wann wirst du hier sein?«

»Ich schätze, am späten Nachmittag. Ich kann schon Land sehen.«

»Die Kinder werden ganz aus dem Häuschen sein.« Ich verrate ihnen nie, wann er zurückerwartet wird, bis er im Hafen ist. Nur für den Fall, dass er irgendwie aufgehalten wird. Das halte ich heute aber für unwahrscheinlich, also kann ich es ihnen genauso gut sagen.

»Ich auch. Ich gehe später mit ihnen auf den Spielplatz, damit du vor dem Abendessen ein paar Minuten für dich hast.«

»Dagegen hab ich keine Einwände.«

»Bis später. Ich liebe dich.«

»Ich dich auch. Beeil dich.«

»Auf jeden Fall.«

»War das Dad?«, fragt Charlotte.

Ich reiche ihr die Brotdose, und in dem Moment taucht Levi endlich in der Küche auf und schnappt sich einen Müsliriegel zum Frühstück.

Ich zeige auf seine Schuhe, während ich Charlotte antworte. »Ja, das war er. Er kommt heute Nachmittag nach Hause.«

»Ihr seid immer so albern, wenn er nach längerer Zeit wieder da ist«, stellt sie fest und klimpert dazu übertrieben mit den Wimpern.

Ich lache. »Hast du einen Anfall oder so?«

»Haha, nein. So guckst du, wenn Dad nach Hause kommt.«

Ich gebe ihr einen spielerischen Klaps auf den Hinterkopf, nehme die Zwillinge aus ihren Hochstühlen und trete in dem Moment vor die Tür, in dem der Bus in die Straße einbiegt. Das war wieder mal knapp. Irgendwie gelingt es mir, die Zwillinge festzuhalten, Charlotte und Levi einen Kuss zuzuwerfen und ins Haus zurückzugehen, ohne dass eine Katastrophe passiert.

Ich setze die Kleinen auf ihre Spielmatte im Wohnzimmer und laufe in die Küche, um mir einen Kaffee zu holen, ohne die beiden aus den Augen zu lassen. Sie sind inzwischen ziemlich flink.

Als ich zurückkehre, hat Hayes den Fuß von Hudson im Mund.

Erst als Hudson kurz darauf zu jammern anfängt, greife ich ein. Doch wie zwei Magneten liegen sie eine Minute später wieder direkt beieinander. Sie hassen es, wenn sie aus irgendeinem Grund voneinander getrennt sind.

Ich habe sie gerade für ihr morgendliches Nickerchen hingelegt, als es an der Tür klingelt.

Vermutlich ist es meine Nachbarin, die mich ihre neueste Kreation probieren lassen will. Sie ist dabei, von zu Hause aus eine Bäckerei aufzubauen, und ich helfe ihr mit Social Media.

Ich öffne die Tür, aber es ist nicht Gretchen.

Der Anblick von Houston Rafferty bringt tausend schmerzhafte Erinnerungen aus einer Zeit zurück, die ich lieber vergessen möchte. Was zum Teufel macht er hier? »Houston?«

»Hi, Neisy.« Und dieser Name … So hat mich seit dem Sommer aus der Hölle niemand mehr genannt.

»W-was willst du hier?«

»Hast du eine Minute für mich?«

Mir wird bewusst, dass ich wie erstarrt dastehe, seitdem ich erkannt habe, wer sich da vor meiner Tür befindet. »Natürlich.« Ich öffne die Sturmtür und lasse ihn rein.

Als mein alter Freund das Haus betritt, würde ich am liebsten schreien. Houston und ich haben uns immer gut verstanden, trotzdem ist seine Anwesenheit hier eine Erinnerung an eine Zeit, die zu vergessen ich mir große Mühe gegeben habe.

»Du hast ein sehr schönes Haus.«

»Entschuldige das Chaos. Vier Kinder.« Ich zucke die Achseln. »Ich habe schon vor Jahren aufgegeben.«

»Es hat mich gefreut, zu hören, dass du und Kane immer noch zusammen seid.«

»W-wie hast du mich gefunden?«

»Ich war bei Ronnie.«

Dem Cousin meiner Mutter und Besitzer des Lokals, in dem ich mit Houston gekellnert habe. Ich habe Ronnie seit Jahren nicht mehr gesehen. Nicht seit …

Ich verschränke die Arme vor der Brust und wünsche mir, das könnte mich vor dem Ansturm von Erinnerungen und Gefühlen schützen, den Houstons unangekündigter Besuch ausgelöst hat.

»Können wir uns setzen?«

Wenn er nicht der einzige Mensch aus jener Zeit wäre, der nett zu mir gewesen ist, würde ich Nein sagen. Ich würde ihn bitten, zu gehen. Doch weil er es ist, lasse ich mich auf dem Sessel nieder, während er auf dem Sofa Platz nimmt.

»Warum bist du hier?«

»Es gibt Neuigkeiten bezüglich deines Falls.«

Bei diesen Worten wird mir eiskalt. »Mein Fall? Es gibt keinen Fall. Er ist aus Mangel an Beweisen eingestellt worden.«

»Es hat sich eine Zeugin gemeldet.«

Ich brauche gefühlt eine ganze Minute, um diese Worte zu verarbeiten. »Eine Zeugin.«

»Ja.«

»Jemand hat gesehen, wie er …«

»Ja.«

Er betrachtet mich ruhig und ohne zu blinzeln.

Ich wende den Blick ab, weil ich das hier nicht ertrage.

»Neisy …«

»Bitte nenn mich nicht so. Ich bin jetzt Denise.« Ich will hinzufügen, dass Neisy vor langer Zeit gestorben ist. Denise war gezwungen, die Scherben ihres Lebens aufzulesen und weiterzumachen, zu lernen, wieder zu Liebe fähig zu sein, ihrem Leben einen Sinn zu geben und Freude zu empfinden. All die Dinge, die Ryder Elliott Neisy zu nehmen versucht hat.

»Es tut mir so leid, Denise.«

»Was willst du von mir?«

»Ich bin jetzt der Polizeichef von Land's End. Der Staatsanwalt wäre vermutlich gewillt, den Fall aufgrund der Zeugenaussage wieder aufzunehmen.«

»Nein.«

»Nein?«

»Ich will nicht, dass der Fall wieder aufgerollt wird. Das erste Mal hat mich beinahe umgebracht. Das stehe ich nicht noch einmal durch.«

»Ich verstehe, wie du dich fühlst, aber …«

Eine Wut, die ich seit jenem Sommer nicht mehr verspürt habe, kocht in mir hoch. »Wenn du nicht überfallen, vergewaltigt und vom Helden der Stadt deiner Jungfräulichkeit beraubt sowie von deinen Mitschülern und Freunden als Schlampe bezeichnet wurdest, kannst du unmöglich wissen, wie ich mich fühle. Wenn du nicht das Baby, das du an jenem Abend empfangen hast, durch eine schmerzhafte Fehlgeburt verloren hast, kannst du unmöglich wissen, was ich durchgemacht habe oder was für Kraft es mich gekostet hat, mir mein Leben zurückzuerobern. Oder wie lange es gedauert hat. Es waren *Jahre*, Houston. Ich kann nicht wieder dahin zurück, nur weil jemand, der es damals versäumt hat, das Richtige zu tun, sein Gewissen erleichtern will. Nichts auf dieser Welt könnte mich dazu bringen, zu diesem Punkt meines Lebens zurückzukehren.«

»Nicht einmal der Gedanke, Gerechtigkeit zu bekommen?«

Ich schüttle den Kopf. »Wer ist die Zeugin?«

»Ich schätze, das ist egal, denn wenn du nichts davon wissen willst, haben wir keinen Fall.«

»Mir ist es nicht egal. Ich möchte erfahren, wer mich, nachdem er beobachtet hat, wie ich vergewaltigt wurde, geschockt und verzweifelt im Wald zurückgelassen und danach jahrelang geschwiegen hat.«

»Blaise Merrick.«

Ich brauche eine Sekunde, um dem Namen ein Gesicht zuzuordnen. Ich erinnere mich an Arlo Merrick, weil wir gemeinsam in ein paar Kursen waren und er außerdem einer der Jungen war, die diese furchtbare eidesstattliche Erklärung voller Lügen unterzeichnet haben. Blaise ist mir nicht besonders in Erinnerung geblieben, was bedeutet, sie war keine von denen, die mich gequält haben.

»Warum hat sie sich damals nicht gemeldet?« Sobald ich die Frage gestellt habe, hebe ich abwehrend eine Hand. »Vergiss es. Ich weiß, warum. Sie ist mit ihm zusammen aufgewachsen. Ich war für sie ein Niemand.«

»Du warst kein Niemand für sie. Ich habe ihre Aussage aufgenommen. Es lastet seit dem Tag, an dem es passiert ist, auf ihrer Seele. Sie hat mir erzählt, dass Ryder einer der besten Freunde ihres Bruders war. Die beiden sind immer noch beste Freunde. Ihre damalige beste Freundin war mit Ryders Bruder zusammen. Und ihre Eltern hatten ihr verboten, mit dem Auto nach Land's End zu fahren. Letztlich war es das fatale Zusammenspiel mehrerer Sachen, die dazu geführt haben, dass sie sich nicht getraut hat, sich zu melden. Das bedauert sie sehr.«

Es fällt mir schwer, das zu glauben. »Warum jetzt?«

»Ryder kandidiert für den Kongress. Blaise meinte, sie würde den Gedanken nicht ertragen, dass er ein politisches Amt übernimmt. Nicht angesichts dessen, was sie über ihn weiß. Sie hat mir erklärt, in der Minute, in der sie von seiner geplanten Kandidatur gehört hat, konnte sie das Geheimnis keine Sekunde länger für sich behalten. Sie ist direkt von New York nach Land's End gefahren und hat darum gebeten, mit mir zu sprechen.«

Mein Magen zieht sich zusammen.

Ryder kandidiert für den Kongress.

Blaise war Zeugin der Vergewaltigung und ist gewillt, das vor Gericht zu beschwören, sonst wäre Houston nicht den ganzen Weg hergekommen, um mich aufzusuchen.

Houston legt seine Visitenkarte vor mir auf den Tisch und steht auf. »Denk darüber nach. Wenn du deine Meinung änderst, ruf mich an.«

Ich will ihm sagen, dass ich meine Meinung nicht ändern werde.

Als ich ihn zur Tür begleite, überschlagen sich meine Gedanken, und Gefühle und Erinnerungen, die ich seit Jahren tief in mir begraben habe, drängen an die Oberfläche. Es hat lange gedauert, sehr lange, bis ich nicht mehr jeden Tag an jenen Sommer gedacht habe. Ich kann nicht zu dieser grauenhaften Zeit zurückkehren und mich weiterhin um meine Familie kümmern. Das weiß ich so sicher, wie ich atme. Es würde mich erneut brechen. Ich habe es einmal überlebt. Ein zweites Mal schaffe ich das nicht.

»Es tut mir leid, dass ich so unvermittelt mit solchen Neuigkeiten hier aufgetaucht bin, aber ich wollte dich damit nicht am Telefon überfallen.«

»Du machst nur deinen Job. Herzlichen Glückwunsch übrigens zur Beförderung.«

»Danke.«

»Dein Dad muss stolz auf dich sein.«

»Das ist er.«

»Dem Rest deiner Familie geht es gut?« Ich zwinge mich zu der Frage, auch wenn mir alle aus jener Zeit egal sind. Bis auf ihn. Den einzigen Freund, den ich hatte.

»Ja. Dallas wohnt mit seiner Frau und drei Kindern in der Nähe, und Austin lebt in Kalifornien. Sie ist ebenfalls verheiratet und hat zwei Söhne.«

Die Erwähnung von Dallas lässt erneut die Wut in mir aufwallen. Er hat auch gelogen, um Ryder zu retten. »Was ist mit dir?«

»Nicht verheiratet und keine Kinder. Ich schätze, man kann sagen, dass ich mit meinem Job verheiratet bin.«

»Danke, dass du hergekommen bist, Houston. Tut mir leid, dass es vergebens war.«

»Das war es nicht, weil ich eine alte Freundin wiedergetroffen habe. Ich freue mich, dass du glücklich bist und es dir gut geht, Denise. Das hast du verdient.«

»Das haben wir alle. Widme deinem Job nicht zu viel von deiner Zeit und Energie.«

»Ich versuch's.« In seinem Blick liegt die aufrichtige Zuneigung eines alten Freundes. »Pass gut auf dich auf.«

»Du auch auf dich.«

Kanes Heimkehr begleitet der übliche Zirkus. Die Kinder fordern jede Sekunde seiner Aufmerksamkeit, nachdem sie ihn zwei Wochen nicht gesehen haben. Er nimmt Charlotte und Levi mit zum Spielplatz im Park und hilft ihnen danach bei den Hausaufgaben und beim Baden, während ich das Abendessen zubereite.

»Was ist los?«, fragt er, als er mich zum dritten Mal dabei erwischt, wie ich geistesabwesend ins Nichts starre.

»Das erzähl ich dir, wenn die Kinder schlafen.«

»Alles okay bei dir?«

»Ich glaube schon.«

Er schaut mich fragend an, bevor er die Zwillinge nimmt, um sie ins Bett zu bringen.

Charlotte und Levi brauchen länger und möchten, dass ihr Dad ihnen mehrere Geschichten vorliest.

Eine Stunde nachdem er mit ihnen nach oben entschwunden ist, kommt er die Treppe wieder runter.

Ich warte mit einem Glas von dem Rotwein auf ihn, den er liebt.

»Das Wichtigste zuerst.« Er setzt sich neben mich und gibt mir einen innigen Kuss. »Hi.«

Er vermag mir selbst in den schwierigsten Momenten ein Lächeln ins Gesicht zu zaubern. »Willkommen zu Hause.«

»Diese Entsendungen werden von Mal zu Mal schwerer. Am liebsten würde ich nur hier bei euch sein.«

»Heißt das, du hast eine Entscheidung getroffen?« Er nähert sich der Achtjahresmarke und ist hin- und hergerissen, ob er seine Karriere bei der Navy weiterverfolgen soll.

»Vielleicht. Doch darüber reden wir später. Was ist mit dir los?«

»Houston Rafferty ist heute hier gewesen.«

Der Name und die Erinnerungen, die er wachruft, überraschen

ihn genauso wie Houstons Besuch mich heute Vormittag. »Was hat er gewollt?«

»Mir erzählen, dass sich eine Zeugin gemeldet hat, die meine Geschichte über das, was an jenem Abend passiert ist, bestätigen kann.«

Er starrt mich an. In seiner Miene spiegeln sich Schock und Wut. »Eine Zeugin hat sich *jetzt* gemeldet? Wo hat sie die ganze Zeit gesteckt?«

»Ihre Familie lebt seit Jahrzehnten dort, und ihr Bruder war der beste Freund des Täters. Aber als sie gehört hat, dass er für den Kongress kandidieren will, konnte sie es offenbar nicht länger für sich behalten.«

Kane blinzelt und wirkt so wütend, wie ich ihn seit jenem Sommer nicht mehr erlebt habe. »Er kandidiert für den Kongress?«

»Das wusste ich auch noch nicht. Die Zeugin hat Houston gesagt, dass sie das auf keinen Fall zulassen kann.«

»Mit anzusehen, wie du behandelt und wie du durch den Schmutz gezogen wurdest, war hingegen kein Problem für sie? Sie hat nicht den Anstand besessen, sich zu melden, als ihre Zeugenaussage geholfen hätte, ihn vor Gericht zu bringen?«

»Offenbar war es kompliziert für sie.«

»Kompliziert für *sie*?«

»Bitte, Kane, sprich leiser.«

»Tut mir leid, Dee, aber ich will nicht hören, dass es für sie kompliziert war. Du bist durch die Hölle gegangen, und sie hätte dir helfen können, hat es jedoch vorgezogen, das nicht zu tun.«

»Houston sagt, ihr Bruder sei der beste Freund von *ihm* gewesen.« In unserem Haus sprechen wir seinen Namen niemals aus. »Ihre beste Freundin war mit seinem Bruder zusammen. Sie hätte an jenem Abend gar nicht dort sein dürfen und hätte zu Hause Probleme bekommen, wenn es aufgeflogen wäre. Ganz zu schweigen davon, dass sie mit ihm zusammen aufgewachsen ist und mich überhaupt nicht kannte.«

»Sie hat gesehen, wie du vergewaltigt wurdest, und hat den Mund nicht aufgekriegt. Es ist mir egal, was für Gründe sie zu haben meint. Es gibt keine Entschuldigung dafür, so etwas vierzehn verdammte Jahre lang für sich zu behalten. Und dieser Dreckskerl kandidiert für den Kongress?«

»Kane …«

»Tut mir leid, aber das macht mich so unglaublich wütend.«

»Ich weiß.«

Er beruhigt sich ein wenig, legt einen Arm um mich und zieht mich an sich. »Natürlich weißt du das. Was hast du Houston gesagt?«

»Dass ich nicht daran interessiert bin, noch einmal in diese Zeit meines Lebens zurückzukehren.«

Ich warte auf seine Antwort, die jedoch ausbleibt. Also lehne ich mich ein wenig zurück, um ihn anzusehen. Seine finstere Miene ist so anders als seine sonst liebevolle, gelassene Art, dass es mich verstört. »Verrat mir, was du denkst.«

»Ich will, dass du diesen Hurensohn an die Wand nagelst. Er kandidiert für den Kongress? Verdammt, Dee. Er hat so einen Job nicht verdient. Er hat *gar nichts* verdient nach dem, was er dir angetan hat.«

»Ich weiß nicht, ob ich das kann. Das erste Mal hat mich beinahe umgebracht.«

»Dieses Mal wird es anders sein. Du hast jemanden, der deine Geschichte stützt, und du bist nicht mehr siebzehn und musst dich nicht mit anderen Kids herumschlagen, die ihn verteidigen.«

»Die gleichen Leute werden ihn heute immer noch verteidigen, vor allem diejenigen, die unter Eid für ihn gelogen haben.«

»Na und? Sie können dir nichts anhaben. Du hast ein ganz neues Leben, das nichts mit ihnen zu tun hat.«

»Ich will nicht, dass alle in diesem neuen Leben davon erfahren. Ich will die Wunde nicht wieder aufreißen. Ich fürchte, dass es alles verändern und die ganze harte Arbeit zunichtemachen wird, die wir geleistet haben, um es hinter uns zu lassen.«

»Das sind gute Gründe, aber lass mich dir eine Frage stellen: Was ist, wenn du nicht die Einzige bist, der er das angetan hat? Was, wenn es noch andere gibt?«

»Das ist nicht meine Schuld! Ich kann nicht dafür verantwortlich sein, was er anderen Leuten angetan hat.«

»Ich sage nicht, dass du verantwortlich bist. Ich sage, dass du mit deiner Entscheidung vielleicht verhindern kannst, dass es jemand anderem passiert.«

Ich stehe auf, weil ich nicht still sitzen bleiben kann. »Ich will nichts damit zu tun haben.«

»Du hast natürlich das letzte Wort in der Sache.«

»Unterstützt du mich auch dann, wenn ich zu dem Schluss komme, dass ich es nicht kann?«

»Ich unterstütze dich immer, egal, wie du dich entscheidest.«

»Vielleicht wird auch gar nichts draus. Houston ist im Gespräch mit dem Büro des Staatsanwalts, wo die Entscheidung darüber fällt, ob die Sache nach so vielen Jahren wieder aufgenommen wird.«

»Was immer du beschließt, ich bin bei dir.«

»Danke.«

»Komm her.« Er streckt eine Hand nach mir aus. »Ich habe dich so sehr vermisst.«

Ich nehme seine Hand und setze mich neben ihn. »Ich dich auch.«

Als ich mich in seine Arme kuschle, bin ich entschlossen, mir meine glückliche, zufriedene Gegenwart nicht von der Vergangenheit kaputtmachen zu lassen. Das ist nur leichter gesagt als getan. Seit Houston vor meiner Tür aufgetaucht ist, sind die Erinnerungen so frisch wie damals.

»Hast du deinem Dad davon erzählt?«, fragt Kane.

»Nein. Ich wollte erst mit dir reden.«

»Du musst es ihm sagen.«

»Ich fürchte, Dad wird ihn umbringen, wenn er hört, dass er für den Kongress kandidiert.«

»Wird er nicht, doch er wird es wollen. Genau wie ich.«

»Ich kann nicht weiter darüber reden, wenn ich auch nur den Hauch einer Chance haben will, heute Nacht zu schlafen.«

»Was kann ich tun?«

Ich schlinge die Arme um seine Mitte und schmiege mich enger an ihn. »Nur das hier.«

»Das ist für mich das Schönste auf der ganzen Welt.«

KAPITEL 14

Blaise
Heute

Das ungewohnte Geräusch eines bellenden Hundes weckt mich. Ich brauche einen Moment, um mich daran zu erinnern, wo ich bin und warum, dann holen mich die Ereignisse der letzten Tage ein. Ich habe Houston erzählt, was ich gesehen habe. Er hat den Staatsanwalt kontaktiert, um rauszufinden, ob der Fall gegen Ryder wieder aufgenommen werden kann, und er versucht, Neisy aufzuspüren.

Ich warte darauf, dass mein Magen sich beim Gedanken daran verkrampft, dass bekannt wird, was ich getan habe, aber das Einzige, was ich empfinde, sind Entschlossenheit und Erleichterung. Ich will, dass alle erfahren, was Ryder getan hat, und ich will, dass er dafür bezahlt. Es ist mir inzwischen egal, wessen Hass ich mir damit zuziehe, dass ich es öffentlich mache. Ich muss mit mir leben können, und das ist jetzt wesentlich leichter, wo ich den ersten Schritt getan habe.

Mein Handy vibriert beim Eingang einer Nachricht – die achte von meinem Boss heute Morgen.

Ich ignoriere sie. Was auch immer er will, kann warten, bis ich meinen Tag gestartet habe.

In der Küche koche ich mir einen Kaffee und gehe damit nach draußen, um zu gucken, was los ist.

Jack wirft einen Ball für eine wunderhübsche Golden-Retriever-Hündin. Sie bemerkt mich, verliert jegliches Interesse an dem Ball und kommt zu mir.

»Hüten Sie sich vor der Zunge des Höllenhundes«, ruft mir Jack zu.

Ich setze mich auf die Stufen und stelle fest, dass er nicht übertrieben hat, denn ich werde von oben bis unten an jeder Stelle, die nur irgendwie erreichbar ist, abgeschleckt. Zum ersten Mal seit sehr langer Zeit muss ich lachen. Es dauert ungefähr zwei Sekunden, bis ich überall voller Hundehaare und Speichel bin.

»Sie ist wunderschön. Wo war sie gestern?«

»Beim Tierarzt. Zahnsteinentfernung.«

»Wie heißt du, meine Hübsche?«

»Fenway.«

»Was für ein schöner Name. Eine Verbeugung vor den Red Sox.«

»Jap. Sind Sie ein Fan?«

»Natürlich. Und glauben Sie mir, das ist in New York alles andere als leicht.«

»Das kann ich mir vorstellen.« Er wirft den Tennisball, und seine Hündin sprintet ihm hinterher in Richtung Haupthaus. »Hat sie Haare in Ihrem Kaffee hinterlassen?«

»Ich glaube nicht.«

»Sorry, falls wir Sie gestört haben.«

»Kein Problem, haben Sie nicht.«

Die Hündin bringt den Ball zurück und lässt ihn zu Jacks Füßen fallen. Dann wartet sie angespannt darauf, dass er ihn noch einmal wirft.

»Wie oft müssen Sie das jeden Tag tun?«

»Zwei-, dreihundert Mal?«

Ich lache darüber, wie er das Gesicht verzieht. »Mein Bruder nimmt einen Baseballschläger, damit der Hund schneller müde wird.« Das weiß ich, weil er ein Video davon, wie er mit seinem

Hund spielt, in der Familiengruppe gepostet hat, und nicht etwa, weil ich je dabei gewesen wäre.

»Das ist eine gute Idee. Vielleicht sollte ich meinen Schläger aus der Little League mal wieder rausholen.«

Ich nippe an meinem Kaffee, schaue den beiden beim Spielen zu und frage mich, was Jack wohl beruflich macht.

Er ist süß mit der Hündin, lacht über ihre Mätzchen und lobt sie für die seltenen Momente, in denen sie sich vorbildlich verhält.

Auch wenn ich nur selten in Erwägung gezogen habe, mal mit einem Mann auszugehen, bei allem, was damit zusammenhängt, kann ich nicht leugnen, dass Jack wirklich wunderbar und auf eine raue Art sexy ist. Seine verblichenen Jeans passen ihm perfekt, und sein Flanellhemd ist nur halb zugeknöpft, sodass seine muskulöse Brust und sein flacher Bauch zu sehen sind, während er barfuß über den Rasen läuft. Ich will ihn fragen, ob er gar keine kalten Füße hat, aber er kommt mir zuvor.

»Wie lange wollen Sie in der Stadt bleiben?«, fragt er, während er den Ball zum gefühlt hundertsten Mal wirft.

»Das weiß ich noch nicht.«

Er wackelt mit den Augenbrauen. »Oh, eine Frau voller Geheimnisse.«

»Äh … nein.«

»Wir haben hier nicht viele Gäste, die keine Touristen sind, und um diese Jahreszeit schon gar nicht.«

Das weiß ich, weil ich auf der anderen Flussseite aufgewachsen bin. Im Herbst, Winter und Frühling ist es in dieser Gegend ruhig, bevor die Sommersaison beginnt.

»Wie lange wohnen Sie schon hier?«, frage ich in der Hoffnung, die Aufmerksamkeit von mir weg- und auf ihn zu lenken, denn ich habe keine Ahnung, wie ich Fragen darüber, was ich hier tue, beantworten soll.

»Mein ganzes Leben lang. Das Haus hat meinen Eltern gehört. Sie sind vor einer Weile gestorben und haben es mir hinterlassen. Ich hab die Cottages gebaut, damit ich leichter die immensen Steuern bezahlen kann.«

»Das mit Ihren Eltern tut mir leid.«

»Danke.«

»Waren sie krank?«

Er nickt und wirft erneut den Ball. »Sie hatten beide Krebs und sind innerhalb von sechs Wochen hintereinander gestorben. Das war vor zwei Jahren.«

»O mein Gott, Jack. Das muss ja schrecklich gewesen sein.«

Seine Geschichte zeigt mir mal wieder, dass jeder sein Päckchen zu tragen hat. Ich habe meine eigene Last so lange mit mir herumgeschleppt, dass ich das manchmal vergesse. Zum ersten Mal seit vierzehn Jahren fühle ich mich ein wenig besser. Houston weiß, was ich gesehen habe, und hat sich der Sache angenommen. Was auch immer ab jetzt passiert, liegt nicht mehr in meiner Hand, und das ist eine echte Erleichterung.

Mein Handy klingelt, und Houstons Name taucht auf dem Display auf.

Ich nehme den Anruf an und ziehe mich, nachdem ich Jack zugewunken habe, in das Cottage zurück. »Hi.«

»Hi. Wie geht's?«

»Ganz gut. Und dir?«

»Ich hab ein paar Updates für dich. Ich war gestern in Virginia, um Neisy zu besuchen, die jetzt Denise genannt werden möchte. Ich hab sie davon in Kenntnis gesetzt, dass sich eine Zeugin gemeldet hat, die ihre Geschichte bestätigen kann, und dass der Staatsanwalt überlegt, den Fall neu aufzurollen. Sie ist erst mal nicht daran interessiert.«

Das zu hören enttäuscht mich ein wenig. Aber was hatte ich erwartet? »Oh. Tja, ich schätze, das kann ich verstehen.«

»Ich auch. Doch möglicherweise brauchen wir sie gar nicht. Ich hab heute Nachmittag einen Termin im Büro des Staatsanwalts, um die Einzelheiten zu besprechen. Da wir noch Denises beeidigte Aussage von damals haben, könnte das in Verbindung mit deiner Zeugenaussage reichen.«

Der Gedanke, der einzige Grund dafür zu sein, dass der Fall wieder aufgenommen wird, ist beängstigend. Aber ich bin trotzdem fest entschlossen. »Ich werde tun, was immer nötig ist.«

»Ich bin mir sicher, dass der Staatsanwalt eine eidesstattliche

Versicherung von dir haben will, bevor sie über das weitere Vorgehen entscheiden.«

Bei der Vorstellung, mir die entsetzlichen Einzelheiten von jenem Abend ein weiteres Mal zu vergegenwärtigen, wird mir der Mund ganz trocken. Trotzdem werde ich alles tun, was nötig ist, um meinen Fehler von damals wiedergutzumachen. »Das ist kein Problem.«

»Ich weiß, ich habe das schon ein paarmal gesagt, doch ich will, dass du dich für einen Feuersturm wappnest.«

»Danke, dass du dich um mich sorgst. Ich bin so gut vorbereitet, wie ich sein kann.« Als ich das ausspreche, fällt mir auf, dass meine Hände zittern. Tief in mir drin steckt weiter die völlig verängstigte Siebzehnjährige, die befürchtet, dass alle sie hassen werden.

»Ich denke, du solltest Jack einweihen.«

»Warum?«

»Mir liegt daran, dass du bestmöglich geschützt bist. Sollte der Fall wiedereröffnet werden, werde ich die Streifen um sein Haus herum verstärken.«

Seine Sorge um meine Sicherheit lässt meine Angst in ungeahnte Höhen schießen. »Wie lange habe ich, bevor die Leute davon erfahren?«

»Das kommt auf die Entscheidung des Staatsanwalts an. Ich melde mich nach der Besprechung bei dir. Ohne Denises Mitwirkung stellt sich die Sache ein wenig anders dar.«

»Hast du ihr erzählt, wer die Zeugin ist?«

»Ja. Sie war sich nicht sicher, ob sie sich an dich erinnert, aber sie kannte Arlo.«

»Sie muss wütend gewesen sein.«

»Eher verwirrt und enttäuscht.«

»Ich hoffe, du hast ihr gesagt, dass ich mich damals wie heute hasse, weil ich mich nicht dazu durchringen konnte, das Richtige zu tun.«

»Das habe ich. Ich melde mich, nachdem ich mit dem Staatsanwalt gesprochen habe.«

»Meinst du, ich sollte meiner Familie erzählen, was los ist?«

»Damit würde ich an deiner Stelle warten, bis feststeht, wie es weitergeht. Wenn der Staatsanwalt beschließt, die Sache nicht weiter-zuverfolgen, gibt es keinen Grund, es irgendjemandem mitzuteilen.«

»Ja, das stimmt vermutlich. Danke, Houston. Ich weiß zu schätzen, was du alles tust.«

Nachdem er aufgelegt hat, sitze ich lange Zeit da und denke über das nach, was er gesagt hat. Und darüber, was ich mit meiner Mutter tun soll, die mich heute sehen will.

Ich beschließe, mich ihr – und nur ihr – anzuvertrauen, und schicke ihr eine Nachricht, um zu fragen, ob ich vorbeikommen kann.

Sie antwortet sofort. *Natürlich. Ich mache uns was zu Mittag. Ich freu mich auf dich.*

Bis gleich, schreibe ich zurück.

Denise
Heute

Am Morgen bleibe ich lange im Bett, mit dem Kaffee, den Kane mir gebracht hat. Ich höre, wie er Charlotte und Levi drängt, sich zu beeilen, damit sie den Bus nicht verpassen, und wie er die Zwillinge für ihr morgendliches Schläfchen hinlegt.

Über den frustrierten Ton in Kanes Stimme, als er mit Levi diskutiert, muss ich mehr als einmal grinsen.

Schließlich kommt er in unser Schlafzimmer, kriecht aufs Bett und lässt sich mit dem Gesicht nach unten in die Kissen fallen. »Ich will wieder aufs Meer raus.«

Lachend fahre ich mit einer Hand über sein dunkles Haar, das militärisch kurz geschnitten ist.

Er dreht den Kopf, um mich anzusehen. »Wie schaffst du das jeden Tag, ohne dass du sie umbringst?«

»Darüber würde ich nicht mal nachdenken.«

»Ich weiß.« Er grinst breit. »Du denkst viel eher darüber nach, *mich* umzubringen, weil ich dir diese vier kleinen Engel geschenkt habe.«

»Das solltest du nicht wissen!«

»Aha! Während ich unser Land beschütze, erwachen in dir Mordgelüste.«

»Jeden Tag, und doch kann ich es nie erwarten, dass du endlich nach Hause kommst.«

Ich schlinge die Arme um ihn und stoße dabei ein Dankgebet für ihn und unser gemeinsames Leben aus, so wie ich es jeden Tag tue. Allein ihm und seiner unerschütterlichen Liebe habe ich es zu verdanken, dass ich mich nach jenem traumatischen Sommer wieder gefangen habe. Wir waren noch so jung, aber er hat genau gewusst, was ich gebraucht habe und wie er es mir geben konnte. Das werde ich nie vergessen. Direkt nach unserem Highschool-Abschluss haben wir, nur in Anwesenheit unserer Eltern, geheiratet. Niemand an der Uni hat davon gewusst, und es hat uns gefallen, dass es unser kleines Geheimnis war.

»Dee?«

»Hmm?«

»Ich habe nachgedacht.«

»Worüber?«

»Über Houstons Besuch.«

Alle Muskeln in meinem Körper spannen sich. Die Neuigkeit, die Houston mir überbracht hat, hat die übliche Freude über Kanes Heimkehr überschattet. »Was ist damit?«

»Ich muss ständig daran denken, dass dieser Mistkerl sein Leben lebt, als wäre nie etwas geschehen, und jetzt in seiner widerlichen Arroganz auch noch meint, für einen Sitz im Kongress kandidieren zu dürfen. Offenbar hat er nie auch nur einen Gedanken daran verschwendet, dass ihn seine Vergangenheit mal einholen könnte. Er hat keine Ahnung, was du seinetwegen alles durchgemacht hast. Und jetzt bietet sich auf einmal die Gelegenheit, ihn dafür bezahlen zu lassen.« Er hebt den Kopf und schaut mich eindringlich an. »Ich will, dass er dafür büßt.«

»Ich kann auch an nichts anderes denken.«

Er umfasst mein Gesicht, sodass ich seinen Blick erwidern muss. »Ich kann mir nicht mal ansatzweise vorstellen, wie es gerade in dir aussieht. Nach all den Jahren kehrt dieser Albtraum zurück, und nun gibt es eine Zeugin, die sich damals nicht gemeldet hat … Das ist die schlimmste Art von Verrat.«

»Ich will auch, dass er dafür büßt, allerdings habe ich Angst.«

»Wovor, Süße?«

»Was ist, wenn ich die Wunde wieder aufreiße und es mich erneut zerstört? Was, wenn ich mich nicht mehr um die Kinder kümmern kann?«

»Ich werde dir die ganze Zeit über nicht von der Seite weichen.«

»Du musst arbeiten. Wer weiß, wo du bist, wenn es zu einem Prozess kommen sollte?«

»Ich werde aus dem Dienst ausscheiden. Ich liebe meinen Job, doch meine Familie liebe ich mehr. Ich will für dich und die Kinder da sein, egal, was passiert. Ich will keine Fußballspiele oder gemeinsamen Abendessen oder Spieleabende mehr verpassen. Ich will bei euch sein.«

»Wir wollen dich auch hierhaben, aber nur, wenn du das wirklich möchtest. Ich weiß, wie sehr du die Navy liebst.«

»Das stimmt. Doch nicht so sehr, wie ich dich und die Kinder liebe.«

»Von was sollen wir leben?«

»Ich habe schon ein wenig die Fühler ausgestreckt. Wie denkst du darüber, nach Washington zurückzuziehen?«

»Unsere Freunde hier würden mir fehlen, aber andererseits werden die meisten von ihnen in den nächsten Jahren irgendwann sowieso wegziehen, und Washington ist unser Zuhause.«

»Ich hatte gehofft, dass du das sagst. So könnte ich bei dir sein, wenn oder falls der Fall vor Gericht kommt. Wir wären auch nahe bei deinem Dad und meinen Eltern, die uns garantiert mit den Kindern helfen würden.«

Meine Eltern haben sich vor Jahren scheiden lassen. Meine Mom, die es nach mehreren Versuchen geschafft hat, trocken zu bleiben, wohnt jetzt mit ihrem zweiten Ehemann in Denver. Dad hat seit mehreren Jahren eine Freundin, die wir alle lieben, und genießt seinen Ruhestand.

»Meinst du wirklich, dass ich es tun sollte?«

»Ich denke, du solltest tun, was immer für dich das Richtige ist.

Wenn die Antwort Nein ist, dann nicht. Du sollst nur wissen: Wenn du entscheidest, das weiterzuverfolgen, unterstütze ich dich bei jedem Schritt. Und ich wäre da, um das persönlich zu tun und nicht bloß aus der Ferne.«

»Das macht einen großen Unterschied. Alles ist besser, wenn du bei mir bist.«

Lächelnd beugt er sich vor und küsst mich. »So geht es mir auch. Lustig, wie sich das ergeben hat, hm?«

»Es ist das Beste in meinem Leben. Ohne dich hätte ich das alles nicht überlebt.«

»Doch, hättest du, weil du zäher bist, als du dir zutraust.«

»Nein, bin ich nicht.«

»Tja, da sind wir dann wohl unterschiedlicher Meinung. In meinen Augen bist du der stärkste Mensch, dem ich je begegnet bin.«

»Du musst mehr unter Leute, scheint mir.«

»Haha. Du weißt, dass ich nirgendwo lieber sein möchte als hier bei dir.« Als er mich erneut küsst, schlinge ich die Arme um ihn und lasse all meine Sorgen für den Moment los. Sie werden nach diesem gestohlenen Augenblick mit meiner großen Liebe weiter auf mich warten.

»Es gab da mal diese Tradition, die ich nach meiner Heimkehr gestern ganz vergessen habe«, flüstert er an meinen Lippen.

»Ich hab sie nicht vergessen. Ich hatte gehofft, dass du mir heute früh die Chance gibst, es wiedergutzumachen.«

»Du musst gar nichts wiedergutmachen.«

»Was ist, wenn ich das aber will?«

»Bist du sicher?«

»Ich werde nicht zulassen, dass *er*, Houston oder irgendwas anderes mich derart aus der Bahn wirft. Wir haben zu hart daran gearbeitet, darüber hinwegzukommen, um es uns jetzt ruinieren zu lassen.«

»Da hast du recht. Doch ich möchte, dass du dir ganz sicher bist.«

»Ich bin mir sicher, dass ich genau weiß, mit wem ich hier im Bett liege: mit der Liebe meines Lebens.«

Lächelnd küsst er mich erneut, und dann berührt er mich und

lässt mich all meine Sorgen und Ängste vergessen, so wie er es schon all die Jahre tut, die wir uns kennen. Es hat lange gedauert, über zwei Jahre und etliche erfolglose Versuche, bis ich endlich zum Sex bereit war und dabei nichts außer Erregung und purem Glück empfunden habe.

Er ist in seiner Hingabe an mich und seiner Entschlossenheit, zu warten, bis ich so weit war, nie ins Wanken geraten. Er hat mir auf mehr als nur eine Weise das Leben gerettet. Nach der Geburt der Zwillinge hat er eine Vasektomie durchführen lassen, sodass wir uns wegen einer weiteren Schwangerschaft keine Sorgen machen müssen. Als wir ein drittes Kind wollten, haben wir das Doppelte von dem bekommen, was uns vorschwebte, und jetzt ist unsere Familie mehr als komplett.

Ich will diese Wiedervereinigung mit ihm so sehr genießen, aber mein Kopf hängt in der Vergangenheit fest, sodass ich mich ihm nicht wirklich hingeben kann.

»Dee.«

Ich schaue zu ihm hoch, während er sich in mir bewegt.

»Wo bist du?«

»Nirgendwo.«

Er mustert mich eindringlich. Er kennt mich besser als jeder andere und weiß genau, was in meinem Kopf los ist. »Hier sind nur du und ich, Süße. Nur du und ich.«

»Ich weiß.«

»Bleib bei mir.«

»Ich bin hier.«

»Ich liebe dich so sehr. Du bist mein Leben.«

Seine Worte treiben mir die Tränen in die Augen. »Und du meins.«

»Solange wir das hier haben, haben wir alles. Vergiss das nie.«

»Wie könnte ich das je vergessen?«

Er zieht mich enger an sich, und dann streben wir gemeinsam dem Höhepunkt zu, doch der entzieht sich mir hartnäckig – ich bin einfach zu abgelenkt.

Nach einem Moment des Schweigens, während wir noch um Atem ringen, flüstere ich: »Es tut mir leid.«

»Das muss es nicht, Liebste. Ich weiß, was diese Situation mit dir anstellt.«

»Ich muss immer daran denken, was du vorhin gesagt hast … Dass wir ihn nicht davonkommen lassen dürfen.«

Er schaut mich an und streicht mir die Haare aus der Stirn. »Es ist ganz allein deine Entscheidung, Süße.«

»Ich fürchte mich vor dem, was es mit mir und uns und unserer Familie anstellen wird. Aber wenn ich daran denke, dass er fröhlich sein Leben lebt – und außerdem für einen Regierungsposten kandidiert –, als hätte er überhaupt nichts gemacht … dann will ich Gerechtigkeit. Ich will, dass die Leute wissen, was er mir angetan hat. Sie sollen von dem Baby erfahren und davon, wie schlecht es mir nach der Fehlgeburt gegangen ist, während *er* so getan hat, als wäre nie was gewesen. Und ich will erneut und vor Gericht sagen, dass die anderen Jungs, die geschworen haben, mit mir geschlafen zu haben, erbärmliche Lügner sind.«

»Ich werde bei dir sein, Dee. In jeder Minute eines jeden Tages, solange es dauert, bis die Gerechtigkeit siegt.«

»Das ist der einzige Grund, warum ich es tun kann. Weil wir zusammen sind.«

»Wie immer.«

»Ich werde Houston noch heute anrufen.«

KAPITEL 15

Blaise
Heute

Ich dusche und ziehe mir Jeans und einen Pullover an, bevor ich das Cottage verlasse, um zum ersten Mal, seit mein Dad vor sieben Jahren an einem Herzinfarkt gestorben ist, in das Haus meiner Kindheit zurückzukehren. Sein Tod und die Beerdigung waren der Grund für meinen einzigen Besuch zu Hause, seitdem ich aufs College gegangen bin.

Meine Familie hat es nicht gut aufgenommen, dass ich mich nie mehr in Hope habe blicken lassen. Ich musste mich jahrelang rechtfertigen, weil ich nicht öfter herkommen wollte, bis sie es irgendwann aufgegeben haben. Wir reden zwar noch miteinander, aber wir stehen uns nicht wirklich nahe. Ich habe Nichten und Neffen, die ich kaum kenne. So habe ich es gewollt, und zwar aus Überlegungen heraus, die für mich damals Sinn ergeben haben. Doch heute …

Wenn alle Bescheid wissen, wird es die Kluft zwischen uns vergrößern oder uns einander wieder näherbringen? Ich weiß es nicht, und diese Ungewissheit verstärkt meine Angespanntheit, als ich die Brücke zu meiner alten Heimatstadt überquere.

Alle Nerven in meinem Körper vibrieren in höchster Alarmbereitschaft, während ich durch die vertrauten Straßen nach Hause fahre und dabei dieselbe Route nehme wie an jenem lange zurückliegenden Abend, der alles verändert hat.

Ich parke hinter dem silbernen Toyota Camry meiner Mutter und nehme mir einen Moment, um das zweigeschossige Haus im Kolonialstil zu betrachten, in dem ich aufgewachsen bin. Es ist jetzt in einem dunkleren Grauton gestrichen, und die Fensterläden sind schwarz. Als ich hier gewohnt habe, sind sie rot gewesen.

Mom tritt aus dem Haus. Sie lächelt so glücklich, wie ich sie zuletzt vor dem Tod meines Vaters gesehen hab. Sie hat mich oft in New York besucht, aber ich weiß, wie sehr sie sich gewünscht hat, dass ich nach Hause komme.

Ich umarme sie.

»Es ist so schön, dich hierzuhaben, meine Süße.«

»Es ist gut, wieder zu Hause zu sein.«

Als ich mit ihr hineingehe, weckt der vertraute Duft nach Kerzen und den Reinigungsmitteln, die meine Mutter benutzt, eine Million Erinnerungen an gute und schlechte Zeiten. Es gab wesentlich mehr gute als schlechte, doch die schlechten überschatten alles andere, was noch etwas ist, wofür ich mich schuldig fühle. Ich habe meine Eltern und Geschwister verletzt, weil ich mich von ihnen und diesem Haus, in dem wir als Familie gelebt haben, abgewandt habe.

An einer Wand im Wohnzimmer hängt ein Bilderrahmen mit den vier Fotos aus unserem jeweiligen Abschlussjahr – Teagan und Arlo oben, Junie und ich unten. Ich bin die Einzige, die nicht lächelt. Mein letztes Jahr an der Highschool war ein Albtraum, den ich irgendwie ertragen musste, und kein Grund zum Feiern.

Ich erinnere mich, dass meine Mutter genervt war, weil ich mich geweigert hatte, für den Fotografen zu lächeln. *Ehrlich, Blaise,* hat sie damals gesagt. *Ich weiß nicht, was zum Teufel in letzter Zeit mit dir los ist.*

Daran hab ich seit Jahren nicht mehr gedacht.

Meine Mutter geht voran in die Küche, die in den letzten Jahren renoviert worden ist. Es gibt Fotos davon, deshalb trifft es mich nicht unvorbereitet. Immer noch schmerzhaft ist allerdings, dass mein Dad nicht mehr da ist.

Ich setze mich an den Tisch, während meine Mutter mir ein großes Glas mit Eistee und einer Scheibe Zitrone hinstellt, genau so, wie ich es mag. Dann bringt sie Sandwiches mit Geflügelsalat, eine Tüte Chips und süß eingelegte Gurken an den Tisch. »Danke, Mom. Das sieht köstlich aus.«

»Es ist so schön, dich zum Lunch hierzuhaben, Blaise. Du hast mir so gefehlt.«

»Du mir auch.«

Was zwischen uns unausgesprochen bleibt, ist genau das, was die ganze Zeit unausgesprochen geblieben ist: warum ich weggegangen und nie zurückgekommen bin. Außer das eine Mal, als ich keine andere Wahl hatte. Nachdem mein Dad gestorben war, habe ich es bereut, so viele Feiertage und andere Gelegenheiten versäumt zu haben, die ich mit ihm und den anderen hätte verbringen können. Doch damals erschien es mir leichter, einfach wegzubleiben.

Jetzt bin ich mir nicht mehr so sicher, ob das die richtige Entscheidung gewesen ist.

Meine Mutter hält sich zurück und nimmt mich nicht sofort ins Kreuzverhör darüber, warum die Nachricht, dass Ryder für den Kongress kandidiert, das geschafft hat, was – außer dem Tod meines Vaters – sonst nichts und niemandem gelungen ist, nämlich mich nach Hause zurückzubringen.

Während wir essen, erzählt sie mir die Neuigkeiten aus der Familie. Teagans Schwangerschaft ist die bisher schwierigste, Arlos vierjährige Tochter – eine Nichte, die ich nie getroffen habe – spielt Fußball, und Junie hat einen Marketingjob ergattert, über den sie sich riesig freut.

Nach einer Stunde Geplauder über die Familie, Freunde und Nachbarn gehen uns langsam die Themen aus.

Ich wische mir den Mund mit der Papierserviette ab und versuche, meinen Mut zusammenzunehmen, um meiner Mutter die Wahrheit zu gestehen. »Du wunderst dich bestimmt, dass ich hergekommen bin, nachdem du mir das mit Ryder erzählt hast.«

»Ja. Ich kann mir ehrlich gesagt nicht vorstellen, warum ausgerechnet seine Kandidatur dich zur Rückkehr veranlasst, wo das bis auf Daddys Tod nichts geschafft hat. Nicht mal die Babys deiner Geschwister.«

Ich höre den Schmerz in ihrer Stimme klar und deutlich. »Ich hatte einen guten Grund.«

Wieder zeigt sie Zurückhaltung und wartet, dass ich von mir aus weiterspreche.

»Erinnerst du dich noch daran, dass Ryder vorgeworfen wurde, Neisy Sutton vergewaltigt zu haben?«

»Natürlich. Die Klage ist damals abgewiesen worden.«

»Aus Mangel an Beweisen.«

»Das war so eine Erleichterung. Ryder war ein guter Junge, der nicht verdient hatte, was dieses Mädchen ihm angetan hat.«

»Doch, das hatte er.«

»Wie bitte?«

»Ich hab es gesehen, Mom.«

Sie lehnt sich auf ihrem Stuhl zurück. »Du hast was gesehen?«

»Ich hab gesehen, wie er sie vergewaltigt hat.«

»O Blaise. Meine Güte.« Sie stutzt und richtet dann ihren durchdringenden Blick auf mich. »Das ist der Grund.«

»Welcher Grund?«

»Warum du dich über Nacht von einem fröhlichen, ausgeglichenen Teenager in ein verschlossenes, in sich zurückgezogenes junges Mädchen verwandelt hast.«

»Ja.«

»Und Sienna! Eure Freundschaft hat so abrupt geendet. Hatte das auch was damit zu tun?«

»Auf gewisse Weise.«

»War sie dabei?«

»Sie war der Grund, warum ich dort war. Sie dachte, Cam würde sie betrügen, und wollte ihm auf der Party, zu der wir nicht eingeladen waren, hinterherspionieren.«

»Also hat sie es auch beobachtet?«

»Ja, aber das darf niemand wissen. Sie hat mich davon abgehalten, Neisy zu helfen oder etwas zu sagen. Sie hat mir gedroht, dass ich den Mund halten solle, sonst …«

»Sonst was?«

»Sonst würden mich alle hassen, einschließlich meines Bruders.«

»O Blaise … Liebes.« Ihre Stimme klingt gequält. »Warum bist du nicht zu mir gekommen?«

»Weil ich gar nicht hätte dort sein dürfen. Ich hatte Angst, Schwierigkeiten zu kriegen. Ich wollte euch nie enttäuschen oder euch Probleme bereiten, so wie Teagan.«

»Ich hätte Himmel und Hölle in Bewegung gesetzt, um dir zu helfen.«

»Du hättest mich dazu gebracht, es zu melden, und Sienna hatte recht. Alle hätten mich gehasst. Auch Arlo. Mit siebzehn wäre das für mich schlimmer gewesen, als mit der Wahrheit zu leben. Das hab ich wenigstens geglaubt.« Ich senke den Blick auf den Tisch, der von den Jahren, an denen wir an ihm Hausaufgaben gemacht, gebastelt und gegessen haben, verschrammt ist. »Um ehrlich zu sein, mit der Wahrheit zu leben war die Hölle. Ich habe an jedem einzelnen Tag daran gedacht.«

»Es tut mir leid, dass du so gelitten hast.«

»Ich habe dein Mitleid nicht verdient. Ich habe gegen eure ausdrückliche Anweisung verstoßen und außerdem nicht geholfen, als ich jemanden in Not gesehen habe. Ich habe mich so für mich geschämt.«

»Du warst noch ein Kind, Blaise.«

»Ich war siebzehn und damit alt genug, um es besser zu wissen.«

»Du bist Zeugin von etwas sehr Traumatischem geworden. Deine beste Freundin hat verlangt, dass du schweigst, und dir eingeredet, dass dich sonst alle hassen würden. Ich finde, du solltest nicht so hart zu dir sein.«

»Dazu ist es zu spät.«

»Als ich dir also erzählt habe, dass er für den Kongress kandidiert …«

»Da habe ich es nicht länger ausgehalten. Ich habe es gestern bei Houston Rafferty gemeldet.«

»O Gott«, sagt sie und seufzt tief.

»O Gott was?«

»Arlo hat seinen Job gekündigt, um Ryders Kampagne zu leiten.«

»Nein. Wann?« Das sind furchtbare Neuigkeiten. Arlo hat eine Familie zu versorgen.

»Letzte Woche.«

Ich lasse den Kopf in die Hände sinken. »Das wird er mir niemals verzeihen.«

»Natürlich wird er das.«

»Nein, wird er nicht, Mom.« Ich atme tief ein und stoße die Luft ganz langsam wieder aus, während die möglichen Auswirkungen dessen, was ich getan habe, in Lichtgeschwindigkeit durch meinen Kopf schießen. Sie sind jetzt noch größer, als sie damals gewesen wären. »Aber ich nehme es nicht zurück. Ich kann damit nicht eine Minute länger leben. Was auch immer jetzt passiert, liegt nicht mehr in meiner Hand.«

Houston
Heute

Ich warte den ganzen Tag auf eine Rückmeldung von der Staatsanwaltschaft. Um halb fünf ruft Josh Spurling mich endlich an. »Ich habe mit dem Staatsanwalt geredet, und er hat Fragen.«

»Okay.«

»Ist das Opfer zur Kooperation bereit?«

Wenn ich Nein sage, wird die ganze Sache vermutlich sofort in der Versenkung verschwinden. Also beschließe ich, ausweichend zu antworten, in der Hoffnung, dass Denise es sich noch anders überlegt. »Das ist bisher unklar. Ich habe sie kontaktiert und warte auf ihre Entscheidung. Sollte sie nicht kooperieren, haben wir ihre beeidigte Aussage, die ein paar Wochen nach dem Vorfall aufgenommen worden ist.«

»Das ist nicht ideal, aber besser als nichts. Bevor er entscheidet, ob er die Sache weiterverfolgt, will er außerdem wissen, ob die Zeugin gewillt ist, eine eidesstattliche Versicherung abzugeben.«

»Das habe ich ihr gegenüber bereits erwähnt, und sie meinte, sie werde tun, was immer nötig sei.«

»Er hat gefragt, ob es weitere Zeugen gibt.«

»Sie spricht nur für sich. Daran hat sie keinen Zweifel gelassen.«

»Also gab es andere.«

»Das hat sie nicht so direkt bestätigt. Sie hat bloß wiederholt, dass sie nur für sich spricht.«

»Es wäre leichter, wenn es mehrere Zeugen gäbe.«

»Das verstehe ich, doch mehr haben wir im Moment nicht. Wir müssen entweder damit arbeiten oder es sein lassen.«

»Okay. Ich rede noch mal mit ihm und melde mich wieder. Bring deine Zeugin im Laufe der Woche her, damit wir ihre Aussage aufnehmen können.«

Wir verabreden, am nächsten Morgen wieder zu telefonieren.

Ich rufe Blaise an. »Hey, ich bin's, Houston.«

»Hi.«

»Ich wollte dich darüber informieren, dass ich mit der Staatsanwaltschaft in Kontakt war und sie eine beeidigte Aussage von dir benötigen.«

»Was heißt das genau?«

»Du würdest genauso vereidigt werden wie vor Gericht und dann befragt. Das ist im Prinzip so, wie wenn man vor Gericht aussagt. Du erzählst die gleiche Geschichte, die du mir erzählt hast, bloß stehst du dieses Mal unter Eid, und es ist ein Gerichtsstenograf anwesend. Ich sollte dich außerdem warnen: Wenn später herauskommt, dass du in irgendeinem Punkt gelogen hast, kannst du wegen Meineids angeklagt werden.«

»Ich lüge nicht. Und ich werde das machen. Sag mir einfach, wann und wo.«

»Das erfahre ich morgen früh. Ich geb dir dann Bescheid.«

»Wirst du auch dort sein?«

»Wenn du das gerne mochtest.«

»Ja, ich glaube schon.«

»Dann bin ich dabei.«

»Danke für deine Unterstützung, Houston. Wirklich, ich bin dir unendlich dankbar.«

»Ich tue nur meinen Job. Ich kann mir vorstellen, wie schwierig das alles für dich ist.«

»Es geht nicht um mich. Es geht um Denise und darum, was ihr angetan wurde.«

»Es geht auch um dich und darum, was das mit deinem Leben anstellen wird.«

»Mein Leben ist seit dem Abend, an dem ich Zeugin eines Verbrechens wurde und nicht das Richtige getan habe, ein einziges Chaos. Ich will das wiedergutmachen, egal, was es mich persönlich kostet.«

»In Ordnung. Ich melde mich morgen mit den Einzelheiten.«

»Okay. Danke noch mal.«

»Gern geschehen.«

Kurz nachdem ich aufgelegt habe, ruft mein Bruder Dallas an. »Hey, hast du Lust, heute Abend Karten zu spielen? Wir treffen uns um acht bei Ryder.«

Kurz schließe ich die Augen. »Heute kann ich nicht. Trotzdem danke für die Einladung.«

»Ich hab dich seit dem Fußballtraining nicht mehr gesehen, Bro.« Wir trainieren gemeinsam die Mannschaft seiner Kinder. »Was ist los?«

»Nichts weiter. Ich hab nur furchtbar viel zu tun.«

»Lass uns dieses Wochenende etwas zusammen unternehmen.«

»Klingt gut.«

Nachdem er aufgelegt hat, starre ich lange vor mich hin und frage mich, wie diese Bombe, die Blaise mir in den Schoß hat fallen lassen, mein eigenes Leben beeinflussen wird. Wird mein Bruder immer noch Zeit mit mir verbringen wollen, wenn ich helfe, seinen langjährigen Freund – und jetzigen Boss – wegen Vergewaltigung vor Gericht zu bringen? Diese Anklage wird Schockwellen durch zwei Städte und mehrere Familien jagen. Ganz zu schweigen von den Folgen für Dallas und die anderen Männer, die damals die Erklärung unterschrieben haben, von der Denise immer behauptet hat, sie sei Bullshit.

Ryder ist mit Caroline verheiratet, die er auf dem College kennengelernt hat. Nach seinem Ausscheiden aus dem Militär sind sie wieder nach Hope gezogen, wo sie mit ihren drei kleinen Kindern leben. Er veranstaltet immer noch jedes Jahr zu Thanksgiving eine

Spendengala zu Ehren von Louisa, die inzwischen seit vierzehn Jahren tot ist. Ich versuche, diese Version von Ryder mit der Person in Einklang zu bringen, die Blaise mir beschrieben hat und von der ich in Denises Aussage gelesen habe.

Was sie und Blaise geschildert haben, beschreibt die Ereignisse von jenem Abend beinahe identisch. Daher bin ich mir sicher, dass Blaise sich das nicht ausgedacht hat. Denn sie kann auf keinen Fall wissen, was Denise damals zu Protokoll gegeben hat.

Ich will gerade Feierabend machen, als Denise mich anruft. Ich gehe ran und warte gespannt darauf, was sie mir mitteilen wird.

»Hi, Houston.«

»Hi. Was kann ich für dich tun?«

»Ich, äh … Ich habe viel über das nachgedacht, was du gesagt hast, als du hier warst.«

Ich wage es kaum, zu atmen.

»Wenn es nicht zu spät ist, würde ich gerne meine Meinung ändern, was eine Aussage angeht.«

»Es ist keinesfalls zu spät.« Ich bin mir nicht sicher, ob ich erleichtert oder schreckensstarr sein soll. »Das zu hören wird den Staatsanwalt freuen.«

»Wie würde der ungefähre Zeitplan aussehen?«

»Das liegt bei der Staatsanwaltschaft. Ich werde sie über deine Entscheidung informieren und dich anrufen, sobald ich Genaueres erfahre.«

»Du sollst wissen … Dass du beteiligt bist, hat eine große Rolle dabei gespielt, dass ich meine Meinung geändert habe. Du warst damals der einzige Freund, den ich hatte, und ich habe das nie vergessen.«

»Ich werde alles tun, was ich kann, damit das hier für dich so wenig furchtbar wie möglich wird. Auch wenn wir wissen, dass nichts daran leicht sein wird.«

»Nein, wird es nicht. Doch der Gedanke, dass *er* einfach weitermacht, als wäre nie was gewesen, und sogar für den Kongress kandidiert, verfolgt mich. Und jetzt, wo Blaise sich gemeldet hat, steht nicht mehr allein mein Wort gegen seins, so wie damals.«

»Ich finde, du bist sehr mutig, aber das hab ich immer gefunden, schon bevor das alles passiert ist. Es ist nicht leicht, die Neue in einer Gruppe zu sein, in der alle miteinander aufgewachsen sind. Du hast das so gut gehandhabt, wie es eben geht, und vermutlich besser, als es die meisten anderen geschafft hätten. Das habe ich damals bewundert, und das tue ich immer noch.«

»Danke, Houston. Es gibt zwei Dinge, die ich noch erwähnen möchte.«

»Okay.«

»Erinnerst du dich, dass eine Gruppe von Ryders Freunden eine Erklärung unterzeichnet hat, in der sie behauptet haben, ich hätte mit ihnen allen geschlafen?«

»Ja.« Jahre später habe ich Dallas dazu gebracht, zu gestehen, dass das eine gottverdammte Lüge gewesen war, und ich wollte ihm die Scheiße aus dem Leib prügeln, weil er sich daran beteiligt hatte. »Was ist damit?«

»Sie haben gelogen, um Ryder zu beschützen. Ich will, dass sie das zurücknehmen. Ich weiß, dass einer von ihnen dein Bruder ist, also würde ich es verstehen, wenn es dir lieber wäre, dass ich das direkt mit dem Staatsanwalt bespreche.«

Kurz verspüre ich wegen Dallas einen Anflug von Panik. »Ich werde es an den Staatsanwalt weitergeben. Er wird mit dir darüber reden wollen. Was ist das andere?«

»An dem Abend des Übergriffs habe ich den Schlüssel zu meinem Honda auf der Lichtung verloren, wo es passiert ist. Das habe ich damals, als ich das Verbrechen gemeldet habe, zu sagen vergessen. Doch der Schlüssel könnte immer noch dort sein. Ich bin nie zurückgekehrt, um nach ihm zu suchen. Ich bin mir nicht sicher, ob es helfen würde, aber ich dachte, ich erwähne es mal.«

Ich mache mir eine Notiz. »Es kann nicht schaden. Ich werde sehen, ob ich ihn finde. Ich melde mich wieder.«

»Danke, Houston.«

Nachdem sie aufgelegt hat, rufe ich direkt Josh Spurling an.

»Hey, ich bin's, Houston. Ich habe die Info zu Datum und Uhrzeit für die Zeugenaussage erhalten. Danke dafür. Und ich habe ein Update: Das Opfer ist mit dabei.«

»Wow, das verändert alles.«

»Sie hat jedoch eine Forderung.«

»Die da wäre?«

»Als der Fall das erste Mal vor Gericht gelandet ist und es um die Entscheidung ging, ob es zu einem Prozess kommt, haben der Bruder von Ryder Elliott und einige seiner Freunde eine eidesstattliche Erklärung abgegeben, in der sie behauptet haben, das Opfer habe im letzten Jahr mit ihnen allen geschlafen. Das war eine Lüge, und in Ermangelung von anderen Beweisen hat sich die Richterin vermutlich davon beeinflussen lassen. Denise will, dass das ebenfalls aufgearbeitet wird.«

Joshs tiefes Seufzen spricht Bände.

»Um ganz ehrlich zu sein, einer der Jungs, die unterschrieben haben, war mein Bruder.«

»Das könnte schmutzig werden, Houston.«

»Ich weiß. Deshalb werde ich mich aus dem Teil der Untersuchung auch komplett raushalten. Wenn dein Büro das weiterverfolgen will, dann ohne mich. Aber Denise hat keinen Zweifel daran gelassen, dass ihre Kooperation davon abhängt.«

»Verstanden. Ich spreche nachher mit dem Staatsanwalt und informiere dich über die weiteren Schritte.«

»Blaise Merrick und ich kommen übermorgen um zehn zur Abgabe ihrer beeidigten Aussage.«

»Okay. Bis dann.«

Als Nächstes wähle ich Blaises Nummer. »Kannst du morgen Nachmittag auf dem Revier vorbeischauen? Ich will noch mal alles durchgehen, um dich für den Staatsanwalt am nächsten Tag vorzubereiten.«

»Wann soll ich da sein?«

»So gegen zwei?«

»Okay.«

Ich bin dankbar, dass sie weiter entschlossen ist, egal, was für Folgen das für sie haben wird. Auch wenn ich es natürlich nicht gutheiße, dass sie damals nicht den Mund aufgemacht hat, verstehe ich, warum sie Angst vor den Konsequenzen hatte, die das für sie nach sich gezogen hätte.

Wir reden uns alle gern ein, dass wir immer das Richtige tun würden.

Doch so einfach ist das Leben nicht.

Blaise weiß das besser als jeder andere.

KAPITEL 16

Blaise
Heute

Am Morgen werde ich wieder von Fenway geweckt, die im Garten bellt, und von Jack, der ihr befiehlt, leise zu sein, damit sie seinen Gast nicht aufweckt.

Doch die Hündin bellt einfach weiter.

Lächelnd stehe ich auf und koche mir erst mal einen Kaffee. Seit ich Houston meine Geschichte erzählt habe, fühle ich mich so gut wie seit Jahren nicht. Mir ist ehrlich gesagt egal, was jetzt weiter passiert. Alles – und ich meine wirklich *alles* – ist besser, als von so einer Sache zu wissen und zu schweigen.

Ich ziehe mir eine Sweatjacke an und nehme meinen Kaffee mit nach draußen, um Jack und Fenway zuzuschauen.

»Tut mir leid«, erklärt er, als ich durch die Tür trete. »Sie ist unmöglich.«

»Kein Problem. Es gibt schlimmere Geräusche, von denen man geweckt werden kann, als fröhliches Hundegebell.«

»Mir gefällt Ihre Betrachtungsweise. Ich hoffe, Sie hinterlassen mir keine schlechte Rezension bei Google.«

Ich muss über seine Grimasse lachen. »In meinem ganzen Leben hab ich noch keine einzige Google-Rezension geschrieben und werde jetzt nicht damit anfangen.«

»Gott sei Dank.«

Er ist so süß und lustig, und ich bin dankbar, dass er mir das mit seinen Eltern gesagt hat. Dass er die Zitronen, die ihm das Leben serviert hat, in Limonade verwandelt hat, indem er die Cottages gebaut hat, um mit den Einnahmen sein Elternhaus erhalten zu können, ist bewundernswert.

Aber ich habe andere Fragen.

»Was machen Sie eigentlich, wenn Sie nicht im Morgengrauen barfuß im Garten mit Ihrem Hund spielen?«

»Hallo? Neun Uhr ist wohl kaum ›Morgengrauen‹. Für uns, die wir wissen, wie man das meiste aus einem Tag herausholt, ist das praktisch schon Mittag.«

»Ich bin im Urlaub. Warum habe ich das Gefühl, als müsste ich mich rechtfertigen?«

Er lacht, und mir läuft ein angenehmer Schauer über den Rücken. Wann habe ich so etwas das letzte Mal gespürt? Vielleicht niemals? In Bezug auf Freunde war ich eine echte Spätzünderin, und das, was ich mit siebzehn erlebt habe, hat mich noch weiter zurückgeworfen. Ab und zu hatte ich Verabredungen und auch Sex, den ich mehr oder weniger genossen habe, doch nie etwas Besonderes.

Meine neu gefundene Freiheit von der schrecklichen Last, die ich mit mir herumgetragen habe, hat in mir Raum dafür geschaffen, mir Dinge vorzustellen, wie mit einem Typen wie Jack auszugehen – einem Mann, der lustig, attraktiv und sexy ist und einen superniedlichen Hund hat. Das ist definitiv ein Plus. Ich habe Hunde schon immer geliebt, aber nie eine Wohnung gehabt, in der Haustiere erlaubt gewesen wären.

Fenway stürmt auf mich zu, lässt mir ihren nass gesabberten Ball vor die Füße fallen und gibt mir einen feuchten Kuss, bevor ich auch nur eine Sekunde Zeit hatte, mich darauf vorzubereiten. »Verdammt, sie ist schnell.«

»Ihre Zunge ist wie ein Blitz. Sie ist eine Massenvernichtungswaffe.«

Ich fasse es nicht, dass ich wie ein Schulmädchen kichere, während die Hündin mich weiter mit Liebesbekundungen überschüttet.

»Fenway! Das reicht. Lass Blaise in Ruhe. Sie ist unser Gast.«

Fenway reagiert auf seine ernstere Stimme und setzt sich hechelnd vor mich.

»Sie ist wirklich süß.«

»Und das weiß sie auch ganz genau. Was es nicht leichter macht.«

»Sie lieben sie.«

»Von ganzem Herzen. Sie ist meine Süße.«

»Wie kommt es, dass ein Mann wie Sie seinen Golden Retriever seine Süße nennt? Wobei ich zugeben muss, dass sie ein wirklich außergewöhnlich hübscher Golden Retriever ist.«

»In Wahrheit wollen Sie wissen, warum ein sexy Teufelskerl wie ich Single ist, oder?«

Ich gebe mich entrüstet. »Das hab ich nicht gesagt!«

»Das mussten Sie auch nicht. Ich hab das schon verstanden.«

Lachend verdrehe ich die Augen. »Wenn Sie meinen.«

»Also, ich hatte mehrere Freundinnen in meinem Leben, mit denen es aus dem einen oder anderen Grund allerdings nicht dauerhaft geklappt hat. In letzter Zeit habe ich entschieden, dass das Leben als Single durchaus was für sich hat, vor allem als mir dann Ms Fenway über den Weg gelaufen ist und mir einen Grund geliefert hat, nicht ausschließlich an mich selbst zu denken.«

»Das verstehe ich. Manchmal ist es leichter, sich nicht auf jemanden einzulassen.«

»Definitiv. Und was Ihre andere Frage angeht, was ich beruflich mache: Ich bin Illustrator.«

»Oh, wie spannend. In welchem Bereich?«

»Ich arbeite mit mehreren Kinderbuchverlagen, Werbeagenturen und anderen Firmen zusammen.«

»Wow. Das klingt nach einem tollen Job.«

»Ja, es ist ziemlich cool. Und ich kann von hier aus arbeiten.« Er zeigt zum Haupthaus hinüber. »Der zweite Stock ist mein Atelier.«

»Kann ich mir das mal angucken?«

»Klar. Jederzeit.«

Es knistert zwischen uns. Ich weiß, dass er es ebenfalls spürt, denn er mustert mich intensiv, und wenn es nicht knistern würde, wäre es unangenehm. »Wollen Sie gleich nachher vorbeischauen?«

»Gerne. Ich habe heute Nachmittag einen Termin, doch ich sollte vor dem Abendessen zurück sein.«

»Kommen Sie einfach rein. Die Haustür ist immer offen. Dann über die Treppe hoch in den obersten Stock.«

»Sind Sie sich sicher, dass ich nicht störe?«

»Ganz sicher. Fenway und ich mögen Gesellschaft.«

»Ich bringe ein paar Snacks mit.«

Bei dem Wort merkt Fenway sofort auf.

Jack und ich lachen beide, und unsere Blicke begegnen sich, was es erneut heftig knistern lässt.

»In ihrer Gegenwart muss man mit gewissen Wörtern vorsichtig sein.«

»Vielleicht sollten Sie mir eine Liste geben.«

»Das würde ich nur zu gerne, aber ich glaube, sie kann auch lesen, was ein Problem ist.«

»Ein Hund, der lesen kann. Das ist eine ziemliche Herausforderung.«

»Sie haben ja keine Ahnung.«

Ich bin dankbar, etwas zu haben, worauf ich mich freuen kann, nachdem ich mit Houston all das Schreckliche noch mal durchgesprochen habe. »Tja, ich mach mich mal besser fertig. Wir sehen uns nachher.«

»Wir können es kaum erwarten.«

»Ich auch nicht.«

Ich wandle wie auf Wolken, als ich im Cottage verschwinde, um zu duschen. Während ich mir die Haare föhne, gehe ich im Geiste jede Sekunde im Garten noch einmal durch, bis hin zu seinen ständig nackten Füßen. Irgendetwas daran fasziniert mich. Es verrät, wie wohl er sich hier fühlt, und das gefällt mir an ihm. Mir gefällt so einiges an ihm, und zum ersten Mal seit einer Ewigkeit jagt mir das keine Angst ein.

Ich hatte ein seltsames Verhältnis zu Männern, Dating und Sex.

Man muss kein Genie sein, um das zu verstehen. Als ich das erste Mal mit jemandem geschlafen habe, habe ich die ganze Zeit über geweint, weil ich mir vorgestellt habe, dass Neisy das gegen ihren Willen aufgezwungen worden war. Der arme Kerl wusste gar nicht, was er mit mir anstellen sollte. Er hat bei der ersten Gelegenheit das Weite gesucht, und ich hab ihn nie wiedergesehen. Ich erinnere mich noch, dass ich erleichtert war, weil ich das erste Mal hinter mir hatte. Doch auch danach haben sich immer wieder Horrorbilder daruntergemischt, wann immer ich an diese Begegnung zurückgedacht habe.

Vielleicht erzähle ich Jack später, weshalb ich in der Stadt bin, so wie Houston es mir ans Herz gelegt hat. Vor allem weil ich das Gefühl habe, dass ich ihm gefahrlos meine dunkelsten Geheimnisse anvertrauen kann.

Houston und ich verbringen zwei zermürbende Stunden damit, meine Aussage in allen Einzelheiten durchzusprechen. Er nimmt sie auseinander, um Löcher zu finden, zu denen der Staatsanwalt mich befragen wird, wie er mir erklärt. Doch ich habe auf alles eine Antwort. Ob diese Antworten die Anklage zufriedenstellen werden, steht auf einem ganz anderen Blatt. Das werden wir morgen erfahren.

Ich fühle mich wie erschlagen, als ich das Polizeirevier verlasse und zum Supermarkt fahre, um ein paar Sachen einzukaufen, darunter die Snacks, die ich Jack versprochen habe. Dabei gehe ich in Gedanken mein Treffen mit Houston durch und die Gefühle, die es in mir hervorgerufen hat. Es ist überwältigend, meine Geschichte zum dritten Mal innerhalb weniger Tage zu erzählen, nachdem ich sie so lange geheim gehalten habe.

Auf der Fahrt öffne ich die Fenster, um den Herbstgeruch hereinzulassen. Als Kind hatte ich diese Jahreszeit am liebsten, und ich habe die hübschen Farben geliebt. Ich habe mich schon immer fürs Gärtnern interessiert, auch wenn das seit meinem Umzug in die Stadt nicht mehr möglich ist. Meine Großmutter hat mir die Namen der Blumen, Büsche und Bäume beigebracht. Es freut mich, dass ich die meisten noch heute richtig bestimmen kann.

Es ist schön, an andere Dinge zu denken als daran, warum ich hier bin. Es wird eine Woche bis zehn Tage dauern, bis die Entscheidung darüber fällt, ob der Fall tatsächlich neu aufgerollt wird, und ich könnte in der Zeit nach New York zurückkehren. Das sollte ich vermutlich sogar. Wendall schickt mir unaufhörlich Nachrichten, und ich habe von anderen am Theater gehört, dass er seit meiner Abreise noch unmöglicher ist als zuvor.

Nennt mich verrückt, doch mein Alltag dort reizt mich im Moment kein bisschen.

Ich fahre auf den Parkplatz vor dem Supermarkt. Bevor ich kneifen kann, schicke ich Wendall schnell eine Nachricht.

Die Familiensituation ist kompliziert. Ich würde gerne den nächsten Monat über von zu Hause aus arbeiten. Ich verstehe es aber auch, wenn das für dich nicht geht. Lass mich wissen, wie du dazu stehst.

Als ich mit einer braunen Papiertüte im Arm aus dem Supermarkt komme, trifft Wendalls Antwort ein.

Familie hat immer Vorrang. Das verstehe ich. Du kannst arbeiten, wie und wo du willst. Du musst nur dafür sorgen, dass ich nicht durchdrehe, Blaise, du Organisationsgöttin. Bitte verlass mich nicht.

Seine übertriebene Art entlockt mir ein Lachen. Das ist das Netteste, was ich je von ihm gehört hab. Offenbar hätte ich schon früher eine »familiäre Krise« haben sollen, um seine menschliche Ader rauszukitzeln. Meine Freunde am Theater wären von seinem Verständnis geschockt.

Als ich wieder losfahren will, signalisiert mein Handy erneut den Eingang einer Nachricht. Da ich vermute, dass es Wendall mit weiterem Drama ist, schaue ich aufs Display.

Sienna. Ich habe sie nie aus meinen Kontakten gelöscht, auch wenn ich das schon vor langer Zeit hätte tun sollen.

Ich habe gehört, dass du wieder in der Stadt bist. Ich hoffe, du redest nicht über Dinge, die keine Rolle mehr spielen.

Ich erschauere. Ist das eine Drohung? Woher weiß sie, dass ich zurück bin? Außer mit meiner Mutter habe ich mich mit niemandem aus Hope getroffen, und sie wird mit keiner Menschenseele darüber reden, genau wie ich sie gebeten habe.

Auf der Fahrt behalte ich den Rückspiegel im Auge, um zu sehen, ob mir jemand folgt. Mein Auto ist das einzige auf der Straße, trotzdem werde ich das Gefühl nicht los, dass mich jemand beobachtet. Die Leute haben gehört, dass ich wieder da bin. Aber Sienna ist außer mir der einzige Mensch, der weiß, was wir an jenem Abend beobachtet haben. Außer sie hat es inzwischen Cam erzählt.

Was ich bezweifle.

In die Anspannung, die mich nach ihrer Nachricht erfasst, mischt sich Trauer um eine Freundschaft, die an diesem folgenreichen Abend zerbrochen ist. Früher mal war sie der wichtigste Mensch in meinem Leben. Wir haben alles miteinander geteilt. Und dann habe ich sie verloren, zusammen mit meiner Unschuld, meinem inneren Frieden, meinem Selbstwertgefühl und so vielen anderen Dingen.

Ich bin so aufgewühlt, dass ich überlege, Jack zu fragen, ob wir uns ein andermal treffen können. Doch so verlockend die Vorstellung auch ist, ins Bett zu kriechen und mir die Decke über den Kopf zu ziehen, ich möchte nicht allein sein.

Also arrangiere ich die Cracker, den Käse und den Feigensenf, die ich gekauft habe, auf einem Teller und wasche die Weintrauben ab. Nachdem ich mir eine Flasche Chardonnay unter den Arm geklemmt habe, durchquere ich den Garten zur Hintertür von Jacks Haus. Von außen sehe ich das Licht in seinem Atelier, und so folge ich seiner Anweisung und steige die Treppen hinauf. Die Musik wird lauter, je höher ich komme.

Die Tür zum Atelier steht offen, und Jack singt lauthals »Gimme Shelter« von den Rolling Stones mit.

Ich bleibe stehen und beobachte, wie er etwas auf einem riesigen Zeichentisch mustert. Die Hände hat er hinten in die Hosentaschen gesteckt. Wie üblich ist er barfuß, und Fenway schläft auf ihrem Hundebett am Fenster.

Sie bemerkt mich zuerst und springt auf, um fröhlich bellend auf mich zuzulaufen.

Jack dreht sich zu mir um und lächelt, bevor er die Musik leiser stellt. »Da bist du ja. Wir hatten die Hoffnung schon fast aufgegeben.«

»Mein Termin hat länger gedauert als gedacht.«

»Kein Problem. Komm rein.« Er nimmt mir den Teller und die Weinflasche ab und stellt beides auf den Tisch, außerhalb der Reichweite des Hundes.

»Hier wirkst du also deine Magie, hm?«

»So sagt man. Tut mir leid, dass so ein Chaos herrscht. Aber ich brauche das.«

»Chaos« ist definitiv das Wort, das ich benutzen würde, um die bunten Zeichnungen zu beschreiben, die alle Wände bedecken, dazu die in Arbeit befindlichen Stücke auf jeder nur erdenklichen Oberfläche und die Farb- und Tintenflecke auf dem Boden.

Ich deute auf eine farbenfrohe Illustration an der Wand. »Darf ich?«

»Bitte. Fühl dich wie zu Hause, während ich begutachte, was du mitgebracht hast. Ich war gerade dabei, Hunger zu kriegen.«

Die Farben und Details sind umwerfend. Er hat alles von Superhelden über Drachen bis hin zu niedlichen Szenen aus Kinderbüchern gezeichnet. Tiere scheinen seine Spezialität zu sein. Ich schnappe nach Luft, als ich eine Zeichnung von Fenway entdecke, die sie bis hin zu ihrer Zunge perfekt wiedergibt.

Sein Talent ist wirklich atemberaubend. »Ich bin echt beeindruckt.«

»In der Schule hatte ich immer Probleme, weil ich ständig herumgekritzelt habe.« Er zuckt grinsend die Achseln. »Aber ich hab es ihnen gezeigt, oder? Jetzt verdiene ich meinen Lebensunterhalt damit.«

»Das hast du. Ich kann nicht fassen, was für eine Bandbreite du beherrschst. Es scheint nichts zu geben, was du nicht zeichnen kannst.«

»Trotzdem lässt sich nicht verkennen, wo mein wahres Interesse liegt.« Er nickt in Richtung der Tiere, während er sich einen Cracker mit Käse in den Mund schiebt. Dann bringt er mir einen Kaffeebecher mit Wein. »In meinem Studio nur das Beste.«

Ich stoße mit ihm an. »Prost. Danke, dass du mich in deine heiligen Hallen eingeladen hast.«

»Ist mir ein Vergnügen. Wenn man sagt, dass man Illustrator ist, wird man meist erst mal skeptisch angeschaut. Es hilft, wenn man zeigt, wie das ganz praktisch aussieht.«

»Hab ich das auch gemacht? Dich skeptisch angeschaut, meine ich.«

»Überhaupt nicht, weshalb ich dich auf Anhieb gemocht habe.«

»Oh, das ist gut.« Er flirtet mit mir, oder? Ich bin so aus der Übung, dass ich mir nicht ganz sicher bin.

»Das ist sogar sehr gut. Ich mag es, wenn man Dingen, die man nicht gleich versteht, nicht mit Skepsis begegnet. Oder mit Herablassung. ›Oh, du verdienst dir deinen Lebensunterhalt also mit Malen nach Zahlen.‹«

Darüber muss ich lachen. »Gibt es wirklich Leute, die so was sagen?«

»Öfter, als man glauben möchte. Mein Cousin beschreibt meinen Beruf ständig so.«

Damit bringt er mich zum zweiten Mal innerhalb von zwei Minuten zum Lachen, was ein Rekord sein muss. Es ist so lange her, dass ich gelacht oder auch nur gelächelt habe.

Er hebt das Glas an, das ich mitgebracht habe. »Was ist das?«

»Feigensenf. Probier mal. Der ist gut.«

»Hm, das muss ich gleich mal überprüfen.« Er gibt etwas auf einen Cracker und beißt ab. »Wow, du hast recht.«

»Hab ich doch gesagt.«

»Den hätte ich niemals gekauft.«

»Man lernt jeden Tag was dazu.«

»Sieht so aus. Magst du Pizza?«

»Wer mag die nicht?«

»Ich habe einen echt coolen Pizzaofen und jeden nur erdenklichen Belag, da ich nicht wusste, was du magst.«

»Also hast du meinen Besuch geplant?«

»Schon ein bisschen.«

»Ich bin beeindruckt.«

»Musst du nicht sein. Pizza ist das höchste der Gefühle, was meine Kochkünste angeht. Dafür ist meine Pizza außergewöhnlich gut. Die Leute kommen dafür von überall her.«

»Wenn man eine einzige Sache gut kann, sollte man sie möglichst perfektionieren.«

»Das ist meine Philosophie in Bezug auf alles, was ich gut kann. Was Zeichnen und die Zubereitung von Pizza ist.«

»Du bist auch toll mit Hunden.«

»Okay, drei Dinge.«

»Ich wette, es gibt noch mehr.«

Er wackelt mit den Augenbrauen. »Das würdest du wohl gerne wissen, was?«

Ich spüre, wie ich rot werde, was mir total peinlich ist.

»Bezaubernd«, meint er und lächelt.

Ich verziehe das Gesicht. »Gar nicht. Das ist schrecklich.«

»Ganz besonders bezaubernd.«

»Wer wird mit über dreißig bitte noch rot?«

»Du, und es gefällt mir. Was kann ich sagen, damit es noch mal passiert?«

»Wage es ja nicht!«

Er grinst, und seine Augen funkeln amüsiert. »Ich liebe Herausforderungen.«

»Ich flehe dich an, diese hier nicht anzunehmen.«

»Wenn du darauf bestehst.«

»Das tue ich.«

»Na gut.«

»Danke.«

»Also«, fragt er mit diesem Grinsen, das mir immer besser gefällt, vor allem wenn er nicht versucht, mich zum Erröten zu bringen. »Was hältst du von Pizza?«

»Worauf warten wir?«

Wir nehmen die Snacks und den Wein und gehen nach unten.

»Pass auf Fenway auf. Sie ist ein Stolperhund.«

»Ist das ein Wort?«

»Ja, meine persönliche Kreation. Ich stolpere mindestens einmal am Tag über sie, weil sie auf der Treppe immer versucht, sich an mir vorbeizudrängeln.«

Noch bevor er seinen Satz zu Ende ausgesprochen hat, schießt die Hündin schon zwischen uns hindurch und zwingt ihn dazu, mich am Arm zu packen, damit ich nicht falle.

»Wie ich gerade sagte. Tut mir leid.«

»Ist schon gut. Ich mag sie. Sie ist wirklich goldig.«

»Sie ist der Teufel in Person.«

»Sag das nicht über deine Süße.«

»Aber es ist die Wahrheit. Ich liebe sie wie verrückt, trotzdem wird sie noch mal mein Tod sein. Und das meine ich wörtlich.«

Ich bleibe im ersten Stock stehen, um die Fotos an der Wand zu betrachten, die ich auf dem Weg nach oben übersehen habe. Der junge Jack mit seinen Eltern, mit verschiedenen Hunden, mit Kindern, auf Geburtstagsfeiern, bei Fußballspielen, Abschlussbällen, Zeugnisübergaben.

»Die hat meine Mom alle aufgehängt. Nur für den Fall, dass du dich fragst, ob ich ein wenig selbstverliebt bin.«

Ich muss schon wieder lachen. In der letzten halben Stunde habe ich so viel gelacht wie seit Jahren nicht mehr, und es fühlt sich gut an.

»Ich bringe es nicht übers Herz, sie abzunehmen.«

»Warum solltest du auch? Ich finde das süß.«

»Wenn du meinst. Es gibt nichts Kostbareres als das einzige Kind einer Mutter, die sich ihr ganzes Leben lang nach Kindern gesehnt und dann mit achtunddreißig endlich eins bekommen hat.«

»Ah, sie muss vor Freude außer sich gewesen sein.«

»So kann man es auch ausdrücken.«

Seine Zuneigung zu ihr ist klar und deutlich zu hören.

»Wo bist du zur Schule und aufs College gegangen?«

»Bishop Stang und RISD.«

Die Rhode Island School of Design in Providence ist eine der besten Kunsthochschulen des Landes.

»Wow. Auf die RISD. Das ist großartig.«

»Ich habe jede Minute geliebt. Es war schön, endlich unter Leuten zu sein, die mit mir einer Meinung waren, dass es Schlimmeres gibt, als sich seinen Lebensunterhalt mit Kritzeleien zu verdienen.«

»Das kann ich mir vorstellen.«

»Es hat lange gedauert, bis ich meine Eltern davon überzeugen konnte, dass ich damit mein Leben finanzieren kann.«

»Ich wette, dass sie trotzdem sehr stolz auf dich waren.«

»Ja, unbedingt. Vor allem, als ich angefangen habe, tatsächlich Geld damit zu verdienen.«

»Das vermag in der Tat die Aufmerksamkeit von Eltern zu erregen.«

»Ja, oder?«

Im Erdgeschoss bringt er mich in eine große Küche im hinteren Bereich des Hauses, die frisch renoviert ist. Die Schränke sind in einem dunklen Blauton gestrichen, der zum Fliesenspiegel passt. Die Arbeitsplatten sind weiß, und die Einbaugeräte haben Edelstahlfronten.

»Wow, die Küche ist superschön.«

»Das war mein erstes Projekt, nachdem ich das Haus geerbt hatte. Als meine Eltern noch gelebt haben, konnte ich ihnen schlecht sagen, wie grauenhaft ich ihre Küche fand.«

»Stimmt, das wäre taktlos gewesen.«

»Ich konnte es allerdings kaum erwarten, endlich loszulegen. Guckst du manchmal Renovierungssendungen?«

»O Gott, ja. Ich bin geradezu süchtig danach.«

»Ich auch. Und ich habe alle Arbeiten selbst durchgeführt. Mit meinem Fernsehheimwerkerdiplom.«

»Nicht dein Ernst!«

»Doch. Und lass mich dir eins sagen: Wenn man im Fernsehen zugeschaut hat, heißt das noch lange nicht, dass man weiß, was man tut. Ich bin sehr schnell sehr demütig geworden.«

»Ich kann nicht glauben, dass du das alles allein geschafft hast.«

»Ich habe beinahe ein Jahr gebraucht, weil ich entschlossen war, niemanden um Hilfe zu bitten.«

»Warum hast du Heimwerken nicht in die Liste deiner Talente aufgenommen?«

»Weil es kein Talent ist, wenn man ein Jahr dafür braucht. Dann ist es eher grenzwertige Selbstüberschätzung. Ich bin in der Zeit aber wirklich gut darin geworden, Dinge in der Mikrowelle aufzuwärmen.«

»Kann ich mir vorstellen. Trotzdem kann sich das Ergebnis echt sehen lassen. Ich bin beeindruckt.«

»Das war mein einziges Ziel bei diesem Projekt. Irgendwann eine neue Freundin zu beeindrucken.«

Ich verdrehe die Augen.

Er ist süßer, als gut für ihn ist – und für mich. Doch bevor er sein Urteil darüber fällt, ob er mich mag, sollte er wissen, warum ich hier bin. Wenn er meine Geschichte gehört hat, will er möglicherweise gar nichts mehr mit mir zu tun haben.

Nachdem er sich die Hände gewaschen hat, trocknet er sie ab und mustert mich dabei. »Hey. Was ist los?«

Ich schüttle meine Gedanken ab und lächle. »Nichts.«

»Irgendetwas ist …«

»Ich will dir erzählen, warum ich hier bin, fürchte aber, dass du danach nicht mehr mit mir befreundet sein willst.«

»Und es würde dich stören, wenn wir keine Freunde mehr wären?«

Ich habe das Gefühl, er fragt nach mehr als nur einer reinen Freundschaft. »Ja, ich glaube, das würde es.«

Er überrascht mich, indem er das Handtuch beiseitewirft, meine Hand nimmt und mich in ein gemütliches Wohnzimmer mit einem Holzofen und zwei komplett von Bücherregalen gesäumten Wänden führt.

Ich lasse den Blick über die Buchrücken gleiten. »Du liest auch noch?«

»Ich habe mal eine Sendung gesehen, in der Frauen geraten wurde, schnellstens das Weite zu suchen, sollten sie im Haus eines Mannes keine Bücher vorfinden. Also habe ich die hier auf dem Flohmarkt gekauft.«

»Hast du nicht.«

Er lacht. »Aber du musstest kurz überlegen, oder?«

Er ist lustig, attraktiv, vielseitig begabt, klug, sexy, süß und freundlich. Und er hat es verdient, zu wissen, was ich getan habe, bevor er entscheidet, ob er mehr Zeit mit mir verbringen will.

Als wir nebeneinander auf dem Sofa sitzen, hält er meine Hand weiter fest.

Ich bin mir zu hundert Prozent sicher, dass er sie loslassen würde, sollte ich ihm auch nur den kleinsten Anlass liefern, zu glauben, es sei mir unangenehm. Die einzige Angst, die ich bezüglich dieses Mannes habe, ist, dass ich möglicherweise mein Herz an ihn verlieren könnte. So was habe ich so kurz nach dem Kennenlernen noch nie zuvor gespürt, und ich würde es unendlich bedauern, ihn zu verlieren, bevor ich die Chance hatte, die Bekanntschaft zu vertiefen.

»Was auch immer es ist, so schlimm kann es nicht sein.«

»Doch, leider. Es ist furchtbar.«

Er schaut mich an. »Erzähl es mir.«

Ich richte den Blick auf die Wand, damit ich seine Verachtung nicht sehen muss, wenn ich ihm alles beichte. »Ich war fast siebzehn, als ich Zeugin eines Verbrechens geworden bin. Aus Gründen, die damals Sinn ergeben haben, habe ich mich nicht gemeldet, um bei der Polizei eine Aussage zu machen. Dieses Geheimnis hab ich vierzehn Jahre lang mit mir herumgeschleppt, was mich beinahe zerstört hätte. Aber diese Woche habe ich endlich entschieden, damit zur Polizei zu gehen. Deshalb bin ich hier.«

»Werden sie die Sache weiterverfolgen?«

»Houston denkt, dass der Fall in den nächsten Wochen einer Grand Jury vorgestellt wird.«

»Wie fühlst du dich, seitdem du es gemeldet hast?«

»Wie von einer schrecklichen Last befreit. Ich schäme mich allerdings immer noch, weil ich so lange gebraucht habe, um das Richtige zu tun. Und nur fürs Protokoll: Ich habe immer gewusst, dass es falsch war, nichts zu sagen.«

»Du warst noch sehr jung, Blaise. Wir haben früher alle Dinge getan, auf die wir nicht stolz sind.«

»Aber das hier war wirklich schlimm.«

»Was ist denn geschehen?«

»Ich habe gesehen, wie ein Junge, mit dem ich aufgewachsen bin, ein Mädchen vergewaltigt hat, das relativ neu an unserer Schule war und gemobbt wurde. Sie war wunderschön, deshalb haben die anderen Mädchen sie gehasst. Es ist hier in Land's End passiert, auf einer Party, auf der ich nicht hätte sein dürfen. Der Täter ist der beste Freund meines Bruders, und sein Bruder war damals schon jahrelang mit meiner besten Freundin zusammen. Das sind meine Ausreden, doch unter dem Strich verhält es sich schlicht so, dass ich den Mund gehalten habe, als sie ein paar Wochen später damit zur Polizei gegangen ist. Sie wurde dafür in den Social Media aufs Übelste angefeindet und verleumdet, und ich hatte Angst, dass mir das Gleiche drohen würde. Die ganze Sache war furchtbar.«

»Warst du die Einzige, die das Ganze beobachtet hat?«

Ich schüttle den Kopf. »Nein. Aber ich bin die Einzige, die jetzt ihr Schweigen bricht. Die andere ist inzwischen mit dem Bruder des Täters verheiratet und wird meine Aussage auf keinen Fall stützen. Sie war diejenige, die mir gedroht und mich gewarnt hat, dass ich den Zorn der ganzen Stadt auf mich ziehe, wenn ich rede.«

»Was für eine schreckliche Situation. Es tut mir leid, dass dir das passiert ist.«

Endlich sehe ich ihn an. »Es ist nicht mir passiert, sondern ihr.«

»Und dir auch, denn du bist Zeugin eines Gewaltverbrechens geworden, lange bevor du erwachsen genug warst, um so damit umzugehen, wie es nötig gewesen wäre.«

»Und wie entschuldigst du die letzten vierzehn Jahre, in denen ich alt genug war, um es besser zu wissen?«

»Ist dein Bruder noch mit ihm befreundet?«

Fenway stupst mich an, und ich kraule sie hinter den Ohren. »Ja. Und er hat kürzlich seinen extrem guten Job gekündigt, um für ihn zu arbeiten.«

»Da hast du deinen Grund, warum du den Mund gehalten hast. Deine Freundin ist mit seinem Bruder verheiratet. Dein Bruder ist eng mit ihm befreundet. Die Verbindungen sind weiter eng, auch wenn du dich selbst von alldem zurückgezogen hast.«

»Das stimmt. Sie ist nicht mehr meine Freundin. Seit jenem Sommer habe ich nicht mehr mit ihr gesprochen, und heute hat sie mir auf einmal aus dem Nichts eine Nachricht geschickt und gesagt, sie habe gehört, dass ich wieder in der Stadt sei, und dass ich besser nicht über Dinge rede, die nicht mehr wichtig sind.«

»Warte mal. Das hat sie geschrieben? Mit diesen Worten?«

»Ja.«

»Das klingt für mich nach einer Drohung.«

»Für mich auch.«

»Was wirst du deswegen unternehmen?«

»Was kann ich tun, ohne zu verraten, wer an jenem Abend bei mir war? Ich habe nicht das Gefühl, dass es mein Recht ist, sie dazu zu zwingen, gegen ihren eigenen Schwager auszusagen.«

»Meinst du, es könnte für dich gefährlich werden, wenn herauskommt, dass du gewillt bist, dein Schweigen zu brechen?«

»Das ist gut möglich. Houston meinte, ich solle dir davon erzählen, damit du gewarnt bist. Er hat vor, die Streifen in dieser Gegend zu verstärken. Wenn das zu viel ist, kann ich woanders …«

»Stopp. Du gehst nirgendwohin.«

»Du verachtest mich nicht, nachdem du gehört hast, was ich getan habe? Oder besser gesagt, was ich nicht getan habe?«

»Nein. Warum hast du dich jetzt dafür entschieden, es Houston zu erzählen?«

»Weil der Mann, der das getan hat, für den Kongress kandidieren will. Nachdem ich das gehört habe, konnte ich nicht länger schweigen.«

Seine Miene wird vor Schock ganz ausdruckslos. »Ist es Ryder Elliott?«

Ich zögere, das zu bestätigen, was seine Frage beantwortet.

»Mein Gott, Blaise. Ernsthaft?«

»Ja. Kennst du ihn?«

»Nicht persönlich. Doch ich weiß, wer er ist.«

»Du darfst kein Wort darüber sagen, Jack.«

»Das würde ich nie tun. Aber du hast recht, er ist bestens vernetzt.«

»Das war er schon immer, selbst früher auf der Schule.«

»Warum würde jemand wie er so etwas tun?«

»Darüber habe ich viel nachgedacht. Es gibt keine Entschuldigung für eine Vergewaltigung, doch wenn es einen Grund gibt, warum er so gehandelt hat, dann war es vermutlich, dass seine langjährige Freundin nach jahrelangem kräftezehrenden Kampf gegen den Krebs ins Hospiz verlegt werden sollte. Wer weiß, was das mit einem Menschen macht? Nicht dass ich seine Tat je verteidigen würde. Es ist nur schwer, zu begreifen, dass jemand, mit dem man aufgewachsen ist, so abgrundtief böse ist, weißt du?«

»Das verstehe ich. Und ich stimme dir zu: Es gibt keine Rechtfertigung für seine Tat. Ich wusste nicht, dass er damals seine Freundin verloren hat.«

»Das war schlimm. Louisa war einfach wunderbar, und sie hat so sehr gekämpft. Ryder war die ganze Zeit an ihrer Seite. Er hat auch viel Geld gesammelt, um ihrer Familie mit den Arztrechnungen zu helfen. Es ist mir schwergefallen, diesen Ryder mit dem in Einklang zu bringen, den ich an jenem Abend gesehen haben.«

»Das kann ich mir vorstellen.«

»Danke fürs Zuhören.«

»Danke, dass du dich mir anvertraut hast. Mir ist klar, dass es nicht leicht für dich sein kann, darüber zu reden.«

»Das ist es nicht. Bevor ich es Houston erzählt habe, habe ich nie mit jemandem darüber gesprochen, und jetzt habe ich Houston die Geschichte gleich zweimal erzählt, und noch dazu meiner Mutter und dir.«

»Das ist eine große Last, die du sehr lange mit dir herumgetragen hast.«

»Es war fürchterlich. Ich habe mich gefreut, zu hören, dass das Opfer inzwischen glücklich verheiratet ist und vier Kinder hat. Es ist schön, dass sie trotzdem glücklich ist.«

»Das hast du auch verdient, weißt du?«

»Findest du?«

»Ja. Ich verstehe, warum du dich wegen der Sache schlecht fühlst, aber du bist ein guter Mensch.«

»Woher willst du das wissen? Ich denke, ich habe dir gerade genug Beweise dafür geliefert, dass ich das nicht bin.«

»Ein schlechter Mensch hätte sich nicht die ganze Zeit über so viele Gedanken gemacht. Ein schlechter Mensch hätte nicht schlussendlich das Richtige getan, wohl wissend, dass er womöglich einen hohen Preis dafür zahlen wird. Du bist kein schlechter Mensch, Blaise. Du bist ein guter Mensch, der zu einem Zeitpunkt in seinem Leben, als er nicht die nötige Reife hatte, um das Richtige zu tun, einen schlimmen Fehler begangen hat.«

»Und das habe ich seitdem jeden Tag bereut.«

»Was noch etwas ist, was ein schlechter Mensch nicht getan hätte.«

»Viele Leute werden mich hierfür hassen. Unter anderem mein Bruder.«

»Ja, das kann sein. Könntest du das verkraften?«

»Ich glaube, es wird leichter sein, damit zu leben, als mit so einem Geheimnis.«

»Das glaube ich auch.«

»Hör zu, das ist alles ganz schön viel. Wenn du Zeit brauchst, um darüber nachzudenken, ob du wirklich mit mir befreundet sein willst …«

Er schockiert mich zutiefst, als er mir die letzten Worte von den Lippen küsst. »Ich will dein Freund sein, und ich hoffe, es war okay, es dir auf diese Weise zu sagen.«

Ich lächle, denn wie könnte ich nicht? »Das war okay.«

»Nur okay? Ich kann das sehr viel besser als nur okay.«

Ich lege ihm eine Hand auf die Brust und halte ihn davon ab, das sofort zu beweisen. »Ganz ruhig, Cowboy.«

»Na gut. Doch du sollst wissen, dass ich sehr, sehr viel besser sein kann als nur okay.«

»Das glaub ich dir.« Ich würde gerne herausfinden, was er damit meint, aber nicht heute Abend. Das hier ist für den Moment mehr als genug.

»Wie wäre es jetzt mit der versprochenen Pizza?«

Ich bin schrecklich erleichtert, dass ich reinen Tisch gemacht habe und von ihm nicht augenblicklich auf die Straße gesetzt worden bin. Jetzt weiß ich wenigstens mit Sicherheit, dass er an mehr als nur an Freundschaft mit mir interessiert ist, was gut ist. Denn das bin ich umgekehrt auch. »Das klingt ganz wunderbar.«

KAPITEL 17

Houston
Heute

Ich hole Blaise bei Jack ab und fahre mit ihr nach Providence, damit Spurling ihre Aussage aufnehmen kann. »Wie gefällt es dir bei Jack?«

»Es ist super. Ich liebe es.«

»Er ist ein netter Kerl. Hat er dir erzählt, was er macht?«

»Ja. Das war sehr interessant.«

»Er hat schon unzählige Preise gewonnen, was er aber niemals erwähnen würde.«

»Gestern Abend hat er mir seine Arbeiten gezeigt. Das war ziemlich beeindruckend.«

»Das ist es. Er ist unglaublich begabt und in den verschiedensten Genres tätig – Kinderbücher, Comics, Sci-Fi.«

»Ich könnte nicht mal dann eine gerade Linie ziehen, wenn du mir ein Lineal gibst.«

»Ich auch nicht.« Ich schaue zu ihr. »Wie fühlst du dich, was unser anstehendes Meeting angeht?«

»Ich will es einfach nur hinter mich bringen.«

»Das verstehe ich. Es ist traumatisierend, das alles noch mal so intensiv zu besprechen, vor allem so häufig innerhalb einer Woche.«

Sie blickt aus dem Fenster. »Es ist nicht mein Trauma. Es war ihres. Ich bin bloß zufällig Zeugin gewesen.«

»Angesichts dessen, wie du deine Reaktion darauf beschrieben hast, würde ich sagen, dass du ebenfalls traumatisiert worden bist. Das wäre jeder, Blaise.«

»Es ist nett von dir, dass du mich trösten willst, selbst wenn ich es nicht verdient habe.«

»Doch, hast du. Du warst noch ein Kind.«

»Meine Mutter meint das auch. Ich hab es ihr erzählt, aber keine Sorge: Sie wird es niemandem verraten. Sie findet, ich solle nicht so streng mit mir sein. Damals wollte ich eigentlich nur, dass es verschwindet. Ich wollte noch mal zu jenem Abend zurückkehren und mich anders entscheiden können, mich nach den Wünschen meiner Eltern richten und nicht nach Land's End fahren. Ich wünschte, ich hätte diese Dinge nicht mit ansehen müssen. Ich wollte das alles aus der Welt schaffen und mein Leben wiederhaben, wie es zuvor gewesen war. Und das wollte ich für sie genauso.«

»Ich wünschte, es hätte jemanden gegeben, mit dem du darüber hättest reden können.«

»Ich hatte solche Angst, dass jemand mich zwingen würde, an die Öffentlichkeit zu gehen. Schließlich habe ich ja mitbekommen, wie sie mit Denise umgesprungen sind. Ich hab die Vorstellung nicht ertragen, dass ich das auch zu spüren kriegen würde. Ich war rückgratlos und schwach und habe mich dafür gehasst.«

»Noch mal, du warst siebzehn. Alt genug, um zu wissen, dass das, was du beobachtet hast, schrecklich war, doch nicht alt genug, um einen Ausweg zu erkennen.«

»Es ist mir unangenehm, wenn jemand wie meine Mutter oder jetzt du nach Entschuldigungen für mich sucht.«

»Wir suchen nicht nach Entschuldigungen. Wir sagen, dass Dinge passieren, überwältigende Dinge, die so groß und unvorstellbar sind, dass es uns unmöglich ist, einen Ausweg zu sehen. Das bedeutet nicht, dass du ein schlechter Mensch bist. Du hast das schreckliche Verbrechen ja nicht begangen.«

»Was ich getan habe, war auf andere Weise schrecklich. Vor allem, nachdem Denise Anzeige erstattet hat und alle über sie hergezogen sind, während sie gleichzeitig zu seiner Verteidigung geeilt sind. Das war genauso schlimm, wie sie allein und verletzt im Wald zurückgelassen zu haben. Das war der einzige Moment in meinem Leben, an dem ich an Selbstmord gedacht habe.«

»Mein Gott, Blaise …«

»Bitte, kein Mitleid, Houston. Ich habe es verbockt, und zwar so richtig. Jetzt will ich es nur irgendwie wieder in Ordnung bringen.«

»Trotzdem hast du mein Mitgefühl. Was du mit ansehen musstest und was für Auswirkungen das auf dich hatte, hat dich selbst zum Opfer gemacht.«

Sie schüttelt den Kopf. »Denise war das Opfer. Das einzige Opfer.«

Diese Einschätzung teile ich nicht, aber ich merke, dass es keinen Sinn hat, mit ihr darüber zu diskutieren. Hoffentlich begreift sie im Lauf des Prozesses, dass Denise *nicht* das einzige Opfer von Ryders Tat war.

Den Rest der Fahrt über schweigen wir.

In Providence begleite ich sie in den Konferenzraum der Staatsanwaltschaft. Da es bei uns nicht so viele hochkarätige Fälle gibt, war ich erst einmal hier.

Josh Spurling begrüßt uns. Er ist Ende dreißig, mit dunkler Haut und dunklen Augen. Heute trägt er einen gut geschnittenen dunkelblauen Anzug, und an seiner linken Hand blitzt ein Ehering aus Platin. Ihm eilt der Ruf voraus, einige der Fälle von größtem öffentlichen Interesse erfolgreich verhandelt zu haben, wozu dieser sicherlich zählt, weil es um einen Kandidaten für den Kongress geht.

Nachdem ich ihn und Blaise einander vorgestellt habe, bietet er uns Kaffee und Wasser an.

»Ein Wasser bitte«, erwidert Blaise.

»Für mich nichts, danke, Josh.«

Wir setzen uns an den Konferenztisch.

Nachdem Josh Blaise ein Glas Wasser eingeschenkt hat, stellt er eine Kamera auf einem Stativ auf den Tisch und schaltet sie ein.

Dann gibt er die Namen der Anwesenden und den Grund des Treffens an.

»Bitte nennen Sie uns Ihren Namen und Ihr Alter.«

»Blaise Merrick, einunddreißig.«

»Schwören Sie, dass das, was Sie uns heute erzählen, der Wahrheit entspricht?«

»Ja.«

»Würden Sie uns bitte die Ereignisse vom Abend des zwanzigsten Juni vor vierzehn Jahren schildern?«

»Es war der letzte Schultag, und wir hatten schon mittags Schluss. An jenem Abend bin ich trotz eines Verbots von meinen Eltern von meinem Zuhause in Hope nach Land's End gefahren, um mich auf eine Party zu schleichen, die im und am Haus der Raffertys gefeiert wurde.«

»Warum haben Ihre Eltern Ihnen die Teilnahme verboten?«

»Sie wussten gar nichts von der Party. Mir war es generell nicht erlaubt, nach Land's End zu fahren. Ich hatte den Führerschein noch nicht allzu lang, und meine Eltern fanden, dass es für mich zu weit und die Straßen zu gewunden waren …«

»Haben Sie normalerweise die Wünsche Ihrer Eltern respektiert?«

»Immer. Ich hatte eine rebellische ältere Schwester, die ständig in Schwierigkeiten geraten ist. Ich hab sehr unter den daraus folgenden Streitereien gelitten und mich bemüht, nichts zu tun, was meine Eltern hätte aufregen können.«

»Dann hat es sich also um einen seltenen Moment der Rebellion gehandelt?«

»Um meinen einzigen Moment echter Rebellion.«

»Waren Sie allein?«

»Ich ziehe es vor, darauf nicht zu antworten. Ich spreche nur für mich und darüber, was ich an jenem Abend erlebt habe.«

»Unser Fall wäre stärker, wenn wir weitere Zeugen hätten.«

»Das verstehe ich. Doch ich spreche nur für mich.«

»Beschreiben Sie mir, was passiert ist. Von Ihrer Ankunft auf der Party bis zu dem Moment, in dem Sie die Gegend wieder verlassen haben.«

Von Blaise die Einzelheiten des Abends zu hören ist beim dritten Mal nicht weniger schlimm. In jedem ihrer Worte schwingt die Qual dessen mit, was sie gesehen hat, die Schuldgefühle wegen dem, was zu tun sie versäumt hat, und wie das Ganze sie seitdem verfolgt.

»Wochen später hat sich das Opfer bei der Polizei gemeldet. Was ist dann passiert?«

»Alle haben darüber geredet. Mein Bruder Arlo, einer von Ryders engsten Freunden, war deshalb ganz außer sich. Er hat gefragt, wie irgendjemand seinem Freund so etwas unterstellen könne. So entrüstet hab ich ihn nie zuvor erlebt. Die Angriffe gegen Neisy, wie sie damals genannt wurde, waren unfassbar gemein, insbesondere auf Facebook. Da ich wusste, dass sie die Wahrheit sagte, hat es mich krank gemacht. Er hatte es schließlich getan.«

Blaise hält inne und senkt den Blick auf ihre Hände, die gefaltet auf dem Tisch vor ihr liegen. »Sie fragen sich sicherlich, wie ich auf dieser Information sitzen konnte, während eine andere junge Frau so gelitten hat. Diese Frage habe ich mir danach an jedem einzelnen Tag gestellt. Ich wollte ihr helfen. Ich wollte das Richtige tun. Aber ich konnte nur sehen und hören, wie die Leute, die mir am nächsten standen, sich auf seine Seite gestellt haben. Sie haben gesagt, dass er einer von uns sei, sie hingegen nicht. Es war wie ein lautes Dröhnen in meinem Kopf, dem ich nicht entkommen konnte, egal, was ich tat.«

Sie atmet tief durch. »Ich habe angefangen, jeden Abend Schmerztabletten zu nehmen, um wenigstens den Hauch einer Chance zu haben, zu schlafen. Ich konnte kaum noch essen und meinen Alltag bloß mit Mühe bewältigen. Meine Noten in der Abschlussklasse waren die schlechtesten meines Lebens. Ich hab aufgehört, auszugehen. Mir war alles egal. Ich fühlte mich ständig schlecht. Und der Gedanke an sie … an Neisy und das, was sie durchmachte, hat dafür gesorgt, dass mir ständig übel war. Als die Schule nach den Sommerferien wieder gestartet ist, hatte sich für Ryder nichts verändert. Er war immer noch derselbe beliebte, erfolgreiche Schüler und Sportler.«

»Wie haben Sie sich damit gefühlt?«

»Ich war wütend. Vor allem, weil Neisy die Schule wechseln und ganz woandershin musste. Ich hab jeden Tag an sie gedacht und gehofft … Ich habe gehofft, dass sie es irgendwie schafft, darüber wegzukommen. Ich war so froh und erleichtert, als ich erfahren habe, dass sie verheiratet ist und vier Kinder hat.«

»Warum melden Sie sich jetzt mit dieser Information?«

»Meine Mutter hat mir gegenüber erwähnt, dass Ryder für den Kongress kandidieren will. Das war irgendwie zu viel. Plötzlich war mir egal, was mit mir passiert. Ich konnte nicht eine Sekunde länger mit diesem Wissen leben, während er sich um ein öffentliches Amt bewirbt. Nachdem ich Houston meine Geschichte erzählt hatte … Das war das erste Mal in vierzehn Jahren, dass ich ohne Medikamente eine Nacht durchgeschlafen habe.«

»Und Sie sind gewillt, Ihre Aussage vor Gericht zu wiederholen?«

»Das bin ich.«

Josh beugt sich vor und schaltet den Rekorder aus. »Danke für Ihre Offenheit und dafür, dass Sie sich gemeldet haben.«

»Wie geht es jetzt weiter?«

»Ich werde den Fall der Grand Jury vortragen, die entscheiden wird, ob Anklage erhoben werden kann.«

»Wie schnell werden Sie das wissen?«

»Innerhalb von sieben bis zehn Tagen.«

Sie nickt. »Haben Sie eine Vermutung, wie die Entscheidung ausfallen wird?«

»Angesichts Ihrer Aussage und der Zusage des Opfers wäre ich schockiert, sollten sie mit Nein stimmen.«

Auf dem Heimweg teile ich ihr mit, dass es mich überrascht hat, das von Spurling zu hören. »Normalerweise ist die Staatsanwaltschaft in solchen Dingen wesentlich zurückhaltender. Vielleicht wollte er, dass du weißt, wie entscheidend deine Aussage sein würde.« Bevor ich sie bei Jack absetze, warne ich sie, sich keine zu großen Hoffnungen zu machen. »Nur weil Spurling das glaubt, bedeutet es nicht, dass die Grand Jury für eine Anklageerhebung stimmt.«

»Mir geht es nicht um irgendwelche Hoffnungen bezüglich der nächsten Schritte, sondern um mein Gewissen.«

»Ich hoffe, dass dein Gewissen sich leichter anfühlt.«

»Das tut es.«

»Ich muss dir etwas gestehen.« Seitdem ich ihre Geschichte das erste Mal gehört habe, tobt in mir eine heftige Debatte.

»Was?«

»Ich hab immer auf freundschaftlichem Fuß mit Ryder verkehrt. Dallas und ich spielen mit ihm, Cam, deinem Bruder und anderen regelmäßig Karten. Ich würde nicht sagen, dass wir uns besonders nahestehen, aber ich betrachte ihn als Freund.«

»Und dennoch treibst du den Fall voran.«

»Das ist mein Job.«

»Dein Job könnte dich mehrere Freunde kosten, ganz zu schweigen von deinem Bruder.«

»Dessen bin ich mir bewusst.«

»Stört dich das gar nicht?«

»Doch, natürlich. Aber ich glaube dir. Deine Schilderung von dem, was du gesehen hast, war schockierend, was auch daran liegt, dass deine Geschichte und Denises Beschreibung der Ereignisse sich beinahe bis aufs Haar gleichen. Trotzdem ist es schwer, diese Informationen mit dem Mann in Einklang zu bringen, den ich seit Jahren kenne. Doch das hält mich nicht davon ab, zu tun, was getan werden muss, um Gerechtigkeit für Denise herzustellen, die schließlich auch eine Freundin von mir war.«

»Mir war nicht bewusst, was das alles für dich bedeutet.«

»Vergiss nicht, dass der Vorfall auf meiner Party stattgefunden hat. Es war für mich immer sehr persönlich.«

»Richtig.«

»Genau wie du wünschte ich, es wäre nie passiert.«

Sie schaut mich zögernd an. »Kann ich dir noch etwas erzählen, was mir Sorgen bereitet?«

»Natürlich.«

»Während der Anhörung hat der Verteidiger eine eidesstattliche Erklärung von Freunden und Mannschaftskollegen von Ryder vorgelegt, in der sie behauptet haben, sie hätten mit Denise Sex gehabt. Erinnerst du dich daran?«

»Ja. Und ich habe das schon immer für gelogen gehalten. Sie hat damals ständig von ihrem Freund Kane gesprochen und davon, wie sehr sie ihn liebt. Darum habe ich das keine Sekunde lang geglaubt.«

»Dein Bruder hat, genau wie meiner, diese Erklärung ebenfalls unterschrieben.«

»Ich weiß. Darüber habe ich mich damals heftig mit Dallas gestritten. Er hat daran festgehalten, aber ich wusste, dass es eine Lüge war.« Ich erwähne ihr gegenüber nicht, dass er das später zugegeben hat.

»Werden sie deswegen Probleme kriegen?«

»Das ist schwer zu beurteilen. Wenn sie klug sind, werden sie nicht zulassen, dass Ryders Anwalt die Erklärung erneut vorlegt. Da die meisten von ihnen verheiratet sind und Familie haben, haben sie jetzt wesentlich mehr zu verlieren als früher. Doch Denise hat mir gegenüber erklärt, dass sie das thematisiert haben will, und daher habe ich es an Josh weitergegeben.«

Mir ist ganz schlecht beim Gedanken daran, dass mein Bruder wegen etwas, das ich angestoßen habe, Probleme kriegen könnte. Aber schließlich war es seine Entscheidung, einen Meineid zu leisten, um seinen Freund zu schützen. Wenn er nun mit den Konsequenzen leben muss, dann soll das so sein.

»Danke für alles, was du tust, obwohl es dich teuer zu stehen kommen kann.«

»Ich wünschte, ich hätte dich unter anderen Umständen wiedergetroffen.«

»Warum?«, fragt sie aufrichtig verwirrt.

»Dann hätte ich dich vielleicht gefragt, ob du mal mit mir essen gehen willst.«

»Oh … äh …«

»Sorry, ich wollte nicht, dass du dich unbehaglich fühlst.«

»Tu ich nicht. Es war nett von dir, das zu sagen.«

»Vielleicht wenn all das hier vorbei ist.«

»Ja, vielleicht.«

»Hast du vor, hierzubleiben, bis wir von Spurling hören?«

»Ich glaube schon. Mein Boss meinte, es sei in Ordnung, wenn ich für eine Weile von hier aus arbeite. Es ist gut möglich, dass ich eine Pause vom Großstadtleben mache.«

»Ich melde mich, sobald ich etwas erfahre.«
»Danke noch mal, Houston.«
»Keine Ursache.«

Kapitel 18

Blaise
Heute

Ich schaue ihm hinterher, bis die Rücklichter seines Wagens außer Sicht sind. Ist das gerade wirklich passiert? Hat er gesagt, dass er gern mit mir ausgehen würde, wenn die Umstände anders wären? Das hat er, und das ist ziemlich schmeichelhaft. Houston ist ein toller Kerl, und ich mag und schätze ihn sehr, aber zwischen uns knistert es kein bisschen, ganz anders, als es bei mir und Jack der Fall ist.

Wo wir gerade vom Teufel sprechen, kommt er mit Fenway an der Leine aus dem Haus.

»Ich habe mich schon gefragt, ob du überhaupt Schuhe besitzt«, sage ich, als ich sehe, dass er ein paar alte Sneaker anhat.

»Haha. Ich mag es, rumzulaufen, wie Gott mich geschaffen hat. Du kannst dankbar sein, dass ich überhaupt was anhabe. Wenn man meiner Mutter glauben darf, hab ich erst angefangen, Kleidung zu tragen, als ich fünf war.«

»Das könnte schon mal in einer Rezension bei Google auftauchen.«

»Was ein Grund dafür ist, dass ich in meinem hohen Alter so ein

Langweiler geworden bin. Was bei einem Fünfjährigen putzig ist, gilt dreißig Jahre später offenbar als befremdlich.«

»Wohl wahr.«

»Meine Süße und ich wollen uns ein wenig Auslauf gönnen. Hast du Lust, uns zu begleiten?«

»Was gehört alles dazu?«

»Schmale Wege, Stöcke, Matsch, verschiedene verwesende Tiere. Was auch immer uns begegnet. Wir sind da ganz spontan.«

»Matsch und verwesende Tiere, hm?«

Er grinst achselzuckend. »Was soll ich sagen? Meine Süße ist unberechenbar.«

»Ich würde gerne mitkommen. Gebt ihr mir fünf Minuten dafür, mich umzuziehen?«

»Nimm dir zehn. Wir haben keine Eile.«

»Ich bin gleich zurück.« Ich jogge zu meinem Cottage und schlüpfe schnell in Jeans und ein langärmliges T-Shirt. Dann binde ich mir die Haare zum Zopf, stecke mein Handy in die Hosentasche, steige in meine Sneaker und schnappe mir auf dem Weg nach draußen noch meine Sweatjacke und die Sonnenbrille.

»Das ging schnell«, meint Jack, der Fenway mit einem Tennisball bei Laune hält.

Sie rennt zu mir und begrüßt mich, als hätte sie mich seit Jahren nicht gesehen.

»Runter, Mädchen. Mach Blaise nicht schmutzig.«

Ich beuge mich vor, um sie zu streicheln und zu kraulen, und werde dafür belohnt, indem sie mir mit der Zunge einmal vom Kinn bis zur Stirn leckt. Ich muss lachen.

Jack leint sie an und lotst sie von mir weg. »Wenn du lachst, ermutigst du sie nur.«

»Ich kann nicht anders. Sie ist echt unterhaltsam.«

»Deshalb ist sie so ungezogen. Weil das alle finden. Wo wir gerade von Schmutz sprechen: Wenn du was waschen musst, kannst du gerne die Maschine und den Trockner bei mir im Haus benutzen.«

»Danke. Kann sein, dass ich das nach einem Matsch-und-verwesende-Tiere-Tag brauche.«

Lächelnd geht er voraus zu einem alten, liebevoll restaurierten weißen Pick-up mit einem roten Streifen auf der Seite. »Das war der erste und einzige Pick-up meines Dads. Er ist beinahe fünfzig Jahre alt, und der Motor schnurrt immer noch wie ein Kätzchen.« Er hält Fenway und mir die Beifahrertür auf, und wir steigen ein. »Wow. Du sitzt auf ihrem üblichen Platz, und sie ist ohne Murren in die Mitte gerutscht. Sie scheint dich wirklich zu mögen.«

»Es ist einfacher, mich abzulecken, wenn ich neben ihr sitze.«

»Das stimmt natürlich.«

»Wo fahren wir hin?«

»Zu einer Stelle, von der aus wir gut zum Strand kommen. Das ist ihr Lieblingsweg.«

»Stört es dich, wenn ich das Fenster runterkurble? Es ist so schön heute.«

»Fühl dich ganz wie zu Hause, Blaise.«

Es ist nett, das zu hören. »Danke.«

»Ich liebe übrigens deinen Namen. Ich kenne niemanden, der so heißt.«

»Meine Mom wollte Namen, die sonst niemand hat – Teagan, Arlo, Blaise und Juniper.«

»Die gefallen mir alle.«

»Als Kinder haben wir sie schrecklich gefunden. Ich wollte viel lieber Emily oder Brooke heißen wie alle anderen Mädchen.«

»Aber Blaise ist einzigartig und besonders.«

»Bis die Jungs dich in der fünften Klasse ›Ablaze‹ nennen, weil du zusätzlich zu dem Namen rote Haare hast.«

Er presst die Lippen zusammen, um sich ein Lachen zu verbeißen.

»Das ist nicht lustig!«

»Irgendwie schon.«

»Nicht mal ansatzweise. Sie haben mich auch ›Feuerameise‹, ›Feuerball‹, ›Hotpants‹ und alles andere genannt, was ihnen eingefallen ist, um mir unter die Nase zu reiben, dass sie meinen Namen seltsam finden.«

»Er ist wunderschön und passt zu dir.«

Will er damit sagen, dass er mich schön findet? Und wenn es so ist? Hm, dann hätte ich nichts dagegen.

»Musst du heute gar nicht arbeiten?«, frage ich, weil ich nicht mehr über mich reden will.

»Ich bin fertig für heute. An so schönen Tagen wie diesem versuche ich, früher aufzuhören, vor allem, wenn ich weiß, dass es draußen schon bald ein paar Monate lang ungemütlich wird.«

»Ich hasse den Winter.«

»Ach, mir macht er nichts aus. Er liefert uns einen Vorwand dafür, zu chillen und nach der Hektik des Sommers mal nichts zu tun. Meine Mom hat ihn immer die Schmortopf-Saison genannt.«

»Das gefällt mir.«

»Sie fand, es sei die Zeit dafür, es sich gemütlich zu machen, den Ofen anzuzünden und Football zu gucken.«

»Das klingt wesentlich angenehmer als ein Winter in der Stadt.«

»Ja, das kann ich mir vorstellen.«

»Es ist wirklich nicht schön. Wir sind grundsätzlich zu Fuß unterwegs, und es ist einfach unmöglich, warm und trocken zu bleiben, wenn man durch Matsch und Eis und Schnee läuft, der sich innerhalb eines Tages schwarz färbt. Dazu an den Tagen der Müllabfuhr noch die Abfallberge auf den Bürgersteigen und die Autos, die durch die Pfützen fahren und einen mit eiskaltem Wasser nass spritzen. Das ist ein wahres Vergnügen.«

»Was hält dich dort?«

»Ich arbeite am Theater, und das ist nun mal in der Stadt.«

»Was machst du da?«

»Ich bin die persönliche Assistentin von Wendall Brooks, der im Moment in *Gray Matter* auftritt.«

»Eine Freundin von mir hat die Show in New York gesehen und war hin und weg.«

»Ja, die Show ist großartig. Alle lieben sie.«

»Gefällt dir der Job?«

»Das sollte er eigentlich, doch Wendall ist ziemlich unerträglich. Mit seinen überzogenen Forderungen, seiner Selbstverliebtheit und seiner arroganten Art verdirbt er mir jede Freude an der Arbeit.«

»Wie kommt er ohne dich klar?«

»Ich organisiere immer noch alles von hier aus, kann aber nicht leugnen, dass es nett ist, mal eine Pause vom direkten Kontakt mit seiner Persönlichkeit zu haben.«

»Es klingt ganz so. Was hast du ihm gesagt, wo du bist?«

»Dass es sich um einen Notfall in der Familie handelt, und er hat mich geschockt, als er mir geantwortet hat, die Familie habe immer Vorrang. Damit hatte ich nicht gerechnet.«

»Hast du auf dem College was mit Theater studiert?«

»Jap. Ich habe einen Bachelor in darstellender Kunst von der Tisch School of the Arts an der Universität New York.«

»Hast du mal selbst geschauspielert?«

»Ja, sogar ziemlich viel. Das war einer meiner Wege, zu überleben. Ich konnte mich in den Geschichten anderer Leute verlieren und damit meine eigene eine Weile vergessen. Doch ich war es irgendwann leid, jeden Monat zu zittern, ob es für die Miete reicht. Als sich die Gelegenheit bot, für Wendall zu arbeiten, habe ich also mit beiden Händen zugegriffen und gedacht, das würde alle meine Probleme lösen. Stattdessen hat es neue geschaffen.«

Er fährt auf einen Schotterparkplatz und schaltet den Motor aus.

Als wir aussteigen, folgt Fenway mir, und ich nehme ihre Leine.

»Hey, das ist witzig«, meint Jack, während wir auf den Weg zusteuern.

»Was?«

»Wir haben beide einen Abschluss von einer Kunsthochschule.«

»Das stimmt.«

»Und wir beide verdienen unseren Lebensunterhalt in der Kreativbranche, obwohl man uns gewarnt hat, dass wir am Hungertuch nagen würden, wenn wir uns für eine künstlerische Karriere entscheiden.«

»Ich komme mit dem, was ich verdiene, gerade so über die Runden.«

»Trotzdem … Du bist in der Branche tätig, und das ist mehr, als viele unserer Kommilitonen von sich behaupten können.«

»Hm, da hast du vermutlich recht.«

»Was würdest du tun, wenn du dich ganz frei entscheiden könntest?«

»Darüber denke ich oft nach, aber ich weiß es nicht. Ich habe immer noch nicht die eine Sache gefunden, die mich morgens voller Vorfreude aus dem Bett treibt. Das hab ich in den Jahren, seit ich für Wendall arbeite, immer schmerzhaft vermisst. Er treibt mich höchstens in den Wahnsinn.«

»Warum kündigst du dann nicht und suchst dir etwas, das dich glücklich macht?«

»Sagt der unglaublich talentierte Kerl, für den alle Türen offen stehen.«

»Du findest mein Talent unglaublich?«

Ich stoße ihn mit der Schulter an und bringe ihn beinahe zum Stolpern, worüber wir beide wie kleine Kinder lachen müssen. Wir halten uns aneinander fest, während wir versuchen, uns wieder einzukriegen. Fenway blickt fragend zwischen uns hin und her.

Jack klopft sich mit übertriebenen Bewegungen imaginären Staub von der Kleidung. »Das habe ich nicht kommen sehen.«

Ich kann nicht aufhören zu lachen. »Es tut mir so leid.«

»Du hast mir verschwiegen, dass dein Spitzname ›Rabauke‹ ist.« Er zieht eine Augenbraue in die Höhe. »Hast du mal Football gespielt?«

»Nicht ein einziges Mal.«

»Wie du meinst.«

Er nimmt ganz lässig meine Hand, als wäre das nicht die größte Sache überhaupt. Es ist aufregend, mit einem attraktiven, lustigen Mann Händchen zu halten, während wir einen wunderschönen Weg entlanggehen, der in allen Farben des Herbstes leuchtet. Fenway läuft voraus und kehrt alle ein bis zwei Minuten zu uns zurück, um sich zu vergewissern, dass wir noch da sind.

»Ich verstehe jetzt, warum du sie von der Leine lassen kannst.«

»Sie will mich ständig im Blick haben. In der Sekunde, in der ihr klar wird, dass sie mich nicht mehr sieht, kommt sie zurückgelaufen. Aber für alle Fälle ist sie auch gechipt und trägt einen AirTag am Halsband.«

»Gute Idee.«

»Ich würde verrückt werden, wenn ich sie nicht finden könnte.«

»Das wäre bei mir nicht anders, und dabei kenne ich sie erst seit ein paar Tagen.«

Wie versprochen endet der Weg an einem Sandstrand.

Beim Anblick des Wassers dreht Fenway förmlich durch und stürmt los.

»Hatte ich erwähnt, dass sie auf dem Heimweg nass sein wird?«

»Ich glaube nicht.«

»Daher das Angebot, meine Waschmaschine zu benutzen«, sagt er mit einem unwiderstehlichen Grinsen. »Sie liebt den Strand. Hier kann sie herumtoben, im Wasser spielen und Möwen jagen.« Er führt mich zu einem Baumstamm, der auf dem Sand liegt. »Nimm Platz, und genieß die Fenway-Show.«

Es ist die beste Show seit Langem, vor allem weil sie immer wieder zu uns läuft und nachschaut, ob wir noch da sind, bevor sie wieder lossprintet.

»Das tut gut. Danke, dass du mich eingeladen hast, mitzukommen.«

»Mit dir zusammen macht es viel mehr Spaß.«

»Eine Frau könnte sich daran gewöhnen, mit einem netten Mann wie dir Zeit zu verbringen.«

»Wirklich? Das wäre super.«

»Für mich wird es allerdings vermutlich bald ziemlich herausfordernd.«

»Ich weiß.«

»Ein kluger Mann würde lieber mal Abstand halten.«

Er legt einen Arm um mich und gibt mir einen Kuss auf die Schläfe. »Ich schätze, ich bin nicht so klug, wie ich immer dachte.«

»Das ist eine ziemliche große Ansage.«

»Wirklich?«

»Mhm.«

»Tja, dann lass mich eine noch größere machen: Ich mag dich. Meine Hündin mag dich, was offen gestanden das Wichtigste ist. Wir wollen so viel Zeit mit dir verbringen, wie wir nur können, und wir wollen dir während dieser schwierigen Phase deines Lebens unsere Unterstützung anbieten.«

Ich drehe den Kopf, um ihn anzusehen, und er stiehlt sich einen süßen Kuss, der mich überrascht. Meine Hand hebt sich wie von selbst zu seinem Gesicht, und ich überlasse mich dem Kuss, der innerhalb von wenigen Sekunden richtig heiß wird.

Da stürzt sich plötzlich eine klatschnasse, nach Meer und Fisch stinkende Fenway auf uns und stößt uns beinahe vom Baumstamm.

Jack verhindert, dass wir runterfallen, und gemeinsam versuchen wir, der wild gewordenen Zunge der Hündin zu entkommen. »Also wirklich, Fenway!«

Sie setzt sich und hechelt uns an, wirkt überaus zufrieden mit sich, nun, da sie unsere volle Aufmerksamkeit hat.

»Tut mir leid.«

»Das muss es nicht. Sie ist so lustig.«

»Nein, ist sie nicht.«

»Doch.«

Fenway mischt sich bellend ein, und wir lachen über ihre Unverfrorenheit.

»Und genau deshalb ist sie nicht zu bändigen«, stellt Jack fest. »Sie nutzt es schamlos aus, dass sie so niedlich ist. Vermutlich würde man ihr sogar einen Mord durchgehen lassen.« Er nimmt meine Hand und hilft mir hoch. Wir schlendern ein Stück den Strand entlang, Fenway immer vorneweg, bevor wir zum Auto zurückkehren.

Auf der Heimfahrt weht eine frische Brise durch die geöffneten Fenster, und mir wird bewusst, dass das gerade der schönste Nachmittag meines Erwachsenenlebens war. Was ich Jack auch sage.

»Ich bin froh, dass es dir gefallen hat.«

»Man kann alles viel besser genießen, wenn man nicht länger ein schreckliches Geheimnis mit sich herumträgt.«

»Das kann ich mir denken.«

»Selbst zu wissen, dass jederzeit die Hölle losbrechen kann, ist nicht so schlimm, wie mit so einem Geheimnis zu leben. Ich frage mich ständig, wie anders alles gekommen wäre, wenn ich damals das Richtige getan hätte. Vielleicht wäre ich von allen gehasst worden, aber schlimmer als so hätte es auch nicht werden können.«

»Von allen gehasst zu werden klingt jetzt nicht mehr so schlimm, wie es damals gewesen wäre. Wer weiß, was für Schaden das angerichtet hätte?«

»Ja, da hast du vermutlich recht.«

»Du konntest in der Situation nicht gewinnen, was auch immer du getan hättest. Daran hat sich nichts geändert. Jetzt hingegen tust du das Richtige, ohne Rücksicht darauf, welchen Preis du dafür zahlen musst. Ich bewundere das.«

Ich bin immer noch nicht bereit, Lob für mein Verhalten anzunehmen. Vielleicht eines Tages, heute jedoch definitiv nicht.

Nach einer Minute sagt er: »Wollen wir was zusammen essen?«

»Woran denkst du?«

»Ich kenne da ein Restaurant am Wasser. Es gehört einem Freund von mir.«

»Ist das ein Date?«

»So was in der Art.«

»Sehr gerne.«

KAPITEL 19

Ryder
Heute

Meine Kinder sind heute Abend nicht zu bändigen. Sie wehren sich mit allem, was sie haben, dagegen, zu Bett zu gehen. Ich greife auf Bestechung zurück.

»Jeder, der sich jetzt brav hinlegt, bekommt morgen eine besondere Überraschung.«

Drei kleine Gestalten flitzen zu ihren Betten.

Das hat besser funktioniert, als ich gedacht hätte.

Innerhalb von zwei Sekunden liegen der siebenjährige Miles, die fünfjährige Grace und die dreijährige Elise unter ihren Decken.

»Was ist das für eine Überraschung?«, will Grace wissen.

»Das werdet ihr morgen erfahren. Und ihr müsst alle im Bett bleiben, sonst klappt es nicht.«

»Hast du gehört, Elise?«, fragt Miles. »Mach uns das nicht kaputt.«

Wir reden ständig davon, dass die Mädchen ein eigenes Zimmer bekommen sollten, aber Miles will »seine Babys« bei sich haben. Seit wir erst die eine und zwei Jahre später die andere aus dem Krankenhaus nach Hause gebracht haben, ist er der beste große Bruder gewesen, den man sich nur wünschen kann.

Ich gebe allen dreien einen Gutenachtkuss und ermahne sie, dass sie jetzt schlafen müssen, um sich ihre Überraschung zu verdienen, ehe ich unter die Dusche verschwinde.

Seit ich meine Ambitionen auf die Kandidatur bekannt gegeben hab, war ich an vielen Abenden nicht da, um sie ins Bett zu bringen, was ich hasse. Ich wollte nie auch nur eine Sekunde mit ihnen verpassen, doch ich bin entschlossen, zu tun, was immer nötig ist, um die Wahl im November zu gewinnen. Unser langjähriger Abgeordneter ist zurückgetreten, und ich habe keine Sekunde gezögert. Die Gelegenheit, der Gemeinde, in der ich aufgewachsen bin, auf nationaler Ebene zu dienen, ist etwas, wonach ich schon lange strebe.

Wenn ich gewinne, werden Caroline und die Kids mit mir nach Washington ziehen, damit wir so viel Zeit wie möglich miteinander verbringen können. Ich werde zwar oft in Rhode Island sein müssen, aber wir haben vor, die Familie so gut wie möglich zusammenzuhalten. Dank des Jobs, den ich für die Kandidatur gekündigt habe, verfügen wir über genug Ersparnisse und können uns ein zweites Zuhause in Washington leisten.

Natürlich ist das Ganze ein Risiko, und zwar auf mehr als nur eine Weise, doch es ist auch eine aufregende Zeit für unsere gesamte Familie.

Cam hat mir davon abgeraten, zu kandidieren. Er meint, dass ich damit das Schicksal herausfordere, denn es ist damit zu rechnen, dass die Presse die alte Anzeige gegen mich wieder ausgräbt. Aber davon lasse ich mich nicht beirren. Der Fall ist aus Mangel an Beweisen abgewiesen worden. Ich weigere mich, mein Leben zu leben, als wäre ich wegen eines Verbrechens verurteilt worden. Er meint, der einzige Grund, warum die Opposition die Sache noch nicht aufgebracht hat, ist, dass sie Angst vor einer Verleumdungsklage haben. Man kann nicht einfach Leute, die nie wegen eines Verbrechens verurteilt worden sind, beschuldigen, ohne sich selbst angreifbar zu machen. Zumindest sagt das mein Bruder, der Anwalt.

Das vorausgeschickt, schäme ich mich weiter zutiefst für jenen Abend und das, was ich Neisy angetan habe. Ich war völlig durcheinander vor Trauer um Louisa. Wenn ich an die Zeit zurückdenke, verspüre ich nur eine tiefe Qual. Das ist keine Rechtfertigung für das, was ich getan habe, denn dafür gibt es keine Rechtfertigung. Seitdem bemühe ich mich, ein besserer Mensch zu sein, was nicht immer leicht ist.

Nach dem Tod von Louisa habe ich unter schweren Depressionen gelitten, die von den Schuldgefühlen wegen dem, was ich Neisy angetan hatte, noch verschlimmert wurden. Und egal, wie sehr ich mich bemühe, ich kann einfach nicht erklären, warum ich es getan habe. Ich hasse mich seitdem in jeder Sekunde eines jeden Tages dafür. Es war ein Kampf, mich aus dieser Spirale zu befreien und wieder in die richtige Spur zurückzufinden.

Die Anzeige hat mich meinen Platz an der Marineakademie gekostet. Es war egal, dass der Fall nie vor Gericht gekommen ist. Die Anschuldigung allein hat gereicht, dafür hat Captain Sutton gesorgt. Nicht dass ich ihm einen Vorwurf daraus mache. Wirklich nicht. Es war meine Schuld, und dazu stehe ich. Mein Dad ist verhaftet worden, hat seinen Job verloren und hatte noch lange unter den finanziellen und psychischen Folgen zu leiden. Auch das ist meine Schuld.

Nach ein paar höllischen Jahren voller Trauer, Reue und Depressionen habe ich auf dem College Caroline kennengelernt. Sie hat mir geholfen, das Ruder herumzureißen. Ich habe ihr kurz nach unserem Kennenlernen erzählt, dass ich mal wegen Vergewaltigung angeklagt worden war. Sie hat mich gefragt, ob ich es getan habe.

Ich habe gelogen.

Ich wollte sie so sehr in meinem Leben haben, dass ich ihr ins Gesicht gelogen habe.

Das ist das einzige Mal, dass ich das getan habe, aber es nagt an mir. Caroline hat mich in dem Glauben geheiratet, dass ich unschuldig bin, und so ist unser gesamtes Leben auf einer Lüge aufgebaut.

Am Abend vor unserer Hochzeit vor acht Jahren hat Cam mich gefragt, ob sie die Wahrheit kennt.

Ich habe mit Nein geantwortet.

»Ryder … Wie kannst du sie heiraten, ohne es ihr zu sagen?«

»Wenn sie es wüsste, würde sie niemals mit mir vor den Altar treten. Sie hat mich gerettet, Cam. Ohne sie kann ich nicht mehr sein.«

»Ich hoffe, du weißt, was du tust.«

Seit dem Abend, an dem ich ihm die Wahrheit gestanden habe, herrscht zwischen meinem Bruder und mir eine gewisse Anspannung. Wir stehen uns immer noch nah, doch nicht so wie früher. Ich versuche mir einzureden, das wäre ohnehin passiert, nachdem wir zu Hause ausgezogen sind, um auf verschiedene Colleges zu gehen, sodass wir nicht mehr jeden Tag zusammen waren. Aber das ist nicht der Grund für die Veränderung. Es liegt daran, dass ich ihn, und nur ihn, ins Vertrauen gezogen habe. Ich habe ihm eine unsägliche Last auferlegt, bloß damit ich mich besser fühle. Das hätte ich niemals tun dürfen. Was eine weitere Sache ist, die ich zutiefst bereue.

Während ich mich unter der Dusche rasiere, denke ich, dass der Spruch »Die Wahrheit macht dich frei« totaler Bullshit ist.

Die Wahrheit würde mich ruinieren.

Ich bin Cam, Arlo und Dallas dankbar, dass sie ihre Jobs aufgegeben haben, um meine Kampagne zu leiten. Nie werde ich vergessen, was für ein Risiko sie vor Jahren eingegangen sind, indem sie unter Eid für mich gelogen haben. Und es gibt nichts, was ich nicht für sie tun würde. Ich verdanke ihnen alles.

Erst später habe ich erfahren, dass Arlo derjenige war, der vorgeschlagen hat, dass sie alle schwören, Sex mit Neisy gehabt zu haben, um die hässlichen Gerüchte über sie zu bestätigen. Wenn ich vorher davon gewusst hätte, hätte ich das nicht zugelassen. Aber ich glaube, ihre Erklärung hat den Ausschlag dafür gegeben, dass die Klage abgewiesen wurde. Ich habe ihnen das nicht vergessen und werde es auch nie.

Der Gedanke daran, was wir einer unschuldigen jungen Frau angetan haben, die nichts davon verdient hat, macht mich ganz krank. Ich wünschte, ich könnte mich bei ihr für alles entschuldigen, doch das kann ich nicht gefahrlos tun, und jetzt erst recht nicht.

Also lebe ich mit der Reue, die mir einfach keine Ruhe lässt. Aber das ist das Mindeste, was ich für mein schändliches Verhalten verdiene.

Caroline ist schon im Bett, als ich aus dem Bad komme.

Sie ist so wunderschön – äußerlich wie innerlich.

Ihre langen dunklen Haare schimmern im Licht der Nachttischlampe, und ihre warmen braunen Augen schauen mich voller Liebe und Zuneigung an. Ich habe so ein Glück, sie gefunden zu haben, und ich sorge dafür, dass sie meine Liebe jeden Tag spürt. Ich gebe ihr alles, was sie will oder braucht, und sie gibt es mir vielfach zurück. Manchmal frage ich mich, wie wohl eine Ehe mit Louisa ausgesehen hätte und ob sie so wunderbar gewesen wäre wie das, was ich mit Caroline habe. Die beiden miteinander zu vergleichen ist unfair und verstärkt meine Schuldgefühle, also versuche ich, es nicht zu tun. Doch ich denke trotzdem jeden Tag an Louisa und vermisse sie selbst nach all dieser Zeit noch.

»Was hast du ihnen versprochen, damit sie ins Bett gehen?«, fragt Caroline, als ich mich neben ihr ausstrecke.

»Dass sie morgen eine Überraschung bekommen.«

»Und was für eine?«

»Das hab ich noch nicht entschieden.«

»Also greifen wir jetzt auf Bestechung zurück, hm?«

Ich lege einen Arm um sie und bette meinen Kopf auf ihre Brust. »Was auch immer nötig ist, damit wir eine oder zwei Stunden für uns haben.«

Sie fährt mir mit den Fingern durchs Haar. »Marty hat wegen der Spendengala angerufen. Wir sind im zehnten Jahr in Folge ausgebucht.«

»Das ist großartig.« Zusammen mit Louisas Bruder haben wir in ihrem Namen bisher über eine Million Dollar für die Hodgkin-Forschung gesammelt. Im Jahr nach unserer Hochzeit hat Caroline die Organisation der Spendenveranstaltung übernommen. Sie hat das Event ganz neu aufgestellt, und wir haben es ihr zu verdanken, dass wir so viel Geld gesammelt haben. Wenn ich sage, dass sie das Beste ist, was mir je passiert ist, dann meine ich das genau so.

Ich atme langsam aus, überwältigt von Dankbarkeit für sie, unsere Kinder und dieses Leben, das ich nicht verdient habe.

Cam
Heute

»Wir haben ein Problem«, verkündet Sienna, als sie zu mir ins Bett kommt.

Ich bin erschöpft und habe keine Geduld für ihr Drama des Tages. »Was für eins?«

»Blaise Merrick ist zurück.«

»Und?«

»Nach allem, was ich gehört habe, ist sie in Land's End, was höchst merkwürdig ist, denn es ist das erste Mal, dass sie seit dem Tod ihres Vaters wieder hier ist.«

»Vielleicht hat sie dort Freunde.«

»Oder vielleicht hat sie entschieden, dass es an der Zeit ist, ihr Gewissen zu erleichtern.«

Ich setze mich auf. Wovon zum Teufel redet sie da? »Was?«

Ein schuldbewusster Ausdruck huscht über ihr Gesicht. »Ich muss dir etwas gestehen, was ich dir schon vor Jahren hätte sagen sollen.«

Kaltes Grauen erfasst mich. Sienna behält nichts für sich. Ihr Mund steht einfach nicht still, was eins unserer größten Probleme ist. Sie redet zu den unpassendsten Zeiten über Dinge, über die sie nicht reden sollte. Ich warne sie ständig, dass das gefährlich ist, was sie wiederum wütend macht. Also ist die Vorstellung, dass sie etwas weiß, von dem sie mir bisher nichts erzählt hat, Furcht einflößend, denn es muss etwas Großes sein. »Was musst du mir sagen?«

»Der Abend in Land's End … bei Houstons Party.«

Das Grauen wird zu Panik. Ich fürchte mich, zu fragen. »Was ist damit?«

»In jenem Sommer ist es zwischen dir und mir irgendwie seltsam gewesen. Du hast dich so benommen, als würdest du nicht mehr auf mich stehen, und ich war verunsichert. Also sind Blaise und ich nach Land's End gefahren, um bei der Party zu spionieren.«

Meine Gedanken überschlagen sich, während ich versuche, herauszufinden, wobei sie mich beobachtet haben könnte, mit wem ich geredet habe oder warum sie das ausgerechnet jetzt anspricht.

»Wir waren da, als Ryder sie vergewaltigt hat. Wir haben es gesehen.«

Der Boden tut sich unter mir auf. Es gab Zeugen, und einer davon ist meine Frau. Was das bedeutet, ist so groß, dass ich keine Ahnung habe, wie ich darauf reagieren soll.

»Cam. Sag was.«

Ich starre an die Wand gegenüber und unterdrücke den überwältigenden Drang, Sienna anzuschreien. »Und es ist dir nie in den Sinn gekommen, dass du das mir gegenüber vielleicht mal erwähnen solltest?« Sie weiß nicht, dass Ryder mir die Wahrheit gestanden hat. Ich liebe sie, aber ich traue ihr nicht zu, so etwas für sich zu behalten. Außerdem haben Ryder und ich uns geschworen, es niemandem sonst zu erzählen, und er hat es nicht mal Caroline gesagt.

»Ich weiß, wie sehr du Ryder liebst. Ich wollte nichts tun, was einen Keil zwischen euch treibt. Und ich habe dafür gesorgt, dass Blaise den Mund hält.«

»Deshalb war es mit eurer Freundschaft plötzlich aus.« Damals wollte sie mir nicht verraten, was zwischen ihnen vorgefallen war. Sie hat behauptet, es sei »Mädchenkram«, den ich nicht verstehen würde. Arlo und ich haben ein paarmal darüber spekuliert, doch irgendwann haben wir das Interesse daran verloren. Schließlich hatte es nichts mit uns zu tun.

»Sie hat mich so wütend gemacht mit ihrer selbstgerechten Art und ihrem Gerede davon, dass wir schlechte Menschen wären, weil wir Neisy allein gelassen haben, nachdem … nachdem es passiert war. Sie meinte, wir hätten ihr helfen sollen. Ich habe ihr gesagt, dass alle, einschließlich Arlo, sie hassen würden, so wie sie Neisy hassen, und dass sie besser den Mund hält.«

Mir schwirrt der Kopf, und ich habe das Gefühl, mich gleich übergeben zu müssen.

Es hat verflucht noch mal Zeugen gegeben, und einer davon ist meine Frau.

Ich weiß nichts über Blaise oder darüber, was sie seither getan hat. Arlo erwähnt sie nur selten, außer um zu sagen, wie komisch es ist, dass sie zu Hause ausgezogen und nie wieder zurückgekehrt ist. Jetzt kenne ich den Grund. Sie hat gesehen, wie mein Bruder Neisy vergewaltigt hat. Sie ist weggelaufen und nie wiedergekommen, und sie hat das Geheimnis mitgenommen.

Und nun ist sie in Land's End und tut wer weiß was.

Verdammte Scheiße.

»Bist du böse?«, fragt Sienna mich mit einer leisen Stimme, die so gar nicht zu ihr passt.

»Nein.«

»Ich habe getan, was ich für das Richtige hielt, Cam. Ich habe dich und deine Familie beschützt. So wie immer.«

»Ich weiß.«

»Du hast es gewusst, oder?«

Ich schaue sie an. »Was habe ich gewusst?«

»Dass er es getan hat. Du hast nicht überrascht gewirkt, als ich es eben bestätigt habe. Du warst nur überrascht, dass ich es gesehen habe.«

Mein Kopf schmerzt, während ich überlege, wie ich darauf reagieren soll. Und dann entscheide ich mich für die Wahrheit. »Ja, ich habe es gewusst.«

»Wie lange?«

»Von Anfang an.«

»Was verrät es über uns, dass wir das einander nie erzählt haben?«

»Dass uns bewusst war, dass wir auf einem Pulverfass sitzen, und wir uns entschieden haben, den Mund zu halten.«

»Es macht mich traurig, dass du das Gefühl hattest, dich mir nicht anvertrauen zu können, obwohl ich dir und deiner Familie gegenüber immer loyal war.«

»Ich weiß, Sienna. Aber ich wollte dich nicht damit belasten.«

»Empfindest du es so? Als Belastung?«

Das hier ist die tiefgründigste Unterhaltung, die wir seit einer Weile hatten, was vermutlich einiges über unsere Ehe verrät. »Ich hasse es, dass er es mir gestanden hat, um sich besser zu fühlen. Ich war deswegen jahrelang wütend auf ihn – ganz zu schweigen davon, dass er es überhaupt getan hat. Den Teil kann ich immer noch nicht fassen. Was zum Teufel hat er sich nur gedacht?«

»Kann ich dich noch was fragen, und wirst du mir die Wahrheit sagen?«

Ich bin auf einmal so müde wie seit Jahren nicht mehr. »Ja.«

»Die Erklärung, die ihr alle unterzeichnet habt. Stimmte das, was ihr darin behauptet habt?«

Mein ganzer Körper schmerzt, wenn ich an diesen Teil denke. »Nein.«

Ihre erleichterte Miene verrät mir, dass sie mich das schon seit Jahren fragen wollte.

»Was wirst du wegen Blaise unternehmen?«

»Ich habe keine Ahnung.«

»Du musst etwas tun, bevor sie alles ruiniert.«

»Ich kümmere mich darum.« Ich sehe sie wieder an. »Und du hältst die Füße still, hörst du?«

Ein schuldbewusster Ausdruck blitzt in ihren Augen auf. »Ich habe ihr vielleicht schon eine Nachricht geschickt und sie daran erinnert, besser den Mund zu halten.«

»Verdammt, Sienna! Warum hast du das gemacht? Vielleicht hat sie noch geschwankt, und du hast ihr den entscheidenden Schubs gegeben.«

»Sie sollte wissen, dass sie nicht unbeobachtet ist.«

»Halte dich von jetzt an da raus. Hast du mich verstanden?«

»Na gut. Wie du meinst. Du musst nicht so gemein zu mir sein, nachdem ich meine beste Freundin geopfert habe, um dich und deinen Bruder zu schützen.«

Weil ich mich vor dem fürchte, was sie tun wird, wenn sie wütend auf mich ist, drehe ich mich vollständig zu ihr um. »Ich bin dir sehr dankbar für das, was du getan hast. Wirklich. Aber versprich mir, dass du dich von jetzt an raushalten wirst.«

Sie sieht mich ein wenig trotzig an, und einfach so löst sich die Nähe zu ihr, die ich vor wenigen Minuten noch verspürt habe, in Luft auf.

»Na gut. Ich verspreche es. Doch ich will wissen, was du deswegen unternimmst.«

»Ich bin mir noch nicht sicher.«

»Aber du wirst etwas tun, richtig?«

»Ja.« Das muss ich, bevor die Vergangenheit unter unseren Füßen explodiert und unser Leben ruiniert.

Gleich am nächsten Morgen rufe ich Ryder an.

»Hey, wie …«

»Ryder.«

»Was ist los?«

»Sienna hat mir gestern Abend etwas erzählt, das ich bisher nicht gewusst habe.«

»Nämlich was?«

»Dass sie und Blaise dich damals bei der Sache mit Neisy beobachtet haben.«

»Was?«, keucht er. »Sie haben es gesehen?«

»Ja, sie haben es gesehen.«

»Und das hat sie dir bisher verschwiegen?«

»Sie meinte, sie wollte uns beschützen, indem sie es für sich behält.«

»Warum hat sie es dir dann jetzt erzählt?«

»Weil Blaise laut Sienna in Land's End ist.«

»Was zum Teufel, Cam? Können wir herausfinden, was sie hier will?«

»Wir könnten Arlo fragen.«

»Wäre er nicht längst damit zu uns gekommen, wenn er davon wüsste?«

»Ja, vermutlich schon.«

»Also, was können wir tun?« Er klingt leicht hysterisch.

»Es gibt eine Million Gründe, weshalb Blaise in Land's End sein könnte. Vielleicht hat sie auf einer Dating-App jemanden kennengelernt, der da wohnt. Vielleicht hat sie dort einen Job gefunden. Es kann alles Mögliche sein.«

»Können wir Houston fragen?«

»Du willst, dass ich ihn anrufe und frage, ob Blaise sich bei ihm gemeldet hat, um ihm mitzuteilen, dass sie Zeugin war, als du vor vierzehn Jahren Neisy vergewaltigt hast?«

»Sprich das nicht aus. Jemand könnte dich hören.«

»Meine Frau weiß bereits, was du getan hast. Sie hat es gesehen.«

»Du bist wütend.«

»Da hast du gottverdammt noch mal recht! Wenn Blaise redet, wird uns das alle in den Abgrund stürzen. Erinnerst du dich, dass wir für dich gelogen haben? Wenn herauskommt, dass ich einen Meineid abgelegt habe, könnte ich von der Anwaltskammer ausgeschlossen werden.«

»Was machen wir jetzt? Wir können nicht einfach rumsitzen und nichts tun.«

»Ich glaube, genau das sollten wir aber erst mal. Vielleicht irren wir uns, was den Grund für ihr Hiersein betrifft. Und das Letzte, was wir wollen, ist, durch irgendwas bei Houston Verdacht zu erregen.«

»Wie soll ich bitte Ruhe bewahren, nachdem ich das erfahren habe?«

»Du musst dich an deinen Terminplan halten und cool bleiben.«

»Wie zum Teufel stellst du dir das vor?«

»Ryder … Es könnte alles ganz harmlos sein.«

»Ja, oder mein Ende.«

Kapitel 20

Blaise
Heute

Im Laufe der folgenden zwei Wochen entwickeln Jack und ich die Angewohnheit, zusammen zu Abend zu essen. Manchmal kocht er, manchmal ich, und manchmal gehen wir essen. Mit jedem Tag erobert er sich ein kleines Stück mehr von meinem Herzen. Wir haben zusammen viel Spaß, lachen, reden und küssen uns. Wir machen rum wie Teenager – oder zumindest wie ich mir vorstelle, dass Teenager das tun. Denn auf persönliche Erfahrung kann ich dabei nicht zurückgreifen. Ich hatte nie etwas, das dem ähnelt, was ich mit ihm habe, und während aus Oktober November wird und die Tage kühler werden, wird mir klar, dass es mir irgendwie gelingen muss, dafür zu sorgen, dass diese Zeit mit ihm niemals endet.

Und dann ruft Wendall mich mit irgendeiner unmöglichen Bitte an, die meinen Tag außer Kontrolle geraten lässt und mich daran erinnert, dass ich vier Stunden von hier entfernt einen Job und ein Leben habe. Dieses Zwischenspiel mit Jack ist nicht die Realität, auch wenn es sich besser anfühlt als alles, was ich je zuvor hatte.

»Wann kommst du zurück, Blaise?«, fragt Wendall zum dritten

Mal in dieser Woche. »Es wird immer schwerer, die Dinge hier ohne dich zu managen. Ich will keinen Druck ausüben, während du dich mit Familienproblemen herumschlägst, doch ich *brauche* dich.«

»Das verstehe ich, und ich arbeite mit Hochdruck daran, hier alles auf die Reihe zu bringen.« Das ist eine Lüge. Ich befinde mich gerade mitten in der aufregendsten Romanze meines Lebens und habe seit dem Lunch mit meiner Mutter vor ein paar Wochen niemanden aus meiner Familie gesehen.

Meine Mutter hat meinen Wunsch respektiert und niemandem gesagt, dass ich wieder in der Stadt bin. Aber sie meldet sich jeden Tag, um zu hören, wie es mir geht.

Wir warten immer noch auf die Entscheidung der Grand Jury, und bis die nicht gefallen ist, genieße ich meine Zeit hier. Mir war nicht bewusst, wie ausgebrannt ich war, bis ich Wendall und seine endlosen Forderungen und das gnadenlose Tempo der Stadt hinter mir gelassen habe.

»Blaise«, sagt Wendall. »Du sollst wissen, dass ich dich sehr schätze. Ich weiß, dass ich das nicht immer zeige, doch ich bin dir wirklich extrem dankbar. Du sorgst dafür, dass in meinem Leben alles problemlos läuft, und ohne dich bin ich verloren.«

Seine Lobeshymnen auf mich überraschen mich jedes Mal wieder. »Danke, Wendall. Es ist schön, das zu hören. Ich versuche, dir nächste Woche etwas dazu zu sagen, wann ich in die Stadt zurückkomme.«

»Das wäre super.« Er klingt erleichtert. »Ich hoffe, dass es deiner Familie besser geht.«

»Das tut es. Danke. Ich melde mich morgen früh mit deinen Terminen.«

»Sehr gut. Bis bald.«

Nachdem ich aufgelegt habe, sehe ich, dass ich eine neue Nachricht von Jack habe.

Komm rüber. Ich bin einsam.

Du arbeitest.

Ich mache gerade eine Pause, die mit dem richtigen Anreiz den Rest des Tages andauern könnte …

Was ist mit deiner Deadline?

Meiner was?

Jack …

Blaise … Fenway vermisst dich.

Noch nie habe ich so eine kribbelnde Vorfreude empfunden wie die, die mich jedes Mal erfasst, wenn ich ihn sehe, mit ihm rede oder per Chat mit ihm flirte. Es gibt eine Million Dinge, die ich für Wendall tun sollte, aber ich kann mich einfach nicht dazu aufraffen, mich damit zu befassen, wenn Jack sich gleichzeitig meinen Besuch wünscht.

Ich putze mir die Zähne, kämme mir die Haare, schlüpfe in ein Sweatshirt und trete durch die Tür.

Durch den Rasen zwischen meinem Cottage und seinem Haus zieht sich schon ein kleiner Trampelpfad, weil wir in den letzten Wochen so oft hin- und hergelaufen sind. Meine Zeit hier ist die aufregendste und entspannteste meines ganzen Lebens. Egal, was die Grand Jury entscheidet, ich fühle mich zum ersten Mal seit jenem verhängnisvollen Abend frei und unbekümmert.

Als ich Jacks Haus durch die Hintertür betrete, finde ich ihn mit einem Becher Kaffee in der Hand in der Küche vor. Er lächelt, als er mich erblickt, schenkt mir auch einen Becher ein und gibt ein wenig von der Sahne dazu, die er extra für mich gekauft hat.

»Danke.«

»Gerne.«

»Wo ist Fenway?«

»Die schläft oben. Ich habe mich rausgeschlichen, damit sie nicht merkt, dass ich weg bin.«

Ich trinke einen Schluck. Jack macht den besten Kaffee. »Warum arbeitest du nicht?«

»Weil ich Besseres zu tun habe als meine dumme Arbeit.«

»Du liebst deine ›dumme Arbeit‹.«

»Stimmt, doch ich habe damit nicht so viel Spaß wie mit dir.«

Ich stelle fest, dass es einem schon ziemlich zu Kopf steigen kann, wenn ein absolut wunderbarer Mann solche Sachen zu einem sagt. Er kommt zu mir und stellt unsere Kaffeebecher auf die Arbeitsfläche, damit er mich küssen kann.

Dann streicht er mir lächelnd eine Strähne hinters Ohr. »Hi.«

»Selber hi.«

»Wie hast du geschlafen?«

»Wie eine Tote.« Seit meinem ersten Treffen mit Houston habe ich keine Schlafmittel mehr gebraucht. »Und du?«

»Ich habe mich ein wenig hin und her gewälzt.«

»Wieso?«

Er streicht leicht mit den Fingerspitzen über meine Wange, und mir läuft ein Schauer über die Haut. Dieser Hauch einer Berührung ist heißer, als der Sex mit anderen Männern je war. »Als du darauf bestanden hast, in dein Cottage zurückzugehen, war das für mich schwierig.«

»Ach ja?«

»Das weißt du ganz genau.«

»Für mich war das auch nicht gerade angenehm.«

Er beugt sich vor und haucht mir einen Kuss auf den Hals.

Ich lege ihm Halt suchend die Hände auf die Hüften, denn meine Knie drohen unter mir nachzugeben.

»Ich habe ein Geheimnis.«

»Was für eins?«

»Ich weiß, wie wir das Problem, das wir beide zu haben scheinen, lösen können.«

Ich schließe die Augen und lasse den Kopf in den Nacken fallen, ergebe mich ganz dem, was er da mit meinem Hals anstellt. »Es gibt eine Lösung?«

»Sogar eine sehr angenehme.«

»Ich dachte, wir wären übereingekommen, es unverbindlich zu halten, da ich nicht sicher bin, wo ich in einer Woche sein werde.«

»Echt, auf so was haben wir uns geeinigt? Daran kann ich mich nicht erinnern.«

Ich pikse ihm in den Bauch, und er lacht.

Dann lehnt er den Kopf gegen meine Schulter. »Das hier fühlt sich für mich nicht unverbindlich an, Blaise.«

»Nein?«

»Überhaupt nicht.«

»Was sollen wir deswegen unternehmen?«

»Ich habe da ein paar Ideen.«

Der Druck seiner Erektion an meinem Bauch sorgt dafür, dass ich ihn näher zu mir ziehe.

Er stöhnt. »Blaise …«

»Es jagt mir Angst ein.«

Er hebt so schnell den Kopf, dass ich beinahe gestolpert wäre. Ich bleibe nur aufrecht, weil er mich so fest gegen die Arbeitsplatte drückt. »Was macht dir Angst?«

»Alles.«

»Sex?«

Ich habe das Gefühl, dass Sex mit ihm nicht mit dem zu vergleichen sein wird, was ich in der Vergangenheit hatte. »Auch. Aber ich fürchte mich eigentlich mehr vor meinen Gefühlen.«

»Du hast Gefühle für mich?«

»Ja.«

»Das ist das Beste, was ich je gehört habe.«

»Es ist Furcht einflößend.«

»Nein, das ist großartig. Ich habe das Gefühl, mein ganzes Leben auf dich gewartet zu haben.«

»Jack …«, stoße ich atemlos hervor.

Ich fand die Redewendung, dass jemand einem »den Atem raubt«, immer albern. Aber jetzt weiß ich, dass sie das nicht ist. Ich habe nur diesen Mann gebraucht, der mir zeigt, was damit gemeint ist.

»Ja, Blaise?«

»Ich, äh … Ich kann nicht sprechen, wenn du das machst.«

»Wenn ich was mache?« Er umfasst meine Brüste und streicht mit den Daumen über die Spitzen. »Das hier?«

Ich stehe kurz davor, ihn anzuflehen, mich sofort ins Bett zu tragen, als Fenway bellend die Treppe heruntergelaufen kommt.

Jack löst sich von mir und schaut zum Fenster. »Houston ist da.«

Ich fühle mich wie ein Ballon, den jemand mit einer Nadel zum Platzen gebracht hat, als mein Verlangen so schnell durch Angespanntheit ersetzt wird, dass mir schwindelig wird. Ich brauche mehrere tiefe Atemzüge, um mich so weit zu fassen, dass Houston nicht merkt, wobei er uns gerade unterbrochen hat.

»Soll ich mitkommen?«

»Würde es dir etwas ausmachen?«

»Überhaupt nicht.«

»Es tut mir leid …«

»Muss es nicht. Wir haben später noch genug Zeit.« Er zwinkert mir zu.

Das Versprechen in dieser Handvoll Worte verleiht mir die Kraft, durch die Tür in den Vorgarten zu treten, wo Houston mit Fenway spielt.

Ihm fällt sofort auf, dass Jack und ich gemeinsam aus demselben Haus kommen. »Tut mir leid, dass ich einfach so reinschneie, ohne vorher anzurufen.«

»Ist schon gut«, sage ich. »Was gibt's?«

»Ich habe von Spurling gehört. Die Grand Jury hat sich für eine Anklageerhebung entschieden.«

Jack legt mir seine Hand ins Kreuz, eine Geste der Unterstützung, für die ich sehr dankbar bin.

»Was passiert jetzt als Nächstes?«

»Ryder wird festgenommen und angeklagt werden. Er bleibt bis zur Anklageerhebung in Haft und wird dann vermutlich auf Kaution freigelassen und gebeten, seinen Reisepass abzugeben. Die Staatsanwaltschaft wird heute Nachmittag eine Pressekonferenz abhalten, um zu verkünden, dass der Fall aufgrund neuer Beweise wieder aufgerollt wird.«

»Werden sie bekannt geben, was das für Beweise sind?«

»Nein, sie wollen sich noch nicht in die Karten schauen lassen. Doch es wird nicht lange dauern, bis sie Ryders Verteidiger Einsicht in ihre Akten gewähren müssen. Dazu gehört auch deine beeidigte Aussage.«

Ich schlucke schwer. In wenigen Tagen, vielleicht sogar eher, wird die ganze Gegend darüber im Bilde sein, dass dieser Fall meinetwegen neu verhandelt wird. Sienna weiß, dass ich wieder in Rhode Island bin. Ihr wird klar sein, dass das kein Zufall ist.

»Ich habe eine Drohung erhalten.« Ich habe lange überlegt, ob ich es Houston mitteilen soll, und beschlossen, ihn nicht damit zu belästigen. Aber jetzt, wo es ernst wird, mache ich mir Sorgen.

»Von wem?«

»Sienna Elliott.« Ich zeige ihm die Nachricht. »Sie weiß, dass ich zurück bin. Wenn der Fall wieder aufgenommen wird, wird sie auch wissen, warum.«

»Ich werde die Streifen hier noch heute verstärken.« Er gibt mir mein Handy zurück. »War sie die andere Zeugin?«

»Ich kann nur für mich sprechen, doch das war die erste Nachricht, die ich seit vierzehn Jahren von ihr erhalten habe.«

»Verstanden. Möchtest du, dass ich mal mit ihr rede?«

»Ich glaube nicht, dass das nötig ist. Sie wird schon bald herausfinden, dass ihre Drohungen bei mir keine Wirkung zeigen.«

»Da das Verbrechen in meinem Haus stattgefunden hat, habe ich die State Police gebeten, die Verhaftung durchzuführen. Ich wende alle Vorsichtsmaßnahmen an, um zu gewährleisten, dass nichts angefochten werden kann.«

»Danke, Houston. Ich weiß, wie schwierig das alles für dich ist.«

»Das ist es, aber mach dir darüber keine Gedanken.«

»Wann werde ich gebraucht? Mein Boss in New York wird langsam ungeduldig.«

»Die Voruntersuchungen sollten in den nächsten zwei Wochen abgeschlossen sein.«

»Okay, du findest mich hier.«

»Bis dann.«

»Danke noch mal, dass du persönlich hergekommen bist.«

»Gern geschehen.«

Mir scheint, er will noch etwas sagen, doch dann dreht er sich um und geht zu seinem Wagen, wobei er Fenway ein letztes Mal den Kopf tätschelt, bevor er einsteigt.

Nachdem er weggefahren ist, drehe ich mich zu Jack um. »So.«

»Genau, so. Wie fühlst du dich?«

»Angespannt, aber entschlossen.«

»Was war das, dass dein Boss dich wieder in New York haben will?«

»Er war bisher super, was meine lange Abwesenheit betrifft, was total untypisch für ihn ist. Doch irgendwann muss ich mich auch mal wieder persönlich am Theater blicken lassen.«

»Wirklich?«

»Wie meinst du das?«

Er legt seine Hände auf meine Schultern. »Musst du in die Stadt zurück?«

»Ich wohne da. Und meine Arbeit ist da ebenfalls.«

»Und ich bin hier.«

»Erinnerst du dich noch, dass wir gesagt haben, wir halten es erst mal ganz unverbindlich?«

»Erinnerst du dich noch, dass ich gesagt habe, es fühlt sich für mich nicht mehr unverbindlich an?«

»Seit wann?«

»Ungefähr seit dem ersten Mal, als ich mit dir geredet habe.«

»Jack …«

»Blaise … Bitte geh nicht.«

»Ich muss arbeiten. Ich habe eine Wohnung, ich habe …«

Er küsst mich, und ich vergesse, was ich sagen wollte.

»So habe ich mich noch nie gefühlt«, gesteht er mir, als er sich wieder von mir löst.

»Wie was?«

»Wie … als ob ich, wenn ich dich gehen lasse, es für den Rest meines Lebens bereuen würde.«

Ich habe mich auch noch nie so gefühlt. Es gibt keinen Ort, an dem ich lieber wäre als da, wo er ist. Trotzdem bin ich noch nicht bereit, mehr als das zu entscheiden. »Heute muss ich nirgendwohin.« Ich lege die Arme um ihn. »Vielleicht könnten wir zu dem zurückkehren, was wir gemacht haben, bevor Houston hier aufgetaucht ist?«

Seine Finger gleiten an meinen Armen entlang und umfassen meine Hände. Dann setzt er sich rückwärts in Bewegung und führt mich ins Haus und die Treppe zu seinem Schlafzimmer hinauf. Hier war ich bisher noch nie. Ich will mich umschauen, aber er hat andere Vorstellungen und fängt an, mein Oberteil aufzuknöpfen und es mir von den Schultern zu schieben.

»Die zarteste Haut der Welt«, flüstert er, während er meinen Hals mit kleinen Küssen bedeckt.

Fenway kommt ins Zimmer gestürmt und springt uns an, woraufhin wir auf sein Bett fallen.

Wir lachen, während sie sich begeistert auf uns stürzt und versucht, jeden Zentimeter abzuschlecken, den sie erreichen kann.

Sanft schiebt er sie weg. »Danke, dass du die Sache beschleunigt hast, meine Süße, doch von hier an habe ich es im Griff. Mach Platz.«

Sie tut so, als hätte er nichts gesagt.

»Fenway!« Er wird strenger. »Ab in dein Bett.« Er gibt ihr einen kleinen Schubs.

Schließlich gehorcht sie mit einem beleidigten Schnauben.

»Also, wo waren wir, bevor wir so rüde unterbrochen wurden?«

Ich will mich auf diesen Moment mit Jack konzentrieren, aber ich kann nur daran denken, was auf der anderen Seite des Flusses in Hope passiert, wo Ryder gerade verhaftet wird. Die Nachricht von der Wiederaufnahme wird sich wie ein Lauffeuer verbreiten, und Sienna wird Bescheid wissen.

»Hey«, sagt er, während er mich auf Lider, Wangen und Lippen küsst.

Ich schaue ihn an. »Sorry. Meine Gedanken überschlagen sich.«

»Ich weiß.« Er zieht mich in seine Arme. »Was kann ich tun?«

»Das hier hilft. Tut mir leid, dass ich so abgelenkt bin.«

»Ist schon gut. Die Lage ist angespannt, und du fragst dich, was genau gerade geschieht.«

»Oder wann es mir ins Gesicht explodiert.«

Er streichelt meine Wange. »Ich werde nichts in der Nähe des Gesichts dieser wunderschönen Frau explodieren lassen. Mach dir keine Sorgen.«

»Danke, Jack. Ich brauche im Moment wirklich einen Freund, und ich bin sehr froh, dass ich dich habe.«

»Ich bin hier und gehe auch nirgendwohin.«

Er hätte nichts sagen können, was mir mehr bedeuten würde.

KAPITEL 21

Ryder
Heute

»Lass den Ball nicht aus den Augen, Miles. Und warte auf deinen Pitch.«

Der Schiedsrichter entscheidet auf Ball.

Meinem Sohn beim Fallball, einer für Kinder angepassten Version von Baseball, zuzusehen und seine Mannschaft mit zu trainieren gehört zu meinen absoluten Lieblingsbeschäftigungen. Diese Saison habe ich leider viel mehr Spiele versäumt, als mir lieb ist, deshalb freut es mich besonders, dass ich bei seinem letzten dabei sein kann.

»Genau so! Immer schön abwarten.«

»Wer ist als Nächstes dran, Coach?«, fragt Petey Johnson.

»Jalen. Geh raus, und mach ein paar Schwünge. Komm schon, Miles! Du schaffst das.«

Bei dem Knall, mit dem der Schläger den Ball trifft, bricht die gesamte Mannschaft in Jubel aus. Wir liegen jetzt vier zu eins vorn. »Ja! Genau so!«

»Mr Elliott?« Die Stimme ertönt irgendwo seitlich der Spielerbank.

Abgelenkt werfe ich dem Mann einen Blick zu. »Ja?«

»Ich muss Sie bitten, mit mir zu kommen, Sir.«

Ich schaue noch mal hin und zucke zusammen. Er ist ein Beamter der State Police. Nein. Nein, das kann nicht sein. Es fühlt sich an, als würde mir der Magen in die Kniekehlen rutschen.

»Sir?«

Die Kinder auf der Spielerbank bemerken sofort, dass hier etwas Ungewöhnliches passiert, und sehen mich an.

Ich lege mein Klemmbrett hin und begebe mich zu dem Polizisten. »Ich gehe mit Ihnen, aber bitte machen Sie vor den Kids keine große Sache daraus.«

»Tut mir leid, Sir, doch wir haben unsere Befehle. Bitte nehmen Sie die Hände hinter den Rücken.«

»Bitte. Muss das vor den Augen meiner Frau und meiner Kinder sein?«

»Hände hinter den Rücken.«

Während er mir die Handschellen anlegt, schaue ich zur Tribüne, von wo aus Caroline den Vorgang mit verwirrter Miene beobachtet. Sie bitte eine Freundin, auf Grace und Elise aufzupassen, und tritt an den Zaun. »Was ist los?«

»Wohin bringen Sie mich?«

»Wickford Barracks.«

»Ruf Cam an. Sag ihm, dass ich ihn in Wickford brauche.«

»Ryder … Was passiert hier gerade?«

»Ruf Cam an, Caroline. Sofort.«

Sie führen mich ab, während alle stumm zusehen. Das Spiel ist zum Erliegen gekommen. Auf dem Weg zum SUV der State Police unterrichtet mich einer der Beamten, dass ich wegen Vergewaltigung und sexueller Nötigung einer Minderjährigen angeklagt bin. Dann verlesen sie mir meine Rechte.

Mein Sohn läuft von der zweiten Base zu mir herüber. »Dad! Warte! Wo gehst du hin?«

»Bleib bei Mom«, rufe ich ihm über die Schulter zu. »Bleib einfach bei deiner Mutter.«

»Ryder!« Carolines hysterischer Aufschrei ist zu viel, und Tränen steigen mir in die Augen.

Sie wissen noch nicht, dass ich ihr Leben zerstört habe.

Cam
Heute

Ich sitze gerade mit Sienna und den Kindern beim Abendessen, als Caroline anruft. Ich hatte gehofft, es zu Miles' Spiel zu schaffen, aber ich bin erst spät nach Hause gekommen und war halb verhungert. »Hey, was gibt's?«

»Cam! Sie haben Ryder verhaftet! Gerade eben, auf dem Spielfeld. Niemand will mir verraten, was los ist. Er hat gesagt, ich soll dich informieren.«

Jedes ihrer Worte trifft mich wie ein Hieb in die Magengrube.

»Cam!«

»Ich bin hier. Weißt du, wo sie ihn hinbringen?«

Sienna keucht auf. Sie hat nach dem, was sie von meiner Seite aus hören kann, sofort eins und eins zusammengezählt.

»Zu den Wickford Barracks. Was ist hier los, Cam?«

»Das werde ich herausfinden.«

»Was soll ich tun?«

»Nimm die Kids, und fahr nach Hause. Ich melde mich bei dir, sobald ich mehr weiß.«

»Miles will sein Spiel zu Ende spielen.«

»Dann lass ihn das tun.«

»Was soll ich den Leuten sagen?«

»Die Wahrheit: dass du nicht weißt, was los ist. Ich ruf dich an, sobald ich kann.«

»Cam …«

»Ich weiß, Caro. Ich kümmer mich darum. Versuch, dir keine Sorgen zu machen.«

»Mein Mann ist gerade vor unseren Kindern und der halben Stadt verhaftet worden. Und du meinst, ich soll mir keine Sorgen machen?«

Sie ist verständlicherweise aufgewühlt, und ich wünschte, ich könnte etwas sagen, das sie tröstet. Aber es wird noch wesentlich schlimmer werden, wenn sie erst den Rest hört. »Ich sehe, was ich herausfinden kann, und melde mich. Bitte reg dich nicht zu sehr auf, schon allein um der Kinder willen.«

»Er ist mein Leben, Cam«, schluchzt sie.

»Ich weiß. Lass uns jetzt auflegen, damit ich losfahren kann.«

»Okay.«

Die Leitung ist tot, und ich werfe Sienna einen Blick zu.

Ihre Miene ist vor Wut wie versteinert. »Warum tut sie das nach all dieser Zeit?«

»Weil er für den Kongress kandidiert.« Ich hege nicht den geringsten Zweifel daran, dass das der Grund ist.

Sienna scheint nicht überzeugt. »Was?«

»Darum habe ich ihm geraten, sich nicht aufstellen zu lassen, Sienna. Weil ich wusste, dass so etwas geschehen könnte.«

»Du hast gewusst, dass sich eine Zeugin melden würde?«

»Nein, natürlich nicht. Doch ich hab befürchtet, dass der Prozess wieder aufgerollt werden und ihm, und damit auch uns, schaden könnte. Verdammt!« Ich schlage mit der flachen Hand auf den Tisch, was meine Kinder erschrocken zusammenzucken lässt. »Tut mir leid, meine Süßen. Dad ist wütend. Ich muss leider noch mal los.«

»Esst weiter«, sagt Sienna zu den Kindern, während sie aufsteht und mit mir zusammen den Raum verlässt. »Dieses Miststück. Dieses *gottverdammte* Miststück! Wie kann sie uns das antun?«

»Es ist egal, warum. Tatsache ist, sie hat es getan, und jetzt sind wir geliefert.«

»Es muss einen Weg geben, zu verhindern, dass ihn das ruiniert.«

»Den gibt es nicht. Er wird sich vor Gericht für seine Tat verantworten müssen. Höchstwahrscheinlich hat sich Neisy einverstanden erklärt, ihren Vorwurf bei der Verhandlung zu wiederholen und erneut auszusagen. Und mit einer Zeugin, die ihre Geschichte bestätigen kann, wird er verurteilt werden.«

»Nein. Das kann unmöglich sein.«

»Es ist nicht nur möglich, sondern sogar sehr wahrscheinlich.

Und jetzt reiß dich für die Kinder zusammen, während ich schaue, was ich tun kann, um ihn aus dem Gefängnis zu holen.«

Ich bin auf dem Weg nach Wickford, als meine Mutter anruft. »Camden! Dein Bruder ist verhaftet worden. Was ist da los?«

»Ich bin auf dem Weg, das herauszufinden, Mom.« Ich bringe es nicht über mich, sie darüber aufzuklären, dass sich eine Zeugin gemeldet hat, die gesehen hat, wie Ryder Neisy vergewaltigt hat. Das wird sie noch früh genug erfahren.

»Was um alles in der Welt kann er getan haben, um so eine Behandlung zu verdienen? Sie haben ihn vom Baseballspiel weggeschleppt, als wäre er ein gemeiner Krimineller. Caroline ist außer sich, und die Kinder sind hysterisch.«

»Jemand anders versucht mich zu erreichen, Mom. Ich melde mich, wenn ich mehr weiß.«

»Bitte tu was, Cam.«

»Ich bin schon dabei.« Ich nehme den Anruf von Rich Morton an, meinem Freund aus Studientagen, der für die Staatsanwaltschaft arbeitet. Ich hatte ihm eine Nachricht geschrieben, dass Ryder mein Bruder ist und er mir bitte verraten soll, was los ist. »Hey, Rich. Danke für den Rückruf. Was hast du?«

»Die Grand Jury hat eine Anklageschrift wegen Vergewaltigung und sexueller Nötigung einer Minderjährigen erlassen.«

O verdammt. Er ist offiziell angeklagt worden. Das bedeutet, dass das Ganze schon seit Wochen in Arbeit ist.

»Cam, bist du noch da?«

»Ja.«

»Du hast nichts davon gewusst?«

»Nein. Wir haben kein Wort über eine Grand Jury oder sonst irgendwas gehört.«

»Oh, wow. Sorry, dann muss das ein übler Schock sein. Ich vermute, wegen seiner Kandidatur ist alles extrem diskret behandelt worden. Die Staatsanwaltschaft achtet immer darauf, dass ihnen niemand versuchte Einflussnahme auf die Politik vorwerfen kann.«

»War das Urteil der Grand Jury einstimmig?«

»Ich glaube schon.«

So eine Scheiße.

»Warum ist er von der State Police verhaftet worden?«

»Offenbar hat der Polizeichef von Land's End einen Interessen-konflikt, weil die mutmaßliche Vergewaltigung auf einer Party in seinem damaligen Elternhaus stattgefunden hat. Daher hat er den Fall an die State Police übergeben.«

Natürlich war mir klar, dass es die Party von Houston Rafferty betrifft, weil ich ja selbst dort gewesen bin, aber das muss Rich nicht wissen. Es ist außerdem heftig, zu hören, dass Houston die ganze Zeit über Bescheid gewusst und kein Wort gesagt hat. »Okay. Danke, Rich.«

»Kein Problem. Das mit deinem Bruder tut mir leid.«

»Mir auch.«

»Hat er es getan, Cam?«

Auf keinen Fall kann ich jemandem von der Staatsanwaltschaft die Wahrheit sagen, selbst wenn er ein Freund ist. »Ich weiß es nicht.«

»Tja, viel Glück dir und deiner Familie.«

»Danke für deinen Anruf.«

»Gern geschehen.«

Nun, wo Rich mir die Einzelheiten erzählt hat, fühle ich mich noch schlechter als vorher. Das hier ist schlimm. So schlimm, wie es nur sein kann, und es wird noch schlimmer werden. Ich bin so wütend, weil Ryder sich gegen meinen ausdrücklichen Rat für die Kandidatur entschieden hat. Ich habe ihm mehrfach gesagt, dass es ein großer Fehler wäre, und ich hasse es, dass ich recht hatte. Aber mir war von Anfang an klar: Wenn damals jemand etwas beobachtet hätte, könnte die Information, dass Ryder ein politisches Amt anstrebt, reichen, um den Betreffenden dazu zu bringen, etwas dagegen zu unternehmen. Ich würde mein Leben darauf verwetten, dass es so gewesen ist.

Und nun muss ich mir außerdem Sorgen darum machen, was passiert, wenn herauskommt, dass wir in einer eidesstattlichen Erklä-rung über Neisy gelogen haben, als die Sache das erste Mal vor Gericht verhandelt wurde.

Kaum habe ich diesen Gedanken zu Ende gedacht, ruft mich Arlo an. »Was zum Teufel ist da los?«

»Ryder ist wegen Vergewaltigung angeklagt worden.«

»Wen soll er vergewaltigt haben?«

»Neisy.«

»Das ist vierzehn Jahre her! Wieso kocht das auf einmal wieder hoch?«

»Offenbar hat sich eine Zeugin gemeldet, die Neisys Geschichte bestätigen kann.«

»Was?« Arlo stößt hörbar den Atem aus. »Eine Zeugin? Wo ist diese sogenannte Zeugin die ganze Zeit gewesen?«

»Ich weiß auch nicht mehr. Ich bin auf dem Weg zu den Wickford Barracks, um Ryder zu sehen.« Soll doch jemand anders Arlo erzählen, dass es sich bei der Zeugin um seine Schwester handelt.

»Wir haben uns weit aus dem Fenster gelehnt, um ihm damals den Hintern zu retten.«

»Dessen bin ich mir wohl bewusst.«

»Könnte uns das jetzt zum Verhängnis werden?«

»Ich hoffe nicht.«

»Mein Gott, Cam. Wie kann das nach all dieser Zeit sein?«

»Ich weiß es nicht.« Die Leute werden noch früh genug herausfinden, wie es sein kann.

»Halt mich bitte, soweit möglich, darüber auf dem Laufenden, was los ist.«

»Natürlich.«

Auf der Fahrt über die Bucht nach Wickford erhalte ich noch drei weitere Anrufe von Männern, die damals die Erklärung unterschrieben haben. Alle äußern dieselbe Furcht wie Arlo. Ich tue, was ich kann, um sie zu beruhigen, auch wenn ich selbst von Grauen darüber erfüllt bin, was das für mich und meine Familie bedeuten wird. Wie sollen wir unseren Lebensunterhalt finanzieren, wenn ich von der Anwaltskammer ausgeschlossen werde?

In Wickford muss ich länger als eine Stunde warten, bevor sie mich zu Ryder lassen.

Er sieht mich mit wildem Blick an. »Cam! Sie sind zu Miles' Spiel gekommen. Sie haben mich vor Caro und den Kindern und allen, die wir kennen, verhaftet. Sie haben mich einer Leibesvisitation unterzogen! Hat das was mit Blaise zu tun?«

»Ja.«

»Sie ist also nach vierzehn Jahren, in denen sie das Geheimnis bewahrt hat, zur Polizei gegangen?«

»Genau. Was bedeutet, dass sie sich nicht länger von den möglichen Auswirkungen für sich und auf ihr Leben abschrecken lässt.« Ich fahre mir mit der Hand durchs Haar, während ich in dem klaustrophobisch kleinen Raum auf und ab laufe. »Verdammt, Ryder. Das ist genau der Grund, warum ich dir von der Kandidatur abgeraten habe. Es war verflucht arrogant von dir, zu glauben, dass die Vergangenheit begraben bleiben würde.«

»Wie hätte ich ahnen können, dass es eine blöde Zeugin gibt?«

»Sie hätte vielleicht für immer geschwiegen, wenn du nicht für den Kongress kandidiert hättest.«

»Könntest du ihr möglicherweise einen Besuch abstatten?«

»Und was genau soll ich dann tun?«

»Sie bitten, nicht auszusagen.«

»Nein.«

»Arlo würde es tun.«

»Wenn du willst, dass er das macht, musst du ihn selbst darum bitten.«

»Wie kann ich das von hier aus?«

»Ich bin mir sicher, dass du nach der Anhörung auf Kaution entlassen wirst. Wenn du willst, dass Arlo mit seiner Schwester spricht, kannst du dich schön allein darum kümmern.«

»Es tut mir leid, Cam. Du hattest recht. Ich hätte niemals kandidieren dürfen.«

»Ganz genau. Weißt du, was schon immer dein Problem gewesen ist?«

»Wovon redest du da?«

»Alle haben dir immer erzählt, du wärst der große Zampano, und du hast es geglaubt.« Ich stoße ihm gegen die Brust, obwohl ich ihn viel lieber schlagen würde. »Du hast geglaubt, du könntest dir das mit Neisy rausnehmen und damit durchkommen. Du hast geglaubt, du könntest für den Kongress kandidieren und dieser ganze Mist würde nicht wieder hochkochen, um dir – und uns allen – das Leben zu ruinieren. Du bist arrogant und selbstgefällig und hast das alles hier verdient.«

»Es tut mir leid! Meinst du nicht, dass ich alles dafür geben würde, die Zeit zurückdrehen und das Ganze ungeschehen machen zu können?«

Darauf habe ich keine Antwort. Die Vergangenheit lässt sich nicht ändern, egal, wie sehr er sich das wünscht.

»Wie geht es jetzt weiter?«

»Du wirst angeklagt und hoffentlich bis zum Prozessbeginn auf Kaution freigelassen. Und dieses Mal wird es einen Prozess geben.«

»Nicht wenn Arlo seiner Schwester ausreden kann, auszusagen.«

»Glaubst du wirklich, dass sie diese ganze Sache angezettelt hätte, wenn sie nicht entschlossen wäre, es bis zum bitteren Ende durchzuziehen?«

»Du glaubst also, dass ich geliefert bin?«

»Absolut.«

»Du bist sauer.«

»Da hast du verdammt noch mal recht! Es war alles gut, so wie es war, aber du wolltest ja unbedingt mehr. Ich hoffe, dass du mich und all die Jungs, die damals für dich gelogen haben, nicht mit in den Abgrund reißt.«

»Ich habe euch nie gebeten, für mich zu lügen!«

»Trotzdem haben wir dir damit den Hintern gerettet!«

»Es tut mir so leid, Cam!« Seine Stimme bricht. »Ich weiß, das ist jetzt bedeutungslos, doch es tut mir wirklich leid.«

»Da bin ich mir sicher. Nur bedeutet mir das im Moment tatsächlich nicht sonderlich viel.«

»Also wirst du mich nicht vertreten?«

»Ich bin kein Strafverteidiger. Du brauchst jemanden, der weiß, was er tut. Ich werde mich umhören und dir jemanden besorgen.«

»Was ist mit Caroline und den Kindern? Was soll ich ihnen sagen?«

Ich starre ihn fassungslos an. »Wie wäre es mit der Wahrheit?«

Er schüttelt den Kopf. »Das kann ich nicht. Sie würde mich sofort verlassen und die Kinder mitnehmen. Ich kann meine Familie nicht verlieren.«

»Was, glaubst du, wird sie tun, wenn du verurteilt wirst?«

»Vielleicht kommt es nicht dazu.«

»Ryder ... Sie haben eine Augenzeugin, die gesehen hat, wie du es getan hast. In diesem Staat gibt es für Vergewaltigung keine Verjährungsfrist. Die Tatsache, dass sie vierzehn Jahre gebraucht hat, um sich zu melden, ändert gar nichts.«

»Wir müssen etwas unternehmen. Wir können nicht zulassen, dass das hier alles zerstört.«

»Es ist viel zu spät, um noch was zu tun. Deshalb hatte ich dich ja gebeten, das mit der Kandidatur sein zu lassen. Weil ich genau so was wie das hier befürchtet hab.«

»Okay, du hattest recht! Bist du jetzt glücklich?«

»Nein, Ryder, ich bin überhaupt nicht glücklich. Was soll ich Caroline antworten? Das Ganze hat sie wie aus heiterem Himmel getroffen, und sie ist völlig panisch.«

»Sag ihr ... sag ihr, dass ich ihr alles erklären werde, sobald ich hier raus bin.«

»Und dann erzählst du ihr die Wahrheit?«

»Ich ... ich weiß es nicht.«

»Das bist du ihr an diesem Punkt schuldig.«

»Ich ... äh ...«

»Ryder! Du hast ihr gesamtes Leben auf den Kopf gestellt! Sie hat es verdient, von dir die Wahrheit zu hören.«

»Ich denke darüber nach.«

»Ja, tu das.« Ich schlage mit der flachen Hand gegen die Tür, damit der State Trooper mich rauslässt.

»Cam ...«

Ich drehe mich zu Ryder um.

»Ich habe Angst.«

Ich will ihm sagen, dass er die auch haben sollte, verkneif mir das jedoch und verlasse den Raum, nachdem mir die Tür geöffnet worden ist. Auf dem Weg nach Hause rufe ich Caroline an.

Sie meldet sich nach dem ersten Klingeln. »Cam. Hast du mit ihm gesprochen?«

»Ja.«

»Geht es ihm gut?«

»Er ist natürlich aufgewühlt, aber ansonsten geht es ihm gut.«

»Was ist passiert?«

»Er ist wegen einer Vergewaltigung, die vor vierzehn Jahren stattgefunden haben soll, verhaftet worden.«

Sie keucht auf. »Nein, das ist nicht möglich. Er hat gesagt, dass er das nicht getan hat.«

Was soll ich darauf erwidern? Dass er sie angelogen hat, muss er selbst in Ordnung bringen.

»Was mach ich denn jetzt nur?«

»Bis zur Anhörung tust du erst mal gar nichts. Er sollte morgen bis zum Prozessbeginn auf Kaution rauskommen.«

»Er muss über Nacht dortbleiben?«

»Ja.«

»Wie kann er angeklagt werden, wenn er es nicht getan hat?«

»Das musst du ihn fragen.«

»Was genau weißt du, Cam?«

»Die Anhörung wird am Newport County Superior Court stattfinden. Ich schicke dir eine Nachricht, wenn ich die genaue Uhrzeit weiß. Er wird dafür einen Anzug brauchen.«

»Das ist alles? Ich soll einfach hier sitzen und abwarten?«

»Ich weiß nicht, was ich dir sonst sagen soll.«

»Du könntest mir sagen, dass das alles ein großes Missverständnis ist.«

Ich wünschte, das könnte ich. »Halte durch, Caroline. Du wirst ihn morgen sehen. Ich melde mich.«

Ich war noch nie in meinem Leben so dankbar, ein Telefonat beenden zu können. Ich habe Caroline aufrichtig gern, das war schon immer so. Sie ist zu einer Zeit in Ryders Leben getreten, in der ich Angst hatte, er würde sich von den Ereignissen jenes Sommers nie mehr erholen. Er hatte damals nicht nur ein grauenhaftes Verbrechen begangen – und war damit durchgekommen –, sondern hatte auch mit der Trauer wegen Louisas Tod zu kämpfen. Und das alles, bevor er noch seinen Highschool-Abschluss hatte.

Er hat Caroline im zweiten Studienjahr kennengelernt, und die beiden sind seitdem zusammen. Und nun muss er sich nicht nur der Anklage stellen, sondern auch den Folgen der Lüge, die er seiner

Frau vor all diesen Jahren erzählt hat. Ich habe keine Ahnung, ob sie bei ihm bleiben wird.

Als ich unser Haus betrete, stellt Sienna den Fernseher leiser. »Wie ist es gelaufen?«

»Wie zu erwarten. Er hat furchtbare Angst und macht sich Sorgen wegen Caro und der Kinder.«

»Kennt sie die Wahrheit?«

Ich schüttle den Kopf.

»Wow. Ich habe immer gedacht, dass er es ihr irgendwann gesagt hätte.«

»Offenbar nicht.« Ich schenke mir ein Glas Bourbon ein und setze mich neben Sienna aufs Sofa.

»Wie geht es jetzt weiter?«

»Er hat morgen seine Anhörung und wird dann hoffentlich auf Kaution freigelassen. Das ist bei Ersttätern üblicherweise so.«

»Gilt er immer noch als Ersttäter, obwohl er wegen der Sache schon einmal angeklagt war?«

»Er ist nicht verurteilt worden, also ja.«

»Was ist mit seiner Kampagne?«

»Ich nehme an, die wird nach der Anhörung ausgesetzt. Er kann auf keinen Fall an der Kandidatur festhalten.«

»Selbst wenn er freigesprochen wird?«

»Falls das passiert, und das ist ein sehr großes ›falls‹, wird es Monate dauern. Die Wahl wird bis dahin längst vorbei sein.«

»Caroline und die Kinder tun mir so leid.«

»Ich weiß.«

»Ich sollte mit Blaise reden.«

»Nein, das solltest du auf keinen Fall.«

»Warum nicht? Was kann es schon schaden?«

»Wir dürfen es nicht riskieren, dass sich Ryder auch noch eine Anklage wegen Zeugenbeeinflussung einhandelt.«

»Er würde ja nicht mal in ihre Nähe kommen. Ich könnte zu ihr gehen und sie bitten, Mitleid mit Ryders Frau und seinen Kindern zu haben.«

»Warum sollten sie die interessieren? Sie kennt sie nicht einmal.«

»Sie kennt mich, und ich wäre diejenige, die sie bittet.«

»Es ist zu riskant.«

»Was haben wir an diesem Punkt noch zu verlieren?«

»Es gefällt mir nicht, und ich denke, du solltest es nicht tun.«

»Okay.«

Wenn es eins gibt, was ich nach acht Jahren Ehe und beinahe sechzehn Jahren als Paar über Sienna weiß, dann dass sie tut, was sie will, wann sie es will. Ich kann sie nicht davon abhalten, mit Blaise zu reden.

Ich kann ihr bloß eindringlich davon abraten.

KAPITEL 22

Blaise
Heute

Ich wache nur sehr langsam auf. Es ist unglaublich, wie gut mein Schlaf in letzter Zeit ist – wesentlich besser als in den letzten vierzehn Jahren. Ich blinzle, bis ich Jacks Schlafzimmer erkenne und mir bewusst wird, dass wir in seinem Bett liegen. Er hat seine Arme um mich geschlungen, und mein Kopf ruht auf seiner Brust. Ich fühle mich so erholt wie noch nie, seit ich hier bin.

»Guten Morgen«, sagt er mit noch rauer Stimme.

»Guten Morgen.«

»Schön, dich zu sehen.«

»Haha. Wir sind eingeschlafen.«

»Jap.«

Er zieht mich enger an sich. »So tief habe ich seit einer Ewigkeit nicht mehr geschlafen.«

»Ich auch nicht.« Beinahe fürchte ich mich davor, ihn und sein warmes Bett zu verlassen und herauszufinden, was außerhalb unserer kleinen Blase passiert ist.

»Was immer es ist, es ist nicht deine Schuld.«

»Oh, bist du jetzt unter die Gedankenleser gegangen?«

»Nein. Ich habe nur gespürt, wie du dich verspannt hast, als du dich an die Entscheidung der Grand Jury und die Folgen erinnert hast.«

»Ich frage mich, ob sie ihn schon verhaftet haben.«

»Ich bin mir ziemlich sicher, dass das inzwischen geschehen ist.«

»Ich kann nicht aufhören, an seine Frau und seine Kinder zu denken und daran, wie die sich jetzt fühlen müssen.«

»Dafür trägst du nicht die Verantwortung, Blaise.«

»Ich weiß.«

»Nichts von alldem ist deine Schuld. Sag mir, dass du das weißt.«

»Ja, das weiß ich. Aber es lässt sich nicht bestreiten, dass es ohne mich keine Anhörung vor einer Grand Jury gegeben hätte.«

»Und es hätte keinen Grund für dich gegeben, es zu melden, wenn er das Mädchen nicht vergewaltigt hätte.«

»Daran wirst du mich immer erinnern, oder?«

»Jedes Mal, wenn du es hören musst.«

»Das wird in den nächsten Wochen vermutlich häufiger der Fall sein.«

»Ich bin für dich da.«

Ich drehe mich auf den Rücken, damit ich ihn ansehen kann. Irgendwann in der Nacht hat er sein T-Shirt ausgezogen. Ich streiche mit der Hand über seine nackte Brust, die muskulös und leicht behaart ist. »Ich kann dir gar nicht sagen, was es mir bedeutet, deine Unterstützung zu haben. Ohne dich würde ich mich gerade sehr allein fühlen.«

»Bis ich dich kennengelernt habe, hab ich mich sehr lange sehr allein gefühlt.«

Ich schaue ihm in die Augen. »Gehst du immer so offen mit deinen Gefühlen um?«

»Früher nicht, doch der plötzliche Tod meiner Eltern hat mir vor Augen geführt, dass das Leben kurz ist und wir keine Zeit für Bullshit haben.«

»Ja, ich kann verstehen, dass einen das verändert.«

»Das tut es. Aber die Veränderung war notwendig. Obwohl ich mir natürlich wünschte, ich hätte diese Lektion nicht auf diese Weise lernen müssen. Ich bin ein besserer Mensch als vor ihrem Tod und habe es mir zum Ziel gesetzt, mich so zu verhalten, dass sie immer stolz auf mich sein können.«

Ich drücke seine Hand. »Sie wären garantiert verdammt stolz auf dich.«

»Das hoffe ich.«

»Ich sollte gehen, damit du arbeiten kannst.«

»Ich würde den Tag lieber mit dir verbringen.«

»Was ist mit deinen Deadlines?«

»Die halten sich.«

»Bist du sicher?«

»Ich reiße mir für die Arbeit den Hintern auf und habe seit Jahren keine echte Pause mehr gemacht. Es ist alles in Ordnung.«

»Wenn das so ist, würde ich den Tag sehr gerne mit dir verbringen. Ich muss mich vorher nur kurz bei meinem Boss melden.«

»Während du das tust, bereite ich uns Frühstück zu.«

»Mit Kaffee?«

»Wofür hältst du mich? Für einen Wilden?«

In seiner Nähe muss ich häufiger lächeln, als ich es gewohnt bin. »Es tut mir leid, dass wir gestern gestört worden sind. Ich verspreche, es wiedergutzumachen.«

»Das muss dir nicht leidtun, und du musst es auch nicht wiedergutmachen. Ich möchte, dass du voll auf mich konzentriert bist und dich wegen nichts sorgst oder abgelenkt bist, wenn wir irgendwann so weit sind.«

»Das will ich auch.«

»Bitte setz mich nicht auf die Liste der Dinge, die dir Sorgen bereiten. Ich will in alldem etwas Positives sein.«

»Das bist du. Du bist das Positivste, was mir seit … was mir überhaupt je passiert ist.«

»Mir geht es umgekehrt mit dir genauso, Babe. Lass es uns einfach genießen, okay?«

Ich nicke und lächle, als er mir einen Kuss gibt.

»Dann kümmere ich mich mal um den Kaffee.«

»Und ich mich um die Arbeit.«

»Komm danach in die Küche.«

»Ich beeil mich.«

Ich verlasse das Haus und trete in einen kühlen, klaren Herbsttag hinaus. In der Luft liegt ein Hauch von Rauch, und zum ersten Mal seit jener Nacht finde ich den Geruch nicht abstoßend. Früher habe ich den Duft geliebt. Vielleicht werde ich das jetzt wieder tun, nachdem ich endlich den ersten Schritt unternommen habe, um ein altes Unrecht wiedergutzumachen.

Als ich etwas auf der Stufe vor meinem Cottage liegen sehe, bleibe ich stehen. Ich beuge mich vor und schaue genauer hin, was ich sofort bereue. Es ist ein blutiger Kadaver von irgendetwas – es ist nicht mehr zu erkennen, was es mal war.

Ich muss einen Schrei ausgestoßen haben, denn Jack kommt angerannt. »Was ist los?«

Während ich gegen die Galle kämpfe, die mir in die Kehle steigt, zeige ich auf das tote Tier.

»Was zum Teufel?« Er nimmt sein Handy und wählt eine Nummer.

»W-was tust du da?«

»Ich rufe Houston an. Das ist eine Botschaft.«

Ich war von dem gruseligen Anblick so geschockt, dass ich das nicht sofort erkannt hab.

Jack legt einen Arm um mich und führt mich zurück ins Haus.

»Es war schon da, als sie heute früh aufgestanden ist«, sagt er ins Handy. »Okay. Danke.« Er legt auf. »Houston macht sich sofort auf den Weg hierher. Was kann ich dir bringen?«

Ich klemme mir meine zittrigen Hände zwischen die Knie. »Nichts. Ich hab das Gefühl, ich muss mich gleich übergeben.«

Er füllt ein Glas mit Eiswasser und reicht es mir. »Hier, trink das.«

Ich nehme ein paar Schlucke und stelle das Glas ab. »Ich sollte nach New York zurückkehren. Dort werden sie mich nicht finden.«

»Willst du das denn?«

»Nein, das will ich nicht. Doch ich möchte diesen Wahnsinn nicht in dein Haus bringen.«

»Ich komme damit schon klar. Und ich hätte dich lieber hier bei mir, wo ich dich beschützen kann, als irgendwo allein in der großen Stadt.«

»Und wer wird dich beschützen, wenn sie hier auftauchen?«

»Ich bin durchaus in der Lage, sowohl dich als auch mich selbst zu beschützen.«

Houston fährt in seinem SUV vor und hält vor dem Haus an. Als wir zu ihm rausgehen, steht er schon vor meinem Cottage und sieht sich das Ding an. »Ich hab jemanden herbestellt, der den Kadaver abholt.«

Ich verschränke die Arme vor der Brust und wünschte, das Zittern würde aufhören. »Ryder ist wegen meiner Zeugenaussage angeklagt worden, und am nächsten Tag liegt das hier auf meiner Türschwelle. Das ist kein Zufall, oder?«

»Vermutlich nicht.«

»Also wissen die Leute bereits, dass ich es bin, die sich gemeldet hat?«

»Ich habe nirgendwo was davon gelesen, aber du weißt ja, wie schnell Gerüchte hier die Runde machen.«

Ich weiß außerdem, dass es noch jemanden gibt, der alles gesehen hat. Jemand, der genau weiß, um wen es sich bei der Augenzeugin handelt. Wer sonst könnte es gewesen sein? »Du solltest mit Sienna Elliott sprechen.« Nach dem hier habe ich keinen Grund mehr, sie zu decken.

»Echt?«

»Ja.«

»Okay. Ich habe die Streifen in dieser Straße verstärkt, doch ich bin mir nicht sicher, wie viel das nützen wird. Wir haben nur drei Officer pro Schicht.«

»Ich heuere eine private Sicherheitsfirma an«, erklärt Jack.

»Nein. Ich werde ausziehen und irgendwo anders unterkommen.«

Er legt einen Arm um mich. »Hier bei mir bist du sicherer, als wenn du allein bist.«

»Ich will dich nicht in Gefahr bringen.«

»Sorg dich nicht um mich. Ich möchte für dich da sein.«

Houston schaut zwischen uns hin und her. »Ah, so ist das also, hm?«

»Ja, so ist das«, bestätigt Jack mit einem Lächeln in meine Richtung. »Und dafür habe ich dir zu danken.«

»Ich freu mich für euch, aber seid bitte vorsichtig.«

»Versprochen«, antwortet Jack.

»Das hier ist der harte Teil, Blaise. Wir haben darüber geredet. Wenn bekannt wird, dass du die Zeugin bist, werden die Leute versuchen, dich dazu zu bringen, deine Aussage zurückzuziehen. Menschen, die du liebst, werden Druck auf dich ausüben.«

»Das ist mir egal. Ich werde keinen Rückzieher machen.« Nichts könnte mich dazu bewegen, selbst Drohungen und andere Einschüchterungsversuche nicht.

Jack drückt mir ermutigend die Schulter.

»Bleib stark«, meint Houston und kehrt zu seinem SUV zurück. »Das Tier wird in Kürze abgeholt.«

Nachdem er weggefahren ist, nimmt Jack meine Hand und führt mich zurück ins Haus. Dort schenkt er mir einen Kaffee ein und stellt die Sahne auf den Tresen.

»Danke.«

Er fängt an, Frühstück zuzubereiten, und kurz darauf steht ein Teller mit Rührei und Toast vor mir. »Versuch, etwas zu essen.«

Ich nehme ein paar Bissen, weil er sich solche Mühe gegeben hat, doch dank des Bilds von dem toten Tier in meinem Kopf habe ich Schwierigkeiten, was runterzukriegen. »Danke.«

»Gern geschehen. Ich habe einen Freund wegen des Sicherheitsdiensts angeschrieben.«

»Ich will nicht, dass du dafür Geld ausgibst.«

»Ist schon gut.«

»Nein, ist es nicht. Nichts von alldem hier ist gut.«

»Wenn sie merken, dass du stark bleibst, werden sie aufgeben.«

»Glaubst du wirklich?«

Mein Handy klingelt. Ein Anruf von meinem Bruder. Ich nehme ihn an und stelle auf Lautsprecher. »Hi, Arlo.«

»Blaise … Was zum Teufel soll das werden?«

»Etwas, das ich schon vor vierzehn Jahren hätte tun sollen.«

»Das kann nicht dein Ernst sein.«

»Es ist mein voller Ernst. Ich habe gesehen, wie er es getan hat, und das Wissen mit mir rumzuschleppen und nichts zu sagen hat mich beinahe umgebracht.«

»Was hattest du überhaupt auf der Party zu suchen?«

»Ist das noch wichtig?«

»Ja, für mich schon! Du beschuldigst meinen besten Freund, meinen Boss, eines furchtbaren Verbrechens.«

»Das er begangen hat. Warum fragst du ihn nicht, was wirklich passiert ist? Er weiß genau, was er getan hat.«

»Ich habe meinen Job gekündigt, um seine Kampagne zu managen. Bin ich dir denn komplett egal?«

»Wage es ja nicht, das mir in die Schuhe zu schieben! Eben *weil* du mir nicht egal bist, hab ich das Geheimnis überhaupt all die Jahre für mich behalten. Wenn du nicht gewesen wärst, hätte ich mich schon damals bei der Polizei gemeldet.«

»Du kannst das immer noch wieder geraderücken, indem du deine Aussage zurückziehst.«

»Ich werde gar nichts geraderücken, und ich *werde* aussagen. Also richte allen aus, die glauben, mich einschüchtern zu können, indem sie mir tote Tiere vor die Tür legen, dass sie sich die Mühe sparen können.«

»Ich dachte, ich würde dich kennen, Blaise.«

»Du kennst mich überhaupt nicht. Bitte mich nicht noch einmal, deinen Freund zu schützen. Das werde ich nicht tun.«

Ich beende das Telefonat.

Jack fächelt sich Luft zu. »Das war verdammt heiß.«

Ich kann nicht glauben, dass es möglich ist, in dieser Situation zu lachen, aber er bringt mich dazu.

»Er hatte kein Recht, das von dir zu verlangen. Das weißt du, oder?«

»Ja, weiß ich.« Sogar sehr genau, trotzdem zittern meine Hände. »Ich habe das Geheimnis so lange für mich behalten, dass es ein Teil von mir geworden ist. Doch das will ich nicht mehr, und ich kann nicht wieder so leben, egal, wer dadurch verletzt wird.«

»Du tust das Richtige.«

Ich nicke, dankbar für seine Unterstützung. »Du solltest mich wirklich nach New York zurückkehren lassen. Es ist nicht dein Problem.«

Er kommt um den Tresen herum und bleibt vor mir stehen. Dann hebt er mein Kinn an, um mich zu küssen. »Hast du nicht verstanden, dass ich dich für immer behalten will?«

Ich bin überwältigt und tief berührt. »Das ist eine verdammt lange Zeit.«

Er küsst mich erneut. »Das will ich doch sehr hoffen.«

Denise
Heute

Ich habe es so lange aufgeschoben, wie ich konnte. Houston hat mich gestern Abend angerufen, um mir zu sagen, dass Ryder angeklagt und verhaftet worden ist. Nun habe ich die Zwillinge für ihr morgendliches Schläfchen hingelegt und nehme all meinen Mut zusammen, um meinen Vater anzurufen.

»Hey, meine Süße. Ich stehe gerade am Abschlag vom vierzehnten Loch. Was gibt's?«

»Ich muss dir was erzählen.«

»Ist mit dir und den Kindern alles in Ordnung?«

»Ja. Aber es gibt Neuigkeiten, über die ich dich informieren möchte, und es könnte sein, dass sie dich aufregen.«

»Was für Neuigkeiten?«

»Ryder Elliott ist wegen Vergewaltigung angeklagt worden.«

»In deinem Fall?«

»Ja.«

»Wie kann das sein?«

»Es hat sich eine Zeugin gemeldet.«

»Eine Zeugin.« Seine Stimme klingt hart. »Es gibt eine verdammte Zeugin?«

»Ja.«

»Wo ist sie die ganze Zeit gewesen?«

»Ich bin mir nicht sicher. Doch offenbar hat sie gehört, dass er für den Kongress kandidiert, und das hat anscheinend dafür gesorgt, dass sie sich gemeldet hat.«

»Wie hat sie schweigen können, wenn sie miterlebt hat, was du bei der letzten Verhandlung über dich ergehen lassen musstest?«

»Ich weiß es nicht. Ich schätze, sie hatte Angst, dass die Meute sich auch auf sie stürzt.«

»Das ist keine Entschuldigung. Sie war Zeugin, als er dir das angetan hat, und hat dich dann dort liegen lassen. Was für ein Monster tut so etwas?«

»Ein Teenager, der Angst hat, dass sein Leben zerstört wird?«

»Du kannst sie unmöglich in Schutz nehmen.«

»Das tue ich nicht. Aber sie hat ja sehen können, wie man mit mir umgesprungen ist. Kannst du ihr vorwerfen, dass sie keinesfalls das Gleiche erleben wollte?«

»Ja, das kann ich! Wir hätten diesen Dreckskerl wegsperren können, wenn sie das Richtige getan hätte.«

»Das tut sie jetzt.«

»Du musst außer dir sein, meine Süße.«

»Das war ich. Anfangs. Doch jetzt geht es mir besser. Kane war umwerfend, wie immer.«

»Also wirst du vor Gericht erscheinen und aussagen müssen?«

»Ja.«

Sein tiefer Atemzug verrät alles. »Wie hast du von der Zeugin erfahren?«

»Houston Rafferty ist bei mir gewesen. Als er mir mitgeteilt hat, dass es eine Zeugin gibt, wollte ich erst nichts davon wissen. Dann haben Kane und ich noch mal darüber gesprochen und entschieden, wenn die Chance besteht, Gerechtigkeit zu erhalten, so spät das auch sein mag, sollte ich tun, was immer dafür nötig ist.«

»Deine innere Stärke und dein Mut erstaunen mich immer wieder, Liebes.«

»Innerlich bin ich ein zitterndes Nervenbündel.«

»Nein, bist du nicht. Ich werde die ganze Zeit an deiner Seite sein.«

»Danke, Dad.«

»Ich hab dich sehr lieb, Dee.«

»Ich dich auch.«

Wir verabreden, später noch mal zu telefonieren.

Kane kommt mit einer dampfenden Tasse Zitronentee ins Zimmer. »Wie hat er es aufgenommen?«

»Genau wie wir kann er es nicht fassen, dass es die ganze Zeit jemanden gegeben hat, der meine Angaben hätte bestätigen können, sich aber erst jetzt zu Wort meldet.«

»Ich habe gehört, was du darüber gesagt hast, warum sie damals geschwiegen hat. Es ist bewundernswert, dass du sie verteidigen kannst.«

»Versteh mich nicht falsch. Ich finde das, was sie getan hat, unentschuldbar. Und zwar von der Sekunde an, in der sie sich abgewandt hat, um mich verletzt und verzweifelt unter den Bäumen liegen zu lassen. Doch das bedeutet nicht, dass ich nicht verstehen kann, warum sie es getan hat. Das Teenagerdasein kann die Hölle sein, schon ohne dass einen alle hassen, der eigene Bruder eingeschlossen.«

»*Er* hätte es sein sollen, den alle hassen.«

»Tja, so fair ist das Leben leider nicht.«

»Was fair ist, ist, dass er in aller Öffentlichkeit verhaftet wurde und die Nacht im Gefängnis verbringen musste. Was fair ist, ist, dass er wegen mehrerer Straftaten angeklagt wurde, seine Kandidatur aufgeben musste und hoffentlich für viele Jahre hinter Gitter wandert.«

»Was verrät es über mich, dass mir seine Frau und seine Kinder leidtun?«

»Das heißt nur, dass du der beste Mensch bist, den ich kenne.«

KAPITEL 23

Houston
Heute

Ich bitte Blaise, sich um neun Uhr morgens mit mir am Haus meiner Eltern zu treffen, weil ich mich um etwas kümmern will, das ich schon vor Tagen hätte tun sollen. Nachdem die Grippewelle durchs Revier geschwappt ist und die Hälfte meiner Officer und drei meiner Verwaltungsangestellten ausgeknockt hat, waren die letzten Tage das reinste Chaos. Gleichzeitig hat sich die Nachricht von Ryders Verhaftung wie ein Lauffeuer in den umliegenden Ortschaften verbreitet, weshalb mich unzählige Textnachrichten und Anrufe von Leuten erreicht haben, die ich schon mein Leben lang kenne.

Dallas ist außer sich, weil ich bei Ryders Verhaftung eine Rolle gespielt habe, und hat gestern Abend am Telefon sehr viel dazu zu sagen gehabt.

»Wie konntest du das tun? Ich habe meinen Job gekündigt, um dafür zu sorgen, dass er in den Kongress gewählt wird, während du einen Fall gegen ihn aufgebaut hast!«

»Ich werde mich nicht dafür entschuldigen, meinen Job gemacht zu haben.«

»Hör auf mit dem Scheiß. Du hättest mich wenigstens warnen können.«

»Nein, das hätte ich nicht.«

»Was ist, wenn dabei auch rauskommt, dass wir beim ersten Mal gelogen haben? Das könnte mich in arge Schwierigkeiten bringen. Ist dir das völlig egal?«

»Natürlich ist mir das nicht egal, aber ich konnte die Informationen ja schlecht unter den Tisch fallen lassen, nachdem ich sie erhalten hatte.«

»Ausgerechnet Arlos Schwester. Er dreht deswegen komplett durch.«

»Tut mir leid, dass die Leute aufgebracht sind, doch ich bin es nicht, auf den du sauer sein solltest.«

»Glaub mir, ich bin auch auf Ryder sauer. Ich kann nicht fassen, dass er das womöglich wirklich getan hat. Meinst du, er wird dafür verurteilt?«

»Darüber will ich nicht spekulieren.«

»Aber der Fall ist solide?«

»Wesentlich solider als beim ersten Mal.«

»Verdammter Mist.«

Meine Schwester Austin schickt mir eine Nachricht, in der sie ihren Schock über die Entwicklung zum Ausdruck bringt. Außerdem haben sich mindestens hundert andere Leute aus verschiedensten Phasen meines Lebens bei mir gemeldet. Meiner Schwester habe ich geantwortet, sonst jedoch niemandem. Dafür fehlt mir die Zeit.

Ich verstehe, warum Dallas und die anderen aufgebracht sind und Angst davor haben, was für Folgen das für sie haben könnte. Aber ich hatte einen Job zu erledigen, und das habe ich getan. Als ich bei der Polizei angefangen habe, hat mein Dad mir geraten, immer das Richtige zu tun, dann würde ich mich nie rechtfertigen müssen. Das war ein guter Rat, dem ich immer gefolgt bin, und daran werde ich jetzt nichts ändern.

Zwanzig Minuten bevor Blaise hier sein soll, gehe ich in die Garage, um den Metalldetektor meines Dads zu suchen. Früher hätte man meinen können, dieses Ding bedeute ihm mehr als seine Kinder, zumindest haben wir das immer im Spaß behauptet. Er hat ihn überallhin mit genommen – zum Camping an den Strand, zu Wanderungen in die Wälder – und stets gehofft, mit einem seltenen Fund über Nacht reich zu werden.

Das ist nie passiert, doch er hat durchaus ein paar interessante Dinge aufgespürt sowie zahllose Eheringe und andere Wertgegenstände, die er, soweit möglich, ihren Besitzern zurückgegeben hat. Dafür hat er sich mit Eifer der sozialen Medien bedient, und dank ihm muss ich nun tägliche Updates auf der Facebook-Seite des Reviers posten, die er eingerichtct hat. Als hätte ich nicht genug anderes zu tun.

Schließlich entdecke ich den Metalldetektor in einer Ecke, die so voller Spinnweben ist, dass es sogar mich gruselt. Als ich die Garage wieder verlasse, habe ich das Gefühl, als würden mir Spinnen über die Haut laufen, und ich versuche, sie mit den Händen abzustreifen.

So findet mich Blaise. Sie steigt aus dem Wagen und kommt lächelnd auf mich zu. »Ist alles in Ordnung?«

»Ich bin in der Garage gerade in einen Haufen Spinnennetze geraten. Siehst du irgendwas auf mir krabbeln?«

Sie mustert mich von allen Seiten. »Nein.«

Ich fahre mir weiter mit den Händen über die Kleidung. »Igitt, es fühlt sich an, als wären sie überall.«

»Was hast du denn da drinnen gemacht?«

»Ich habe nach dem Metalldetektor meines Vaters gesucht.«

»Wieso?«

»Denise hat erwähnt, dass sie in jener Nacht ihren Autoschlüssel verloren hat. Ich will versuchen, ihn zu finden, und du musst mir zeigen, wo genau ich suchen muss.«

Sie schluckt hörbar.

»Ich weiß, es ist viel von dir verlangt, aber wenn ich ihren Schlüssel finde, würde das ihre Aussage stützen.«

Blaise schiebt die Hände in die Jackentaschen und nickt. Um ihren Mund liegt ein entschlossener Zug, den sie von Anfang an gezeigt hat und den ich sehr bewundere. Wenn sie nicht mit Jack zusammen wäre, würde ich sie um ein Date bitten, sobald das hier vorbei ist. »Dann los.«

Wir nehmen einen ausgetretenen Pfad von unserem Garten in

den Wald, der an das Grundstück meiner Eltern grenzt. Meine Geschwister und ich haben diesen Pfad im Laufe der Jahre bei unseren unzähligen Besuchen hinterlassen. Das hier war unser Spielplatz, und ich war am Boden zerstört, als ich gehört habe, dass jemand an diesem Ort das Opfer von Gewalt geworden ist.

Blaise deutet auf eine Lichtung etwas abseits vom Hauptweg und trotzdem nicht allzu weit vom Garten entfernt. »Da.«

»Zeig mir, wo du warst.«

Wir überqueren die Lichtung. »Hier hinten. Wir haben uns von dort drüben angeschlichen.« Sie zeigt auf die Straße, die hinter unserem Haus verläuft.

Ich bemerke, wie sie auf die Lichtung starrt. Vermutlich sieht sie vor ihrem geistigen Auge erneut, was sich dort abgespielt hat.

»Mehr brauche ich nicht. Wenn du gehen willst, Blaise, kannst du das gerne tun. Danke für deine Hilfe.«

»Kein Problem.«

»Doch, und ich weiß es sehr zu schätzen, dass du es trotzdem getan hast.«

»Wenn es der Anklage hilft, ist es das wert.« Sie steht lange da und blickt auf die Stelle. »Es ist irgendwie unglaublich, dass die Tat eines Einzelnen so unwiderrufliche Auswirkungen auf das Leben so vieler anderer gehabt hat.«

»Ja, das stimmt wohl.«

»Was, glaubst du, wird mit ihm passieren?«

»Das ist schwer zu sagen. Wenn er verurteilt wird, muss er vermutlich für mehrere Jahre ins Gefängnis.«

»Kennst du seine Frau?«

Die Frage überrascht mich. »Ich habe sie ein paarmal getroffen.«

»Wie ist sie so?«

»Sehr nett.«

»Sind die beiden glücklich miteinander?«

»Danach sieht es zumindest aus.«

»Was ist mit ihren Kindern?«

»Sie haben drei. Einen Sohn und zwei Töchter.«

Sie schaut mich an. »Was wird aus ihnen werden?«

»Das weiß ich nicht.« Ich mustere sie einen Moment, aber ihre Miene verrät nichts. »Alles okay mit dir?«

Sie zuckt mit den Achseln. »Es ist nur, was ich eben gesagt habe: Die Tat eines einzigen Menschen hat so gravierende Folgen für viele.«

»So wie das, was du tust?«

»Ja. Wie stehen die Chancen, dass seine Frau etwas hiervon gewusst hat? Seine Verhaftung wird wie eine Bombe sein, die in ihrem Leben explodiert. Davon, was es mit den unschuldigen Kindern macht, ganz zu schweigen.«

»Es ist lieb von dir, Mitgefühl zu haben. Das habe ich auch. Doch es ändert nichts an dem, was er getan hat.«

»Nein, ganz bestimmt nicht. Dafür sollte er bezahlen. Ich hasse es nur, dass unschuldige Menschen, die nichts mit alldem zu tun hatten, ebenfalls bezahlen müssen.«

»Ich weiß. Das ist traurig. Aber du tust das Richtige.«

»Bist du dir da sicher? Wäre es nicht besser gewesen, die Vergangenheit ruhen zu lassen?«

Ich stütze mich auf den Metalldetektor. »Was er getan hat, war erbärmlich. Es war ein Verbrechen.«

»Ja, das ist richtig. Doch ich will ehrlich sein … Als ich hergekommen bin und dich aufgesucht habe, hab ich nur daran gedacht, mein eigenes Gewissen zu erleichtern. Ich habe keinen Gedanken an seine Frau oder seine Kinder oder sonst jemanden verschwendet, der durch meine Aussage in Mitleidenschaft gezogen werden könnte.«

»Du trägst an alldem keine Schuld, sondern allein er.«

»Das verstehe ich, aber trotzdem … Wenn ich weiter geschwiegen hätte, würden sie weiterleben, als wäre nichts passiert.«

»Lass mich dir eine Frage stellen: Wenn du seine Frau wärst, würdest du wissen wollen, dass du mit einem Vergewaltiger zusammenlebst, oder lieber nicht?«

»Wenn du es so ausdrückst … Ich würde es lieber wissen. Dennoch muss es ein fürchterlicher Schock für sie sein.«

»Dessen bin ich mir sicher. Das ändert jedoch nichts an den Fakten.«

»Machen die Leute dir das Leben schwer, weil du in die Sache verwickelt bist?«

»Der eine oder andere. Aber nichts, womit ich nicht klarkommen würde. Ich mache meinen Job, und ich würde wieder so handeln. Ich habe Informationen erhalten, und die habe ich an die verantwortlichen Stellen weitergeleitet. Wenn das den Leuten nicht gefällt, kann ich es nicht ändern.«

»Wäre es leichter für dich gewesen, mir zu sagen, dass du nach all dieser Zeit mit den Informationen nichts mehr anfangen kannst? Denn das hätte ich dir geglaubt.«

Ich sehe, dass sie das alles sehr belastet, also bin ich ehrlich zu ihr. »Ja, es wäre leichter gewesen. Mein Bruder ist wütend auf mich, doch ich habe ihm dasselbe geantwortet wie dir: Ich habe nur meine Arbeit erledigt.«

»Das bedeutet, er ist vermutlich auch wütend auf mich. Ich bin mir sicher, dass viele Leute das sind.«

»Du hast doch gemeint, es wäre dir egal, was die anderen über dich denken.«

»Das ist es auch. Trotzdem ist es ganz schön viel.«

»Das verstehe ich.« Ich sollte wirklich anfangen, diesen Schlüssel zu suchen, aber ich warte ab, ob sie noch Fragen hat.

»Meinst du, ich bin ernsthaft in Gefahr?«

»Ich würde gerne Nein sagen, doch manche Menschen tun verrückte Dinge, wenn sie verzweifelt sind, und wer weiß, was passiert, nachdem er nun verhaftet worden ist. Du musst vorsichtig sein, und wenn du dich je unsicher fühlst, rufst du mich an. Ich bin innerhalb weniger Minuten da.«

»Danke. Vielleicht sollte ich nach New York zurückgehen, bis ich meine Aussage machen muss.«

»Willst du das denn?«

Sie zögert, bevor sie den Kopf schüttelt. »Ich finde es sehr schön bei Jack.« Dabei wird sie rot.

»Ich freu mich für euch.«

»Es ist eine überraschende Entwicklung inmitten von all dem anderen Kram.«

»Das kann ich mir vorstellen.«

»Okay, ich will dich nicht länger von der Arbeit abhalten. Danke für alles, Houston.«

»Gern geschehen. Halt die Ohren steif, und konzentriere dich auf das Ziel.«

»In Ordnung.«

»Soll ich dich zu deinem Wagen begleiten?«

»Wäre das ein Problem?«

»Überhaupt nicht.«

Eine Viertelstunde später stehe ich wieder auf der Lichtung und schalte den Metalldetektor ein, in der Hoffnung, einen Schlüssel zu finden, der hier vor vierzehn Jahren verloren wurde. Der Tag ist ungewöhnlich warm für die Jahreszeit, und als ich anfange zu schwitzen, lege ich meine Jacke zur Seite und kremple die Ärmel hoch.

Nach gut zwei Stunden wird meine Mühe belohnt. Ich hocke mich hin und ziehe mir einen Latexhandschuh an, um mit der Hand über eine Schicht aus Laub und Gestrüpp zu streichen, bis ich etwas Hartes spüre. Ich ziehe es darunter hervor, und es ist ein Honda-Autoschlüssel. Er ist von Moos und Erde bedeckt, aber das silberne H ist klar zu erkennen.

Ich halte ihn gegen das Licht, um ihn genauer anzuschauen, und lasse ihn dann in einen Beweismittelbeutel fallen.

Als ich zu meinem Wagen zurückgehe, fahren meine Eltern vor, die beim Zahnarzt waren. Es amüsiert mich, dass sie diese Sachen als Rentner immer zusammen machen.

Mom spricht am Handy mit jemandem und gibt mir auf dem Weg zum Haus einen Kuss auf die Wange. »Tante Betty lässt schön grüßen.«

»Grüß zurück.«

»Hast du den Schlüssel gefunden?«, fragt mein Dad.

»Ja.«

»Das ist gut. Wie sieht der nächste Schritt aus?«

»Ich werde ihn direkt an das Labor der University of Rhode Island schicken.«

Dad nickt zustimmend, weil er genauso gut wie ich weiß, wie wichtig eine geschlossene Beweismittelkette in einem Fall wie diesem ist.

»Dallas hat gestern Abend angerufen. Er ist sauer auf mich.«

»Ich weiß. Aber hör nicht auf ihn oder auf sonst irgendjemanden. Du hast das Einzige getan, was du tun kannst, wenn sich eine Zeugin meldet. Was von hier an passiert, ist weder deine Schuld, noch liegt die Verantwortung dafür bei dir.«

»Es ist nur schwer, wenn alle sauer auf mich sind, weil ich meinen Job mache.«

»Und genau aus diesem Grund hat sich die Frau damals nicht gemeldet. Wenn sich die Leute gegen einen wenden, ist das immer schlimm, egal, wann es passiert. Allerdings ist es besonders hart, wenn man zu jung ist, um damit umgehen zu können.«

»Das stimmt.«

Er legt mir eine Hand auf die Schulter. »Ich bin stolz darauf, wie du deinen Job erledigst.«

»Das bedeutet mir viel.«

»Ich bin auf noch sehr viel mehr stolz und hoffe, du weißt das.«

»Das tue ich. Danke.«

»Lass dich nicht beirren, mein Sohn.«

»Ich geb mir Mühe.«

Ich bin auf halbem Weg nach Kingston, wo die University of Rhode Island und ihr Kriminallabor beheimatet sind, als mein Handy klingelt. Es ist eine mir unbekannte Nummer. »Houston Rafferty.«

»Äh, hi, Houston, ich bin, äh, Ramona Travers. Ich bin mir nicht sicher, ob du dich an mich erinnerst. Ich war in Dallas' Jahrgang.«

»Ich erinnere mich an deinen Namen.« Ein Gesicht habe ich jedoch nicht dazu. »Was kann ich für dich tun?«

»Ich, äh, habe gehört, dass sich im Elliott-Fall eine Zeugin gemeldet hat und er angeklagt wurde.«

»Ja.« Ich warte darauf, dass sie mehr sagt, und mein Herz fängt an, schneller zu schlagen.

»An jenem Abend …«

»Warst du auf der Party?«

»Ja.«

»Hast du was gesehen, Ramona?« Ich halte am Straßenrand an,

damit ich keinen Unfall baue, während ich höre, was sie mir erzählen will.

»Ich … ich hab gesehen, wie sie zusammen von der Party weggegangen sind.«

»Bist du gewillt, das auszusagen?«

»Du sollst wissen …« Sie klingt den Tränen nahe. »Ich quäle mich damit, seitdem er das erste Mal vor Gericht stand. Ich wollte mich melden, aber ich konnte es nicht. Er war in der Schule wie ein Gott, und ich war ein Niemand. Ich war damals überhaupt nur bei der Feier, weil ich in jenem Sommer für fünf Minuten mit Brody Parker zusammen war.«

Ich atme tief ein. Brody ist einer von denen, die die Erklärung unterschrieben haben. »Und du bist gewillt, das vor Gericht zu wiederholen?«

»Würde es helfen?«

»Sehr sogar.«

Nach einer langen Pause erklärt sie: »Ja, dann würde ich aussagen.«

»Der Staatsanwalt wird mit dir reden wollen. Wäre es in Ordnung, wenn er dich anruft?«

»J-ja.«

»Gut. Dann wird Joshua Spurling von der Staatsanwaltschaft mit dir Kontakt aufnehmen.«

»Okay.«

»Tu mir einen Gefallen, und sprich mit niemandem darüber.«

»Mein Mann weiß davon.«

»Bitte ihn, es ebenfalls für sich zu behalten.«

»Wir werden niemandem etwas verraten.«

»Danke, dass du dich gemeldet hast.«

»Es tut mir leid, dass es so lange gedauert hat. Ich habe mich viele Jahre damit gequält.«

»Das verstehe ich. Wir bleiben in Kontakt. Ruf mich an, wenn ich in der Zwischenzeit irgendwas für dich tun kann.«

»Danke, Houston. Du bist sehr freundlich.«

Ich lege auf und wähle Blaises Nummer.

»Du wirst nicht glauben, was gerade passiert ist. Erinnerst du dich an Ramona Travers von der Highschool?«

»Ja, sie war in meinem Jahrgang.«

»Sie hat sich bei mir gemeldet, um mir mitzuteilen, dass sie gesehen hat, wie Ryder die Party mit Neisy verlassen hat.«

»Wow.«

»Ihrer Schilderung zufolge ging es ihr ganz ähnlich wie dir. Sie leidet unter Schuldgefühlen und Reue, weil sie so lange geschwiegen hat.«

»Ich kann das kaum glauben. Wäre es möglich, dass ich mit ihr spreche?«

»Ja. Nachdem sie ihre Aussage gemacht hat.«

»Natürlich. Halt mich auf dem Laufenden darüber, wann das ist.«

»Okay.«

Nachdem wir uns verabschiedet haben, bleibe ich noch einen Moment sitzen, um über das, was Ramona mir erzählt hat, nachzudenken und darüber, wie es helfen wird, den Fall gegen Ryder zu zementieren.

Er ist komplett geliefert. Ich frage mich, ob er sich dessen schon bewusst ist.

KAPITEL 24

Ryder
Heute

In meiner Zelle liege ich die ganze Nacht wach, während mich panische Angst vor dem quält, was als Nächstes kommt. Meine Gedanken kreisen um Caroline und meine geliebten Kinder und darum, was aus ihnen werden soll, wenn ich ins Gefängnis muss. Ich habe eine lukrative Karriere als Ingenieur aufgegeben, um für den Kongress zu kandidieren, und habe eine stattliche Summe unseres Privatvermögens investiert, um die Kampagne zum Laufen zu bringen. Das hier wird uns auf mehr als nur eine Weise ruinieren.

Ein uniformierter Beamter bleibt vor meiner Zelle stehen. »Da ist ein Anwalt, der Sie sehen will.«

Ich stehe auf und fahre mir mit den Fingern durchs Haar.

Der Polizist legt mir Handschellen an und führt mich in denselben Raum, in dem ich mich gestern Abend mit Cam getroffen habe.

Bevor er das Zimmer verlässt, nimmt der Beamte mir die Handschellen ab.

Der Anwalt hat graues Haar und eine Brille mit Metallgestell. Er trägt einen maßgeschneiderten Anzug, wie es auch mein ehemaliger Boss getan hat. »Ich bin Bennett Gormley«, stellt er sich vor und streckt mir die Hand hin.

Ich schüttle sie. »Ryder Elliott.«

»Ihr Bruder hat mich gebeten herzukommen. Ich habe Ihnen Kleidung zum Wechseln für den Gerichtstermin mitgebracht.«

Über einer Stuhllehne hängt einer meiner Anzüge, und mein Necessaire liegt auf dem Tisch. Das bedeutet, dass jemand bei mir zu Hause war, um diese Sachen zu holen. »Wie geht es meiner Frau?«

»Ich habe nicht direkt mit ihr gesprochen, aber Ihr Bruder sagt, dass sie sehr beunruhigt ist, wie Sie sich sicher vorstellen können.«

Davon zieht sich mein Magen noch schmerzhafter zusammen. »Was geschieht als Nächstes?«

»Die Anhörung in Ihrem Fall findet heute um zehn Uhr im Superior Court in Newport statt. Es handelt sich um ein Kapitalverbrechen, also werden wir uns zur Sache nicht äußern. Da es Ihre erste Straftat ist, können wir hoffen, dass Sie bis zum Prozess ohne Kaution auf freien Fuß gesetzt werden.«

Das ist eine Erleichterung.

Er schiebt mir ein Blatt Papier über den Tisch zu. »Das ist die Vereinbarung, die mich autorisiert, in Ihrem Namen tätig zu werden. Der Vorschuss beträgt fünfundzwanzigtausend Dollar. Die erste Hälfte wird nach der Anhörung fällig, die zweite innerhalb von dreißig Tagen.«

Eine Schockwelle rollt durch mich hindurch, als mir bewusst wird, wie schnell das unser Erspartes auffressen wird. Wir werden das Haus verkaufen müssen, und zwar sofort. Wo sollen wir hin?

»Mr Elliott?«

»Tut mir leid. Was haben Sie gesagt?«

»Ich habe gefragt, ob Sie in der Lage sind, den Vorschuss zu zahlen.«

»Ich, äh … Ja, aber nicht wesentlich mehr.«

»Wir müssen außerdem Ermittler engagieren, die sich das Opfer und die Zeugin genauer ansehen.«

»Nein.«

»Wie bitte?«

»Ich will nicht, dass sie durchleuchtet werden.«

»Verstehen Sie die Anklage, die gegen Sie erhoben wurde?«

»Ja.«

»Damit ich eine Verteidigung aufbauen kann …«

»Was ist, wenn ich mich schuldig bekenne? Muss ich Sie dann trotzdem bezahlen?«

Er starrt mich an, als hätte ich den Verstand verloren. »Sie haben kleine Kinder. Wenn Sie das tun, werden Sie die nächsten Jahre hinter Gittern verbringen. Wir brauchen nur ein Jurymitglied, das für einen Freispruch stimmt. Es wäre sehr unklug, auf schuldig zu plädieren.«

»Auch wenn ich es bin?«

»Sagen Sie mir das nicht.« Sein scharfer Ton lässt mich zurückzucken. »Sagen Sie so etwas zu niemandem.«

»Ich will, dass meine Frau und meine Kinder genug Geld zum Leben haben, sollte ich ins Gefängnis kommen. Wenn ich alles für meine Verteidigung ausgebe und trotzdem verurteilt werde, bleiben sie mittellos zurück.«

»Sie müssen das nicht heute entscheiden. Nach der Anhörung werden Sie vermutlich erst einmal entlassen. Dann können Sie das mit Ihrer Frau und Ihrer Familie besprechen. Aber jetzt sollten Sie sich für den Gerichtstermin umziehen. Danach sehen wir weiter.«

Er steht auf und verlässt den Raum.

Fünfundzwanzigtausend Dollar. Und das ist erst der Anfang. Mir ist schlecht vor Angst und Reue.

Dass ich in diesem Boot sitze, ist allein meine Schuld. Ich habe die Tat nicht nur begangen, sondern ich habe mir das hier selbst eingebrockt, weil ich mit dem netten, ruhigen Leben, das Caroline und ich für uns und unsere Kinder aufgebaut haben, nicht zufrieden war. Ich wollte unbedingt mehr. Cam hat mich gewarnt. Er meinte, es sei verrückt, mich den prüfenden Blicken auszusetzen, die sich auf einen richten, wenn man sich für ein politisches Amt bewirbt. Ich war mir nur so sicher, dass ich diese Probleme hinter mir gelassen hatte.

Wie wenig ich doch gewusst habe. Es gab eine Zeugin. Eine verdammte Zeugin. Und jetzt liegt mein Leben in Trümmern.

Tränen brennen mir in den Augen, während ich den Anzug anziehe, den Caroline mir geschickt hat. Ich versuche, mir vorzustellen, wie sie vor meinem Schrank in unserem Schlafzimmer steht und entscheiden muss, was sie dem Anwalt für meine Anhörung wegen Vergewaltigung und sexueller Nötigung einer Minderjährigen ins Gefängnis mitgibt.

Sie wird mich hierfür hassen. Und wer könnte es ihr verdenken?

Der Gedanke, dass sie mich hasst, ist so viel unerträglicher, als die Nacht im Gefängnis gewesen ist.

Als ich angezogen bin, hämmere ich gegen die Tür. Wieder kommt ein uniformierter Beamter, um mir Handschellen anzulegen, bevor er mich zu einem Waschraum führt. Zum Glück habe ich ihn für mich, während ich mich rasiere, mir die Zähne putze und die Haare kämme.

Erneut in Handschellen werde ich zu einem Wagen der State Police geführt, der mich zum Gericht in Newport fährt. Die Polizisten werfen mein Necessaire und die Tasche mit den Klamotten, die ich bei meiner Verhaftung anhatte, in den Kofferraum. Ich hoffe, das bedeutet, dass sie mich nach der Anhörung nicht zurückerwarten.

Wird Caroline da sein, oder wird sie nichts mit diesem Albtraum zu tun haben wollen? Ich hoffe fast genauso sehr, dass sie kommt, wie dass sie wegbleibt. Ich brauche sie da, auch wenn ich sie nicht verdient habe. Ich hatte sie nie verdient. Das war mir immer klar. Nun hat sie herausgefunden, wie ich wirklich bin, und muss zutiefst erschüttert sein.

Rund um das Gerichtsgebäude stehen Unmengen Übertragungswagen, was mich nicht überrascht. Die Verhaftung eines Kongresskandidaten ist eine Riesengeschichte in unserem Staat, in dem politische Korruption an der Tagesordnung ist. Aber dass ein Kandidat wegen einer Sexualstraftat angeklagt wird, ist selten. Ich wäre nicht überrascht, wenn es das sogar in die überregionalen Medien geschafft hätte.

Ich werde durch eine Seitentür reingebracht, hinter der Bennett Gormley auf mich wartet. »Sie haben ganz schön viele Schaulustige angezogen.«

»Ist meine Frau hier?«

»Ich bin mir nicht sicher, aber Ihre Eltern sind da. Cam hat mich ihnen vorgestellt.«

Der Umstand, dass meine Eltern hier sind, erfüllt mich mit tiefer Scham wegen dem, was ich ihnen zumute. Wenn meine Kinder nicht wären, würde ich dem hier auf der Stelle mit einem Schuldgeständnis ein Ende setzen. Gormleys Worte von vorhin, dass ich ihre Kindheit über im Gefängnis sein würde, hat mich zum Nachdenken gebracht. Ich muss erst mit Caroline sprechen, bevor ich irgendwas entscheide.

Noch nie habe ich eine solche Scham empfunden wie jetzt, wo ich in Handschellen in den Gerichtssaal geführt werde. Sie werden mir erst abgenommen, als ich mich neben Gormley an den Tisch der Verteidigung setze.

Ein Deputy Sheriff steht einen Meter von mir entfernt für den Fall, dass ich auf dumme Gedanken komme und versuche zu fliehen.

Erinnerungen an jenen lang zurückliegenden Sommer steigen in mir auf. Ich weiß noch, wie viel Angst ich hatte, als ich das erste Mal wegen dieser Tat angeklagt worden bin. Doch das war nichts im Vergleich zu dem, was ich jetzt empfinde, wo ich drei kleine Kinder und eine Frau habe, die ich von ganzem Herzen liebe – ganz zu schweigen davon, dass es nun eine Zeugin gibt, die beobachtet hat, wie ich ein Mädchen vergewaltigt habe.

Ich fürchte mich, mich umzudrehen, weil ich nicht die Enttäuschung und Angst in den Gesichtern meiner Lieben sehen will.

Alle im Saal erheben sich, der Richter kommt herein, und die Anwälte legen los. Gormley spricht von meinen tiefen Wurzeln in der Gemeinde und meiner jungen Familie, um dem Richter zu versichern, dass keine Fluchtgefahr besteht. Niemand sagt etwas zu mir. Ich werde bis zum Prozessbeginn ohne Kaution auf freien Fuß gesetzt und muss meinen Reisepass abgeben.

»Sie werden wieder in Gewahrsam genommen, bis die Papiere unterschrieben sind«, sagt Gormley und reicht mir eine Visitenkarte. »Suchen Sie mich heute Nachmittag um vier Uhr in meinem Büro auf, damit wir die Strategie besprechen können. Bringen Sie einen Scheck über fünfzig Prozent des Vorschusses mit.«

Wieder werden mir Handschellen angelegt, und ich werde zu einer Zelle im Gerichtsgebäude geführt.

Eine Stunde später erscheint der Deputy Sheriff mit den Dokumenten, die ich unterschreiben muss. »Sie haben zwölf Stunden dafür, Ihren Reisepass abzugeben, sonst landen Sie erneut in Haft.«

»Ich werde mich darum kümmern.«

»Das sollten Sie. Damit versteht man hier keinen Spaß. Und dies ist ein Kontaktverbot, das es Ihnen untersagt, mit dem Opfer oder sonst jemandem in Kontakt zu treten, der mit der Anklage in Verbindung steht.« Er reicht mir die Papiere.

Die Tür geht auf, und da ist Cam, der auf mich wartet. Er hält die Tasche mit meinen Habseligkeiten und mein Handy, das er mir reicht. »Wir müssen hinten raus. Vorne wimmelt es nur so von Presseleuten.«

Cams SUV steht mit laufendem Motor vor der Tür. Arlo sitzt am Steuer.

»Wo ist Caroline?«, frage ich, als wir wegbrausen. Wegen überhöhter Geschwindigkeit angehalten zu werden ist im Moment unsere geringste Sorge.

»Sie ist mit den Kindern zu Hause geblieben«, antwortet Cam. »Das haben wir alle für das Beste gehalten.«

Ich will wissen, ob »alle« Caroline selbst einschließt, verkneife mir die Frage aber. Ich werde noch früh genug erfahren, was sie denkt.

»Ich habe mit Blaise gesprochen.« Arlo schaut mich im Rückspiegel an. »Sie zieht ihre Aussage nicht zurück.«

»Wir haben ein weiteres Problem«, meint Cam.

»Welches?«, frage ich.

»Uns anderen könnte die eidesstattliche Erklärung auf die Füße fallen.«

»Wie kommst du darauf?«, fragt Arlo.

»Nur so ein Gefühl, das ich hatte, als ich vorhin mit dem Staatsanwalt geredet habe. Er will mich wegen einer anderen Sache sprechen. Ich wüsste nicht, was das sonst sein soll.«

»Verdammter Mist«, murmelt Arlo.

Auf dem Rest der Fahrt zu mir nach Hause sagt keiner ein Wort.

Ich vermeide es, auf mein Handy zu blicken, weil ich es nicht ertrage, was ich dort womöglich lesen werde.

Kaum trete ich durch die Tür, fühle ich mich wie ein Fremder in meinem eigenen Haus. Als würde ich schon nicht mehr hergehören. Ich höre die Stimmen der Kinder und frage mich, was sie zu Hause machen. Dann wird mir klar, dass Caro Miles und Grace nicht zur Schule geschickt hat, um sie vor dem Spott ihrer Klassenkameraden zu schützen. Denn unterdessen weiß garantiert die ganze Stadt, dass ich verhaftet wurde.

»Wir, äh … geben dir etwas Zeit mit deiner Familie«, meint Cam und stellt die Tasche mit meinen Sachen im Flur ab.

»Ich brauche jemanden, der meinen Reisepass zum Gericht bringt.«

»Das kann ich heute Nachmittag erledigen«, bietet Arlo an.

Ich drehe mich um und schaue die beiden Männer an, die schon mein ganzes Leben lang meine engsten Freunde sind. »Ich danke euch, dass ihr für mich da seid.«

»Immer«, sagt Arlo.

Cam wendet sich wortlos ab, was vermutlich für sich spricht.

Ich straffe die Schultern und betrete das Wohnzimmer, unsicher, was mich dort erwartet.

Miles sieht mich, stößt einen Schrei aus und kommt auf mich zugerannt. Die Mädchen sind direkt hinter ihm. Ich fange sie auf und umarme sie fest, atme den vertrauten Duft von Shampoo, Ahornsirup und Süße ein.

Als ich sie wieder absetze, weicht Miles einen Schritt zurück und mustert mich misstrauisch.

Ich lege eine Hand auf seinen hellbraunen Schopf. »Mir geht's gut, Kleiner. Mach dir keine Sorgen.«

Er wird mit Sicherheit Fragen haben, aber im Moment scheint ihn das zu befriedigen.

Ich drehe mich zu meiner Frau um, die mit einem Becher Kaffee in den Händen auf dem Sofa sitzt. Ihre Schwester Maggie, die in Philadelphia wohnt, ist bei ihr. Dass Maggie hier ist, verrät mir viel über Carolines seelischen Zustand.

»Könnte ich bitte unter vier Augen mit meiner Frau reden?«

Maggie wirft Caroline einen Blick zu, die nur stur geradeaus starrt und eher durch mich hindurchschaut, als mich anzusehen. Eisige Kälte liegt in der Luft. »Caro?«

Nach endlos erscheinenden Sekunden steht sie auf und geht nach oben, in Richtung unseres Schlafzimmers.

»Bleibt bei Tante Maggie, Kinder«, sage ich und folge ihr.

Im Schlafzimmer schließe ich die Tür hinter mir und lehne mich dagegen. Mein Blick schweift zum Bett, in dem wir uns erst zwei Nächte zuvor wie Frischverheiratete geliebt haben.

Caro steht mit dem Rücken zu mir, die Arme vor der Brust verschränkt, den Kopf auf eine Art gesenkt, bei der mich der Schmerz, weil ich ihr das hier angetan habe, beinahe zerreißt.

»Es tut mir leid.«

Sie wirbelt zu mir herum, und ihre Augen blitzen zornig. »Es tut dir leid? Tja, dann ist natürlich alles wieder gut. Sorry, Entschuldigung nicht angenommen.« So hat sie noch nie mit mir gesprochen – oder mit überhaupt jemandem –, und das schockiert mich.

Ich mache einen Schritt auf sie zu. »Ich verstehe, dass du …«

»Du verstehst gar nichts. Ich bin seit *acht Jahren* mit einem Lügner und Vergewaltiger verheiratet. Ich habe zehn Jahre lang neben einem Lügner und Vergewaltiger geschlafen und habe drei Kinder mit ihm gekriegt, nur um jetzt herauszufinden, dass ich ihn überhaupt nicht kenne.«

»Du kennst mich, Caro.«

Sie schüttelt den Kopf und streckt die Arme aus, um mich davon abzuhalten, näher zu kommen. »Du bist mir völlig fremd.«

»Nein, das stimmt nicht. Ich bin derselbe Mann, der ich immer gewesen bin.«

»Du bist ein Lügner! Und ein Vergewaltiger. Ich will dich hier nicht haben. Es ist mir egal, wo du hingehst oder was du tust, doch hier bist du nicht mehr willkommen.«

»Caroline, bitte, hör mir zu.«

»Ich will dich nie wieder sehen. Pack dein Zeug und verschwinde, damit unsere Kinder und ich die Chance haben, unser Leben zu retten.«

»Du kannst mir nicht die Kinder wegnehmen.«

»Hast du den Verstand verloren? Natürlich kann ich das. Du bist wegen eines Sexualverbrechens angeklagt! Es gibt keinen Richter auf der Welt, der dich auch nur in die Nähe der Kinder lassen würde.«

»Bitte … Sie bedeuten mir alles. Das weißt du.«

»Ich habe dir nichts mehr zu sagen. Nimm deinen Kram, verlass das Haus, und halte dich von uns fern, sonst erwirke ich eine gerichtliche Verfügung gegen dich.«

Sie drängt sich an mir vorbei und verlässt das Zimmer.

Ich sinke auf die Knie und breche in Tränen aus.

Caroline
Heute

»Du musst uns von hier wegbringen«, verlange ich nach der Konfrontation mit Ryder von meiner Schwester. Mein Herz ist in eine Million Teile zersplittert. »Bitte, Maggie. Bring uns weg.«

Sie ist gestern Abend hier eingetroffen, nachdem ich sie angerufen hatte, um ihr zu erzählen, dass mein Mann vor den Augen unserer Kinder, ihrer Freunde und von deren Eltern verhaftet worden ist und alle mich angeschaut haben, als wäre ich plötzlich ranzig geworden oder so.

Maggie springt sofort auf, ruft die Kinder und geht mit ihnen in ihre Zimmer, um zu packen. »Wir fahren in den Urlaub und werden ganz viel Spaß haben«, verkündet sie mit vorgetäuschtem Enthusiasmus.

»Ich will nicht in den Urlaub«, quengelt Miles und klingt den Tränen nahe. »Ich will in die Schule und mit meinen Freunden zusammen sein.«

Er weiß noch nicht, dass er nie wieder auf diese Schule oder zu seinen Freunden zurückkehren kann. Wie soll ich ihm erklären, dass das Leben, wie er es kennt, vorbei ist? Dass er den Mann verloren hat, den er seit seiner Geburt bewundert und geliebt hat?

Es ist unerträglich.

Wenn man mich gestern um diese Zeit gefragt hätte, ob ich Ryder je verlassen und unsere Kinder mitnehmen würde, hätte ich das weit von mir gewiesen.

Was an einem Tag nicht alles passieren kann.

Als ich die Polizisten auf uns habe zukommen sehen, dachte ich, sie wären wegen Michaels Vater da, der letztes Jahr wegen häuslicher Gewalt angeklagt war und dem es seitdem verboten ist, sich seiner Frau Lori und den Kindern auf weniger als dreihundert Meter zu nähern. Ich hatte ihn in der Ferne entdeckt und angenommen, die Polizisten wären da, um sich darum zu kümmern.

Man stelle sich meinen Schock vor, als mir klar wurde, dass sie wegen *meines* Mannes da waren und nicht wegen Loris.

Ich weiß nichts mit mir anzufangen, während ich darauf warte, dass Ryder geht, damit ich meine Sachen packen kann. Nichts hätte mich auf diesen Albtraum vorbereiten können. Ich bin eine dieser Ehefrauen, die andere Frauen nur zu gerne hassen, weil ich nach über zehn Jahren immer noch in meinen Mann verliebt bin und nie ein schlechtes Wort über ihn zu sagen habe. Also, zumindest war ich diese Frau mal. Jetzt weiß ich nicht mehr, wer oder was ich bin.

Am Boden zerstört.

Geschockt.

Unglaublich wütend.

All das und dazu wahnsinnig enttäuscht, weil ich herausgefunden habe, dass der Mann, den ich von ganzem Herzen geliebt habe, ein Lügner und Vergewaltiger ist. Natürlich ist er auch vieles andere: ein liebevoller Ehemann und Vater, der hart arbeitet, um uns ein gutes Leben zu ermöglichen, und ein wunderbarer Sohn, Bruder, Onkel und Freund. Aber was bedeutet das jetzt noch, nachdem die Wahrheit ans Licht gekommen ist?

Er hatte mir erzählt, dass ihm vorgeworfen worden sei, ein Mädchen vergewaltigt zu haben, das bei ihm auf der Schule war. Ich hab ihn geradeheraus gefragt, ob er es getan hat. Er hat mir in die Augen geschaut und mit Nein geantwortet. Ich bin nicht sicher, ob ich ihn je wirklich gekannt habe.

O Gott ... Die Spendenveranstaltung, die wir jedes Jahr im Namen von Ryders vergötterter Jugendliebe organisieren ... Ich kann schlecht ihren Bruder Marty anrufen und ihm erklären, dass wir nicht dabei sein werden. Doch der hat bestimmt inzwischen auch von Ryders Verhaftung gehört.

Schwere Schritte auf der Treppe verraten mir, dass er herunterkommt.

Ich flüchte ins Gästebad im Erdgeschoss und schließe die Tür, damit ich ihn nicht noch mal sehen muss.

Denn ich fürchte, ich würde ihn anflehen zu bleiben, da ich keine Ahnung habe, was ich ohne ihn anfangen soll. Wie soll ich ohne seine emotionale, körperliche und finanzielle Unterstützung allein drei Kinder großziehen? Ich habe heute kaum etwas gegessen, aber wenn ich daran denke, dass wir einen Großteil unserer Ersparnisse in einer Kampagne versenkt haben, die jetzt vorbei ist, muss ich mich zusammenreißen, um mich nicht zu übergeben.

Das hier wird uns beide auf alle nur möglichen Arten zerstören, was so verdammt unfair ist. Ich habe nie etwas anderes getan, als ihn und unsere Kinder zu lieben.

»Caro.«

Beim Klang seiner Stimme vor der Tür schlage ich mir die Hand vor den Mund, damit er mein Schluchzen nicht hört.

»Bitte. Ich liebe dich. Ich liebe unsere Familie. Bitte zwing mich nicht, zu gehen.«

»Du *musst* gehen, Ryder«, erwidert Maggie. »Mach es für sie und die Kinder nicht schwerer, als es ohnehin schon ist.«

»Ich will mit meiner Frau reden.«

»Sie hat dich gebeten, von hier zu verschwinden, und das solltest du jetzt tun.«

»Ich gehe nirgendwohin. Das hier ist mein Haus.«

»Nicht mehr.«

Ich danke Gott dafür, dass Maggie die Dinge sagt, die zu sagen ich nicht über mich bringe.

»Das will ich von ihr selbst hören.«

»Sie hat dir bereits erklärt, wie sie empfindet. Warum machst du es für sie schlimmer, als es sein muss?«

»Ich will die Kinder sehen.«

»Es ist besser, wenn du das nicht tust. Bitte geh jetzt, damit sie ihr Leben wieder zusammenflicken können.«

Ich halte den Atem an und weine stumm. Mein Herz ist gebrochen. Beinahe von dem Tag an, an dem wir uns kennengelernt haben, habe ich diesen Mann aus tiefster Seele geliebt.

Ein paar Minuten später klopft Maggie leise an die Tür. »Er ist weg.«

Ich öffne die Tür und falle meiner Schwester schluchzend in die Arme. »Ich weiß nicht, ob ich das überleben werde.«

»Natürlich wirst du das. Du musst. Deine Kinder brauchen dich.«

»Ich kann nicht.«

»Doch, du kannst. Ich bin bei dir. Versprochen.«

»Mommy?«

Ich löse mich von Maggie und versuche, mich für meinen Sohn zusammenzureißen. »Hey, Süßer.«

»Warum weinst du?«

»Weil ich traurig bin.«

»Wo ist Daddy?«

»Er musste weg.«

»Wohin?«

»Ich bin mir nicht sicher, aber wir fahren für eine Weile zu Tante Maggie. Hast du alles gepackt?«

Sein kleines Kinn bebt. »Ich will nicht weg. Ich will zur Schule und meine Freunde sehen. Ich habe am Samstag Basketball. Das darf ich nicht verpassen. Meine Mannschaft braucht mich.«

Und erneut bricht mir das Herz. »Im Moment machen wir erst einmal Ferien.«

»Ich muss doch zur Schule. Ich will keine Ferien.«

Es klingelt an der Tür, und ich fürchte, mein Kopf wird gleich explodieren.

»Geh«, sagt Maggie. »Ich kümmere mich um ihn.«

Ich öffne die Haustür und finde mich meiner Nachbarin und engen Freundin Aimee gegenüber. Ich bin überrascht, dass sie eine Auflaufform in den Händen hält. Nachdem ich die Sturmtür aufgezogen habe, zwinge ich mich zu einem kleinen Lächeln. »Komm rein.«

»Ich habe was zum Abendessen für euch.«

Sie reicht mir die Form und einen Stoffbeutel. »Das sind die Nudeln, die die Kinder so gerne mögen, dazu Salat, Knoblauchbrot und Brownies.«

»Vielen, vielen Dank.«

Tränen glitzern in ihren Augen. »Es tut mir so unendlich leid, Caro. Uns allen. Wir können uns nicht vorstellen, wie du dich fühlen musst.«

»Ich bin am Boden zerstört.«

Maggie kommt, um mir das Essen abzunehmen, und lächelt Aimee an, die sie schon früher ein paarmal getroffen hat.

»Erinnerst du dich an meine Schwester Maggie?«

»Aber sicher. Ich bin froh, dass du hier bist.«

»Ich auch.«

Maggie lässt uns wieder allein.

»Was hast du jetzt vor?«, fragt Aimee.

»Ich schätze, wir fahren zu Maggie, da wir kaum hierbleiben können.«

»Doch, das könnt ihr. Alle fühlen mit dir und den Kindern.«

»Wirklich?«

»Ja! Mein Gott, Caro. Es ist weder deine Schuld noch die der Kinder. Du hast so viele gute Freunde im Ort, die dich hierbei unterstützen wollen, so wie du uns stets unterstützt hast. Du warst immer die Erste, die mit Essen, Mitgefühl und allem, was sonst gebraucht wurde, zur Stelle war. Geh nicht. Bleib hier, und lass dir von uns helfen.«

Tränen rollen mir über die Wangen, als sie mich umarmt. »Danke.«

»Ich weiß, es ist im Moment schwer zu glauben, aber du wirst das durchstehen. Das weiß ich.«

»Ich bin mir da nicht so sicher.«

»Doch, du schaffst das.«

»Wie soll ich ohne ihn die Rechnungen bezahlen?«

»Du fängst damit an, dass du dich für deine wunderbaren Backwaren bezahlen lässt, die du immer für alle zum Geburtstag zauberst. Ich hab dir schon oft genug gesagt, dass du dich damit selbstständig machen sollst.«

»Das kann ich nicht mit drei kleinen Kindern.«

»Das kannst du, und das wirst du. Wir helfen dir. Du bist nicht allein.«

Erneut umarmt sie mich, und ich fühle mich ein wenig besser. Es tut gut, zu wissen, dass ich die Unterstützung meiner Freunde habe, die ein so wichtiger Bestandteil meines Lebens sind, obwohl diese Stadt Ryders war, als ich hergezogen bin. Aber ich habe mir hier ein eigenes Leben aufgebaut und bin dankbar, dass meine Freunde vorhaben, zu mir und den Kindern zu halten.

Das und Aimees hilfreicher Vorschlag, wie ich mir meinen Lebensunterhalt verdienen kann, machen einen großen Unterschied in diesem Albtraum, in dem ich gefangen bin.

KAPITEL 25

Ryder
Heute

Nachdem ich mein Haus verlassen habe, rufe ich Arlo an, damit er mich zu meinem Auto bringt, das immer noch am Sportplatz steht. Während ich warte, lehne ich mich gegen Carolines neuen Minivan. Die monatliche Rate beträgt sechshundert Dollar. Wie soll ich mit der massiven Anwaltsrechnung, die über unseren Köpfen schwebt, nur all meinen finanziellen Verpflichtungen nachkommen?

Da Arlo in der Nähe wohnt, ist er zehn Minuten später da.

»Wir müssen über die Kampagne sprechen«, sagt er auf dem Weg zu dem Sportplatz, auf dem sich mein Leben für immer verändert hat.

»Was für eine Kampagne? Die war in der Sekunde vorbei, in der ich gestern verhaftet worden bin.«

»Ich kümmere mich darum, dass es offiziell bekannt gegeben wird.« Er wirft mir einen Blick zu und wirkt so gestresst, wie ich ihn noch nie erlebt habe. »Mein Handy klingelt den ganzen Tag wegen Anrufen von den anderen Jungs, die damals die Erklärung unterschrieben haben. Sie machen sich Sorgen.«

»Wir sollten mit Cam darüber sprechen, um zu hören, ob sich die Staatsanwaltschaft diesbezüglich schon bei ihm gemeldet hat.«

Als der Anwalt der Gruppe ist Cam üblicherweise der, an den wir uns wenden, wenn wir juristischen Rat brauchen. Dass er und unsere engsten Freunde in diesen Schlamassel mit hineingezogen werden könnten, verschlimmert den Albtraum nur.

Arlo ruft Cam über die Freisprechanlage an. »Hey, ich bringe Ryder gerade zu seinem Wagen. Wir haben die Entscheidung getroffen, die Kandidatur zurückzuziehen.«

»Okay.«

»Die anderen haben sich alle wegen der Erklärung bei mir gemeldet …«

»Die könnte uns tatsächlich Probleme bereiten.«

»Meinst du?« Arlos Stimme klingt ein wenig höher als sonst.

»Mein Kontakt im Büro der Staatsanwaltschaft hat mir verraten, Neisy besteht weiter darauf, dass diese Erklärung absoluter Bullshit war. Sie hat gesagt, dass ihre Kooperation bei der Wiederaufnahme des Falls davon abhängt, dass sie dagegen ebenfalls vorgehen. Er meinte, sie würden die Sache prüfen.«

»Verdammter Drecksmist«, flucht Arlo.

»Ich sage Bescheid, sobald ich etwas höre«, erklärt Cam und legt auf.

»Dir auch einen schönen Tag«, schnaubt Arlo.

»Er ist sauer auf mich, nicht auf dich. Er hat mir eindringlich geraten, ich solle wegen der Leiche in meinem Keller nicht kandidieren. Ich hätte auf ihn hören sollen.«

»Du konntest ja nicht ahnen, dass ausgerechnet meine Schwester es gesehen hat und sich als Zeugin meldet.« Er klingt wütend und verbittert. »Ich kann immer noch nicht glauben, dass sie das getan hat.«

»Cam hatte recht. Ich hätte die Füße still halten sollen. Ich hätte mit dem, was ich hatte, zufrieden sein und meinem Glücksstern danken sollen, dass ich beim ersten Mal davongekommen bin.« Ich schaue aus dem Fenster auf die vertraute Szenerie der Stadt, die ich den Großteil meines Lebens über mein Zuhause genannt habe. »Ich will, dass du verstehst, warum ich das Bedürfnis hatte, überhaupt zu kandidieren …«

»Ja, das habe ich mich schon länger gefragt. Es ist so aus dem Nichts gekommen.«

»Nicht für mich. Ich hatte schon eine Weile darüber nachgedacht, und als Altman beschlossen hat, abzudanken, erschien es mir wie ein Fingerzeig des Schicksals.«

»Ich hätte mir nie vorstellen können, dass dich die große Politik reizt.«

»Das hatte ich schon immer im Hinterkopf. Nachdem ich das erste Mal angeklagt worden war, dann die Absage von der Marineakademie kassiert hab und schließlich auch noch Louisa gestorben ist … Ich habe lange gebraucht, um zu entscheiden, wie es bei mir weitergehen soll. Ich habe mich bemüht, an der Universität glücklich zu sein, aber ich war total durch den Wind. Louisa hat mir so sehr gefehlt. Nach jenem Sommer war nichts mehr wie vorher. Ich wollte versuchen, etwas von der Magie zurückzuholen, verstehst du?«

»Ja, vermutlich schon.« Er wirft mir einen zögernden Blick zu.

»Was ist los, Arlo?«

»Jen will, dass ich mich von dir fernhalte. Sie flippt aus, weil ich arbeitslos bin und Umgang pflege mit …«

»Einem Vergewaltiger?«

»Ja.«

Das Herz wird mir schwer. Mein Bruder ist wütend auf mich, und jetzt erzählt mir mein bester Freund, dass ich Persona non grata bin. »Das verstehe ich.«

»Wenn es nur um mich ginge, würde ich mich niemals von dir abwenden, Mann. Sag mir, dass du das weißt.«

»Ja, das weiß ich.«

Er muss seine Familie schützen. Ich werfe ihm nicht vor, dass er tut, was für sie am besten ist. Meine engsten Freunde könnten meinetwegen in große Schwierigkeiten geraten. Natürlich werden sie sich von mir fernhalten.

Arlo biegt auf den Parkplatz ab, der leer ist bis auf den silbernen BMW-SUV, den ich mir nicht länger leisten kann. »Ich bete, dass du einen Weg aus alldem heraus findest.«

»Danke.«

»Es tut mir leid, dass es ausgerechnet meine Schwester ist, die das alles verursacht hat.«

Ich schaue ihn an. »Sie hat da rein gar nichts ›verursacht‹.« So nah bin ich der Wahrheit ihm gegenüber noch nie gekommen. »Das mit dem Job tut mir leid. Es hat Spaß gemacht, mit dir zusammenzuarbeiten, auch wenn es nur kurz war.«

»Mir auch.«

»Informierst du Dallas bezüglich des Endes der Kampagne?«

»Ja, ich kümmere mich darum.«

Ich lege die Hand an den Türgriff. »Deine Freundschaft in all diesen Jahren hat mir alles bedeutet, Arlo.«

»Geht mir genauso.«

Bevor wir noch rührseliger werden können, steige ich aus und winke ihm zum Abschied, wobei ich mich frage, ob ich ihn wohl je wiedersehen werde.

Ich habe fünfzehn Minuten dafür, zu Gormleys Büro zu fahren. Auf dem Weg dorthin denke ich über das nach, was der Anwalt dazu gesagt hat, was ich bei meinen Kindern alles verpassen werde, wenn ich mich schuldig bekenne. Und dass es nur ein Jurymitglied braucht, um freigesprochen zu werden.

Ich bin hin- und hergerissen, was ich tun soll. Bevor ich das Haus verlassen habe, habe ich mir einen Scheck geschnappt, um Gormley zu bezahlen. Ich hoffe, dass auf unserem Konto mehr als zwölfeinhalbtausend Dollar liegen, sonst droht mir auch noch eine Anzeige wegen Scheckbetrugs.

Als ich seine Kanzlei in Newport betrete, werde ich in ein Besprechungszimmer geführt.

Gormley kommt eine Minute später. »Sie haben eine zweite Zeugin.«

Die Neuigkeit trifft mich wie ein Schlag von einem Elektroschocker. »Wen?«

»Ist das wichtig? Sie haben jemanden, der gewillt ist, auszusagen, dass Sie die Party mit der Frau verlassen haben, die Sie später wegen Vergewaltigung angezeigt hat. Das zusätzlich zu der Person, die behauptet, Zeugin des eigentlichen Akts gewesen zu sein, macht die Sache für die Anklage eigentlich wasserdicht.«

»Sie haben gesagt, ich solle mich nicht schuldig bekennen, doch ich hab mehr und mehr den Eindruck, als sollte ich genau das tun.«

»Ich will ehrlich mit Ihnen sein. Das Ganze hier ist ein wenig zu groß für mich.«

»Mein Bruder arbeitet daran, jemanden zu finden, der in solchen Fällen erfahrener ist.«

»Das halte ich für eine gute Idee.«

»Was könnte mir im Falle einer Verurteilung drohen?«

»Möglicherweise zwanzig Jahre oder mehr.«

Zwanzig Jahre.

Oder mehr.

Dann werden meine Babys erwachsen sein, werden ohne mich groß geworden sein. Der Gedanke verstört mich so sehr, dass mir die Tränen kommen.

Gormley reicht mir ein Taschentuch.

»Es tut mir leid. Ich, äh … Ich gehe dann mal besser«, stoße ich hervor.

»Viel Glück.«

»Danke.«

Völlig verzweifelt stolpere ich aus der Kanzlei. Ich werde im Gefängnis landen. Möglicherweise für mehrere Jahrzehnte. Meine Familie wird mittellos zurückbleiben, meinem Bruder und meinen engsten Freunden drohen schwerwiegende Konsequenzen, und das ist alles meine Schuld.

Blaise
Jetzt

Am dritten Morgen, nachdem ich das tote Tier auf meiner Veranda vorgefunden habe, wache ich zu einer Textnachricht von Sienna auf.

Können wir reden?

Ich öffne sie nicht, damit sie nicht als gelesen markiert wird.

»Was ist los?«, fragt Jack.

Er hat darauf bestanden, dass ich bei ihm und der Glock bleibe, die er in seinem Nachttisch aufbewahrt. Die Waffe hat er vor ein paar Abenden ins Spiel gebracht und mir auch gezeigt, wie sie zu benutzen ist, sollte das jemals nötig werden. Die Vorstellung, dass ich möglicherweise mal auf jemanden schießen muss, ist zu groß, als dass ich sie in den Kopf kriege.

»Sienna hat mir eine Nachricht geschickt.«

»Das ist deine ehemalige beste Freundin, oder?«

»Ja. Und sie ist mit Ryder Elliotts älterem Bruder Camden verheiratet. Sie sind seit der Mittelstufe zusammen.«

»Was will sie?«

»Reden.«

»Darüber, dass du nicht gegen ihren Schwager aussagen sollst?«

»Vermutlich.«

»Lösch die Nachricht. Du schuldest ihr gar nichts.«

»Kann ich dir etwas verraten, das du niemals einer Menschenseele erzählen darfst?«

»Natürlich.«

Weil er mir gezeigt hat, dass ich ihm vorbehaltlos vertrauen kann, sage ich: »Sie war an jenem Abend mit mir da. Sie hat es auch gesehen.«

Er stützt sich auf einen Ellbogen. »Weiß Houston das?«

»Als ich meine ursprüngliche Aussage gemacht habe, habe ich ihm erklärt, dass ich nur für mich spreche. Aber ich glaube, aufgrund anderer Dinge, die ich erwähnt habe, kann er sich denken, dass sie dabei war. Sie war diejenige, die damals verlangt hat, dass ich den Mund halte, wenn ich nicht als Paria enden will. Sie meinte, sie werde abstreiten, dort gewesen zu sein.«

»Wollte er nicht wegen des toten Tiers mit ihr sprechen?«

»Ja.«

»Frag ihn, wie das gelaufen ist.«

Ich schicke Houston eine Nachricht und erkundige mich, ob er schon mit Sienna geredet hat.

Er schreibt sofort zurück.

Das habe ich. Sie hat angegeben, sie sei den ganzen Vormittag über zu Hause gewesen und dass mehrere ihrer Nachbarn bestätigen könnten, dass sie an jenem Morgen an der Bushaltestelle gewesen sei.

Hast du ihr gesagt, warum du das wissen willst?

Nicht ausdrücklich. Sie hat gefragt, und ich hab ihr geantwortet, das sei vertraulich. Ist noch etwas vorgefallen?

Sie hat mir geschrieben, dass sie reden will.

Und wie stehst du dazu?

Ich will das nicht.

Dann lass es. Du bist nicht dazu verpflichtet.

Hast du den Schlüssel gefunden?

Ja.

Das ist gut, oder?

Es hilft. Genau wie die weitere Zeugin, die sich gemeldet hat.

Ich konnte es kaum glauben, als er mir erzählt hat, dass Ramona Travers gesehen hat, wie Ryder und Neisy zusammen die Party verlassen haben.

Halte durch, und sag mir Bescheid, wenn du irgendwas brauchst.

Okay. Danke.

Ich lese Jack die Nachrichten vor.

»Er hat recht. Du schuldest ihr nichts.«

»Ist es komisch, dass ich trotzdem neugierig bin, was sie von mir will?«

»Überhaupt nicht. Wenn du sie treffen möchtest, dann tu das. Allerdings zu deinen Bedingungen, nicht zu ihren, und vergiss nicht, dass sie persönlich von dieser Sache betroffen ist.«

»Das ist sie, seitdem es passiert ist. Ihr ging es immer darum, Cam zu schützen. Eigentlich hatte ich schon vorher die Nase voll von ihr, doch wir waren seit der dritten Klasse befreundet. So etwas gibt man nicht einfach ohne Weiteres auf.«

»Stimmt.«

»Ich wäre niemals dort gewesen, wenn sie wegen Cam nicht so verunsichert gewesen wäre und daher unbedingt hätte wissen wollen, was er so trieb, wenn sie nicht dabei war.«

»Wenn du dem Staatsanwalt gegenüber erwähnst, wer damals mit dir dort war, könnten sie Sienna vorladen.«

»Sie würde vermutlich lügen.«

»Das unter Eid zu tun ist nicht ohne. Sie riskiert, wegen Meineids verurteilt zu werden. Houston hat gemeint, deine Beschreibung der Ereignisse stimme beinahe Wort für Wort mit der des Opfers überein, oder?«

»Ja.«

»Wenn du unter Eid aussagst, dass Sienna bei dir gewesen ist, würde es ihr schwerfallen, es abzustreiten, ohne sich einer möglichen Klage wegen Meineids auszusetzen.«

»Das stimmt.«

»Würde sie das und in der Folge vielleicht sogar eine Haftstrafe riskieren, um ihren Schwager zu schützen?«

»Vermutlich nicht. Es ist interessant, wie sich das, was für die Beteiligten auf dem Spiel steht, inzwischen verändert hat – auch für sie.«

»Du hättest nichts zu verlieren, wenn du diese Information an die Anklage weitergibst.«

»Nein, trotzdem werde ich das nicht tun. Auch wenn unsere Freundschaft vorbei war, als sie verhindert hat, dass ich Neisy helfe oder jemandem erzähle, was wir gesehen haben. Ich stehe dazu, dass ich es dennoch hätte tun müssen, aber sie war sehr überzeugend in ihrer Darstellung dessen, was es für mich bedeuten würde, wenn ich meinem Gewissen folge.«

»Gruppenzwang kann sehr mächtig sein.«

»O ja. Als Teenager zählt nur, was die Freunde von einem halten. Wenn ich jetzt daran denke, was für Sorgen ich mir darüber gemacht habe, was Leute, die mir nicht einmal wichtig waren, über mich denken würden, winde ich mich immer noch innerlich. Heute könnte ich dir nicht mal mehr sagen, wer der Großteil dieser Leute überhaupt war.«

Er wickelt sich eine meiner Haarsträhnen um den Finger. »Warst du Teil der coolen Clique?«

»O Gott, nein«, erwidere ich lachend. »Überhaupt nicht. Sienna befand sich am Rand davon, weil sie mit Cam zusammen war, und mein Bruder war mittendrin, doch ich war immer eher im Hintergrund und wurde von den beliebten Kids nicht weiter beachtet. Das hat mich nie wirklich gestört, bis Sienna mir eingeredet hat, alle würde mich hassen, wenn ich mich gegen Ryder stelle.«

»Ich kann kaum glauben, dass dir niemand Beachtung geschenkt hat.«

»Tja, so war es aber. Niemand hat auch nur einen Gedanken an mich verschwendet, was total in Ordnung war. Im Zentrum der Aufmerksamkeit hab ich mich nie wohlgefühlt, nicht einmal an meinem Geburtstag. Das fand ich im Gegenteil immer sehr unbehaglich.«

»Und doch bist du auf die Schauspielschule gegangen?«

»Ich weiß. Das ist verrückt, oder? Irgendwie hat es mich gereizt, in die Rolle eines anderen zu schlüpfen und meine eigene Geschichte für eine Weile hinter mir zu lassen.«

»Das kann ich verstehen. Ich hoffe, es ist in Ordnung, wenn du jetzt meine volle und ungeteilte Aufmerksamkeit hast.«

»Du versuchst bloß, mich dazu zu bringen, rot zu werden.«

Er fährt mit einer Fingerspitze über meine Wange. »Ich sage es nur ungern, aber es funktioniert.«

»Uff, das hasse ich mehr als alles andere.«

»Du kannst nicht das hassen, was ich am meisten liebe.«

»Doch, kann ich.«

»Nope.«

Er küsst mich und lässt mich vergessen, warum ich mich überhaupt mit ihm »gestritten« habe. Je mehr Zeit ich mit ihm verbringe, desto mehr scheine ich mich von dem Leben zu entfernen, das ich geführt habe, bevor ich ihn kennengelernt habe. Ich will einfach nur da sein, wo er ist, worüber wir vermutlich irgendwann mal reden sollten. Aber im Moment bin ich von seinen Küssen zu betrunken, um über irgendwas anderes nachzudenken als das, was gerade passiert.

Das T-Shirt, das ich zum Schlafen getragen habe, wird mir über den Kopf gezogen, sodass ich seinem hitzigen Blick ausgeliefert bin.

»Du bist so schön. Ich kann mir nicht vorstellen, dass irgendwer dich übersehen könnte.«

Mit seinen Worten und seinen sanften Berührungen setzt er mich in Flammen. Vor allem jedoch weckt er Gefühle in mir, die ich noch nie zuvor empfunden habe. Vielleicht weil ich nie frei war, um etwas so zu genießen, wie ich es jetzt kann. Seine Lippen sind überall, als er mich Kuss für Kuss verführt. Ich strecke die Hände nach ihm aus, aber er hält mich auf. »Entspann dich einfach, und lass dich von mir lieben.«

Das ist leichter gesagt als getan, als er zwischen meine Beine rutscht und mich mit seiner Zunge und seinen Fingern zu einem überwältigenden Höhepunkt bringt. Auch das habe ich noch nie zuvor mit einem Partner erlebt, und es ist so viel besser, als wenn ich mich selbst befriedige.

»Brauchen wir Verhütung?«

»Ich bin geschützt, daher ist es von meiner Seite aus sicher.« Jetzt ist nicht der richtige Zeitpunkt dafür, ihm zu erklären, dass meine Periode unregelmäßig und äußerst schmerzhaft war, bis ich angefangen habe, die Pille zu nehmen.

»Das gilt auch für mich.«

»Und du weißt genau, was du zu mir sagen musst.«

Er stützt sich über mir ab und streicht mir die Haare aus dem Gesicht. »Ich will, dass du dich bei mir immer wohlfühlst.«

»Im Moment fühle ich mich eher ein bisschen unwohl«, erwidere ich mit einem flirtenden Lächeln und verführerischen Hüftbewegungen, ein Verhalten, das völlig neu für mich ist. Schon erstaunlich, wie sehr es mich verändert hat, mich von der Last zu befreien. Ich erkenne jetzt, was mir all die Jahre gefehlt hat, in denen ich das Geheimnis mit mir herumgeschleppt habe.

»Ich wette, ich weiß, wie ich das ändern kann.« Er dringt in mich ein, und die Empfindungen, die es mit sich bringt, das mit jemandem zu tun, der mir viel bedeutet, lassen mich aufkeuchen. »Ist das in Ordnung?«

»Hmmm, ja. Sehr in Ordnung«, antworte ich atemlos.

Weil er mich gleichzeitig so erregt und in einen Zustand der Entspannung versetzt hat und weil mein Gewissen rein ist und mein Leben voller neuer Möglichkeiten steckt, genieße ich das hier so sehr wie nie zuvor. Bei ihm kann ich mich ohne Vorbehalte gehen lassen.

»Ich wusste, dass es mit dir umwerfend sein würde«, flüstert er.

»Wirklich?«

»O ja.«

»Danke, dass du so geduldig mit mir bist.«

»Blaise …« Er schließt die Augen und lässt den Kopf in den Nacken fallen. »Sag mir, dass du kurz davor bist.«

»Das bin ich.«

Er bewegt sich schneller und bringt uns beide über die Ziellinie. Es ist ein Moment der vollkommenen Einheit, wie ich sie nie zuvor erlebt habe.

»Das müssen wir unbedingt noch mal machen«, meint er. »Und noch mal und noch mal und noch mal.«

»Du hast mich gar nicht vorgewarnt, dass du so unersättlich bist.«

»Das war ich bisher auch nicht. Ich habe jedoch so eine Ahnung, dass ich es mit dir durchaus sein könnte.«

»Ich Glückspilz«, antworte ich lachend.

Er hebt den Kopf, um mich zu küssen. »Nein, *ich* bin der Glückspilz.« Als er mich anschaut, leuchten ihm seine Gefühle aus den Augen, und ich empfinde etwas, das je zu erfahren ich schon aufgegeben hatte. »Das mit uns ist gut. Ich hoffe, du spürst das genauso.«

»Ja.«

»Was wollen wir deswegen unternehmen?«

»Ich bin mir noch nicht sicher, aber ich muss mich erst um meinen Job kümmern, bevor Wendall einen Nervenzusammenbruch erleidet.«

»Ich will dich nicht gehen lassen.«

»Und wenn ich verspreche, sofort wieder zurückzukommen?«

»Na ja, wenn du es versprichst …«

Lächelnd ziehe ich ihn für einen Kuss zu mir.

»Du kannst mich nicht erst so küssen und mir dann erklären, dass du fortmusst.«

»Ich kehre postwendend zurück. Versprochen.«

»Na gut«, sagt er und zieht einen hinreißenden Schmollmund, während er sich von mir löst und auf den Rücken rollt.

Fenway hebt in ihrem Hundebett den Kopf, um zu sehen, was wir machen. Ich hoffe, sie ist nicht fürs Leben traumatisiert von dem, was hier eben in diesem Bett geschehen ist.

Obwohl wir uns gerade hemmungslos geliebt haben, bin ich

verlegen und wickle mich in eine Decke, um ins Bad zu gehen, wo ich schnell dusche und mich anziehe.

»Bin gleich zurück«, sage ich, als ich wieder rauskomme und nach unten laufe, Fenway auf den Fersen.

Als ich die Hintertür öffne und wir das Haus verlassen, bellt Fenway eine Frau an, die an ihrem Wagen lehnt.

»Fenway, stopp!« Ich streiche mir mit der Hand übers Haar und frage mich, ob ich wohl so aussehe, als hätte ich gerade heißen Sex gehabt. »Kann ich Ihnen helfen?«

Fenway entfernt sich, um sich eine Stelle zum Pinkeln zu suchen.

»Du erinnerst dich vermutlich nicht mehr an mich. Ich bin Mary Elliott.«

O verdammt. Ryders Mutter. »Äh, doch, ich erinnere mich an Sie.« Auch wenn ich sie nicht sofort wiedererkannt habe, tue ich das jetzt, wo ich weiß, wer sie ist. Ihre Haare sind grau geworden, und ihr Gesicht hat mehr Falten als damals. Sie war eine von diesen Leuten, die bei jedem Spiel und jeder Veranstaltung der Schule anwesend waren. Sie ist fester Bestandteil der Gemeinschaft dieser Stadt. »Was kann ich für Sie tun?«

»Ich glaube, du weißt, warum ich hier bin.«

»Damit kann ich Ihnen nicht helfen.«

»Wirklich nicht?«

»Nein.«

»Du könntest einen Rückzieher machen und auf die Aussage verzichten.«

»Dazu bin ich nicht bereit.«

»Warum meldest du dich jetzt, nach so langer Zeit?«

»Ich hätte es gleich tun müssen, aber damals hatte ich zu viel Angst davor, dann von allen gehasst zu werden. Das ist mir jetzt nicht mehr wichtig.«

»Ryder ist ein guter Mann«, erklärt sie mit tränenerstickter Stimme. »Er ist ein liebevoller Ehemann und Vater von drei kleinen Kindern. Sein Leben ist aus der Bahn geraten, als klar wurde, dass er Louisa verlieren würde. Ich sage das nicht, um Entschuldigungen für ihn zu finden.«

»Für das, was er getan hat, gibt es keine Entschuldigung.«

»Vielleicht haben deine Augen dich getäuscht.«

»Das haben sie nicht, Mrs Elliott. Ich habe gesehen, wie er sie vergewaltigt hat, und das werde ich auch aussagen. Es tut mir leid, was das für Sie und Ihre Familie bedeutet, doch es ist nun einmal die Wahrheit. Sie sollten darüber mit ihm reden.«

»Glaubst du, das hätte ich nicht?«

Die Vehemenz in ihrer Stimme macht mich nervös. Muss ich Angst vor ihr haben?

»Das reicht«, ertönt Jacks Stimme hinter mir, und Fenway kommt zu ihm gelaufen und begrüßt ihn, als hätte sie ihn seit Tagen nicht gesehen. »Sie sollten jetzt gehen, Ma'am.«

Sie durchbohrt mich förmlich mit ihrem Blick. »Ich hoffe wirklich, dass du dir noch mal überlegst, ob das, was du vorhast, wirklich klug ist.«

»Drohen Sie mir etwa?«

»Überhaupt nicht. Ich bitte dich nur, darüber nachzudenken, was für Folgen deine Taten für andere haben.«

Dass das ausgerechnet von ihr kommt, ist so absurd, dass ich mich zusammenreißen muss, um ihr nicht ins Gesicht zu lachen. »Ich bin nicht die Ursache von alldem.«

»Du hättest fortbleiben können. Dich hat hier niemand vermisst.«

»Verlassen Sie mein Grundstück«, schaltet Jack sich wütend ein. »Sofort.«

Nach einem letzten hasserfüllten Blick zu mir steigt sie in ihren Wagen. Staub wirbelt auf, als sie aufs Gaspedal tritt und rückwärts aus der Einfahrt fährt.

KAPITEL 26

Blaise
Heute

Jack legt mir die Hände auf die Schultern. »Alles gut?«

»War nie besser.«

»Sie hatte kein Recht, herzukommen und so mit dir zu reden.«

»Sie ist eine Mutter, die versucht, ihren Sohn zu beschützen. Das werfe ich ihr nicht vor. Natürlich will sie nicht wahrhaben, dass er es tatsächlich getan haben könnte.«

»Du musst Houston melden, dass sie hier war und was sie gesagt hat.«

»Das werde ich.« Ich drehe mich zu ihm um und lege ihm eine Hand an die Wange. »Es geht mir gut.«

»Habe ich schon erwähnt, wie sehr ich deine Entschlossenheit bewundere?«

»Bitte nicht. Wenn ich damals den Mund aufgemacht hätte, müssten drei kleine Kinder jetzt nicht ohne ihren Vater aufwachsen.«

»Hör auf, dich mit Selbstvorwürfen zu quälen. Die Vergangenheit ist vorbei. Du kannst nur heute dein Bestes geben, und genau das tust du.«

»Danke für die Erinnerung.« Ich gebe ihm einen Kuss und überquere die Rasenfläche vor meinem Cottage.

»Hey, während du da drüben bist …«

Ich drehe mich um und sehe ihn fragend an.

»Pack den Rest deiner Sachen, und bring sie mit hierher.«

»Bittest du mich, bei dir einzuziehen?«

Er zuckt die Achseln und lässt sein unwiderstehliches Lächeln aufblitzen. »Ja, ich glaube schon.«

»Ich werde darüber nachdenken.«

»Tu das.«

Mein Handy klingelt, und ich ziehe eine Grimasse, als ich Wendalls Namen auf dem Display sehe. »Die Pflicht ruft«, informiere ich Jack und nehme den Anruf an. »Hey, Wendall, ich will gerade mit der Arbeit anfangen.«

»Wir müssen reden, Blaise. Ich, äh, ich hasse es, das sagen zu müssen, aber … ich fürchte, ich muss dir kündigen.«

»Ich verstehe.« Im Kopf überschlage ich kurz die Zahlen und komme zu dem Schluss, dass ich meine Wohnung in New York schnellstens weitervermieten muss.

»Wirklich?«

»Ja. Du brauchst jemanden, der vor Ort ist, und das kann ich im Moment nicht sein.«

»Nein, Blaise. So war das nicht gedacht! Du hättest sagen sollen, dass du sofort nach New York zurückkehrst, weil du deinen Job nicht verlieren willst!«

Als mir klar wird, dass das nur ein Trick war, muss ich mir ein Lachen verkneifen. Er ist so ein Idiot. »Ich weiß es zu schätzen, dass du mich dahaben willst, doch ich kann hier nicht weg.« Nicht wo ich gerade dabei bin, mein Herz an einen wunderbaren Mann zu verlieren und mich mit einer Vergangenheit herumzuschlagen, die mich seit Jahren verfolgt. »Aber ich kann dir helfen, einen Ersatz zu finden.«

»Ich will keinen Ersatz. Ich will *dich*.« Er klingt wie ein trotziges Kleinkind, das nicht das bekommt, was es will, was absolut typisch für ihn ist.

»Es tut mir leid, Wendall. Ich glaube, ich bin fertig mit New

York.« Ich lasse meinen Blick durch den Garten zu Jack schweifen, der mit Fenway Ball spielt. Dieser Ort ist im Lauf der letzten Wochen immer mehr zu einem Zuhause für mich geworden. Um ehrlich zu sein, fühle ich mich hier geborgener als irgendwo sonst seit dem Sommer vor vierzehn Jahren.

»Das meinst du nicht ernst. Du bist durch und durch New Yorkerin.«

»Nicht mehr. Ich glaube, es ist an der Zeit, dass du dir eine andere Assistentin suchst. Ich tue alles, was ich kann, um den Übergang so reibungslos wie möglich zu gestalten.«

»Ich hab es nicht so gemeint, als ich gesagt habe, dass ich dir kündigen muss! Das sollte dich zurückbringen und nicht das Ende einläuten.«

Wegen genau solcher Aktionen hat es mich in den Wahnsinn getrieben, für ihn zu arbeiten! »Du solltest mit Kim reden. Sie sucht nach einer dauerhafteren Anstellung. Und wenn sie eine Wohnung braucht, kann sie meine haben.«

»Ich will nicht Kim! Ich will dich!«

»Tut mir leid, Wendall. Und wenn du Kim davon überzeugen kannst, für dich zu arbeiten, behandle sie gut, damit sie dich nicht hasst. Hast du verstanden?«

»Du kommst wirklich nicht zurück?«

»Ich komme wirklich nicht zurück.«

»Was soll ich nur ohne dich anfangen?«

»Du schaffst das schon.«

»Da bin ich mir nicht so sicher.«

»Kim ist super, und sie kennt das Theater in- und auswendig. Sie wird für deine Karriere ein echter Gewinn sein.«

»Das ist es also? Wir sind fertig? Einfach so?«

»Nein, nicht einfach so. Ich bin bereits seit einem Monat nicht mehr vor Ort, ohne dass irgendwas furchtbar schiefgegangen ist.«

»Das will nichts heißen.«

»Doch. Ich habe zwischendurch nachgefragt, und alle sagen, dass du dich super machst.«

»Sie wissen nicht, wie es wirklich ist.«

»Willst du, dass ich Kim für dich anrufe?«

»Ich schätze, mir bleibt wohl keine andere Wahl.«

»Und du wirst nett zu ihr sein?«

»Ich geb mir Mühe.«

»Ausgezeichnet.«

»Das warst du, weißt du? Ausgezeichnet, meine ich. Ich habe es dir nicht oft genug gesagt, aber es stimmt.«

»Danke, Wendall. Das bedeutet mir viel.«

»Was wirst du jetzt tun?«

»Das weiß ich noch nicht genau, doch ich werde es herausfinden.«

»Ich hoffe, dass, was immer es ist, dich glücklich macht.«

»Dessen bin ich mir sicher. Ich rufe Kim an und versüße ihr den Tag.«

»Und du wirst sie einarbeiten?«

»Natürlich. Genau wie ich es versprochen hab. Das wird schon. Danke noch mal, dass du mir diese Gelegenheit gegeben hast.«

»Du meldest dich mal, okay?«

»Ja. Du auch.«

»Oh, du wirst garantiert von mir hören.«

»Na dann. Ich freu mich.«

Nachdem wir uns verabschiedet haben, stoße ich ein aufgeregtes Lachen aus. Ich habe gerade meinen Job aufgegeben! Was zum Teufel habe ich mir dabei gedacht? Hab ich es wegen Jack getan? Nein. Ich habe es meinetwegen getan. Weil ich hier glücklicher bin, als ich je woanders war, und weil ich mehr will. Weiß ich mit Sicherheit, dass das mit Jack und mir für immer ist? Nein. Aber ich würde es gerne herausfinden.

Mit diesem Gedanken im Kopf packe ich meine Sachen, ziehe das Bett ab, sammle die Handtücher ein und trete, den Rucksack auf dem Rücken, die Wäsche in einem Arm und den Griff meines Rollkoffers in der anderen Hand, quer durch den Garten den Rückweg zum Haus an.

Fenway läuft vor mir her. Ich wünschte, sie könnte mir die Tür aufmachen.

Ich hieve den Koffer die drei Stufen hinauf und stolpere durch die Hintertür, wobei ich beinahe die Wäsche verliere.

»Sieh an, sieh an, was haben wir denn da?« Jack stellt seinen Kaffeebecher ab, nimmt mir die Wäsche ab und lässt sie vor der Waschmaschine auf den Boden fallen.

»Tja, deine Hündin hat mich überzeugt, auf die andere Seite des Gartens zu ziehen.«

Lächelnd küsst er mich und nimmt mir den Rucksack ab. »Erinnere mich daran, ihr später zu danken.«

»Ich habe Neuigkeiten.«

»Ich höre.«

»Ich hab meinen Job in New York gekündigt.«

Bei dem Lächeln, das sich auf seinem Gesicht ausbreitet, strahlen seine goldenen Augen auf. »Wirklich?«

»Wirklich.«

»Und jetzt?«

Ich zucke die Achseln. »Wie stehst du dazu, einer obdachlosen, arbeitslosen Freiberuflerin für eine Weile Asyl bei dir zu gewähren?«

»Da bin ich absolut dabei. Und wenn du nach einer Aufgabe suchst, um dir deinen Aufenthalt hier zu verdienen, könnte ich Hilfe dabei gebrauchen, meinen Kram im zweiten Stock zu organisieren.«

»Ja, dabei könnte ich dir helfen.«

»Bedeutet das, du bleibst auf unbestimmte Zeit hier?«

»Ich glaube, das würde ich, wenn du das ebenfalls willst.«

»Oh, und ob ich das will«, antwortet er und wackelt mit den Augenbrauen.

»Ich muss den Mietwagen zurückgeben, weil der mich sonst in die Schuldenfalle treibt.«

»Das können wir gleich heute Nachmittag erledigen. Danach kannst du gern das Auto meiner Mom benutzen, das in der Garage steht. Es tut mir leid, dass mir das nicht früher eingefallen ist.«

»Du machst mir das hier viel zu einfach.«

»Ach ja?«, fragt er mit diesem Grinsen, mit dem er mich jedes Mal kriegt.

»Das weißt du ganz genau. Bist du sicher, dass es für dich in Ordnung ist?«

»Mein Leben war sehr lange nicht mehr so in Ordnung wie in diesem Moment.«

Lächelnd gebe ich ihm einen Kuss. »Meins auch nicht.«

Ich muss Houston noch von Mary Elliotts Besuch erzählen, also rufe ich ihn an.

»Hey«, sagt er. »Was gibt's?«

»Mary Elliott hat heute früh bei Jack auf mich gewartet.«

»Sie hat auf dich gewartet? Was hat sie gewollt?«

»Mich dazu bringen, einen Rückzieher zu machen.«

»Soll das ein Witz sein?«

»Nein.«

»Das ist Zeugenbeeinflussung. Ich werde das an die Staatsanwaltschaft weitergeben.«

»Ich will nicht, dass sie Probleme bekommt.«

»Sie wird eine Verwarnung erhalten. Sie hat kein Recht, dich aufzusuchen oder dich um so was zu bitten.«

»Ich habe ihr erklärt, dass ich meine Meinung bezüglich meiner Aussage nicht ändern werde.«

»Das ist gut. Sie muss akzeptieren, dass die Sache nicht einfach verschwindet, egal was sie versucht. Ich rufe gleich den Staatsanwalt an und sorge dafür, dass er mit ihr redet. Tut mir leid, dass das passiert ist. Es war völlig unangebracht von ihr, vorbeizukommen, und wir werden dafür sorgen, dass sie das versteht.«

»Danke.«

»Kein Problem. Vergiss nicht, wenn sie weiß, wo du zu finden bist, wissen es auch andere Leute. Du und Jack, ihr müsst vorsichtig sein, okay?«

»Okay.«

»Was hat er gesagt?«, fragt Jack, nachdem ich aufgelegt habe.

»Das Büro der Staatsanwaltschaft wird sich der Sache annehmen und sie darüber aufklären, dass sie so was nicht machen darf und ihr eine Anzeige wegen Zeugenbeeinflussung droht, wenn sie das noch einmal versucht.«

»Gut. Ich hoffe, das jagt ihr einen Heidenschreck ein.«

»Er hat außerdem gesagt, dass wir vorsichtig sein sollen, weil jetzt offenbar bekannt ist, wo ich wohne.«

»Da du ja nicht willst, dass ich Security anheure, habe ich Kameras gekauft, die ich rund ums Anwesen aufstellen werde. Mir gefällt nicht, dass sie heute früh unbemerkt so weit aufs Grundstück gelangen konnte. Selbst Fenway hat ihr Auto nicht gehört.«

»Vermutlich, weil wir so laut warten.« Während ich das ausspreche, spüre ich, wie ich rot werde.

»Ah, ich liebe es.« Lächelnd streichelt er mir die Wange. »Das ist so sexy.«

»Du musst arbeiten, Mister.«

»Das stimmt. Und ich hasse es.«

»Zeig mir, wie ich dir helfen kann. Ich möchte mich nützlich machen.«

Er rührt in einer Pfanne, die auf dem Herd steht. »Erst wenn ich dich gefüttert habe.«

Ich trete näher, um zu gucken, was er da zubereitet. Eier mit Gemüse und Kartoffeln. »Das sieht lecker aus.«

Er gibt ein wenig frischen Babyspinat dazu und steckt Brot in den Toaster. »Ich kann meine neue Assistentin doch nicht mit leerem Magen arbeiten lassen.«

»Ich bin nicht deine neue Assistentin. Ich helfe nur vorübergehend aus.«

»Na, schauen wir mal«, sagt er lächelnd.

»Ja, das werden wir.«

Ryder
Heute

Ich bin im Haus meiner Eltern, weil ich sonst nirgendwo hinkann. Ich würde es im Moment nicht wagen, bei Cam um Asyl zu bitten, weil unser Verhältnis dafür zu angespannt ist. Arlo hat mir eine kurze Nachricht geschickt, um mir mitzuteilen, dass Caroline und die Kinder hierbleiben werden, nachdem ihre Freunde ihnen Hilfe und Unterstützung versprochen haben. Das erleichtert mich.

Arlos Frau Jen ist eine von Carolines besten Freundinnen, was vermutlich einer der Gründe ist, weshalb sie will, dass er sich von mir fernhält. Natürlich ist sie auf Carolines Seite. Das werden alle sein, auch wenn die meisten von ihnen, schon lange bevor ich Caro kennengelernt habe, meine Freunde waren.

Von Dallas habe ich noch kein Wort gehört, was mir Sorgen bereitet. Dass meine Freunde einfach so vom Radar verschwinden, führt dazu, dass ich mich noch einsamer fühle, als ich es ohne Caro und die Kinder ohnehin schon tue.

Meine Mutter kommt vom Einkaufen zurück, und ich helfe ihr, die Lebensmittel wegzupacken.

Ich hab nicht vergessen, wo alles hingehört, und es schmerzt, als ich unwillkürlich daran denke, dass Caroline das früher witzig fand.

Das Handy meiner Mutter klingelt, und sie wirft einen Blick auf das Display. »Wer könnte mich denn aus Providence anrufen?«

»Keine Ahnung.«

Sie geht ran. »Ja, das bin ich.« Während sie der anderen Person zuhört, spannt sich ihr gesamter Körper an, und in ihrer Miene spiegeln sich Wut und vielleicht Angst.

Was ist nun schon wieder los?

»Das habe ich nicht. Ich wollte nur mit ihr reden.« Nach einer längeren Pause erwidert sie: »Ich verstehe.« Dann legt sie auf, ohne sich von dem Anrufer zu verabschieden.

»Was war das?«

»Ich habe Blaise Merrick aufgesucht.«

»Was? Warum hast du das getan?«

»Für dich! Wenn sie nicht aussagt, verschwindet das ganze Thema wieder in der Versenkung.«

»Wer war das eben am Telefon?«

»Ein Mann vom Büro der Staatsanwaltschaft. Dieser Spurling. Er meinte, was ich getan habe, gelte technisch betrachtet als Zeugenbeeinflussung, und wenn ich mich ihr ein weiteres Mal nähere, könnte ich angezeigt werden.«

Ich gehe zu ihr und lege ihr einen Arm um die Schultern. »Ich weiß zu schätzen, was du versucht hast, aber du musst dich da raushalten. Es ist schon schlimm genug, ohne dass wir es mutwillig schlimmer machen. Erinnerst du dich, was passiert ist, als Dad Captain Sutton zur Rede gestellt hat? Wir können nicht noch mehr Ärger gebrauchen.«

»Ryder, irgendetwas müssen wir unternehmen! Wir können nicht zulassen, dass diese Frau dein Leben zerstört.«

»Es ist nicht sie, die mein Leben zerstört. Das habe ich ganz allein geschafft, Mom.«

Sie dreht sich um und blickt mich entsetzt an. »Was sagst du da? Du warst nie auch nur in der Nähe dieses Mädchens.«

»Doch. Und offenbar hat Blaise es gesehen.«

»Nein. So etwas hättest du niemals getan.«

»Ich habe es getan, und seitdem hasse ich mich.«

Sie zieht sich von mir zurück. »Was?«

»Tut mir leid, Mom, dass du das alles noch einmal durchmachen musst.«

»Du hast das Mädchen tatsächlich …«, flüstert sie kaum hörbar.

»Ja.«

Sie schüttelt den Kopf, und Tränen steigen ihr in die Augen.

Ich will zu ihr, aber sie hebt abwehrend die Arme. »Nein. *Nein.*« Mit angewiderter Miene wendet sie sich ab und verlässt den Raum.

Ich schaue ihr mit bangem Herzen hinterher. Ich hätte es ihr nicht sagen sollen. Wenn sie mich aus dem Haus werfen, weiß ich nicht, was ich tun soll. Ich leide darunter, was ich meiner Familie angetan habe. Jedes Mal, wenn ich an jenen Abend denke, erfüllen mich Abscheu und Reue.

Nicht dass das jetzt noch wichtig wäre. Wen interessiert es schon, dass ich mich dafür hasse? Wen interessiert es, dass ich mir seitdem jeden Tag wünsche, ich könnte die Zeit zurückdrehen und alles ungeschehen machen?

Ich nehme mein Handy und wähle Cams Nummer. Beinahe überrascht es mich, dass er den Anruf annimmt. »Ich, äh … Ich denke, ich werde mich schuldig bekennen, um euch allen die Demütigung eines Prozesses zu ersparen.«

»Wenn du das tust, wirst du deine Kinder nie wiedersehen.«

Ich schließe die Augen, als der Schmerz dieser Möglichkeit durch mich hindurchschießt. »Was kann ich sonst tun, Cam? Vielleicht lassen sie mehr Gnade walten, wenn ich mich gewillt zeige, zu dem zu stehen, was ich getan habe.«

»Das ist ein großes Risiko. Ich arbeite daran, dir einen besseren Anwalt zu besorgen. Gormley ist gut, doch du brauchst jemanden, der mehr Erfahrung in diesen Dingen hat. Warte, bis du von mir hörst, bevor du etwas tust, was du später vielleicht bereuen wirst.«

»Ich habe Mom die Wahrheit gesagt.«

»Warum hast du das getan?«

»Weil sie bei Blaise Merrick war, um mit ihr zu reden, und dann einen Anruf vom Büro des Staatsanwalts erhalten hat, in dem man sie darauf hingewiesen hat, dass Zeugen zu beeinflussen ein Verbrechen ist.«

»Heilige Scheiße. Was hat sie sich nur dabei gedacht?«

»Sie hat versucht, mich zu beschützen. Ich habe ihr die Wahrheit gesagt, damit sie damit aufhört.«

»Erzähl es niemandem sonst.«

»Warum nicht? Es stimmt ja.«

»Ryder … Willst du meine Hilfe oder nicht?«

»Natürlich will ich das.«

»Dann nimm meinen Rat an, und halt verdammt noch mal den Mund. Sprich mit niemandem, und schärf Mom ein, sie soll es auf keinen Fall Dad weitererzählen. Gott allein weiß, was er mit dieser Information anstellen würde. Wenn der Staatsanwalt Mom vorlädt, ist sie verpflichtet, die Wahrheit zu sagen. Anderenfalls landet sie im Gefängnis, wenn rauskommt, dass sie gelogen hat. Du hast ihr gerade eine Information gegeben, die sie vorher nicht hatte, was juristisch betrachtet eine Last für sie ist. Also behalt es ab jetzt verdammt noch mal für dich.«

»Ich will die Familie nicht dem Stress eines Prozesses aussetzen.«

»Warte, bis du eine vernünftige Verteidigung hast, bevor du irgendwas entscheidest. Ich melde mich bald bei dir.«

Er legt auf, bevor ich ihm für seine Hilfe danken kann.

Ich hasse es, dass jetzt solche Spannungen zwischen uns herrschen. Wir haben lange und hart daran gearbeitet, unsere Beziehung nach meinem Geständnis wieder auf die Reihe zu bringen. Mit dieser Information hatte ich ihn belastet. Ich habe ihn ein paarmal dabei erwischt, wie er mich nachdenklich angesehen hat, als würde er versuchen, zu verstehen, wie ich so etwas habe tun können, obwohl wir dazu erzogen worden waren, Frauen und Mädchen immer mit Respekt zu behandeln.

Ich wünschte, ich hätte eine Antwort darauf, aber die habe ich nicht und werde sie auch nie haben. Direkt vor der Hochzeit mit Caroline habe ich es eine Weile mit Therapie versucht, um damit klarzukommen, dass ich meine zukünftige Ehefrau angelogen hatte, ganz zu schweigen von den Schuldgefühlen wegen dem, was ich Neisy angetan hatte. Ohne ihm alles zu verraten, habe ich meinem Therapeuten zu verstehen gegeben, dass ich etwas Furchtbares getan hatte, das ich zutiefst bereute, und dass ich damit kaum leben konnte. Er hat mir geraten, bei den Leuten Wiedergutmachung zu leisten, denen ich wehgetan habe, doch das war in meiner Situation nicht möglich.

Aber ich wünschte, es wäre anders. Ich wünschte, ich könnte Neisy sagen, dass das, was ich getan habe, verabscheuungswürdig und falsch war und ich es rückgängig machen würde, wenn das möglich wäre. Wenn ich jedoch eins gelernt habe, dann dass man im Leben nichts ungeschehen machen kann.

Ich hoffe, der Anwalt, mit dem Cam spricht, meldet sich bald. Ich will mich schuldig bekennen, um unter das hier einen Schlussstrich ziehen zu können – für meine Liebsten und für mich.

Wenn ich meine Verbrechen gestehe und meine Strafe akzeptiere, habe ich vielleicht den Hauch einer Chance, meine Kinder eines Tages wiederzusehen.

Mein Handy klingelt Sturm. Die Presse will eine persönliche Erklärung zu meinem Rücktritt von der Kandidatur und zu den Vorwürfen, die im Raum stehen. Ich ignoriere jeden Einzelnen von ihnen.

Da erhalte ich eine Nachricht von Cam.

Nimm den Anruf mit der Vorwahl 617 an.

Eine halbe Minute später klingelt das Telefon und zeigt diese Nummer an.

»Hallo?«

»Ryder Elliott?«

»Ja.«

»Hier ist Bridget Doyle. Ich bin Strafverteidigerin. Ist es gerade ein guter Zeitpunkt, um zu reden?«

»Ja.« Ich fahre mir mit den Fingern durchs Haar. Die letzten schlaflosen Nächte holen mich plötzlich in einer Welle der Erschöpfung ein.

»Ihr Bruder hat mich über Ihre Situation informiert.«

»Die Anklage hat jede Menge Beweise aufgefahren.«

»Das stimmt, aber es gibt trotzdem einiges, was wir tun können, um uns zu wehren.«

»Wenn dazu gehört, den Ruf des Opfers oder der Zeugen zu beschmutzen, bin ich nicht dabei. Ich würde mit Ihnen gerne über ein Schuldgeständnis sprechen.«

»Ich werde den Staatsanwalt anrufen.«

»Sie wollen nicht versuchen, mir das auszureden?«

»Nicht, wenn Sie nicht gewillt sind, eine knallharte Verteidigungsstrategie zu fahren. Ohne die kann ich nicht viel für Sie tun. Ich kontaktiere die Staatsanwaltschaft und melde mich dann wieder bei Ihnen.«

»Danke.«

Ich lege auf, und Verzweiflung und Erschöpfung erfassen mich.

Cam ruft mich wenige Minuten später an. »Und, wie ist es gelaufen?«

»Sie wird mit ihnen darüber reden, was passiert, wenn ich mich schuldig bekenne.«

»Das ist alles? Du willst dich nicht wehren?«

»Nicht, wenn das bedeutet, Neisy und Blaise ins Visier zu nehmen, was für die ›knallharte Verteidigungsstrategie‹ wohl nötig wäre, von der die Strafverteidigerin spricht. Außerdem, wie soll ich mich gegen zwei Augenzeugen wehren?«

»Es gibt einen zweiten Zeugen?«

»Ramona Travers sagt, sie habe gesehen, wie ich mit Neisy weggegangen bin. Sie hat sich gemeldet, nachdem ich angeklagt worden bin.«

»O mein Gott. Das wird ja mit jeder Minute schlimmer. Tu im

Moment erst mal nichts. Warte, bis die Hysterie ein wenig abgeebbt ist.«

»Das wird nichts an meinen Gefühlen ändern. Ich habe entschieden, weder mich noch meine Familie durch einen Prozess zu zerren, den ich sowieso verlieren werde. So wird wenigstens ein bisschen Geld für Caroline und die Kids übrig bleiben.«

»Ich weiß nicht, was ich sagen soll.«

»Es gibt nichts zu sagen. Die Vergangenheit hat mich eingeholt, und jetzt muss ich dafür bezahlen.«

»Du klingst sehr gefasst.«

»Was kann ich sonst tun?«

»Nichts, nehme ich an.«

»Hast du was wegen der Situation von dir und den Jungs bezüglich der Erklärung gehört?«

»Ich habe Bridget gebeten, sich das anzusehen.«

»Ich hoffe wirklich, dass der Kelch an euch vorübergeht.«

»Da sind wir schon zu zweit, Bruder.«

KAPITEL 27

Denise
Heute

Alle vier Kinder sind krank, und ich drehe langsam durch, weil ich mich allein um sie kümmern muss, da Kane für drei Tage in Washington ist. Zum Glück erwarte ich ihn heute Abend zurück, denn ich glaube, ich habe auch Fieber. Ich würde es ihm nicht vorwerfen, wenn er vor unseren Viren die Flucht ergreifen würde, statt heimzukommen, aber das würde er natürlich niemals tun.

Das Telefon klingelt, und ich beeile mich, abzunehmen, damit die Zwillinge nicht geweckt werden, die seit Tagen unleidlich und quengelig sind.

»Hallo«, melde ich mich leise.

»Spreche ich mit Denise Messner?«

»Ja.«

»Hier ist Josh Spurling vom Büro der Staatsanwaltschaft in Rhode Island.«

Ich stehe auf und gehe in die Küche. Die Zwillinge sind auf dem Sofa eingeschlafen, während in Dauerschleife »Baby Shark« läuft, ein weiterer Grund dafür, dass ich langsam den Verstand verliere.

»Was kann ich für Sie tun?«, frage ich. Mein Herz klopft wie
wild, während ich darauf warte, was er mir zu sagen hat. Da mein
Leben im Moment so hektisch und chaotisch ist, war es nicht schwierig, kurz mal zu vergessen, was gerade in Rhode Island geschieht.

»Mr Elliott hat Interesse daran geäußert, sich im Gegenzug für
eine geringere Strafe schuldig zu bekennen.«

Ich habe eine sofortige und instinktive negative Reaktion auf die
Worte »geringere Strafe«.

»Mrs Messner?«

»Ich bin noch da. Von was für einer Strafe reden wir?«

»Wir würden fünf Jahre Haft mit drei Jahren auf Bewährung
nach seiner Freilassung vorschlagen. Bei guter Führung käme er
vermutlich früher raus. Er wäre ein verurteilter Straftäter und würde
bis zum Ende seines Lebens im Register für Sexualstraftäter geführt
werden. Die endgültige Entscheidung über den Deal liegt bei dem
Richter, der für den Fall zuständig ist.«

»Muss ich dem nicht auch zustimmen?«

»Wir würden es vorziehen, Ihre Unterstützung zu haben, bevor
wir dem Richter den Vorschlag unterbreiten.«

»Was ist, wenn mir das nicht genug ist?«

»Es würde Ihnen ersparen, den Übergriff vor Gericht noch
einmal durchleben zu müssen.«

Bis ich das höre, war mir nicht bewusst, wie sehr ich mich auf die
Gelegenheit gefreut habe, auszusagen und *ihm* das ganze Ausmaß
dessen, was ich seinetwegen durchmachen musste, klar vor Augen zu
führen.

»Was wäre für Sie denn genug?«, fragt Spurling.

Ohne zu zögern, antworte ich: »Ich will, dass er in einem
Gerichtssaal sitzt, hinter ihm seine vielen Unterstützer, und hört, dass
er mich nicht nur vergewaltigt hat, sondern dass er mir auch meine
Jungfräulichkeit geraubt und mich geschwängert hat. Ich will, dass er
von meiner grauenhaften Fehlgeburt hört und dass ich Bluttransfu-
sionen gebraucht habe, weil ich so viel Blut verloren hatte. Ich will,
dass er und alle, die ihn unterstützt haben, ohne ein Mal nachzufra-
gen, hören, wie Blaise aussagt, dass sie dort gewesen ist und gesehen
hat, was er getan hat. Ich will, dass all die Männer, die gelogen und

meinen Namen durch den Dreck gezogen haben, sich aus Angst vor dem, was ihnen droht, in die Hose machen. Ich will, dass sie für das, was sie mir angetan haben, zur Rechenschaft gezogen werden.«

Ich zitterte unter den Emotionen, die in mir aufwallen, bin aber weiter fest entschlossen, das hier bis zum bitteren Ende durchzuziehen. Charlotte kommt in die Küche und wirft mir einen besorgten Blick zu. Sie ist es nicht gewohnt, dass ich so mit anderen Leuten spreche. Ich strecke die Hand aus und lege einen Arm um sie. Die Wärme ihres Körpers hat eine sofortige beruhigende Wirkung auf mich.

»Ich werde mit dem Staatsanwalt reden und mich wieder melden.«

»Danke.«

»Was ist los, Mama?«

»Nichts, Süße. Alles ist gut. Wie fühlst du dich?«

»Besser.«

»Das ist super. Daddy wird in ein paar Stunden zu Hause sein. Warum setzen wir uns nicht mit den Jungs aufs Sofa und gucken einen Film?«

»Ich bin dran mit Aussuchen.«

»Alles außer *Frozen*. Den habe ich diese Woche so oft anschauen müssen, dass ich schon von Schnee träume.«

Sie kichert. »Wie wäre es mit *Cinderella*?«

»Das werden die Jungs lieben.«

»Außer Levi.«

»Dann gucken wir danach *Cars* für ihn. Mach schon mal alles fertig. Ich bin gleich da.«

Nachdem sie im Wohnzimmer verschwunden ist, lehne ich mich gegen die Arbeitsplatte und schließe die Augen. Ich atme tief durch die Nase ein und durch den Mund aus. Bin ich verrückt, weil ich meinen Tag vor Gericht verlange, obwohl ich mir das Ganze ersparen könnte, indem ich dem Deal zustimme?

Nein, ich bin nicht verrückt.

Das letzte Mal, dass ich in einem Gerichtssaal gesessen habe, war ich eine am Boden zerstörte Siebzehnjährige, die keine Ahnung hatte, wie sie sich gegen die niederträchtigen Unterstellungen zur

Wehr setzen sollte, gegen das unglaubliche Unrecht, das mir von ihm und allen, die ihn unterstützt haben, angetan worden war.

Jetzt bin ich kein Mädchen mehr. Ich fürchte sie nicht mehr. Ich will, dass sie für das bezahlen, was sie getan haben – nicht nur juristisch, sondern auch vor dem Gericht der öffentlichen Meinung, das sie jahrelang beherrscht haben.

Ich werde ihr Untergang sein.

Blaise
Heute

Ich erhalte die Nachricht von Ramona Travers Silvia, die Houston mir angekündigt hat. Sie fragt, ob wir uns mal treffen können.

Ich habe meine beeidigte Aussage bei der Staatsanwaltschaft gemacht, und sie meinten, es sei in Ordnung, wenn ich mich bei dir melde.

Ich würde mich gerne mit dir treffen, aber nicht in der Öffentlichkeit.

Kannst du zu mir nach Bristol kommen? Ich bin unter der Woche ab siebzehn Uhr zu Hause.

Passt morgen gegen halb sechs?

Perfekt. Bis dann.

Sie schickt mir ihre Adresse, die etwa eine halbe Stunde mit dem Auto von Jacks Haus entfernt ist.

Ich lege mein Handy weg und widme mich wieder meiner Arbeit in Jacks Atelier. Ich versuche, ein Ablagesystem für seine Arbeit zu entwickeln, das nicht nur für ihn Sinn ergibt. Wie sich herausstellt, ist das wesentlich komplizierter, als ich anfangs dachte, doch ich liebe Herausforderungen.

Jedes Mal, wenn ich aufschaue, erwische ich Jack dabei, dass er mich betrachtet.

»Ich bin zwar keine Künstlerin, doch mir scheint, dass du deinen Blick auf das richten solltest, woran du arbeitest, und nicht auf mich.«

»Ich finde es aber viel schöner, dich anzusehen. Komm her.«

»Ich bin doch hier.«

»Du bist da drüben.«

Als er einen Schmollmund zieht, verdrehe ich die Augen, stehe auf und gehe zu ihm. »Besser?«

»Ja, aber das hier wäre noch besser.« Er setzt mich auf seinen Schoß und legt die Arme um mich. »Ah, perfekt.«

Fenway schaut zu uns und schnauft genervt, und wir müssen lachen. Sie findet uns unerträglich, doch zum Glück verübelt sie es mir nicht, dass sie weniger Aufmerksamkeit von ihrem Lieblingsmenschen erhält, seitdem ich hier eingezogen bin. Ich kriege immer noch ausreichend feuchte Küsse von ihr.

»Es ist schwer, irgendetwas zu erledigen, wenn du mich ständig ablenkst.«

»Du hast in so wenigen Tagen so viel geschafft. Die komplette eine Seite des Ateliers kann jetzt wieder benutzt werden.«

»Das war ja gerade mal ein kleiner Anfang.«

»Verstehst du jetzt, warum ich dich so dringend brauche?«

»Es hat ungefähr zwei Sekunden gedauert, bis mir klar war, dass du eine Vollzeitbetreuung benötigst.«

»Bewirbst du dich um die Position? Sie ist mit erheblichen Zusatzleistungen verbunden.« Um das zu veranschaulichen, küsst er mich auf den Hals. »Mir wäre nichts lieber, als den ganzen Tag von dir betreut zu werden.«

Mit seinen Worten, Lippen und Händen macht er mich atemlos und verwirrt mir die Gedanken.

Ein lauter Knall lässt mich von seinem Schoß fliegen.

Ich lande hart auf dem Boden.

»Was zum Teufel?« Jack wirbelt zum Fenster herum. »Heilige Scheiße! Alles in Ordnung?«

Ich nehme seine dargebotene Hand, während Fenway wie verrückt bellt. »Was war das?«

»Das Cottage steht in Flammen. Ruf die Feuerwehr.«

Er rennt los, die Treppe hinunter, während ich auf zittrigen Beinen folge und versuche, mit Fingern, die nicht kooperieren wollen, den Notruf zu wählen.

»Rettungsleitstelle, wie kann ich Ihnen helfen?«

»Es brennt.« Ich habe Mühe, mich an die Adresse zu erinnern, schaffe es aber irgendwie, sie durchzugeben.

»Die Feuerwehr ist unterwegs. Befinden sich Menschen in dem Gebäude?«

Ich stehe geschockt und fassungslos an der Hintertür, während ich beobachte, wie das Inferno das Cottage verschlingt, in dem ich bis letzte Woche gewohnt habe. »Nicht dass wir wüssten.«

»Bleiben Sie bitte in der Leitung, bis die Feuerwehr eintrifft.«

Jack hat den Gartenschlauch über den Rasen gezogen und richtet den Strahl auf das Gebäude, doch damit kann er gegen die Flammen nicht viel ausrichten.

Fenway bellt hysterisch und stupst mich an, weil sie rauswill, um Jack zu »helfen«.

»Nein, meine Süße. Du bleibst hier. Da draußen ist es nicht sicher.«

Bei meinen Worten erfasst mich eine Welle der Panik. Was, wenn das Feuer dazu gedacht war, Jack von mir wegzulocken, damit ihm jemand etwas antun kann? Ich packe Fenway am Halsband, öffne die Tür und rufe nach Jack.

Er lässt den Schlauch fallen und kommt zu mir gelaufen.

Als ich die Furcht in seiner Miene sehe, wird mir hier und jetzt, vor dem im Hintergrund tobenden Feuer, bewusst, dass ich ihn liebe.

Bevor ich auch nur eine Sekunde dafür habe, diese Erkenntnis zu verarbeiten, kommt er schon die Treppe heraufgestürmt.

Ich öffne die Tür weiter.

»Was ist los? Ist noch was passiert?«

Ich lasse Fenway los und umarme ihn. »Nein. Ich hatte bloß Angst, dass es sich um eine List handelt, um dich aus dem Haus zu locken.« Er riecht nach Rauch und Schweiß. Ich liebe ihn. »Tut mir leid, wenn ich dir Angst gemacht habe. Ich kann im Moment nicht unbedingt klar denken.«

Seine Arme schließen sich fester um mich. »Das verstehe ich. Alles gut.«

»Das mit dem Cottage tut mir leid.«

»Vergiss das Cottage. Du bist unverletzt. Das ist das Einzige, was zählt.«

»Wir sind *alle* unverletzt.« Da schließe ich Fenway mit ein. »*Das ist das Einzige, was zählt.*« Ich will ihm sagen, dass ich ihn liebe.

Jetzt, wo ich es weiß, ist der Drang, es ihm mitzuteilen, übermächtig.

Doch genau in dem Moment trifft die Feuerwehr ein, und in der nächsten Stunde sind wir erst mal damit beschäftigt.

Nachdem Jack sie davon unterrichtet hat, dass ich Zeugin im Fall gegen Ryder Elliott bin, rufen sie einen Brandermittler hinzu. Uns wird gesagt, dass es eine Weile dauern werde, bis erste Ergebnisse vorliegen. Wir könnten in der Zwischenzeit wieder an unsere Arbeit zurückkehren. Nur wie soll ich mich darauf konzentrieren, nachdem jemand wahrscheinlich meinetwegen ein Haus in Brand gesetzt hat?

»Ich … ich sollte gehen.« Mein Herz schmerzt bei dem Gedanken, Jack nach allem, was wir miteinander geteilt haben, zu verlassen, vor allem jetzt, wo ich mir meiner Gefühle für ihn so sicher bin. Aber ich kann ihn, Fenway oder sein Haus nicht weiter in Gefahr bringen.

»Nein, das solltest du keinesfalls.«

»Das ist meinetwegen geschehen. Was kommt als Nächstes?«

Er legt mir die Hände auf die Schultern und schaut mir tief in die Augen. »Ich will dich hier bei mir haben, wo ich dich beschützen kann.«

Ich bin hin- und hergerissen zwischen dem, was ich tun sollte, und dem, was ich tun will. Wo könnte ich hin, wo mich niemand findet? Wenn ich zu meiner Mutter ginge, hätte sich die Situation nicht verbessert.

»Es fühlt sich nicht richtig an, dich mit meiner Anwesenheit zu gefährden. Sie haben deinen Besitz angezündet.«

»Der Brandermittler?«

»Was ist mit ihm?«

»Er war ein enger Freund meines Vaters. Sie haben gemeinsam die Ausbildung zum Feuerwehrmann absolviert. Er ist hervorragend in seinem Job und wird herausfinden, wer das getan hat, und dann wird der Betreffende es bereuen, überhaupt geboren worden zu sein.«

»Dein Vater war Feuerwehrmann?«

»Ganz genau. Nach seiner Diagnose ist er aus gesundheitlichen Gründen in den Ruhestand versetzt worden. Vermutlich wäre er sonst Feuerwehrchef geworden.«

Jack zieht mich an sich.

In seine Arme geschmiegt, atme ich seinen Geruch ein, der mir inzwischen so vertraut ist. Beinahe kann ich mich nicht mehr daran erinnern, warum ich es für eine gute Idee gehalten habe, zu gehen. Doch dann fällt mir wieder ein, wie ich ihn im Garten habe stehen sehen, völlig ungeschützt gegen jeden, der ihm etwas antun will, um an mich ranzukommen. »Es ist nicht fair dir gegenüber. Ich habe diesen Wahnsinn in dein friedliches Zuhause gebracht.«

Er hebt mein Kinn an, um mich zu küssen. »Du hast mir so viel mehr gebracht. Weißt du, wie einsam ich war, bevor du aufgetaucht bist? Mir war nicht mal bewusst, wie schlimm es war, bis du hier warst und alles besser gemacht hast. Und glaub ja nicht, dass jeder x-Beliebige das geschafft hätte. Seit der Eröffnung letztes Jahr hatte ich bereits jede Menge Gäste hier. Aber du warst es, die für mich alles verändert hat.«

»Das hast du für mich auch getan. Ich hatte ebenfalls keine Ahnung, wie einsam ich war, bis ich dich kennengelernt habe.«

»Also warum sollten wir uns von ihnen trennen lassen, wo wir so lange darauf gewartet haben, einander zu finden?«

»Ich will nicht, dass dir oder Fenway etwas zustößt oder jemand einen weiteren Anschlag auf dein Haus verübt.«

»Das Einzige, was mir und Fenway wirklich wichtig ist, ist, dich zu beschützen. Wenn du gehen willst, gehen wir gemeinsam. Auf keinen Fall werden wir dich allein lassen. Außer du willst es so.«

»Natürlich will ich das nicht.«

»Also lass uns ein paar Sachen packen und verschwinden, bis das hier vorbei ist.«

»Aber deine Arbeit ist hier und …«

»Ich kann von überall aus arbeiten. Lass uns in den Pick-up steigen und einfach losfahren.«

»Ich habe morgen noch einen Termin.«

»Dann eben danach. Hier wimmelt es nur so von Polizei und Feuerwehr. Heute wird sich niemand mehr hertrauen.«

Erst jetzt habe ich das Gefühl, dass ich den Atem ausstoßen kann, der in meiner Brust festsitzt, seitdem ich begriffen habe, was draußen passiert.

»Geht es dir gut?«

»Nein, mir geht es nicht gut. Nichts von dem hier ist ›gut‹.«

»Denk daran, dass es nicht für immer ist. Sobald du ausgesagt hast, wird es vorbei sein.«

»Nicht, wenn jemand dir oder Fenway etwas antut. Dann würde es niemals vorbei sein.«

»Uns geschieht nichts und dir auch nicht. Dafür sorgen wir, oder, Fenway?«

Die Hündin bellt und setzt sich mit heraushängender Zunge wie lächelnd vor uns.

»Siehst du? Sie ist ganz meiner Meinung.«

Ich will ihm so gerne gestehen, was ich für ihn empfinde, doch es jetzt zu tun, direkt nachdem seinem Eigentum so massiver Schaden zugefügt wurde, kommt mir falsch vor. Noch nie war ich so kurz davor, einem Mann zu gestehen, dass ich ihn liebe, deshalb bin ich mir nicht ganz sicher, was das richtige Timing ist. Ich will, dass es etwas Besonderes ist und nicht unter Druck geschieht.

Zum Abendessen macht er uns Pasta mit Hähnchen und Brokkoli. Dazu gibt es krosses Brot und den frischen Rosé, den ich durch ihn kennengelernt habe.

»Das ist köstlich. Vielen Dank.«

»Gern geschehen.« Er nimmt sein Weinglas in die Hand und lehnt sich auf seinem Stuhl zurück. »Wo wollen wir hin, um Abstand zwischen uns und diesen ganzen Mist zu bringen?«

»Ich weiß es nicht. Was schlägst du vor?«

»Ein Studienfreund von mir hat ein Ferienhaus auf Cape Cod, das um diese Zeit im Jahr leer steht. Soll ich ihn mal fragen?«

»Sehr gerne. Das klingt super.«

Er stellt das Glas ab, holt sein Handy heraus und verschickt eine Nachricht.

Mein Handy klingelt. Der Anruf ist aus Providence, was dazu führt, dass sich mein Magen zusammenzieht. »Hallo?«

»Hi, Blaise, hier ist Josh Spurling vom Büro des Staatsanwalts.«

»Hallo, Josh.«

»Ich möchte Sie kurz auf den neusten Stand bringen. Erstens, Ryder Elliott hat Interesse an einem Deal geäußert, bei dem er sich schuldig bekennt und im Gegenzug fünf Jahre Gefängnis plus drei Jahre auf Bewährung erhält, dazu einen lebenslangen Eintrag ins Register für Sexualstraftäter. Denise Messner hat sich allerdings dahin gehend geäußert, dass ihr das Strafmaß zu gering sei. Außerdem besteht sie auf einer Verhandlung.«

Mein erster Gedanke ist: *Gut gemacht, Denise.*

»Die vorläufige Anhörung wird nächsten Freitag vor dem Superior Court in Newport stattfinden. Ich weiß noch nicht, um welche Uhrzeit, aber Sie werden dort aussagen müssen.«

»Ich werde da sein.«

»Ausgezeichnet. Danke.«

»Ich muss Ihnen noch erzählen, was hier inzwischen passiert ist«, erkläre ich.

»Was?«

Ich berichte ihm von Siennas Nachrichten, dem toten Tier auf meiner Treppe, dem Besuch von Mary Elliott und der vermutlichen Brandstiftung auf Jacks Grundstück.

»Houston hat mich über die vorherigen Ereignisse informiert, die komplett inakzeptabel sind. Darüber haben wir Mrs Elliott und ihre Familie aufgeklärt.«

»Was ist, wenn sie es gar nicht waren?«

»Wer sollte es sonst gewesen sein?«

»Es gibt eine ganze Reihe von Männern, die Interesse daran haben, dass ihre Rolle im ersten Prozess nicht näher untersucht wird. Sie könnten glauben, wenn sie mich loswürden, wären sie in Sicherheit.«

»Wir werden uns das genau anschauen und alle noch einmal auf die Gesetzeslage hinweisen. Wenn es zu weiteren Vorfällen kommt, informieren Sie mich bitte sofort. Bis dahin werde ich bei der State Police erwirken, dass man das Anwesen im Auge behält.«

»Mein Freund und ich haben vor, morgen für ein paar Tage zum Cape zu fahren.«

»Bitte schicken Sie mir die Adresse, damit ich die State Police von Massachusetts kontaktieren kann, um die Streifen in der Gegend zu verstärken.«

»Meinen Sie wirklich, dass das nötig ist?«

»Ich will in Bezug auf Ihre Sicherheit kein Risiko eingehen.«

»Okay … Danke.«

»*Ich* danke *Ihnen*, dass Sie sich das hier antun.«

»Kein Problem.« Das stimmt nicht, doch ich bin nicht daran interessiert, die Psychologie meiner Lage mit ihm zu diskutieren. »Drohen den Unterzeichnern der eidesstattlichen Versicherung irgendwelche Konsequenzen?«

»Wir werden von ihnen verlangen, öffentlich zu erklären, dass das, was sie damals behauptet haben, falsch war. Da sie zu dem Zeitpunkt allerdings noch minderjährig waren, werden sie nicht angeklagt.«

»Das erscheint mir unfair, auch wenn einer von ihnen mein eigener Bruder ist.«

»Das verstehe ich. Und ich sehe es genauso. Aber uns sind vom Gesetz her die Hände gebunden. Trotzdem stünde Denise Messner die Klage vor einem Zivilgericht offen.«

»Ich hoffe, dass sie sich dafür entscheidet.«

»Tja, das müssen wir abwarten. Ich melde mich nächste Woche wegen der genauen Uhrzeit.«

Nachdem wir uns verabschiedet haben, bleibe ich beunruhigt zurück. Ich erzähle Jack, was ich erfahren habe. »Ich sollte mich schlecht fühlen, weil ich hoffe, dass Denise meinen Bruder und die anderen Jungs verklagt, die diese widerlichen Lügen über sie verbreitet haben, um Ryder zu beschützen. Doch ich fühle mich nicht schlecht. Sie haben es nicht anders verdient. Ja, vielleicht waren sie noch minderjährig, aber sie waren alt genug, um es besser zu wissen. Das waren wir alle.«

»Sie haben definitiv gewusst, was sie taten, als sie die falsche eidesstattliche Versicherung abgegeben haben. Und ich finde nicht, dass du dich schlecht fühlen solltest, weil du hoffst, dass sie ihre Strafe kriegen. Ihre Lügen haben das Gericht möglicherweise bei der Entscheidung beeinflusst.«

»O ja, daran besteht kein Zweifel. Wäre es anders gelaufen, hätte Ryder seine Strafe inzwischen vermutlich abgesessen, und das Ganze wäre für die involvierten Parteien nur noch eine schlechte Erinnerung. Doch sie haben alles auf eine Karte gesetzt, um ihn zu schützen, weil sie davon überzeugt waren, dass er so etwas auf keinen Fall getan haben konnte.«

»So sind Kleinstädte nun mal. Sie schließen die Reihen um diejenigen, die sie ihr ganzes Leben lang kennen, und treffen Annahmen aufgrund dessen, was sie zu wissen glauben.«

»Ich erinnere mich an etwas, das meine Mutter in jenem Sommer gesagt hat, nachdem Ryder angeklagt worden war. Arlo war wütend deswegen und wollte, dass wir es auch waren. Er meinte, wir würden Ryder kennen, weil er praktisch in unserem Haus aufgewachsen ist. Und das hat gestimmt. Aber meine Mom hat erwidert, wir hätten keine Ahnung, wie er sich benimmt, wenn seine Eltern nicht hinschauen. Das hat Arlo nicht gut aufgenommen. Er hat von uns blinde Loyalität erwartet, weil er zu wissen glaubte, wie Ryder sich in jeder Situation verhalten würde.«

»Niemand weiß, wie sich jemand gegenüber einem anderen Menschen verhält, wenn sie allein miteinander sind, außer dieser andere Mensch.«

»Ganz genau.«

»Es muss schwer für dich gewesen sein, zu hören, wie er Ryder verteidigt hat, wo du genau gewusst hast, was er getan hatte.«

»Es war die reinste Folter. Mir war monatelang vierundzwanzig Stunden am Tag schlecht. Ich konnte weder essen noch schlafen noch an irgendetwas anderes denken als an das, was ich gesehen hatte, und daran, dass ich es nicht zu verhindern versucht hatte.«

Er streckt den Arm über den Tisch aus und ergreift meine Hand.

Ich verschränke meine Finger mit seinen.

»Es ist fast vorbei«, sagt er.

»Manchmal frage ich mich, ob es jemals vorbei sein wird.«

Kapitel 28

Houston
Heute

Ich kehre von einem Routinetermin am Bezirksgericht in Newport zurück und sehe jemanden vor meinem Büro auf mich warten. Sie hat den Kopf gesenkt, sodass ihr Gesicht von ihren langen dunklen Haaren verdeckt ist.

»Ryder Elliotts Frau«, informiert mich Marge leise.

Oh, Mist. »Danke.« Ich gehe zu ihr. »Caroline.«

Sie schaut zu mir hoch, und ich muss ein Keuchen unterdrücken, als ich erkenne, wie sehr ihr Gesicht von Kummer und Trauer gezeichnet ist. »Es tut mir leid, dich zu stören. Ryder und Dallas haben stets nur Gutes über dich zu sagen gehabt, und … ich …«

»Komm rein.«

Ich halte ihr die Tür auf, und Caroline tritt vor mir in mein Büro.

Nachdem ich die Tür geschlossen habe, setze ich mich hinter den Schreibtisch, während sie auf einem der Besucherstühle Platz nimmt. »Was kann ich für dich tun?«

»Ich bin mir nicht sicher … Ich schätze, ich will verstehen …« Sie schaut mich an. Ihre braunen Augen sind geschwollen und gerötet, mit dunklen Ringen darunter. »Warum passiert das jetzt?« Ihre Stimme ist kaum mehr als ein Flüstern.

»Weil sich eine Zeugin gemeldet hat, die den Übergriff beobachtet hat.«

»Wo war diese Zeugin die ganze Zeit?«

»Sie ist in Hope aufgewachsen, hat jedoch den Großteil ihres Erwachsenenlebens woanders verbracht.«

»Warum hat sie sich jetzt gemeldet?«

»Weil sie gehört hat, dass Ryder für den Kongress kandidiert.«

»Sie hat also all diese Jahre gewusst, dass er es getan hat, es aber niemandem erzählt?«

»Ja.«

»Warum?« Ihre Stimme ist voller Verzweiflung.

»Weil er ein enger Freund ihres Bruders war. Das ist zumindest einer der Gründe.«

»Arlos Schwester.«

»Ja.«

Ich halte inne, unsicher, ob ich weiterreden soll. Doch sie ist zu mir gekommen, weil sie Antworten sucht. Das Mindeste, was ich tun kann, ist, ihr zu sagen, was ich weiß. »Du musst verstehen, wie es war, als Ryder das erste Mal angeklagt wurde. Als Einserschüler und herausragender Sportler war er bei allen unglaublich beliebt. Außerdem haben alle bewundert, wie er während Louisas schwerer Krankheit zu ihr gehalten hat. Die Leute waren geschockt, als er eines solchen Verbrechens angeklagt wurde.«

»Hast du damals geglaubt, dass er es getan hat?«

»Ich wusste nicht, was ich glauben sollte. Denise war eine Freundin von mir. Sie hat viel von ihrem Freund gesprochen, den sie liebte und der damals in Europa gelebt hat. Es fiel mir schwer, zu glauben, dass sie sich so eine Geschichte ausdenken würde. Aber das alles passte auch nicht zu dem, was ich über ihn wusste, verstehst du?«

»Ja, vermutlich schon.«

»Nachdem seine Verhaftung bekannt geworden war, ist es sehr hässlich geworden. Seine Freunde haben Denise auf Facebook und vor Gericht angegriffen und sie förmlich aus der Stadt vertrieben.

Blaise hat das natürlich alles mitgekriegt und hatte vermutlich Angst, dass ihr das Gleiche droht, wenn sie zur Polizei geht. Ich will ihr Verhalten nicht entschuldigen, doch da ich mich erinnere, wie es ist, Teenager zu sein, kann ich verstehen, warum sie sich nicht getraut hat, den Mund aufzumachen.«

»Ich kann es immer noch nicht fassen, dass der Mann, den ich von ganzem Herzen geliebt habe, der Vater meiner Kinder, zu so etwas fähig ist.«

»Ich kann mir nicht ansatzweise vorstellen, wie schwer das für dich sein muss.«

»Es ist, als wäre jemand gestorben, obwohl er noch am Leben ist. Für mich ist er jedoch tot, schätze ich. Denn wie könnte ich ihm so was je verzeihen? Er hat mich nicht nur all die Jahre über angelogen, sondern jetzt gibt es eine Zeugin, die bereit ist, zu beschwören, dass er das arme Mädchen tatsächlich …« Sie scheint nicht zu bemerken, dass ihr Tränen über die Wangen laufen. »Bevor wir geheiratet haben, hat er mir von der Anklage erzählt. Er hat mir in die Augen geschaut und mir gesagt, dass er unschuldig sei.«

Ich stehe auf und gehe um den Schreibtisch herum, der einst meinem Vater gehört hat, um mich auf den Stuhl neben ihrem zu setzen. Ihr scheint erst bewusst zu werden, dass sie weint, als ich ihr ein Taschentuch reiche.

Sie nimmt es und wischt sich damit über die Wangen. »Danke. Ich weiß deine Freundlichkeit sehr zu schätzen.«

»Es tut mir leid, dass dir und deiner Familie das hier passiert.«

»Darfst du so was überhaupt sagen?«, fragt sie mit dem ersten Anflug eines Lächelns.

»Vielleicht nicht, aber ich kenne Ryder schon sehr lange. Der Bericht der Augenzeugin war ein großer Schock für mich.«

»Du hast also nicht geglaubt, dass er es getan hat, als er das erste Mal angeklagt worden ist?«

»Ich konnte die Anschuldigung nicht mit dem Jungen in Einklang bringen, den ich kannte. Er war damals schon seit Jahren eng mit Dallas befreundet.«

»Dallas war heute früh bei mir. Er ist genauso am Boden zerstört wie wir alle.«

»Ich weiß.«

»Ist er wütend auf dich?«

»Er ist jedenfalls nicht glücklich, versteht jedoch hoffentlich, dass ich einen Job zu erledigen habe.«

»Also ist unsere Familie nicht die einzige, die hierdurch auseinandergerissen wird?«

»Nein, du bist definitiv nicht allein.«

»Die Party, auf der das alles passiert ist … Die hat bei dir zu Hause stattgefunden?«

Ich nicke. »Im Haus meiner Eltern. Sie waren nicht in der Stadt, und ich habe die Gelegenheit genutzt. Wenn ich es noch mal machen könnte, würde ich mich definitiv anders entscheiden.«

»Niemand gibt dir die Schuld.«

»Ich weiß. Aber ich war es, der Minderjährige mit Alkohol versorgt hat. Ich hatte Glück, dass ich deswegen keine Anzeige kassiert habe.«

»Ich schätze, wir alle haben Dinge getan, die wir bereuen.«

»Das stimmt.«

»Meine Freunde hier in der Stadt sind unglaublich. Sie haben sich sofort hinter mich und meine Kinder gestellt, bringen uns Essen und bieten uns Unterstützung und sehr viel Mitgefühl.«

»Ich bin froh, dass du solche Hilfsbereitschaft erlebst.«

»Ich auch. Doch ich denke, dass ich die Kinder von hier wegbringen sollte, damit ihnen das nicht anhaftet.«

»Ist es denn das, was du willst?«

Sie schüttelt den Kopf. »Ich lebe gerne hier in Hope. Wir haben viele wundervolle Freunde und Nachbarn, und Ryders Familie wohnt auch hier. Die Kinder stehen ihren Cousins und Cousinen sehr nahe. Ich weiß, es wäre eine zusätzliche Belastung für sie, wenn wir woanders hinziehen würden. Aber was passiert, wenn sie auf der Highschool sind und die anderen Kinder dieses Thema immer wieder aufbringen?«

»Vielleicht solltest du dir darüber erst Gedanken machen, wenn es so weit ist. Konzentriere dich im Moment auf das Hier und Jetzt. Wenn es für dich leichter ist, hierzubleiben, dann tu das. Es muss ja nicht für immer sein.«

»Du hast recht. Es tut mir leid, dass ich so viel von deiner Zeit beansprucht habe.«

»Kein Problem.«

»Ryder hat sich immer nur anerkennend über dich geäußert. Jetzt verstehe ich, warum.«

»Das höre ich gern.« Ich nehme eine Visitenkarte aus dem kleinen Ständer auf dem Schreibtisch und reiche sie ihr. »Da steht meine Handynummer drauf. Wenn ich irgendwas für dich tun kann, und sei es nur, dir zuzuhören, ruf mich an.«

»Danke, dass du so verständnisvoll bist.«

»Immer gerne.«

»Ryders Mom ist da, um auf die Kids aufzupassen, damit ich ein wenig Zeit für mich habe. Ich habe mich ins Auto gesetzt und stand irgendwie plötzlich vor dem Revier.«

»Darüber bin ich sehr froh.«

Sie schenkt mir ein schwaches Lächeln. »Du bist wirklich nett.«

Ihr gebrochenes Herz berührt mich zutiefst. »Freut mich, dass du das sagst.« Ich wünschte, ich könnte mehr für sie tun, als nur zuzuhören.

»Dann überlass ich dich mal wieder deiner Arbeit.«

Ich begleite sie nach draußen zu ihrem Minivan und halte ihr die Fahrertür auf. »Ruf mich an. Wann immer du reden willst, bin ich für dich da.«

»Das mach ich. Danke noch mal, Houston.«

»Gern geschehen.«

Ich schaue ihr hinterher, als sie davonfährt, und bin ein wenig überrascht von dieser Begegnung mit einer Frau, die ich früher nur im Vorübergehen mal gesehen habe und kaum kannte, bis sie heute hergekommen ist. Dallas und seine Frau Jane sind seit einer Ewigkeit mit Ryder und Caroline befreundet, sodass ich oft genug gehört habe, wie sehr sie sie mögen. Heute war jedoch das erste Mal, dass ich mich länger mit ihr unterhalten habe.

Mein Herz schmerzt für sie. Niemand sollte das durchstehen müssen, was sie gerade erlebt.

Blaise
Heute

Nach einer unruhigen Nacht mit Träumen von Feuersbrünsten, Pistolen, toten Tieren und Menschen, die mich durch dunkle Wälder jagen, bin ich am Morgen das reinste Wrack. Das aufgeregte Bellen von Fenway verrät mir, dass Jack mit ihr draußen ist. Ich frage mich, wie lange er schon auf ist.

Für eine lange Zeit starre ich einfach an die Decke und denke über die Ereignisse der letzten Tage nach. Dabei komme ich zu dem gleichen Schluss wie gestern: Ich sollte hier wegziehen, bis die Sache vorbei ist. Jack hat sich nicht für dieses Drama gemeldet, als er mir das Cottage vermietet hat – das süße Cottage, das jetzt nur noch ein schwelender Haufen Asche und vermutlich ein Tatort ist.

Alles meinetwegen.

Ich ertrage den Gedanken nicht, was noch alles passieren könnte, bevor das hier vorbei ist.

Wenn ihm oder Fenway etwas zustößt … Oder dem Haus, das seine Eltern ihm hinterlassen haben …

Was ist, wenn sie versuchen, es niederzubrennen, wo sich doch all seine Arbeiten darin befinden?

Ich habe mich in eine ausgewachsene Panikattacke hineingesteigert, als er mit zwei dampfenden Bechern in der Tür auftaucht.

Genauso schnell, wie sie gekommen ist, lässt die Panik nach und macht der tiefen Zuneigung zu diesem unglaublichen Mann Platz, der unter so seltsamen Umständen in mein Leben getreten ist und fest zu mir hält, obwohl es jede Menge Gründe gibt, mich fallen zu lassen.

»Guten Morgen.«

Fenway folgt ihm auf dem Fuß und springt aufs Bett, um mich abzulecken. Kichernd weiche ich ihrer Zunge aus.

»Genug«, sagt Jack streng.

Sie legt sich tatsächlich hin.

»Wow. Es passieren noch Zeichen und Wunder.«

Ich streichle ihr die seidigen Ohren. »Sie ist so lieb.«

»Nein, ist sie nicht.«

Bevor ich Fenway kennengelernt habe, hätte ich nie gedacht, dass Hunde grinsen können. Aber sie hat mir das Gegenteil bewiesen. Ich bin genauso verrückt nach ihr wie nach ihrem Besitzer.

Jack setzt sich auf seine Bettseite und reicht mir einen der Becher mit Kaffee.

»Danke.«

»Wie hast du geschlafen?«

»Nicht so gut. Viele wilde Träume.«

»Du warst sehr unruhig.«

»Hab ich dich gestört?«

»Nein.«

»Ich hab überlegt …«

»Oh, oh.«

Der Gedanke, ihn und Fenway zu verlassen, schmerzt, doch ich will das Richtige tun. Ich weiß, wie es sich anfühlt, wenn man das nicht macht, und das will ich nie wieder erleben.

»Was beschäftigt dich?«

»Ich sollte gehen.«

Er schüttelt den Kopf. »Nein, solltest du nicht.«

»Jack, hör mir zu. Es könnte noch viel schlimmer werden, bevor es besser wird, und obwohl ich die Idee liebe, mit dir ans Cape zu flüchten, würden wir damit dein Haus unbewacht zurücklassen. Wenn sie mich beobachten, wissen sie inzwischen, dass du mir etwas bedeutest. Ich würde es nicht ertragen, wenn sie dir irgendwie wehtun.«

»Es würde mir wehtun, wenn du fort wärst. Ich habe mein ganzes Leben lang darauf gewartet, mich so zu fühlen, Blaise.«

Seine süße Art ist mein Untergang. Tränen steigen mir in die Augen. »Ich auch, aber …«

Er lehnt sich über die Kissen, um mich zu küssen. »Kein Aber. Wir stehen das bis zum bitteren Ende gemeinsam durch.«

»Genau das versuche ich dir ja klarzumachen. Ich will nicht, dass das Ende bitter wird.«

»Das sagt man nur so, wie du genau weißt. Ich habe heute früh mit meinem Freund Cory gesprochen. Er kommt nachher vorbei, um die Kameras und eine Alarmanlage zu installieren.«

»Wie viel wird das kosten?«

»Es ist jeden Penny wert, und ich hatte das ohnehin schon eine ganze Weile vor. Vor allem, da wir jetzt im Sommer Gäste haben.« Er streichelt mir über die Wange. »Ich will nicht, dass du dich meinetwegen sorgst.«

»Das tue ich aber. Das hier könnte sich noch Monate hinziehen.«

»Heißt das, du hast vor, noch Monate hierzubleiben? Vielleicht sogar Jahre oder Jahrzehnte?«

»Ich meine es ernst.«

»Ich auch. Wenn ich alles haben könnte, was ich will, würde ich wollen, dass du für immer bleibst.«

»So ist das also, hm?«, frage ich lächelnd. Er kann mich alle meine Sorgen und Ängste vergessen lassen wie niemand je zuvor.

»So ist es schon eine ganze Weile, falls dir das bisher nicht aufgefallen ist.«

»Doch, ist es.«

»Also, was sagst du?«

»Wie lautete die Frage noch mal?«

»Würdest du bitte für immer bleiben und mein Leben komplett machen?«

Ich bin beinahe sprachlos vor Überraschung. »Äh … Ist das … ein Antrag?« Klingt meine Stimme hoch und quietschig, oder kommt mir das nur so vor?

Lachend erwidert er: »Noch nicht. Es ist mehr eine Absichtserklärung.« Er küsst mich. »Wenn ich dir einen Antrag mache, wird es wesentlich romantischer sein, als mit einem Kaffee neben dir auf dem Bett zu sitzen.«

»Ich finde das ziemlich romantisch. Niemand hat mir je Kaffee ans Bett gebracht.«

»Wenn ich verspreche, das jeden Tag für den Rest deines Lebens zu tun, wirst du dann darüber nachdenken, hierzubleiben?«

»Ja.«

Er reißt die Augen auf, worüber ich lachen muss. »Mehr braucht es nicht?«

»Nope.«

»Du bist leicht zufriedenzustellen.«

»Und genau das magst du so an mir.«

»Ich mag so viel an dir, dass es den ganzen Tag dauern würde, es aufzuzählen.«

»Ich habe heute sonst nichts vor.«

»Für den Fall, dass du es noch nicht gemerkt hast, ich liebe dich, Blaise.«

»Ich liebe dich auch.« Ich bin so erleichtert, das endlich sagen zu können. »Als ich hergekommen bin, um einen schrecklichen Fehler zu korrigieren, hätte ich mir niemals vorstellen können, hier meine Zukunft zu finden.«

»Als ich die Cottages gebaut habe, hätte ich mir nicht vorstellen können, dass eines Tages die Frau meiner Träume eins von ihnen mietet.«

»Du machst ganz wunderbare Komplimente.«

»Trotz all der Probleme, mit denen du dich herumschlagen musst, war ich nie glücklicher als von dem Moment an, in dem du in mein Leben getreten bist.«

»Mir geht es genauso. Aber wie kann ich in all diesem Wahnsinn so glücklich sein?«

»Der Wahnsinn ist da draußen. Lassen wir ihn dort, okay?«

»Das klingt gut.«

»Also bleiben wir hier und stehen es gemeinsam durch?«

»Ich schätze schon.«

»Zum Cape fahren wir nach dem Prozess.«

»Ich freue mich schon darauf.«

Er nimmt mir den Becher ab und stellt ihn auf seinen Nachttisch. »Wie sollten wir diese ziemlich bedeutende Entscheidung feiern?«

»Da fällt mir überhaupt nichts ein.«

»Wirklich nicht?«

Ich muss über seine Miene lachen, was mir bei ihm oft passiert.

Mir war nicht klar, wie sehr ich es vermisst hatte, zu lachen, bis Jack es wieder in mein Leben zurückgebracht hat.

»Du bist gerade so ernst geworden.« Er gibt mir einen Kuss auf den Hals, und ich erschauere. »Was ist los?«

»Ich dachte gerade, wie sehr ich es vermisst habe, zu lachen, bis du mich daran erinnert hast, wie schön es ist, das so oft wie möglich zu tun.«

»Ich werde mein Bestes geben, um dich jeden Tag zum Lachen zu bringen.«

»Manchmal frage ich mich, wie das hier wirklich geschehen kann. Vor sechs Wochen hab ich dich nicht einmal gekannt, und jetzt kann ich mir ein Leben ohne dich nicht mehr vorstellen.«

»Dann ist meine Arbeit hier erledigt.«

»Auf keinen Fall! Deine Arbeit hat gerade erst angefangen.«

»Verdammt. Worauf habe ich mich da nur eingelassen?«

»Auf ein Leben als mein Lieblingsmensch.«

»Ja, bitte.« Als er mich küsst, vergesse ich die vielen Sorgen und Ängste, mit denen ich aufgewacht bin, und denke nur an ihn. Das Verlangen, das mich jedes Mal erfasst, wenn ich mit ihm zusammen bin, ist neu für mich, und ich kriege einfach nicht genug davon. Doch ich will ihm so viel geben, wie er mir gegeben hat, also lege ich ihm die Hände auf die Brust, damit er sich zurücklehnt.

Als er auf dem Rücken liegt, mustert er mich neugierig. »Was genau wird das?«

»Nur das hier.« Ich ziehe eine Spur aus Küssen über seinen Brustkorb, was ihm ein Stöhnen entlockt.

Fenway bellt, und wir lachen.

»Ihm geht es gut, Süße«, sage ich ihr.

Er wickelt sich eine meiner Haarsträhnen um den Finger. »Tut es das?«

»Mal sehen.«

»O ja, bitte.«

Ohne den Blickkontakt mit ihm abreißen zu lassen, küsse ich mich zu seinem Bauch hinunter, wo mein Kinn seine Erektion berührt.

Er atmet scharf ein und zieht sanft an meinem Haar.

Wer hätte geahnt, dass das so erregend sein kann?

Ich schaue nach unten und schließe meine Hand um ihn, bevor ich ihn in den Mund nehme.

Nie werde ich seine Reaktion darauf vergessen, wie er seine Hände in meinen Haaren vergräbt und die Hüften anhebt. Hiermit habe ich kaum Erfahrung, und ich habe es nie genossen. Oder zumindest nicht so wie jetzt mit diesem Mann, den ich liebe und der mich liebt. Seine Erregung ist meine. Seine Lust ist meine. Liebe ändert alles.

Ich widme mich ihm hingebungsvoll.

»Blaise … Warte …« Er keucht, als ich an ihm sauge, bevor ich ihn langsam aus meinem Mund gleiten lasse. »Lass uns das hier gemeinsam tun.«

Ich setze mich auf ihn und reibe mich an ihm.

Sein Blick wandert bewundernd über meinen Körper. »Das ist das Aufregendste, was ich je gesehen habe.«

Als ich mich langsam auf ihn herabsenke, schließt er die Augen. »Das kann unmöglich wahr sein.«

»O doch, das ist es.«

Seine Hände gleiten von meinen Hüften zu meinem Busen, und er streicht mir mit den Daumen über die Brustspitzen. »Hmm, das ist so heiß.«

Mit ihm auf diese Weise zusammen zu sein ist wie ein Fiebertraum.

Ich hoffe, dass er niemals endet.

KAPITEL 29

Blaise
Heute

Wir verbringen den ganzen Tag im Bett.

»Das hab ich noch nie gemacht«, gestehe ich ihm so gegen drei Uhr nachmittags.

Mein Kopf ruht auf seiner Brust, und er fährt mit den Fingern durch mein Haar. Er ist fasziniert davon, wie seidig es sich anfühlt.

»Was hast du noch nie gemacht?«

»Einen kompletten Tag mit jemandem im Bett verbracht.«

»Wie findest du es bisher?«

»Ich kann es nicht erwarten, es noch mal zu tun.«

»Wir können das so oft wiederholen, wie du willst.«

»Dann wirst du gefeuert.«

»Ich bin selbstständig. Ich kann tun, was ich will.«

»Du hast Abgabetermine.«

»Ich kriege die Arbeit schon irgendwie fertig. Das schaff ich immer. Zerbrich dir deswegen nicht den Kopf.«

»Wenn ich hierbleibe, muss ich mir einen Job suchen.«

»Ich könnte eine Assistentin gebrauchen.«

»Das erledige ich so, dafür verlange ich nichts von dir. Aber ich brauche etwas, damit ich meine Rechnungen begleichen kann.«

»Wie soll ich dir das erklären …?«

Ich drehe den Kopf, um ihn anzusehen. »Was erklären?«

»Meine Arbeit ist durchaus einträglich, sodass ich über ausreichend Geld verfüge. Das reicht locker für uns beide. Du musst dir keine Gedanken darüber machen, etwas beizusteuern. Du kannst tun, was immer du willst.«

»Du hast doch gesagt, dass du die Cottages gebaut hast, um deine Steuern bezahlen zu können.«

»Das stimmt, aber es war nicht so, dass das ohne nicht geklappt hätte.«

»Oh.«

»Um ehrlich zu sein, hab ich mich nur mit Fenway als Gesellschaft ein wenig einsam gefühlt. Obwohl sie eine hervorragende Gefährtin ist. Ich dachte, es wäre nett, auch mal andere Menschen um mich zu haben. Das ist der eigentliche Grund, warum ich die Cottages gebaut habe.« Er lächelt sexy. »Und sieh nur, was mir das eingebracht hat.«

»Einen Tag, an dem du faul im Bett herumliegst.«

»Das ist der beste Tag, den ich je hatte.«

»Für mich auch.« Ich halte kurz inne. »Trotzdem möchte ich einen Job haben.«

»Du bist wahnsinnig gut im Organisieren, oder?«

»Das sagt man zumindest.«

»Das brauche ich. Dringend. Ich habe ungefähr sechshundert E-Mails, die ich seit Wochen ignoriere. Mein Agent hat schon dreimal angerufen, doch ich will nicht mit ihm reden, weil ich davon immer Kopfschmerzen kriege. Es ist wohl im Gespräch, dass meine Arbeit an der Rhode Island School of Design ausgestellt werden soll, aber ich habe keinen Nerv, mich darum zu kümmern. Ich spiele schon lange mit dem Gedanken, jemanden einzustellen, der diese Sachen für mich übernimmt. Der Job gehört dir, komplett mit Gehalt und den üblichen Zusatzleistungen, wenn du ihn haben willst.«

»Was beinhaltet das Angebot?«

Sein Blick ist unbezahlbar. »Ich meine es ernst, und egal, was du glaubst, ich hab diesen Job nicht extra für dich aus dem Hut gezaubert. Ich brauche dich auf jede nur erdenkliche Weise.«

»Ich werde darüber nachdenken.«

»Wirklich?«

»Ja, wirklich.« Ich beuge mich über ihn, um auf die Uhr auf dem Nachttisch zu gucken. »Ich muss duschen und nach Bristol fahren.«

»Willst du, dass ich dich begleite?«

»Das musst du nicht. Ich werde nicht lange weg sein. Darf ich tatsächlich den Wagen deiner Mutter nehmen?«

»Ja, klar. Ich fahre mindestens einmal im Monat mit ihm durch die Gegend, damit er bewegt wird und nicht alles einrostet, und im Tank müsste auch noch genug Benzin sein.«

»Ich werde mich gut um ihn kümmern.«

»Daran hege ich nicht den geringsten Zweifel.«

Eine halbe Stunde später bringt er mich zur Garage und reicht mir die Schlüssel. »Fahr vorsichtig.«

»Auf jeden Fall. Und du sieh zu, dass du mit deiner Arbeit vorankommst, bevor man dir die Aufträge entzieht.«

Er lächelt und gibt mir einen Kuss. »Beeil dich. Ich vermisse dich jetzt schon.«

»Niemand hat je solche Sachen zu mir gesagt wie du.«

»Das motiviert mich doch glatt, mich weiter anzustrengen.«

»Bisher machst du das ganz wunderbar.«

»Lass es mich rechtzeitig wissen, falls sich daran was ändert.«

»Du erfährst es als Erster.« Ich muss mich förmlich von ihm losreißen, denn zu nichts habe ich in diesem Moment weniger Lust, als von hier wegzufahren. »Ich schicke dir eine Nachricht, wenn ich auf dem Heimweg bin.«

»Ich werde hier sein.«

Ich gebe ihm einen letzten Kuss, dann steige ich in den burgunderfarbenen Volvo-SUV seiner Mutter, in dem immer noch ein zarter, blumiger Duft hängt. Ich muss daran denken, wie gern ich seine Mutter kennengelernt hätte. Ich will dringend mehr über seine Eltern erfahren.

Um nach Bristol zu gelangen, muss ich zwei Brücken überqueren – eine von ihnen ist neu und breit, die andere alt, schmal und sanierungsbedürftig. Diese alte Brücke erfüllt mich mit genauso viel Unbehagen wie früher als Teenager, wenn ich zu einem Fußball- oder Lacrosse-Spiel musste.

Schon damals hab ich es gehasst, über diese Brücke zu fahren, und ich hasse es heute noch. Ich hasse auch, wie früh es jetzt, nach der Zeitumstellung, dunkel wird. Um Viertel nach fünf erreiche ich in der Dämmerung das idyllische Bristol, das vor allem als Veranstalter der ältesten Parade zum Unabhängigkeitstag am vierten Juli bekannt ist. Früher waren wir jedes Jahr mit der ganzen Familie dort, bis wir älter wurden und es wichtiger für uns war, mit unseren Freunden abzuhängen. Die Zeit, als wir zu sechst etwas unternommen haben, scheint eine Ewigkeit zurückzuliegen.

Ramona wohnt in der Metacom Avenue, in einem netten kleinen Viertel mit Häusern im Ranchstil. Ihres ist weiß gestrichen und hat blaue Fensterläden. Der hübsche Garten ist gepflegt und üppig bepflanzt. Ich parke auf der Einfahrt hinter einem silbernen Minivan.

Sie begrüßt mich an der Tür und sieht noch fast genauso aus, wie ich sie von der Highschool in Erinnerung habe: zierlich, mit kurzem Haar und einer Brille mit Metallgestell. »Komm rein. Es freut mich, dass wir uns nach so langer Zeit wiedertreffen.«

»Gleichfalls.«

Ihr Zuhause wirkt wie direkt aus einer Einrichtungsshow. »Wow, du hast es hier aber echt schön«, sage ich.

»Danke. Das ist ein Hobby von mir, aber mit drei kleinen Kindern ist es nicht leicht, Ordnung zu halten.«

»Du bist sehr talentiert.«

»Es bewahrt mich davor, verrückt zu werden angesichts der Arbeit, der Kinder und von all dem anderen Kram.«

»Was machst du beruflich?«

»Ich leite eine Praxis für Chiropraktik.«

»Da hast du bestimmt genug zu tun.«

»O ja. Darf ich dir etwas anbieten? Kaffee, Tee, Wasser, Cola light?«

»Ein Wasser wäre super. Vielen Dank.«

Wir setzen uns mit einem Wasser für mich und einer Cola light für sie an den Tisch. »Ich muss das echt endlich aufgeben«, sagt sie und zeigt auf ihr Glas. »Doch ich fürchte, ich bin süchtig danach.«

»Das war ich auch, bis ich es vor ungefähr fünf Jahren endlich geschafft habe, davon loszukommen.«

»Das will ich auch. Aber wir sind nicht hier, um über Cola zu reden.«

»Es war eine Riesenerleichterung, zu hören, dass du dich bei der Polizei gemeldet hast.«

»Danke, mir ging es umgekehrt genauso. Die ganze Zeit auf dieser Information zu sitzen war furchtbar belastend. Was sie ihr angetan haben …«

»Ich weiß. Es hat mich krank gemacht, allerdings nicht krank genug, dass ich es riskiert hätte, mein eigenes Leben auseinandernehmen zu lassen. Ich habe mich damals dafür gehasst, und das tue ich heute noch.«

»Das verstehe ich.« Ramona seufzt. »Ich hab mich auch sehr damit gequält, doch ich hab all das Zeug gelesen, das sie über sie geschrieben haben, und versucht, mir vorzustellen, wie es wäre, wenn das über mich hereingebrochen wäre. Und dann konnte ich es einfach nicht.«

Ich strecke den Arm über den Tisch aus und lege meine Hand über ihre. »Ich weiß genau, was du meinst. Mein Bruder war einer seiner besten Freunde. Er war außer sich, weil sie ihm so etwas vorgeworfen hat.«

»Für dich muss es besonders schwierig gewesen sein.«

»Das war es.«

»Für mich war es schlimm genug, gesehen zu haben, dass die beiden zusammen weggegangen sind. Ich kann mir nicht vorstellen, wie es gewesen sein muss, die Tat selbst zu beobachten.«

Ich schüttle den Kopf. »Grauenhaft und herzzerreißend.« Nach einer Pause füge ich an: »Ich war mit einer Freundin dort, die mich davon überzeugt hat, dass unser Leben die reinste Hölle sein würde, wenn wir darüber reden. Sie hat mich förmlich da weggezerrt.«

»Das tut mir leid. Wird sie auch aussagen?«

»Nein. Sie hat persönliche Verbindungen zu ihm.«

»Reden wir von Sienna?«

»Ich, äh …«

»Ist okay. Sie war ja damals schon mit Cam zusammen und ist jetzt mit ihm verheiratet.«

»Genau. Ich habe immer betont, dass ich nur für mich spreche.«

»Ja, natürlich. Keine Sorge, ich werde nichts sagen.« Sie trinkt einen Schluck. »Als ich gehört habe, dass du mit der Polizei gesprochen hast, war ich total verunsichert. Das war das erste Mal, dass ich meinem Mann erzählt habe, was ich beobachtet habe und was das bei mir bewirkt hat. Er hat mir zugeredet, mich ebenfalls zu melden.«

»Ich bin wirklich froh, dass du das getan hast.«

»Auch wenn ich weder ihm noch sonst jemandem je erzählt habe, was ich an jenem Abend gesehen habe, habe ich nie aufgehört, daran zu denken oder mich zu fragen, was es über mich verrät, dass ich geschwiegen habe, als der Ruf einer Mitschülerin durch den Schmutz gezogen wurde. Es hat mir keine Ruhe gelassen.«

»Mir auch nicht. Und es ist so eine Erleichterung, mit jemandem zu sprechen, der das versteht. Danach hab ich mein gesamtes Selbstbild infrage gestellt.«

»Ganz genau. Ich bin nicht dazu erzogen worden, im Angesicht einer Ungerechtigkeit den Mund zu halten. Ich war sehr aktiv als Freiwillige in einem örtlichen Zentrum für Opfer von sexueller Gewalt und bei der Vergewaltigungshotline. Ich hab viel Lob für meinen Einsatz erhalten, aber ich hatte nie das Gefühl, das verdient zu haben. Mir kam es eher so vor, als wäre es das absolute Minimum.«

»Ich habe in New York auch jahrelang ehrenamtlich in diesem Bereich gearbeitet. Es war wichtige, wertvolle Arbeit, die jedoch mein Gewissen nicht so beruhigt hat, wie ich es gehofft hatte. Nicht so, wie endlich die Wahrheit zu gestehen.«

»Ja, zu berichten, was ich gesehen habe, war extrem befreiend.«

»Es bleibt allerdings nicht ohne Folgen für andere. Ich muss ständig an seine Frau und seine Kinder denken, in deren Leben mit seiner Verhaftung eine Bombe explodiert ist.«

»Dir ist schon bewusst, dass das seine Schuld ist, oder?«

»Vom Kopf her ja, vom Herzen hingegen? Ich fühle mit ihr und ihren Kindern. Soweit ich gehört habe, ist sie total nett.«

»Und mit einem Mann verheiratet, der sie in Bezug auf seine Vergangenheit höchstwahrscheinlich angelogen hat.«

»Das stimmt.«

»Hast du was von Neisy gehört? Ich habe im Laufe der Jahre so oft an sie gedacht, doch im Internet sind aus der Zeit nach ihrem Highschool-Abschluss in Virginia keine weiteren Informationen über sie zu finden.«

»Houston hat mir erzählt, dass sie mit ihrer Jugendliebe verheiratet ist. Sie haben vier Kinder und leben in der Nähe von Norfolk. Er ist Marineoffizier.«

»Oh, wow. Wie schön, zu hören, dass es ihr gut geht. Dass die Sache jetzt aufgearbeitet wird, muss ein ganz riesiger Schock für sie gewesen sein.«

»Ganz bestimmt. Anfangs war sie sich nicht sicher, ob sie das Ganze noch mal verkraften kann. Aber dann hat sie Houston angerufen und gesagt, dass sie dabei ist – und außerdem will, dass die Jungs, die damals die eidesstattliche Versicherung unterschrieben haben, ebenfalls bestraft werden.«

»Ja, das war wirklich krank. Ich habe mit Brody Schluss gemacht, nachdem er mir erklärt hat, was sie vorhatten. Ich hoffe, dass sie alle die Strafe kriegen, die sie verdient haben.«

Draußen fallen Autotüren zu.

»Ah, meine Familie ist vom Tanzunterricht zurück. Ich habe zwei Mädchen, die sind sieben und neun, und einen vierjährigen Sohn.«

Sie kommen durch die Seitentür in die Küche, begleitet von Mädchenstimmen und dem Geräusch von Taschen, die auf dem Boden landen. Im Hintergrund hört man den Vater, der sie auffordert, die Schuhe auszuziehen.

Die Mädchen haben blonde Locken und engelhafte Gesichter. Sie stürmen zu ihrer Mutter und bemerken mich erst danach. »Das ist meine alte Schulfreundin Blaise. Blaise, das sind Audra und Heidi, mein Sohn James und mein Mann Tony.«

»Wie schön, euch alle kennenzulernen.«

Der kleine Junge versteckt sich schüchtern hinter den Beinen seines Vaters. Die Mädchen geben mir sehr höflich die Hand und sagen, dass sie sich auch freuen, mich kennenzulernen. Wie aus dem

Nichts schießt ein Anflug von Sehnsucht durch mich hindurch. Wie wäre es, eines Tages selbst eine Tochter zu haben? Bisher hatte ich noch nie Sehnsucht nach einem Kind, aber jetzt scheint alles möglich zu sein. »Ich will dich nicht länger aufhalten. Ich bin froh, dass wir geredet haben.«

»Ich auch.« Ramona begleitet mich zur Tür. »Lass uns in Verbindung bleiben, ja?«

»Sehr gerne.«

Wir umarmen uns zum Abschied. Als ich wegfahre, überlege ich, wie seltsam es ist, dass zwei Menschen, die sich in der Schule kaum gekannt haben, in diesem filmreifen Drama zu solch zentralen Figuren geworden sind.

Es ist stockdunkel, als ich bei der Brücke ankomme. Ich erinnere mich, wie sehr meine Mutter es immer gehasst hat, wenn der Winter in New England einsetzte, mit Kälte und trostloser Dunkelheit, die monatelang anhält.

Ich bin auf der Brücke und denke gerade, dass ich meine Mutter anrufen sollte, um zu hören, wie es ihr geht, als mich von hinten im Rückspiegel grelles Scheinwerferlicht blendet. Ich stelle den Spiegel anders ein, doch das hilft nicht. Und dann werde ich auf dem höchsten Punkt der Brücke von hinten gerammt. Der Aufprall schiebt mich in den Gegenverkehr. Ich trete auf die Bremse und gerate ins Schleudern. Ich schreie vor Angst, in das schwarze, eiskalte Wasser zu stürzen.

Das ist mein letzter Gedanke, bevor alles dunkel wird.

Kapitel 30

Jack
Heute

Auf mich wartet eine Unmenge Arbeit, aber ich kann mich auf nichts konzentrieren. Es ist unglaublich, wie schnell Blaise der Mittelpunkt meines Lebens geworden ist. Wenn man mich vor ihrer Ankunft hier gefragt hätte, ob ich glücklich sei, hätte ich mit Ja geantwortet. Ich liebe, was ich tue, und habe mich an das Leben ohne meine Eltern gewöhnt. Ich habe mich hier häuslich eingerichtet und die ersten Geburts- und Feiertage ohne sie überstanden. Doch jetzt erkenne ich, dass zufrieden zu sein etwas ganz anderes ist, als glücklich zu sein.

Blaise macht mich glücklicher, als ich je zuvor gewesen bin.

Sie hat mir eine Nachricht geschickt, als sie in Bristol losgefahren ist, also gehe ich mit Fenway nach draußen, bis sie nach Hause kommt.

Im Garten flammen die neuen, über Bewegungsmelder gesteuerten Flutlichter auf.

Fenway zögert einen Moment, ist aber schnell abgelenkt, als sie sieht, dass ich ihren Lieblingsball in der Hand habe.

Wir spielen etwa eine halbe Stunde, bis sie so müde ist, dass sie sich vor mir auf den Boden legt – ihr Zeichen dafür, dass sie fertig ist.

Ich bücke mich in dem Moment nach dem Ball, in dem ein Streifenwagen mit Blaulicht auf meiner Auffahrt hält.

Der Magen sackt mir in die Kniekehlen, und mir wird vor Angst eiskalt.

Houston springt aus dem Wagen. »Jack … Blaise hatte einen Unfall.«

Ich kann mich nicht bewegen, nicht atmen oder sonst irgendetwas tun, außer das Grauen durch mich hindurchrauschen zu lassen. Bitte nicht. Nicht sie auch noch. Ich wusste, dass ich mit ihr hätte fahren sollen.

»Jack? Steig ein. Ich fahr dich zu ihr.«

»W-wo ist sie?«

»Sie haben sie ins Charlton gebracht.«

Fenway bellt, wie um zu fragen, was los ist. Ich wünschte, ich könnte es ihr erklären.

»Ich muss Fenway mitnehmen. Ich kann sie hier nicht allein lassen.« Nicht, wenn es Leute gibt, die mein Haus niederbrennen wollen.

»Sie kann auf den Rücksitz. Ich bleibe bei ihr, während du bei Blaise bist.«

Ich weiß, dass ich mich bewegen, gehen, funktionieren sollte, aber die Angst, Blaise zu verlieren, wo ich sie doch gerade erst gefunden habe, lässt mich wie angewurzelt stehen bleiben.

»Sie braucht dich, Jack.«

Diese vier Worte durchbrechen endlich meine Starre, und ich laufe rasch ins Haus, um Fenways Leine und mein Portemonnaie zu holen.

Houston fährt mich mit Blaulicht und Sirene nach Fall River, was nicht dazu beträgt, mich zu beruhigen. »Was weißt du?«

»Sie ist auf der Mount-Hope-Brücke von einem Pick-up gerammt und in den Gegenverkehr geschoben worden.«

Mir wird schlecht bei dem Gedanken, wie das für sie gewesen sein muss. »Sie muss panische Angst gehabt haben.«

»Als die Rettungssanitäter bei ihr eintrafen, war sie bewusstlos.«

»Haben sie den Fahrer des Pick-ups gefasst?«

»Er ist geflüchtet, aber die Leute in dem Wagen hinter ihm haben sich das Nummernschild notiert. Wir sind dabei, ihn zu suchen.«

»Das war Absicht. Jemand ist ihr dorthin gefolgt und hat gewartet, bis sie auf der Brücke war.«

»Vermutlich«, sagt Houston und klingt so grimmig, wie ich mich fühle.

»Wird sie durchkommen?«

»Ich habe nichts mehr gehört, seitdem man mir mitgeteilt hat, dass sie sie ins Charlton bringen und nicht ins Rhode Island Hospital.«

»Was bedeutet das?«

»Das Charlton ist kein spezialisiertes Traumazentrum wie das Rhode Island.«

»Das sind also gute Neuigkeiten.«

»Ich glaube schon, bin mir allerdings nicht zu hundert Prozent sicher.«

»Ich nehme jeden Hoffnungsschimmer, den ich kriegen kann.«

Die Leitstelle meldet sich über Houstons Funkgerät. »Chief, wir haben von der Polizei in Bristol die Nachricht erhalten, dass das Unfallopfer, das ins Charlton transportiert worden ist …«

Mein Herz stoppt, als der Funkkontakt abbricht. »Was? Was ist mit ihr?«

»Zentrale, bitte wiederholen Sie die letzte Übertragung.«

Ich halte den Atem an und bete, wie ich es seit Jahren nicht mehr getan haben. *Bitte. Bitte. Bitte.*

»Chief, das Unfallopfer ist wach und ansprechbar.«

Die Erleichterung ist so groß, dass ich in mich zusammensinke. *Danke. Danke. Danke.*

Houston spricht weiter mit der Leitstelle, aber ich blende das aus. Ich habe das Einzige gehört, was mir wichtig ist. Sie lebt, ist wach und ansprechbar.

Ich werfe Houston einen Blick zu. »Es muss etwas geschehen, um sie zu beschützen, bis das alles vorbei ist.«

»Ich habe bereits mit Josh Spurling von der Staatsanwaltschaft gesprochen. Sie werden sie an einem sicheren Ort mit Rund-um-die-

Uhr-Bewachung unterbringen und außerdem Officer an deinem Haus positionieren.«

»Ich will bei ihr sein, und Fenway wird uns auch begleiten.«

»Das habe ich ihnen gesagt. Ich bringe dich später nach Hause, damit du zusammenpacken kannst, was ihr braucht.«

»Danke, Houston. Für alles. Vor allem dafür, dass du Blaise überhaupt zu mir geschickt hast, als sie eine Unterkunft gesucht hat. Ich hoffe, dass ich dir dafür für den Rest meines Lebens werde danken können.«

»Das ist schön. Ich freu mich für euch.«

»Ich mich auch. Wir dürfen nicht zulassen, dass ihr irgendetwas zustößt.«

»Keine Sorge, darum kümmere ich mich.«

Ein paar Minuten später halten wir vor der Notaufnahme des Krankenhauses. »Geh ruhig rein. Ich kümmere mich um Fenway. Ruf mich an, wenn du zurückwillst.«

»Noch mal danke.«

»Keine Ursache.«

Er fährt los, und ich trete durch die Automatiktür. Am Empfang frage ich nach Blaise.

»Gehören Sie zur Familie?«

»Ja.« Das ist die einfachste »Lüge«, die ich je erzählt habe. Ich bin ihre Familie, und sie ist meine. Dafür brauchen wir weder eine Zeremonie noch Gelübde.

»Ich frage kurz nach, wie ihr Zustand ist. Bin gleich zurück.«

Ich will der Frau sagen, dass sie sich beeilen soll, dass Blaise zum wichtigsten Menschen in meinem Leben geworden ist, dass ich sie heiraten und eine Familie mit ihr gründen will. Dass ich alles mit ihr haben will. Doch nichts davon kommt mir über die Lippen. Ich stehe einfach nur da und versuche, der Schwester per Gedankenkraft mitzuteilen, was Blaise mir bedeutet. Ich bin so froh, dass ich ihr gesagt habe, dass ich sie liebe. Das wollte ich schon eine ganze Weile tun.

Wie konnte das überhaupt passieren? Wie konnte eine rothaarige Schönheit mir wichtiger werden als mein eigenes Leben? Am einen Tag war ich mit meinen Sachen beschäftigt, habe mich um mein

Haus, meinen Hund und meine Karriere als Künstler gekümmert. Und in der nächsten Minute war sie da und hat alles verändert. Bis zu diesem Zeitpunkt habe ich nicht an Schicksal oder Seelengefährten oder wahre Liebe geglaubt. Aber jetzt verstehe ich es. Ich verstehe, warum komplett normale Menschen die verrücktesten Dinge tun, um an der Liebe festzuhalten, nachdem sie sie endlich gefunden haben.

Es ist perfekt und das Kostbarste auf der Welt, und ich will mich für den Rest meines Lebens so fühlen.

Die Schwester kommt zurück und bedeutet mir, ihr zu folgen.

Ich gehe so schnell los, dass ich beinahe mit ihr zusammenstoße. Sie führt mich durch eine Schwingtür in den hektischen Bereich der Notaufnahme und einen Flur entlang, an mehreren Krankenzimmern vorbei, bis wir vor Blaises Zimmer stehen bleiben.

Ich muss ein Keuchen unterdrücken, als ich sie vor mir sehe: die versorgte Schnittwunde an ihrer Stirn, die Prellungen in ihrem Gesicht und den Arm, der in einer Art aufblasbarem Gips liegt.

Tränen glitzern in ihren Augen, als sie mich anschaut.

Vorsichtig nähere ich mich ihr und muss mich arg zusammenreißen. Mein Herz klopft wie wild, als mir klar wird, wie dicht ich davor stand, sie zu verlieren. »Baby …«

Ihr Kinn zittert. »Mir geht es gut.«

»Ja, Gott sei Dank.« Ich streichele ihre unverletzte Wange und gebe ihr einen zärtlichen Kuss. »Alles wird wieder gut.«

»Ich hatte solche Angst.«

»Das kann ich mir vorstellen.«

»Ich habe es immer gehasst, über diese Brücke zu fahren.«

»Du wirst das nie wieder tun müssen. Ich fahre dich, wann immer du auf die andere Seite musst.«

»Und das Auto deiner Mutter … Ich hoffe, es ist kein Totalschaden.«

An den Wagen hatte ich noch keinen einzigen Gedanken verschwendet. »Es ist bloß ein Auto. Das einzig Wichtige ist, dass dir nichts Schlimmes passiert ist.«

Ihr Kinn zittert weiter, während ihr eine Träne über die Wange läuft. »Ich konnte nur an dich denken.«

»Mir ging es genauso, Baby. Von der Sekunde an, in der du losgefahren bist, habe ich an dich gedacht. Und als Houston gekommen ist, um mir mitzuteilen, dass du einen Unfall hattest …« Ich schüttle den Kopf. »Ich hätte dich begleiten sollen.«

»Dann wärst du auch verletzt worden.« Mit einem Mal reißt sie die Augen auf. »Wo ist Fenway?«

»Bei Houston.«

»Oh, gut. Das ist sehr gut.«

»Ich würde sie niemals allein lassen.«

»Dank der Probleme, die ich in dein Leben gebracht habe, kannst du das nicht mehr.«

»Mach das nicht. Du hast mir so viel gegeben. Dinge, die ich vorher nie hatte.« Ich kann nicht aufhören, sie zu berühren: ihr wunderschönes Gesicht, die seidigen Haare, die Hand, die meine so fest umklammert. »Sie werden uns bis zum Prozess an einen sicheren Ort bringen, wo wir rund um die Uhr beschützt werden.«

»Das kann dir gar nicht gefallen. Deine Arbeit ist bei dir zu Hause.«

»Die kann ich mitnehmen.«

»Aber es verursacht eine solche Unruhe in deinem Leben. Das muss dich doch stören.«

»Ja, allerdings«, bestätige ich lächelnd. »Du bist die beste Störung überhaupt.«

»Ich meine es ernst.«

»Ich auch.« Ich gebe ihr einen Kuss auf den Handrücken. »Nie habe ich etwas ernster gemeint.«

Um zehn Uhr am selben Abend wird sie mit der Anweisung entlassen, ihr verstauchtes Handgelenk am nächsten Morgen noch einmal von einem Orthopäden untersuchen zu lassen.

Houston wartet vor der Notaufnahme auf uns.

Fenway dreht auf der Rückbank durch, als sie uns aufs Auto zukommen sieht.

Eine Schwester schiebt Blaise in einem Rollstuhl, während ich mit einer Plastiktüte folge, in der sich ihre Sachen befinden.

Ich helfe der Schwester, Blaise auf den Beifahrersitz zu verfrachten, und lege ihr vorsichtig den Sicherheitsgurt an, um ihr nicht wehzutun. »Geht es so?«

»Ja, danke.«

Fenway schiebt ihre Schnauze zwischen der Kopfstütze und der Tür durch und schleckt Blaise seitlich übers Gesicht.

»Ich bin hier, Babygirl.« Sie hebt die Hand, um dem Hund die Schnauze zu streicheln. Zum Dank leckt Fenway ihr über die Handfläche.

Ich steige hinten ein. »Rutsch rüber, Süße.«

Fenway freut sich so, mich zu sehen, dass sie sofort gehorcht.

»Ich hoffe, sie hat dich nicht in den Wahnsinn getrieben«, sage ich zu Houston.

»Überhaupt nicht. Sie war total brav. Wir sind bei meinen Eltern gewesen und haben im Garten Ball gespielt.«

»Das hat ihr bestimmt gefallen.«

»O ja. Ihr Enthusiasmus hat uns alle zum Lachen gebracht.«

»Danke noch mal, dass du dich um sie gekümmert hast.«

»War mir ein Vergnügen.«

»Also, wie lautet der Plan?«

»Ich bringe euch erst mal in ein sicheres Haus in Cranston. Dort haben wir alles, was ihr für die Nacht braucht. Morgen wird euch ein Beamter der State Police nach Hause fahren, damit ihr ein paar persönliche Sachen zusammenpacken könnt. Dein Haus wird rund um die Uhr von zwei Polizisten bewacht.«

»Was wissen wir über den Pick-up, der Blaise gerammt hat?«

»Er gehört Ryders Vater. Nach ihm wird gefahndet.«

»Was?«, flüstert Blaise.

»Es ist nicht das erste Mal, dass er derart die Nerven verliert.« Houston wirft mir im Rückspiegel einen Blick zu. »Er ist schon mal verhaftet worden, nachdem er bei Denises Familie aufgekreuzt und ausfallend geworden ist, als Ryder das erste Mal angeklagt wurde.«

»Ich hätte nie gedacht, dass es so viele Probleme verursacht, wenn ich zurückkomme.« Blaise klingt erschöpft. »Ich wusste, dass die Leute durchdrehen würden, wenn sie hören, dass es eine Zeugin gibt, allerdings nicht so.«

»Nichts hiervon ist deine Schuld, Blaise«, sagt Houston.

»Aber es fühlt sich so an.«

Ich strecke die Hand zu ihr aus und berühre sie an der Schulter. »Das ist es nicht. Du hast nichts getan, was rechtfertigt, dass sie sich so aufführen. Das hier geht allein auf sein Konto. Nicht auf deins.«

Darauf hat sie keine Antwort. Ich muss sie weiter daran erinnern, wer sich ins Unrecht gesetzt hat und wer nicht.

Unser Ziel in Cranston liegt in einer unauffälligen Straße mit gepflegten Häusern im Ranchstil. Ich hatte erwartet, Fahrzeuge der State Trooper zu sehen, aber es stehen nur normale SUVs herum. Ich steige aus und laufe um den Wagen, um Blaise beim Aussteigen zu helfen. »Schön langsam und vorsichtig«, sage ich.

»Das ist im Moment meine einzige Geschwindigkeit.«

Houston lässt Fenway raus und folgt uns ins Haus, wo wir von vier Polizisten in Zivil in Empfang genommen werden.

Blaise stützt sich auf mich und macht kleine, vorsichtige Schritte.

»Hier entlang.« Einer der Polizisten geht zum Hauptschlafzimmer am Ende des Flurs voraus.

Sie lassen uns allein, und ich helfe Blaise, sich gestützt von Kissen ins Bett zu legen.

»Hast du es bequem?«

Ihr Gesicht ist furchtbar blass. »Ja, alles gut.«

»Was kann ich dir bringen?«

»Ein Glas Wasser wäre gut. Und ich muss noch die Medikamente von der Apotheke holen.«

»Ich bitte Houston, das zu tun.« Ich gebe ihr einen Kuss auf die unverletzte Seite ihres Gesichts, bevor ich mich auf die Suche nach Houston mache.

»Wir brauchen noch Sachen aus der Apotheke«, sage ich.

»Kein Problem, ich kümmere mich darum.«

Ich reiche ihm das Rezept für die Medikamente, die in der Notapotheke bereitliegen, und meine Kreditkarte. »Danke.«

»Bin gleich wieder da.«

»Wo finde ich ein Glas?«, frage ich einen der Polizisten.

Er zeigt mir den richtigen Küchenschrank.

Mit einem Glas Eiswasser kehre ich ins Schlafzimmer zurück.

Blaise hat die Augen geschlossen, deshalb stelle ich das Glas auf den Nachttisch.

»Ich bin wach.«

»Ich war mir nicht sicher. Hier ist dein Wasser.«

»Danke für alles, was du für mich tust.«

»Kein Ding.«

»Doch, ist es. Ich habe in deinem Leben ein heilloses Chaos gestiftet.«

»Bevor ich dich kennengelernt habe, war mein Leben langweilig.« Ich setze mich vorsichtig neben ihr auf die Matratze. »Das einzig Wichtige ist, dass du wieder gesund wirst.«

»Das ist nicht das einzig Wichtige«, widerspricht sie mit tränenerstickter Stimme.

»Für mich schon. Bitte mach dir keine Sorge um mich, mein Leben, meine Arbeit oder sonst irgendwas. Alles wird wieder gut.«

»Ich sollte ihnen einfach geben, was sie wollen, und mich weigern auszusagen, damit sie uns in Ruhe lassen.«

»Auf keinen Fall, Red. Du bist zu weit gekommen, um jetzt aufzugeben. Schon bald wird alles vorbei sein, und dann haben wir den Rest unseres Lebens zusammen.«

»Hast du mir gerade einen Spitznamen verpasst?«

»Vielleicht.«

»Obwohl ich mein ganzes Leben lang rote Haare gehabt habe und mir Tausende von Spitznamen gegeben wurden, hat mich so noch niemand genannt.«

»Ist es okay, wenn ich es tue?«

»Ja, ist es. Weißt du was über das Auto deiner Mutter?«

»Es hat ziemlich was abgekriegt, lässt sich aber reparieren.«

»Das ist eine große Erleichterung. Ich weiß, wie viel es dir bedeutet.«

»Es fühlt sich an, als hätte sie über dich gewacht.«

Fenway kommt herein und springt aufs Bett.

Bevor ich sie noch ermahnen kann, vorsichtig zu sein, lässt sie sich auf den Bauch fallen und robbt langsam zu Blaise, als wüsste sie, dass sie behutsam sein muss.

»Hey, meine Süße.« Blaise krault ihr die Ohren, was ihr einen kleinen Schlabberkuss aufs Handgelenk einbringt. »Sie ist wirklich die Beste.«

»Es ist gut, zu sehen, dass sie sich ab und zu benehmen kann.«

»Ich liebe sie.«

»Und sie liebt dich.« Ich gebe ihr einen Kuss auf die Stirn. »Ruh dich ein wenig aus. Ich bin hier.«

Zwanzig Minuten später kommt Houston mit den Medikamenten für Blaise zurück, die sie ziemlich schnell ins Reich der Träume versetzen, was mich erleichtert, denn sie hatte ganz schöne Schmerzen.

»Hast du schon was darüber gehört, ob sie den Kerl geschnappt haben, der dafür verantwortlich ist?«, frage ich Houston.

»Noch nicht, aber die Fahndung läuft.«

KAPITEL 31

Ryder
Heute

Ein Hämmern an der Haustür weckt mich aus einem unruhigen Schlaf. *Was denn jetzt schon wieder?*, frage ich mich, während ich aufstehe, um nachzuschauen.

Meine Mutter bindet den Gürtel um ihren Morgenmantel zu und öffnet die Tür, vor der zwei Polizisten stehen und ihre Ausweise hochhalten.

»Wir suchen nach David Elliott.« Der Ältere der beiden ist mein ehemaliger Klassenkamerad Caleb Anders. Er sieht mich nicht an.

»Der ist nicht hier.«

»Wo ist er?«

»Das weiß ich nicht. Er ist nicht nach Hause gekommen.«

»Können Sie seinen Aufenthaltsort irgendwie tracken?«

»Nein.«

Das ist gelogen. Sie trackt uns alle seit Jahren.

»Warum wird er gesucht?«, frage ich.

»Er war in einen Autounfall verwickelt.«

»Geht es ihm gut?«, fragt Mom.

»Das wissen wir nicht. Was einer der Gründe ist, warum wir mit ihm sprechen wollen. Könnten Sie ihn vielleicht anrufen?«

Mom zögert.

»Tu es«, fordere ich sie auf, während sich mein Magen zusammenzieht. Sie wären nicht hier, wenn es nicht was mit meinem Fall zu tun hätte. Wir können es uns nicht leisten, irgendwas zu tun, was die Situation verschlimmern könnte.

Meine Mutter zieht das Handy aus der Tasche ihres Morgenmantels und ruft meinen Vater an. »Wo bist du? Die Polizei ist hier. Sie wollen mit dir reden.«

Ich kann nicht verstehen, was er antwortet.

»Komm sofort nach Hause.« Nach einer Pause sagt sie: »Dave, wir brauchen dich. Bitte mach keine Dummheiten.«

»Ma'am, wo ist er?«

Sie legt eine Hand über das Mikrofon ihres Handys, damit Dad sie nicht hört. »Was passiert mit ihm?«

»Er wird verhaftet und wegen versuchten Mordes, unerlaubten Entfernens von einem Unfallort, absichtlicher Herbeiführung eines Unfalls und vermuteter Brandstiftung angezeigt.«

»Was?« Ihr Kreischen hallt durch den Raum. »So etwas würde er nie tun.«

Ein Klick ertönt, was bedeutet, dass Dad aufgelegt hat.

»Ich fürchte, es besteht kein Zweifel, dass er den Unfall verursacht hat. Wir haben mehrere Zeugen sowie Videoaufzeichnungen von der Mount-Hope-Brücke, die den Moment des Aufpralls zeigen.«

»Wen hat er angefahren?«, frage ich, wobei ich fürchte, die Antwort bereits zu kennen.

»Blaise Merrick.«

»Ist sie …?«

»Sie hat verletzt überlebt. Sind Sie sicher, dass Sie seinen Standort nicht tracken?«

Moms Hände zittern, als sie auf ihr Telefon schaut. »Er hat sein Handy ausgeschaltet.«

Ich nehme mein eigenes Handy und schicke Cam eine Nachricht. *Dad hat Blaises Auto auf der MH-Brücke angefahren. Sie hat verletzt über-*

lebt. Cops sind hier. Sie suchen nach ihm, wegen des Unfalls und wegen des Verdachts der Brandstiftung. Einer von ihnen ist Caleb Anders.

Verdammte Scheiße. Was hat er sich dabei gedacht? Und Brandstiftung? Was zum Teufel?

Keine Ahnung. Er hat sein Handy ausgeschaltet.

Ich gucke, was ich herausfinden kann.

»Cam kümmert sich darum«, informiere ich Mom, während ich sie zum Sofa führe.

Das Licht der Streifenwagen fällt durch die Gardinen. Ich bin mir sicher, dass die Nachbarn sich auf der Straße versammelt haben.

»Wie kann er so etwas nur getan haben?«, fragt sie unter Tränen. »Hat er seine Lektion letztes Mal denn nicht gelernt?«

Dass mein Vater derart die Nerven verloren hat, ist meine Schuld. Er hätte sich nie zu etwas von dem hinreißen lassen, was ihm vorgeworfen wird, wenn ich nicht getan hätte, was ich getan habe.

Vor zwei Tagen haben wir die Nachricht erhalten, dass Neisy dem Deal mit der Staatsanwaltschaft nicht zugestimmt hat. Sie will, dass der Fall vor Gericht geht. Aus diesem Grund hat der Staatsanwalt das Angebot zurückgezogen. Außerdem wird von den zehn Männern, die damals die eidesstattliche Erklärung unterschrieben haben – darunter Cam, Arlo und Dallas –, verlangt, dass sie ihre Anschuldigungen öffentlich zurücknehmen und sich bei Neisy entschuldigen, wenn sie nicht ebenfalls angeklagt werden wollen. Wenn sie das tun, steht es Neisy frei, sie vor einem Zivilgericht zu belangen. Und warum sollte sie darauf verzichten?

Gestern habe ich Bridget einen Vorschuss von fünfundzwanzigtausend Dollar gegeben, damit sie und ihr Team meine Verteidigung übernehmen und alles für die Anhörung am Freitag vorbereiten. Damit bleiben noch fünftausend Dollar auf dem gemeinsamen Konto von Caroline und mir, was angesichts der Raten für unser Haus und unsere Autos, die am Ersten des Monats fällig sind, Furcht einflößend wenig ist. Nachdem diese Rechnungen bezahlt sind, wird für den Unterhalt meiner Familie nicht mehr viel übrig bleiben.

Ich war noch dabei, diese schockierenden Entwicklungen zu verarbeiten, und nun das hier.

Mein Handy klingelt. Es ist Cam. »Was gibt's?«

»Dad hat Blaise nicht nur auf der Brücke gerammt und sie in den entgegenkommenden Verkehr geschoben, sondern die Polizei glaubt auch, dass er das Cottage in Land's End angezündet hat, in dem sie gewohnt hat.«

Ich bin sprachlos.

»Das ist schlimm, Ry. Hierfür wird er einsitzen müssen, und dabei war alles umsonst. Selbst wenn er sie umgebracht hätte, hätten sie ihre beeidigte Aussage vor Gericht nutzen können.«

Wie sollen wir einen weiteren Anwalt bezahlen?

»Bist du noch da?«

»Ja. Ich weiß nicht, was ich sagen soll.«

»Er könnte versuchen, sich mit vorübergehender Unzurechnungsfähigkeit zu verteidigen. Seinem Sohn wird der Prozess gemacht, was ihn derart aus der Bahn geworfen hat, dass er nicht mehr wusste, was er tut. Das ist zwar etwas weit hergeholt, doch wenn er damit Erfolg hat, könnte er in eine psychiatrische Einrichtung eingewiesen werden, statt im Gefängnis zu landen.«

»Vielleicht kann ich mit ihm reden.«

»Nein, ab jetzt übernehme ich. Halt du dich da raus. Du hast genug, worum du dich kümmern musst.«

Bevor ich etwas erwidern kann, hat er aufgelegt.

Meine Frau hat mich verlassen und die Kinder mitgenommen.

Meine Mutter ist untröstlich.

Mein Bruder ist wütend.

Mein Dad wird – mal wieder – verhaftet.

Und alles nur meinetwegen.

Noch nie habe ich mich mehr gehasst.

Cam
Heute

Alles gerät außer Kontrolle, und es gibt verdammt noch mal nichts, was ich dagegen tun kann.

»Was ist los?«, fragt Sienna, die aus unserem Schlafzimmer kommt.

Ich bin nach Ryders erster Nachricht aufgestanden. »Mein Dad steht unter Verdacht, den Versuch unternommen zu haben, Blaise umzubringen.«

»O Gott. Was kann ich tun?«

»Bleib mit den Kindern hier, und sprich mit niemandem.«

»Wo willst du hin?«

»Ich werde versuchen, ihn zu finden.« Ich begebe mich ins Schlafzimmer und ziehe mir Jeans und einen Pullover an, dann schnappe ich mir mein Portemonnaie und gehe in die Küche und zu der Tür, die zur Garage führt.

»Weißt du was über Blaises Zustand?«, hält mich Sienna auf.

»Sie wurde bei dem Unfall verletzt, aber ich hab keine Ahnung, wie schwer.«

»Hältst du mich auf dem Laufenden?«

»Ja, mach ich.« Ich drehe mich zu ihr um. »Bitte, Sienna. Sprich mit niemandem hierüber.«

»Das würde ich nie tun.«

In der Garage steige ich in meinen Wagen. Während ich durch die Stadt fahre, in der ich mein ganzes Leben verbracht habe, und nach dem schwarzen Chevy-Pick-up meines Vaters Ausschau halte, überlege ich, wo er wohl sein könnte.

Die letzten Tage gehören zu den schlimmsten meines Lebens. Viel schlimmer als die von Ryders erster Anklage. Inzwischen steht so viel mehr auf dem Spiel, weil wir verheiratet sind und Familien haben. Mir ist unterdessen sehr klar geworden, dass ich sofort etwas hätte sagen sollen, nachdem Ryder sich mir anvertraut hatte.

Wenn ich es getan hätte, stünden wir jetzt vermutlich nicht vor dem Ruin. Doch ich weiß, dass ich es niemals getan hätte, auch wenn es das Richtige gewesen wäre. Er ist mein Bruder, mein bester Freund. Er war mein großes Vorbild. Auf keinen Fall hätte ich ihn ausgeliefert.

Aber es wäre besser gewesen.

Denn dann hätte er seine Haftstrafe inzwischen abgesessen, und dieser Albtraum läge hinter uns. Stattdessen ist es tausendmal furchtbarer, als es damals je hätte werden können. Doch im Rückblick ist man immer schlauer.

Arlo ruft mich an, und ich nehme ab. »Ich habe gerade gehört, dass die Cops nach deinem Dad suchen. Was ist da los?«

»Er hat versucht, Blaise umzubringen.«

»Er hat was?«

»Du hast richtig gehört.«

»Komm schon … Er hat wirklich versucht, sie zu töten?«

»Vermutlich sogar zweimal. Das Cottage, das sie in Land's End gemietet hat, wurde in Brand gesetzt.«

»Ich habe gehört, dass es gebrannt hat, allerdings nicht, dass es was mit ihr zu tun hatte.«

»Sie war zu dem Zeitpunkt nicht dort, aber man könnte ihn immer noch wegen Brandstiftung und versuchten Mordes anklagen, wenn sich beweisen lässt, dass er dahintersteckt. Was natürlich der Fall war.«

»Ich muss sagen, Mann … Ich glaube, hiermit habe ich meine Grenze erreicht.«

»Was meinst du damit?«

»Ich habe Ryder in all diesen Jahren zur Seite gestanden und ihn verteidigt. Ich habe sogar meinen Job aufgegeben, um ihn bei seiner Kandidatur zu unterstützen, und dann habe ich gehört, dass er gewillt war, sich schuldig zu bekennen, sodass man uns andere wegen Meineids drankriegen könnte und wir möglicherweise auch noch vor einem Zivilgericht landen. Er hat nur an sich gedacht, als er den Deal verhandelt hat, und jetzt hat euer Vater versucht, meine Schwester umzubringen? Ich bin mit dem, was sie macht, nicht einverstanden, doch er hat ernsthaft versucht, sie zu töten? Und das zweimal?«

»Arlo …«

»Es gibt nichts, was du sagen könntest. Die ganze Zeit über habe ich ihm geglaubt, als er behauptet hat, er hätte es nicht getan. Ich habe meinen Ruf für sein Wort aufs Spiel gesetzt. Und jetzt soll das alles Bullshit gewesen sein? Er *hat* es getan. Er *hat* sie vergewaltigt. Und er hat uns jahrelang angelogen. Jetzt könnten seine Lügen mich und die anderen alles kosten, was wir haben. Dein Dad hat versucht, meine Schwester umzubringen, um einen schuldigen Vergewaltiger zu schützen. Ich bin mit dem Ganzen verdammt noch mal durch.«

Er legt auf.

Ich fühle mich elend. Arlo ist wie ein Bruder für uns gewesen, aber ich werfe ihm nicht vor, dass er sämtliche Verbindungen zu uns kappt. Unsere Familie zerfällt vor meinen Augen. Warum sollte irgendjemand etwas mit uns zu tun haben wollen?

Stundenlang suche ich nach meinem Dad, während ich immer wieder versuche, ihn auf dem Handy zu erreichen.

Ich bin geschockt, als er plötzlich zurückruft.

»Was zum Teufel hast du dir bloß dabei gedacht?«

Er bricht in lautes Schluchzen aus. »Ich musste etwas tun, um ihn zu retten.«

»Du hast alles nur noch schlimmer gemacht.«

»Das wollte ich nicht.«

»Was hast du denn geglaubt, was passieren würde, wenn du *zweimal* versuchst, Blaise Merrick *umzubringen*? Das hilft Ryder kein Stück.«

»Ich dachte, wenn sie nicht vor Gericht erscheinen kann …«

»Sie haben ihre beeidigte Aussage.«

»Die können sie benutzen?«

»Ja, Dad. Das können sie.«

»Ich musste etwas tun, bevor sie sein Leben zerstören.«

»Dafür hat er schon selbst gesorgt.«

»Warum sagst du das?«

»Weil es stimmt. Er ist hierfür verantwortlich, und nun reißt er uns alle mit in den Abgrund.«

»Was weißt du?«

»Ich kenne die Wahrheit, Dad. Und wenn du mich das gefragt hättest, bevor du beschlossen hast, die Sache selbst in die Hand zu nehmen, hättest du es für Ryder und den Rest von uns vielleicht nicht noch schlimmer gemacht.«

»Wie konnte er so etwas tun?«

»Das musst du ihn fragen. Doch jetzt musst du dich erst mal stellen.«

»Das werde ich nicht tun.«

»Du musst!«

»Wenn sie mich kriegen wollen, müssen sie mich erst erschießen.«

»Dad, denkst du eigentlich auch mal an Mom oder deine Enkel oder irgendjemanden außer dir?«

»Ich liebe euch alle, aber ich werde nicht stumm dabeisitzen und zusehen, wie sie deinen Bruder zerstören.«

»Du kannst das, was mit ihm passiert, nicht mehr aufhalten!«

»Dann pass mal gut auf.«

Er legt auf, und Grauen erfüllt mich bei dem Gedanken, dass egal, wie schlimm die Situation inzwischen ist, es immer noch schlimmer werden kann.

Ich rufe bei der Polizei von Hope an und bitte, zu Caleb durchgestellt zu werden. Sie sagen, sie würden ihn bitten, mich zurückzurufen, was er ein paar Minuten später tut.

»Ich habe mit meinem Vater gesprochen. Er will sich nicht stellen.«

»Der ganze Staat sucht nach ihm, Cam. Wir werden ihn finden.«

»Er meinte, wenn ihr ihn haben wollt, müsstet ihr ihn erst erschießen. Er ist entschlossen, Ryder zu retten.«

»Ernsthaft? Okay, danke für die Warnung.«

»Hältst du mich auf dem Laufenden?«

»Wenn ich es kann. Die Sache ist ziemlich heiß. Der Versuch, eine Zeugin umzubringen, die bereit ist, gegen seinen Sohn auszusagen, ist eine verdammt große Sache.«

»Das verstehe ich. Und es tut mir leid. Ich habe keine Ahnung, was er sich dabei gedacht hat.«

»Halte durch, Cam. Ich melde mich, wenn ich kann.«

»Danke.«

Mir ist klar, dass unser Leben unwiderruflich zerstört ist, daher mache ich mich auf den Heimweg.

Da leuchtet Ryders Nummer auf dem Display auf. »Hast du Dad gefunden?«, will er wissen.

»Nein. Aber ich habe mit ihm gesprochen, und er hat komplett den Verstand verloren. Er hat gedacht, er könnte dir mit so einer Aktion helfen. Und Arlo hat mich angerufen. Er bricht alle Verbindungen zu uns ab. Dass Dad versucht hat, Blaise umzubringen, hat ihm den Rest gegeben. Vor allem nachdem er gehört hat, dass du gewillt warst, dich schuldig zu bekennen.«

»Ich wollte die Sache für uns alle zu einem Ende bringen. Ich dachte, wenn ich die Verantwortung übernehme, würde euch das vor einer Strafverfolgung bewahren.«

»Tja, und stattdessen hast du den Weg für einen Zivilprozess frei gemacht, der uns alle ruinieren könnte.«

»Ich weiß, dass es nicht reicht, zu sagen, wie leid mir das tut.«

»Nein.«

»Cam …«

Ich lege auf. Im Moment ertrage ich nicht mehr.

Zu Hause bleibe ich lange im Auto sitzen und denke über das Fiasko nach, zu dem das alles geworden ist.

Sienna kommt an die Garagentür, sieht mich im Wagen und steigt zu mir ein. »Ich würde ja fragen, wie es gelaufen ist, aber ich kann erkennen, dass es nicht gut war.«

»Überhaupt nicht. Dad hat allen Ernstes gedacht, es würde helfen, wenn er sie loswird. Und er meinte, er werde sich nicht verhaften lassen. Die Cops müssten ihn schon erschießen, weil er nicht aufgeben wird.«

»O Gott.«

»Arlo hat auch angerufen. Er ist mit uns allen fertig.«

»Das tut mir so leid, Cam.«

»Allen tut es so verdammt leid, doch wenn irgendwer von uns damals das Richtige getan hätte, wäre nichts von alldem je passiert.«

Sie zuckt zurück. »Gibst du etwa *mir* die Schuld?«

»Nein, ich meine mich. Ich wünschte, ich hätte etwas gesagt, als er mir die Tat gestanden hat.«

»Das hättest du niemals gekonnt, und es hat keinen Sinn, das jetzt zu bereuen. Du warst von der Sekunde an, als du ihm als Baby in die Arme gelegt wurdest, im Team Ryder, und auf keinen Fall hättest du ihn ausgeliefert – weder damals noch überhaupt je.«

»Es hat mich verfolgt.« Das habe ich noch nie laut ausgesprochen. »Dass wir ihr das angetan haben …« Ich schüttle den Kopf. »Es hat mich krank gemacht.«

»Mich auch, aber überleg dir, wer wir waren und was uns wichtig war. Wir haben das getan, was wir für richtig gehalten haben.«

»Wir waren alt genug, um es besser zu wissen, Sienna.«

»Ja. Ich schätze, das waren wir. Was nun?«

»Nun warten wir und hoffen, dass mein Vater zur Vernunft kommt.«

KAPITEL 32

Blaise
Heute

Am Freitagmorgen fühle ich mich endlich ein wenig besser, auch wenn mir weiter alles wehtut. Ich hatte vorher noch nie einen Autounfall und kann es wirklich nicht empfehlen. Mein Gesicht verunzieren Prellungen in Rot, Blau und Grün, und um mein verstauchtes Handgelenk habe ich eine aufblasbare Schiene, mit der ich zum Glück duschen kann. Mich mit der linken Hand zu föhnen ist eine Herausforderung, aber ich tue, was ich kann. Die Mühe, mich zu schminken, erspare ich mir.

Sollen sie ruhig sehen, was Ryders Vater mir angetan hat.

Ich habe gehört, es war überall in den Nachrichten, dass Mr Elliott versucht hat, mich zu töten, und dass er es war, der das Cottage in Brand gesetzt hat. Die Polizei fahndet weiter nach ihm, hatte bisher jedoch kein Glück. Solange er auf der Flucht ist, bin ich in Gefahr, und deshalb sind wir immer noch in dem sicheren Haus, in dem wir nach meinem Krankenhausaufenthalt untergebracht worden sind.

Seit dem Unfall habe ich jeden Tag mit meiner Mutter und mit meinen beiden Schwestern telefoniert.

Teagan ist empört. »Ich hoffe, jetzt fragt sich niemand mehr, warum du damals nichts gesagt hast.«

»Ich schätze, das ist die positive Seite daran, beinahe umgebracht worden zu sein.«

»Mach keine Witze darüber, Blaise. Nichts von alldem ist lustig.«

»Nein, ist es nicht. Aber es ist trotzdem besser, als das Geheimnis weiter zu wahren.«

»Ich bewundere dich so sehr für das, was du tust. Trotz allem bist du entschlossen, Gerechtigkeit für Denise zu erwirken.«

»Danke, doch ich wünschte, ich wäre damals mutig genug gewesen, um ihr zur Seite zu stehen.«

»Du tust es jetzt, und ich bin mir sicher, dass sie das zu schätzen weiß.«

»Das werde ich bald herausfinden, denn ich werde mich vor der Anhörung mit ihr treffen.«

»Oh, verdammt. Wie geht es dir damit?«

»Ganz gut. Sie hat um das Treffen gebeten. Ich habe das Gefühl, das ist das Mindeste, was ich tun kann.«

»Du bist echt krass, Blaise. Ich bin so stolz auf dich.«

»Danke. Das bedeutet mir viel.« Meine große Schwester ist stolz auf mich. Wie cool ist das bitte? Ihr Lob berührt mich mehr, als ich sagen kann.

»Ich komme mit Mom zum Gericht.«

»Das müsst ihr nicht.«

»Doch. Wir werden da sein, um dich zu unterstützen. Ich habe auch so ein paar Dinge, die ich bereue, weißt du? Wenn ich damals nicht so eine egoistische Zicke gewesen wäre, hättest du dich mir vielleicht anvertraut. Es tut mir leid, dass du das Gefühl hattest, das nicht zu können.«

»Ist schon gut.«

»Nein, ist es nicht. Es schmerzt mich, dass du so lange allein vor dich hin gelitten hast und dachtest, dass alle dich hassen würden, wenn du mit der Wahrheit rausrückst.«

»Arlo tut das vermutlich tatsächlich.«

»Er wird schon darüber hinwegkommen, sobald ihm klar wird, dass sein guter Kumpel schuldig ist. Denk immer daran, Blaise: Nichts hiervon ist deine Schuld. Lass die da, wo sie hingehört.«

»Ich bemühe mich. Danke für deine Unterstützung. Das bedeutet mir viel.«

»Du hast meine Unterstützung und meine Liebe. Ich würde gerne wieder eine engere Beziehung zu dir haben und möchte, dass du meine Kinder kennenlernst … Das wünsche ich mir sehr.«

»Ich mir auch. Und das kriegen wir hin. Versprochen.«

»Okay, diesmal akzeptiere ich keine Ausreden.«

»Ist okay. Danke noch mal, Teagan.«

»Hab dich lieb, Kleines.«

»Ich dich auch.«

Nach dieser Unterhaltung vor ein paar Tagen habe ich eine halbe Stunde lang geweint. Meine große Schwester liebt mich. Ihr tut es leid, dass ich damals nicht das Gefühl hatte, mich an sie wenden zu können. Wie anders wäre alles wohl gelaufen, wenn das eine Option gewesen wäre? Und was sie über Arlo gesagt hat, lässt mich ebenfalls hoffen. Vielleicht wird er mir eines Tages verzeihen. Wäre das nicht toll?

Die State Police fährt uns zum Gericht in Newport und eskortiert uns eine Stunde vor Beginn der Anhörung hinein, an jeder Menge Presseleute vorbei, die in einem abgesperrten Bereich neben den Steinstufen warten. Dass ein Kandidat für den Kongress wegen Vergewaltigung angeklagt wurde, ist in diesem kleinen Staat eine Riesenmeldung. Vor allem weil sich vierzehn Jahre später zwei Augenzeuginnen gemeldet haben. Die Presse hat die Geschichte von allen Seiten durchleuchtet und sogar Abschriften der ersten Anhörung von damals veröffentlicht.

Wir werden durch den Metalldetektor geschleust, und meine Handtasche wird durchleuchtet wie am Flughafen.

Jacks Hand liegt beruhigend auf meinem Rücken, was ich im Moment dringend brauche. Er war die ganze Zeit bei mir, während ich mich von meinen Verletzungen erholt und mich auf meine heutige Aussage vorbereitet habe.

Im Gerichtsgebäude wartet Josh Spurling auf uns und begleitet uns in einen privaten Raum. »Wie geht es Ihnen?«

»Mir tut immer noch alles weh, aber es ist besser, als es war.«

»Das freut mich. Ich hab heute Morgen erfahren, dass die U.S. Marshals hinzugezogen wurden, um bei der Suche nach Mr Elliott zu helfen.«

»Es wäre gut, wenn er verhaftet werden könnte.«

»Ja, das wäre es. Vielen Dank noch mal, dass Sie eingewilligt haben, sich vor der Anhörung mit Denise Messner zu treffen.«

»Keine Ursache.«

»Kann ich Ihnen irgendwas anbieten?«

»Nein, danke.«

»Okay. Sobald Mrs Messner eintrifft, bringe ich sie hierher.«

Während wir warten, sitzt Jack neben mir und hält meine linke Hand. Ich bin so dankbar dafür, dass er darauf bestanden hat, mich heute zu begleiten. Seine unerschütterliche Unterstützung sorgt dafür, dass ich ihn noch mehr liebe, als ich es ohnehin schon getan habe.

Nach ungefähr zehn Minuten wird die Tür geöffnet, und Denise kommt herein. Sie ist in Begleitung eines großen, attraktiven Mannes mit militärisch kurzem Haarschnitt.

Sie ist immer noch wunderschön. Ihre Wangen sind ein wenig voller, und sie strahlt eine Reife aus, die sie damals nicht gehabt hat, und trotzdem hätte ich sie überall wiedererkannt.

Sie nehmen uns gegenüber Platz. »Danke, dass du dich mit mir triffst. Das ist mein Mann Kane.«

»Schön, dich kennenzulernen, Kane. Das ist mein Freund Jack.«

»Freut mich, Jack.« Sie räuspert sich und sieht mich direkt an. »Ich war entsetzt, als ich von deinem Unfall gehört habe. Geht es dir gut?«

»Das wird wieder.«

»Es tut mir sehr leid, dass das passiert ist.«

»Danke, aber es ist nicht deine Schuld.«

»Ich habe darum gebeten, dich zu treffen, weil ich dir dafür danken wollte, dass du dich gemeldet hast.«

Damit hatte ich nicht gerechnet. »Ich, äh … ich hab deinen

Dank kaum verdient. Was ich getan habe, war verabscheuungswürdig.«

»Ich mache dir keine Vorwürfe. Wir alle wissen, was dir geblüht hätte, wenn du damals zur Polizei gegangen wärst. Doch indem du es jetzt getan hast, hast du zumindest versucht, mir nachträglich Gerechtigkeit zu verschaffen. Ich hätte nie gedacht, dass das passieren könnte.«

»Es hätte schon vor langer Zeit passieren sollen. Ich werde ewig bereuen, dass es so lange gedauert hat.«

»Besser spät als nie.«

Ihre Liebenswürdigkeit und ihr Verständnis verblüffen mich. »Ich hasse es, wie du damals behandelt worden bist. Von der ersten Minute an, als du in unsere Klasse gekommen bist, bis zu jenem grauenhaften Sommer. Du hattest nichts davon verdient.«

»Das weiß ich. Ich habe im Laufe der Jahre und mithilfe vieler Therapiestunden begriffen, dass es nichts mit mir zu tun hatte, sondern einzig an der Unsicherheit der anderen lag.«

»Trotzdem tut es mir schrecklich leid, was dir widerfahren ist. Ich wünschte, ich hätte damals so für dich da sein können, wie ich es eigentlich wollte.«

»Jetzt bist du ja hier.«

»Ich habe gehört, dass ihr vier Kinder habt. Hast du Fotos?«

»Was für eine Frage.« Lächelnd reicht sie mir ihr Handy mit einem Bild ihrer beiden älteren Kinder, die zwei Babys in den Armen halten. »Das sind Charlotte, Levi, Hudson und Hayes.«

»Oh, sind die süß.«

»Und ganz schöne Racker.«

»Das kann ich mir vorstellen.«

»Wo du gerade mein Handy hast, sei so lieb und speichere deine Nummer ein. Ich würde gerne in Kontakt bleiben, wenn das für dich in Ordnung ist.«

»Sehr gern.« Ich tippe meine Nummer ein und reiche ihr das Telefon zurück. »Danke, dass du so nett zu mir bist. Damit hatte ich nicht gerechnet.«

»Wut hat mich nicht weitergebracht. Nachsicht und Verständnis für andere waren wesentlich hilfreicher.«

»Das werde ich mir merken.«

Es klopft an der Tür, und der stellvertretende Staatsanwalt steckt den Kopf herein. »Das Gericht wäre dann so weit.«

»Los geht's«, meint Denise und verzieht das Gesicht. »Lass es uns hinter uns bringen, damit wir uns wieder erfreulicheren Dingen zuwenden können.«

»Ja, bitte.«

***

Joshua Spurling führt uns in den Gerichtssaal und zeigt uns unsere Stühle. »Sie beide sollten am Gang sitzen, weil Sie später aufgerufen werden.« Zu Denise sagt er: »Sie erinnern sich noch vom ersten Mal an Richterin Denton, oder?«

»Ja.«

»Es ist ein glücklicher Zufall für uns, dass sie auch dieses Mal den Vorsitz hat.«

Als wir Platz genommen haben – Denise und Kane in der Reihe vor uns –, legt Jack seinen Arm um meine Schultern.

»Danke für alles.«

Er küsst mich auf die Schläfe. »Es ist mir eine Freude. Abgesehen von dem Teil mit dem Unfall und den Verletzungen.«

Ich spüre eine Bewegung hinter mir, und dann steigt mir der vertraute Duft des Parfüms meiner Mutter in die Nase. »Wir sind hier, Blaise«, sagt sie.

Jack rückt ein Stück von mir ab, damit ich mich – langsam und vorsichtig – zu meiner Mutter und Teagan umdrehen kann. Trotzdem protestieren meine bei dem Unfall lädierten Rippen. »Danke, dass ihr gekommen seid.«

»Natürlich sind wir das.« Mom betrachtet die Blutergüsse in meinem Gesicht, die sie schon von unseren FaceTime-Gesprächen kennt. »Wie geht es dir, Liebling?«

»Jeden Tag ein bisschen besser.«

»Es ist so unfassbar, dass das überhaupt geschehen ist.«

»Das stimmt«, pflichtet Jack ihr bei.

Mom schaut ihn an und hebt fragend eine Augenbraue.

»Oh, äh, das ist Jack Olsen. Jack, das ist meine Mom und das meine Schwester Teagan.«

»Es freut mich, Sie beide kennenzulernen«, sagt Jack.

»Gleichfalls«, antwortet Teagan. »Wie ich sehe, hat Blaisey ein paar Geheimnisse vor uns gehabt.«

»Blaisey, hm?«, fragt Jack grinsend.

»Du darfst mich nicht so nennen, und sie auch nicht.« Ich werfe meiner Schwester einen gespielt finsteren Blick zu, den sie mit einem Lächeln beantwortet. Sie weiß, wie sehr ich diesen alten Spitznamen hasse. Dieses typisch schwesterliche Geplänkel – das erste seit Jahren – erfüllt mich mit einer Sehnsucht nach so viel mehr. Ich hatte bis zu diesem Moment keine Ahnung, wie sehr ich sie, June und Arlo vermisst habe.

Wo ich gerade an ihn denke, tritt er durch die Flügeltür, schaut schnell zur Seite der Verteidigung und schockiert mich dann damit, dass er auf uns zukommt und meine Mutter und Schwester bittet, ein Stück zu rutschen, um Platz für ihn zu machen.

Was ist hier los?

»Hi, Blaise.«

»Hi, Arlo.«

»Das mit dem Unfall tut mir sehr leid. Geht es dir gut?«

»Ja, das wird schon wieder.«

Er streckt Jack die Hand hin. »Arlo Merrick.«

Jack ergreift sie. »Jack Olsen.«

»Der Künstler?«, fragt Arlo.

»Genau der.«

»Meine Kinder lieben Ihre Krokodilbücher.«

»Oh, danke. Es freut mich, das zu hören.«

Nur weil ich mich zu meiner Familie umgedreht habe, bekomme ich mit, wie Ryder den Saal betritt. Er trägt einen dunklen Anzug und sieht aus, als hätte er seit Wochen nicht geschlafen. Kurz landet sein Blick auf mir, bevor er wieder wegschaut.

Hinter ihm folgen Ramona und ihr Mann und dann Cam, Sienna und Mrs Elliott.

Sienna mustert mich lange mit unergründlicher Miene, ehe sie den Kopf abwendet.

Es ist das erste Mal, dass ich sie seit unserem Highschool-Abschluss wiedersehe. Im letzten Schuljahr hatten wir nicht mehr viel miteinander zu tun. So viele Menschen haben sich damals bei mir erkundigt, warum wir nicht mehr ständig zusammen waren, aber ich bin der Frage jedes Mal ausgewichen.

Sie ist natürlich älter und ein wenig voller um die Hüften als früher, doch sie hat ja auch vier Kinder zur Welt gebracht. Die braunen Locken und der Pony sind allerdings immer noch genau wie damals.

»Ist das deine ehemals beste Freundin?«, will Jack leise wissen.

»Ja.«

»Kann ich dein neuer bester Freund sein?«

Lächelnd drehe ich mich zu ihm. »Das bist du bereits.«

»Ja!« Er reckt die Faust ein kleines bisschen, sodass nur ich es sehen kann.

Ich bin so unglaublich dankbar für ihn. Dankbar, dass ich, wenn das hier vorbei ist, mit ihm nach Hause gehen und dann den Rest meines Lebens mit ihm verbringen kann. Etwas Besseres kann ich mir nicht vorstellen.

Nach dieser Anhörung werden wir für ein paar Tage nach New York fahren, um meine Habseligkeiten zusammenzupacken, damit Kim im Januar in meine Wohnung einziehen kann. Sie freut sich riesig darüber, dass sie meinen Job und die Wohnung übernehmen kann, und ich bin froh, dieses Kapitel meines Lebens abschließen und ein nagelneues anfangen zu können, eins voller Liebe, Aufregung und Leidenschaft.

Ich muss nur noch diese Anhörung und den Prozess hinter mich bringen, um endlich an das gute Zeug zu kommen.

KAPITEL 33

Caroline
Heute

Ich hatte gar nicht vorgehabt, hinzugehen. Was sollte es bringen, hab ich mich gefragt, mir die Einzelheiten dessen anzuhören, was er diesem armen Mädchen angetan hat? Aber nachdem die Kinder in Schule und Kindergarten waren, habe ich trotzdem geduscht und mich fürs Gericht zurechtgemacht. Ich will nicht, dass Ryder oder sonst wer weiß, dass ich da bin, deshalb warte ich draußen, bis ich mir sicher bin, dass alle drinnen auf ihren Plätzen sind.

Während ich die steinernen Stufen anstarre, die zum Gerichtsgebäude führen, frage ich mich wieder, ob es klug war, herzukommen.

Niemand würde es mir vorwerfen, wenn ich wegbliebe.

»Caroline?«

»Oh, hi, Houston.« Ist es komisch, dass ich unwillkürlich denke, wie attraktiv er in seiner Uniform aussieht, wenn ich eigentlich hier bin, um zu hören, wie mein Mann sich einer Anklage wegen Vergewaltigung stellt? In letzter Zeit werde ich mit jedem Tag seltsamer.

»Dachte ich mir doch, dass du es bist.«

»Ja, ich bin's. Und ich frage mich, was zum Teufel ich hier tue.«

»Jeder in deiner Situation wäre neugierig.«

»Wirklich? Denn für mich fühlt es sich ein wenig masochistisch an.«

»Es könnte dir helfen, einen Abschluss zu finden. Was immer das für dich bedeutet.«

»Du meinst also nicht, dass es verrückt von mir ist, mich dem auszusetzen?«

»Überhaupt nicht. Würde es helfen, wenn du einen Freund an deiner Seite hättest?«

Dankbar schaue ich ihn an. »Das würde sehr helfen. Ich habe mich nämlich auch gefragt, was ich mir dabei gedacht habe, allein herzukommen.«

»Ich sitze gerne bei dir und bin so lange für dich da, wie du einen Freund brauchst.«

»Das ist sehr nett von dir, Houston.«

»Kein Problem. Wollen wir?«

»Ich schätze schon.«

Gemeinsam gehen wir die Treppe hinauf, und er hält mir die Tür auf und begleitet mich durch die Sicherheitskontrolle. Dann bringt er mich zum richtigen Gerichtssaal. Mit ihm zusammen ist alles so viel leichter als allein.

Wir nehmen in dem Moment in der letzten Reihe Platz, als der Staatsanwalt Denise in den Zeugenstand ruft.

Während ich ihrer Geschichte lausche, versuche ich, ihre Beschreibung der Ereignisse mit dem Mann in Einklang zu bringen, von dem ich in den letzten zehn Jahren dachte, ich würde ihn so gut kennen. Der Ryder, den sie beschreibt, hat keinerlei Ähnlichkeit mit meinem Ehemann.

Ich glaube ihr jedes Wort. Ich höre den Schmerz und die Qualen in ihrer Stimme, als sie das Grauen noch einmal durchlebt.

»Was haben Sie nach der Vergewaltigung getan?«, fragt der Staatsanwalt.

»Ich bin zu meinem Auto und bin nach Hause gefahren, wo ich geduscht habe. Ich stand unter Schock und war traumatisiert und außerdem verletzt.«

»Können Sie Ihre Verletzungen beschreiben?«

Am liebsten würde ich mir die Ohren zuhalten, um die Details nicht hören zu müssen. »Ich … ich hatte vorher noch nie Sex gehabt, deshalb hat es danach sehr lange wehgetan.«

»Gab es noch etwas, das als Ergebnis des Übergriffs durch den Angeklagten passiert ist?«

»Ja, ich bin schwanger geworden.«

»O mein Gott«, flüstere ich. Gerade als ich dachte, es könnte nicht schlimmer werden …

Houston nimmt meine eiskalte Hand in seine warme.

»Was ist mit dem Baby passiert?«

»Ich hatte eine Fehlgeburt, kurz bevor eine DNA-Probe hätte entnommen werden können, um den Angeklagten als Vater des Kindes zu identifizieren.«

Die Zuschauermenge wird laut, und die Richterin muss ihren Hammer einsetzen, um für Ruhe zu sorgen. »Störungen jeglicher Art werden in meinem Gerichtssaal nicht geduldet.«

In der Stille, die ihrer Anweisung folgt, höre ich jemanden weinen.

Ich beuge mich vor und sehe, dass Ryder den Kopf in den Händen hält, während er Denises Zeugenaussage lauscht. Weint er, weil er hört, wie sie gelitten hat?

»Mrs Messner, können Sie bitte Ihren allgemeinen psychischen Zustand infolge der Ereignisse beschreiben?«

»Ich befand mich am tiefsten Punkt meines Lebens. Nicht nur wegen der Vergewaltigung und der Fehlgeburt, sondern auch wegen der Falschaussagen seines Bruders und seiner Freunde, die in einer eidesstattlichen Erklärung behauptet haben, ich hätte mit ihnen allen geschlafen, was eine niederträchtige Lüge war.«

»Haben diese Männer inzwischen gestanden, gelogen zu haben?«

»Das haben sie.«

Erneut geht ein kollektives Aufkeuchen durch den Saal, gefolgt von so intensivem Geflüster, dass die Richterin wieder ihren Hammer niedersausen lässt.

»Danke, Mrs Messner. Keine weiteren Fragen.« Als sie den Zeugenstand verlässt, sagt Josh: »Die Anklage ruft Ramona Travers Silvia in den Zeugenstand.«

Ramona wird vereidigt und setzt sich.

»Mrs Silvia, können Sie uns bitte erzählen, wo Sie an dem fraglichen Abend waren?«

»Ich war auf einer Party von Houston Rafferty im Haus seiner Eltern in Land's End.«

»Haben Sie, während Sie auf dieser Party waren, Ryder Elliott gesehen?«

»Ja, das habe ich.«

»Haben Sie auch Denise Sutton Messner gesehen, die von allen Neisy genannt wurde?«

»Ja, das habe ich.«

»Haben Sie die beiden zu irgendeinem Zeitpunkt zusammen gesehen?«

»Ja, ich habe zufällig beobachtet, wie die beiden zusammen von der Party weg und in Richtung Wald gegangen sind.«

»Haben Sie das den Behörden gemeldet, nachdem Mr Elliott beschuldigt wurde, Ms Sutton vergewaltigt zu haben?«

»Nein, das habe ich nicht.«

»Warum nicht?«

»Weil ich Angst hatte, dass die anderen Kids mich so behandeln würden wie sie, nachdem sie die Anzeige gestellt hatte.«

»Warum haben Sie dann jetzt entschieden, auszusagen?«

»Weil ich gehört hatte, dass es eine Augenzeugin der Tat gab, die sich kürzlich bei der Polizei gemeldet hatte. Ich wollte das Gleiche tun. Ich habe es immer bereut, dass ich das damals nicht gleich getan habe.«

»Hatten Sie Kenntnis davon, dass Ryder Elliott sich Mädchen oder Frauen gegenüber je unangemessen verhalten hat?«

»Einspruch! Alles, was ihr jemand anders erzählt hat, ist Hörensagen und damit unzulässig.«

»Abgelehnt. Ich will die Antwort hören.«

»Mrs Silvia?«

Ramona befeuchtet sich die Lippen, bevor sie spricht. »In der elften Klasse hat er mich einmal in der Bücherei in eine Ecke gedrängt und mir gesagt, dass er mich hübsch fände. Dabei stand er sehr dicht vor mir. Ich hatte Angst, aber zum Glück ist jemand gekommen, und er ist zurückgetreten.«

Ein Keuchen geht durch den Raum, und einige Leute fangen an zu flüstern.

»Haben Sie diesen Vorfall irgendjemandem gemeldet?«

»Nein, ich hatte Angst. Er war so beliebt und ich … Nun ja, ich war es nicht.«

»Haben Sie je von jemand anderem gehört, dass er sich aggressiv oder unangemessen verhalten hat?«

»Einspruch!«

»Abgelehnt. Bitte beantworten Sie die Frage, Mrs Silvia.«

»Ein paar Leute haben hier und da behauptet, dass er Louisa nicht ganz so treu sei, wie er alle glauben machen wollte, dass er gern flirte und keine Angst habe, die Mädchen zu berühren, wenn er es wollte … Solche Sachen.«

»Einspruch!«

»Ich habe keine weiteren Fragen. Danke, Mrs Silvia. Sie sind entlassen.«

Die Zuschauer beginnen zu reden, und die Richterin muss wiederholt zu ihrem Hammer greifen, um alle zur Ordnung zu rufen.

Ich kann nicht fassen, was ich über den Mann höre, von dem ich dachte, ich kenne ihn so gut. Ich habe Ryder nie unangemessen oder übergriffig gegenüber einer Frau erlebt. Doch ich glaube Ramona. Welchen Grund hätte sie, zu lügen? Was für einen Grund hätte überhaupt jemand, so etwas unter Eid auszusagen, wenn es nicht stimmte?

Nachdem Ramona den Zeugenstand verlassen hat, wird Blaise Merrick aufgerufen.

Sie hebt ihre rechte Hand, die geschient ist, und schwört, die Wahrheit zu sagen.

»Ms Merrick, würden Sie dem Gericht bitte Ihre offensichtlichen Verletzungen erklären?«

»Ich war Anfang der Woche in einen Autounfall auf der Mount-Hope-Brücke verwickelt.«

»Wurde dieser Unfall absichtlich herbeigeführt?«

»Ich wurde von hinten von einem Pick-up gerammt, sodass ich in den Gegenverkehr geraten und frontal mit einem anderen Auto zusammengestoßen bin. Später hat man mir mitgeteilt, dass das Kennzeichen des Fahrzeugs, das mich gerammt hatte, einem Mr David Elliott gehört, dem Vater des Angeklagten.«

Der stellvertretende Staatsanwalt reicht der Richterin mehrere Papiere. »Ich möchte das Gericht bitten, zu protokollieren, dass nach Mr Elliott derzeit noch gefahndet wird, wobei auch U.S. Marshals hinzugezogen wurden. Er ist weiterhin auf der Flucht. Wenn er verhaftet wird, wird er wegen zweifachen versuchten Mordes an Ms Merrick sowie Brandstiftung angeklagt, nachdem das Cottage, das Ms Merrick bewohnt hat, in Brand gesetzt wurde.«

»Ist notiert«, antwortet die Richterin stirnrunzelnd.

»Können Sie dem Gericht bitte schildern, was Sie an dem fraglichen Abend gesehen haben?«

Die Einzelheiten sind beim zweiten Mal nicht weniger entsetzlich.

»Was haben Sie nach der Tat getan?«

»Ich habe mich völlig falsch verhalten. Statt mich um Denise zu kümmern, habe ich nur an mich gedacht. Zunächst einmal hätte ich versuchen müssen, die Tat zu verhindern. Und hinterher hätte ich zu ihr gehen, ihr helfen und der Polizei sagen sollen, was ich beobachtet hatte. Doch zu meiner großen Schande habe ich nichts davon getan, weil ich Angst um mich hatte und davor, wie die anderen mich behandeln würden.«

»Warum hatten Sie solche Angst?«

»Ryder war extrem beliebt. Er war der Star unseres Jahrgangs. Ich habe befürchtet, niemand würde mir glauben. Er war außerdem der beste Freund meines Bruders, was das, was ich gesehen hatte, so unwahrscheinlich wirken ließ.« Blaise wirft einen Blick zu Arlo, der den Kopf gesenkt hat. »Ich liebe meinen Bruder. Ich wollte nicht von allen gehasst werden, deshalb habe ich geschwiegen, und das hat mich beinahe umgebracht.«

»Inwiefern?«

»Ich hatte viele gesundheitliche Probleme. Angstzustände, Depressionen, Essstörungen. Die Schuldgefühle haben mich buchstäblich krank gemacht.«

»Und bevor Sie die Tat beobachtet haben, hatten Sie keins dieser Probleme?«

»Nein. Im letzten Schuljahr habe ich mich immer weiter zurückgezogen und bin, sobald ich konnte, auf ein College in einem anderen Staat gegangen. Vor meiner kürzlichen Rückkehr war ich nur einmal in Rhode Island, und zwar zur Beerdigung meines Vaters.«

»Während Ihrer Kindheit und Jugend in Hope, haben Sie da je Kenntnis davon erlangt, dass Ryder Elliott sich Mädchen oder Frauen gegenüber unangemessen oder aggressiv verhalten hat?«

»Einspruch!«

»Abgelehnt. Bitte beantworten Sie die Frage, Ms Merrick.«

»Nein. Ich habe nie etwas in der Art gehört oder beobachtet. Weshalb ich auch so geschockt von dem war, was er Denise angetan hat. Er war seit Jahren mit Louisa zusammen.«

»Warum haben Sie sich jetzt gemeldet?«

»Ich habe gehört, dass Ryder für den Kongress kandidiert, und konnte nicht eine Minute länger mit diesem Geheimnis leben. Ich bin nach Hause gefahren und habe noch am selben Tag meine Aussage gemacht.«

»Ms Merrick, wissen Sie, ob es weitere Zeugen des Übergriffs gab?«

»Ich spreche nur für mich.«

»Ms Merrick«, schaltet sich die Richterin ein. »Sie stehen unter Eid. Bitte beantworten Sie die Frage.«

»Ms Merrick«, sagt Josh. »Ist noch jemand Zeuge der Tat geworden?«

Ich sehe, dass Blaise nicht damit gerechnet hat, diesbezüglich unter Druck gesetzt zu werden.

»Ja.«

»Wer war diese Person?«

»Sienna Lawton Elliott.«

Im Saal bricht Chaos aus.

Ich bin zutiefst schockiert, dass Sienna, meine Schwägerin und Freundin, die ganze Zeit wusste, dass Ryder es getan hat, und mir nie etwas gesagt hat.

»Ich glaube, ich habe genug gehört«, flüstere ich Houston zu.

Er steht auf und begleitet mich zur Tür, die er für mich öffnet.

Ich bin überrascht, dass er mir aus dem Gerichtssaal folgt.

»Ich würde dich ja fragen, ob alles in Ordnung ist …«

»Drei Leute, die die gleiche Geschichte erzählen, und meine Schwägerin, die die ganze Zeit Bescheid gewusst hat.« Mit Tränen in den Augen schaue ich ihn an. »Das ist viel zum Verarbeiten.«

»Das kann ich mir vorstellen.«

»Wenigstens habe ich jetzt Gewissheit.«

»Hilft das?«

»Auf gewisse Weise schon. Seit seiner Verhaftung hatte ich irgendwie im Hinterkopf, dass das alles möglicherweise ein großer Irrtum sei. Aber zu leugnen ist jetzt keine Option mehr, oder?«

»Nein.«

»Danke, dass du heute für mich da warst, Houston. Du hast mir wirklich geholfen.«

»Ich wünschte, ich könnte mehr tun.«

»Du warst genau das, was ich gebraucht habe: ein Freund. Also nochmals danke.«

»Wäre es in Ordnung, wenn ich später noch mal nach dir sehe?«

»Klar. Das wäre nett.«

»Komm, ich bring dich zu deinem Auto.«

Sienna
Heute

Das darf ja wohl nicht wahr sein. Wenn sie mich in den Zeugenstand rufen, werde ich mich weigern. Sie können mich nicht zwingen, oder? Ich schaue zu Cam, aber der guckt stur nach vorn.

Die Richterin lässt den Hammer auf die Platte sausen, um für Ruhe zu sorgen.

Ich spüre beinahe körperlich die Blicke, die sich auf mich richten.

Am liebsten würde ich im Boden versinken.

»Was soll ich tun, wenn sie mich aufrufen?«, flüstere ich Cam zu.

»Dann gehst du nach vorn und sagst die Wahrheit.«

»Das kann ich nicht.«

»Du musst.«

Die Verteidigerin, eine eisige Blondine mit zwölf Zentimeter hohen Absätzen, begibt sich zum Zeugenstand und bleibt mit verschränkten Armen vor Blaise stehen. Sie hatte keine Fragen für Denise oder Ramona, doch Blaise starrt sie so lange an, bis die auf ihrem Stuhl nervös hin und her zu rutschen beginnt.

»Vierzehn Jahre sind eine lange Zeit.«

»Das stimmt.«

»Und in all dieser Zeit haben Sie nie darüber gesprochen, was Sie gesehen haben, weder mit der Polizei noch mit Ihren Eltern oder sonst jemandem. Ist das richtig?«

»Das ist richtig.«

»Warum nicht?«

»Ich hatte Angst vor dem, was mit mir passiert. Ryder hat in der Gemeinde hier und in meinem Umfeld eine so bedeutende Rolle gespielt und war zudem der beste Freund meines Bruders ...«

»Und sie hatten kein Mitgefühl mit der Frau, an der er sich angeblich vergriffen hat?«

»Ich habe in diesen vierzehn Jahren jeden Tag an sie gedacht.« Sie schaut zu Neisy. »Jeden einzelnen Tag. Es hat mich krank gemacht.«

»Warum ausgerechnet jetzt?«

»Weil ich gehört habe, dass er sich um ein öffentliches Amt bemühen will, und ich nicht länger mit dem Geheimnis leben konnte.«

»Was haben Sie davon, sich nach so langer Zeit zu melden?«

»Nichts, außer dass ich ein fürchterliches Unrecht wiedergutzumachen versuche.«

»Warum sollten wir Ihnen auch nur ein Wort von dem glauben, was Sie über etwas erzählen, das vor so langer Zeit angeblich passiert ist, dass Sie sich vermutlich kaum noch daran erinnern können?«

Blaise schaut die Anwältin an, ohne mit der Wimper zu zucken. »Ich erinnere mich an jede Sekunde davon. Ich erinnere mich an jede Einzelheit jenes Tages und der Tage, die gefolgt sind. Laut dem Polizeichef von Land's End stimmt meine Beschreibung der Ereignisse genau mit der von Ms Sutton überein, und ich habe nicht wissen können, was sie ausgesagt hatte.«

Ich schlucke schwer. Sie ist sehr glaubwürdig.

Nach einer langen Pause erklärt die Anwältin: »Ich habe keine weiteren Fragen.«

Blaise wird aus dem Zeugenstand entlassen.

Ich kann es immer noch nicht fassen, dass sie mich verraten hat, nachdem sie versprochen hatte, das niemals zu tun.

»Die Anklage ruft Sienna Elliott in den Zeugenstand.«

Ich bleibe wie angewurzelt sitzen.

»Einspruch.« Die Verteidigerin ist auf den Füßen. »Die Zeugin steht nicht auf der Liste, die uns übermittelt wurde.«

»Abgelehnt. Ich will hören, was sie zu sagen hat.«

»Mrs Elliott?« Der Staatsanwalt sieht mich streng an. »Sie können entweder freiwillig kooperieren, oder wir können Ihnen eine Vorladung überstellen.«

Cam stupst mich an. »Los.«

Als ich aufstehe und nach vorne gehe, zittern meine Beine, und ich habe das Gefühl, gleich ohnmächtig zu werden.

Ich werde aufgefordert, eine Hand zu heben und zu schwören, dass ich die Wahrheit sage, die ganze Wahrheit und nichts als die Wahrheit.

Uff. Das will ich nicht.

»Mrs Elliott, waren Sie an dem fraglichen Abend mit Ms Merrick zusammen? Und ich erinnere Sie daran, dass Sie unter Eid stehen.«

»Ich war dort.«

»Haben Sie gesehen, dass Denise Sutton von Ryder Elliott vergewaltigt wurde?«

Ich zögere, bevor ich nicke.

»Sie müssen hörbare Antworten für die Stenografin geben.«

»Ja, ich habe ihn dabei gesehen.«

»Und Sie haben entschieden, ihr nicht zu helfen und das Verbrechen nicht den Behörden zu melden?«

»Ja.« Meine Wangen brennen vor Scham.

»Warum?«

»Ich war mit seinem Bruder zusammen, den ich später geheiratet habe. Ich habe getan, was ich für das Beste für meinen Freund und seine Familie hielt.«

»Auf Kosten einer jungen Frau, die Opfer einer Vergewaltigung geworden war?«

»Ich kannte sie nicht, mit ihm bin ich hingegen aufgewachsen. Was er getan hat, war schrecklich. Aber … ich habe getan, was ich damals für das Richtige hielt.«

»Und bereuen Sie das?«

»Manchmal.«

Denise
Heute

Siennas Aussage ist schockierend und verstörend, denn bis zu diesem Moment habe ich nicht gewusst, dass Blaise nicht allein dort war. *Manchmal* bereut sie es, mich verletzt und blutend im Wald zurückgelassen zu haben. Nur *manchmal?*

Was für ein Monster wird von so etwas nicht Tag und Nacht verfolgt?

Kane zieht mich näher zu sich.

Das hier muss auch für ihn furchtbar sein.

»Als Ryder Elliott anfänglich wegen der Vergewaltigung von Ms Sutton angeklagt war, haben die Leute es da geglaubt?«

»Nein, niemand hat es geglaubt.«

»Doch Sie wussten, dass es stimmte, oder?«

Sienna senkt den Blick. »Ja.«

»Haben Sie das irgendjemandem erzählt?«

»Nein.«

»Nicht einmal Ihrem Freund?«

»Nein.«

»Also haben Sie dem Mann, den Sie geheiratet haben, nie gesagt, was Sie seinen Bruder haben tun sehen?«

»Erst vor Kurzem.«

»Selbst nachdem Blaise Merrick sich gemeldet hat, haben Sie immer noch geschwiegen?«

»Sie verstehen das nicht!«

»Das stimmt. Ich verstehe es nicht. Keine weiteren Fragen.«

Ich will aufstehen und dem Staatsanwalt dazu gratulieren, wie er Sienna in die Knie gezwungen hat. Ich hoffe, sie genießt den Rest ihres Lebens in ihrer kleinen Stadt, in der jetzt jeder weiß, was für ein schlechter Mensch sie ist.

Sienna verlässt den Zeugenstand, geht direkt zu Blaise und gibt ihr eine schallende Ohrfeige, bevor irgendjemand auch nur ahnt, was sie vorhat. »Du blödes Miststück! Das ist alles deine Schuld! Warum hast du nicht einfach deinen verdammten Mund gehalten?«

Cam packt seine Frau von hinten und reißt sie von Blaise weg.

Sofort werden sie von Deputy Sheriffs umrundet, die Sienna Handschellen anlegen, während sie wütend keift.

Die Richterin klopft mit ihrem Hammer. »Ich will, dass sie wegen Körperverletzung und Missachtung des Gerichts angeklagt wird. Entfernen Sie sie aus meinem Gerichtssaal.«

Ich wende mich Blaise zu. »Alles in Ordnung?«

»Äh, ich glaube schon. Was ist schon eine weitere Prellung?«

Ich spüre, dass sie die Sache zum Wohl der anderen herunterspielt, aber ihre Augen sind vor Schock ganz glasig.

»Ich habe alles gehört, was ich hören musste«, verkündet die Richterin. »Mr Elliott, Sie werden vor Gericht gestellt. Bis zum Prozessbeginn am zwanzigsten Februar bleiben Sie auf Kaution auf freiem Fuß.«

»Warten Sie!« Ryder steht auf. »Ich will mich schuldig bekennen.«

Seine Anwältin packt ihn am Arm. »Ryder, setzen Sie sich.«

Er wehrt sich gegen ihre Anstrengungen, ihn auf den Stuhl zurückzuzwingen. »Nein!« Er schaut zu mir und wirkt gequält. »Es tut mir so leid, Denise. Ich weiß nicht, was mich damals geritten hat. Ich habe es getan, und ich will meine Strafe haben, damit wir alle zumindest ein wenig Frieden finden.«

Ein lautes Knurren, das hinter Ryder ertönt, stammt von einem Mann, der sich an allen vorbei auf ihn stürzt.

Der Mann prügelt auf Ryder ein, während er aus voller Lunge schreit: »Wie konntest du meiner Schwester das antun? Sie hat dich von ganzem Herzen geliebt! Sie lag verdammt noch mal im Sterben, und du hast so etwas getan?«

O Gott. Louisas Bruder.

»Du widerlicher Hurensohn!«

Als es den Deputys endlich gelingt, Louisas Bruder von ihm loszureißen, liegt Ryder bewusstlos und blutend auf dem Boden.

»All diese Jahre hat er uns angelogen, während er so getan hat, als würde ihm das Vermächtnis meiner Schwester irgendwas bedeuten!«

Der Mann ist komplett außer Kontrolle und wehrt sich heftig gegen die Deputys, die versuchen, ihm Handschellen anzulegen.

»Heilige Scheiße.«

Die beiden von Kane geflüsterten Worte fassen die Situation ziemlich gut zusammen.

Die Richterin nimmt erneut ihren Hammer zu Hilfe, um die Ordnung in ihrem Gerichtssaal wiederherzustellen, während sich die herbeigeeilten Sanitäter um Ryder kümmern.

»Ich will die Anwälte in meinem Büro sehen. Sofort.« Sie lässt den Hammer fallen. »Die Sitzung ist vertagt.«

Damit segelt sie aus dem Raum. Josh und Ryders Anwältin folgen ihr, während Ryder auf einer Trage aus dem Saal gerollt wird.

»Was zum Teufel ist da gerade passiert?«, fragt Kane, der so geschockt ist wie wir alle.

»Ryders Freundin Louisa ist um den Zeitpunkt der Tat herum frisch ins Hospiz verlegt worden. Das war ihr Bruder.«

»Oh. Verdammt. Wow. Er hat also die ganze Zeit über geglaubt, dass Ryder unschuldig ist?«

»Scheint so.«

Mehrere Deputy Sheriffs sorgen dafür, dass die Zuschauer geordnet den Saal verlassen.

Cam Elliott taucht vor mir auf. »Ich wollte dir persönlich sagen, wie leid es mir tut, was wir dir nach Ryders erster Verhaftung angetan haben. Die anderen Jungs und ich werden eine öffentliche Entschuldigung abgeben und die Anschubfinanzierung für die Einrichtung eines Krisenzentrums für jugendliche Vergewaltigungs-opfer in der Region übernehmen.«

»Ich nehme deine Entschuldigung an und weiß die Geste zu schätzen.«

Ich bin mir sicher, dass sie das in der Hoffnung tun, dass ich sie dann nicht wegen Rufschädigung verklage, aber egal. Das Zentrum wird Opfern, wie ich eines war, helfen, die niemanden haben, an den sie sich nach so einem traumatischen Erlebnis wenden können.

»Es tut mir leid, was passiert ist«, fügt Cam hinzu.

»Danke.«

Seine Entschuldigung ändert gar nichts, doch ich kann nicht leugnen, dass über diesem Tag ein Hauch von Genugtuung liegt.

Der Staatsanwalt ruft meinen Namen, und Kane und ich gehen zu ihm.

Er bedeutet uns, ihm in eine ruhige Ecke des Saals zu folgen. »Die Richterin ist geneigt, Ryder zu erlauben, sich schuldig zu bekennen, um dieser Sache ein für alle Mal ein Ende zu setzen. Ich habe ihr erklärt, dass Sie sich dagegen ausgesprochen haben. Sie möchte wissen, ob das immer noch der Fall ist.«

Ich atme tief durch und denke über das nach, was er gesagt hat. »Ich wollte das, was ich heute bekommen habe: dass die Leute vor Gericht hören, dass er mich tatsächlich vergewaltigt hat, dass ich dabei von ihm schwanger geworden bin und völlig verzweifelt war. Ich wollte, dass sie von Blaise und Ramona hören, dass ich mir das nicht ausgedacht habe.« Ich schaue zu Kane, der mich voller Liebe und Bewunderung ansieht. »Ich habe meinen Tag bei Gericht bekommen – und noch mehr. Das reicht mir.«

»Ich werde die Richterin informieren, dass Sie nicht länger gegen den Deal sind.«

»Danke für alles, Josh.«

»Ich wünschte, ich könnte sagen, es war mir ein Vergnügen. Aber der Gerechtigkeit ist Genüge getan worden, so hässlich es auch war.«

»Was für eine Strafe wird er erhalten?«

»Irgendwas zwischen fünf und zehn Jahren, sowie mehrere Jahre Bewährung und einen lebenslangen Eintrag ins Sexualstraftäterregister. In ein paar Wochen wird es eine weitere Anhörung bezüglich des Urteils geben. Dann wird er in Haft genommen.«

Wieder blicke ich Rat suchend zu Kane. Er nickt leicht.

»Okay«, sage ich zu Josh. »Das ist in Ordnung.«

»Ich melde mich.«

Nachdem er gegangen ist, trete ich in Kanes Arme und lasse mich von ihm in seine Liebe einhüllen.

»Ich bin so verdammt stolz auf dich«, stellt er fest.

»Danke für deine unerschütterliche Unterstützung in dieser Zeit.«

»Ich liebe dich. Ich habe dich immer geliebt, und ich werde dich immer lieben.«

»Ich liebe dich auch. Mehr als alles andere. Ich muss meinem Dad eine Nachricht schicken.« Mein Dad wollte heute kommen, doch ich habe ihn gebeten, darauf zu verzichten, weil ich wusste, wie verstörend es für ihn sein würde, in allen Einzelheiten zu hören, was mir angetan wurde. Ich schicke ihm eine kurze Nachricht, um ihm zu sagen, dass alles in Ordnung ist und ich ihn später anrufe. Dann stecke ich das Handy weg und drehe mich zu Kane um. »Weißt du, was wir jetzt haben?«

»Nein. Was?«

»Vierundzwanzig Stunden ohne Kinder, bevor wir morgen in den Flieger steigen.«

»Das stimmt. Wie würdest du die gerne verbringen?«

»Lass uns in ein schickes Hotel einchecken, uns was beim Zimmerservice bestellen und all das hier vergessen.«

»Da bin ich dabei, Baby.«

Blaise
Heute

Seit Sienna mich geohrfeigt hat, vibriert Jack vor Wut.

Es war auch für mich ein Schock. Als sie auf mich zukam, hatte ich kaum Zeit, zu reagieren, bevor sie so fest zugeschlagen hat, dass ich Sterne gesehen hab.

»Ich kann nicht fassen, dass sie dich tätlich angegriffen hat«, sagt Jack, als wir im SUV der State Police sitzen. Wir haben meine Familienmitglieder mit dem Versprechen zurückgelassen, sie bald zu besuchen, worauf ich mich wirklich freue. »Ich hoffe, sie erhält ihre gerechte Strafe.«

»Mir geht es gut.«

»Tja, mir nicht! Das war unfassbar!«

Ich habe ihn noch nie so aufgebracht erlebt, und dass es meinetwegen ist, finde ich unglaublich sexy. Außerhalb meiner Familie habe ich noch nie jemandem so viel bedeutet wie ihm. »Komm her.«

»Ich bin hier.«

»Komm näher.«

Er löst den Gurt, rutscht auf der Rückbank zu mir und legt die Arme um mich.

»Mir geht es gut. Dir geht es gut. Fenway geht es gut. Alles ist gut.«

»Sie hat dich verdammt noch mal geschlagen.«

»Ich weiß. Und es war echt schmerzhaft. Aber jetzt ist es vorbei.«

»Ich bin es so leid, dass dir jemand wehtut.«

Ich lehne mich an ihn. »Ich kann nicht glauben, was Ramona vor Gericht gesagt hat. Als wir uns getroffen haben, hat sie den Vorfall in der Bücherei gar nicht erwähnt.«

»Ich frage mich, warum.«

»Vermutlich hatte sie Angst, dass die Leute sich gegen sie wenden, so wie sie es mit Denise gemacht haben, nachdem sie Ryder angezeigt hatte. Ich wette, dass Ramona niemals ein Wort darüber verloren hätte, wenn sie nicht unter Eid danach gefragt worden wäre.«

»Es hat definitiv geholfen, ein Muster aufzuzeigen.«

»Ja, die schockierenden Nachrichten reißen nicht ab. Ich hatte keine Ahnung, dass Ryder so sein konnte, bis ich es selbst gesehen habe.«

Mein Handy klingelt.

Jack setzt sich auf, damit ich es aus meiner Jackentasche ziehen kann.

»Das ist Josh.« Ich nehme den Anruf an, wobei ich das Handy beinahe fallen lasse. Mit der Schiene am rechten Arm ist alles wesentlich schwieriger. »Hallo, Josh.«

»Tja, das war ein ganz schönes Spektakel, was?«

»Das war es.«

»Geht es Ihnen gut?«

»Ja, alles in Ordnung.«

»Sienna wird wegen Körperverletzung angezeigt.«

»Oh, wow. Okay.«

»Und wir haben uns mit Denise und der Anwältin von Ryder auf einen Deal geeinigt. Abhängig von Ryders Zustimmung, nachdem er die Bedingungen gelesen hat, wird er fünf bis zehn Jahre ins Gefängnis müssen sowie weitere auf Bewährung und einen lebenslangen Eintrag ins Register der Sexualstraftäter erhalten.«

»Also ist es vorbei?«

»Wenn Ryder dem Deal zustimmt – was er ja angekündigt hat –, dann ja.«

Ich schließe die Augen und atme tief aus. Es ist vorbei. Es ist endgültig vorbei. »Muss ich gegen seinen Vater aussagen?«

»Ich habe gerade eben gehört, dass er sich in Western Massachusetts eine Schießerei mit den Marshals geliefert hat. Dem Vernehmen nach ist Mr Elliott dabei ums Leben gekommen.«

»O Gott.« Wie ist es möglich, dass ich trotz allem Mitleid mit den Elliotts habe?

»Die gute Nachricht ist«, fährt Josh fort, »dass wir Sie jetzt, wo er keine Bedrohung mehr darstellt, aus dem Zeugenschutz entlassen können.«

»Okay.«

»Geht es Ihnen so weit gut, Blaise?«

»Das wird es wieder. Ich hätte mir nie vorstellen können, was alles passieren würde, wenn ich mich mit meiner Geschichte an Houston wende.«

»Das hätte niemand voraussehen können.«

»Wenn Sie mich fragen, ich finde, Louisas Bruder sollte nicht angezeigt werden. Er hat bereits genug durchgemacht.«

»Ich neige dazu, Ihnen zuzustimmen. Ich werde mit dem Staatsanwalt darüber sprechen, was wir für ihn tun können.«

»Danke für alles, Josh.«

»Gern geschehen. Und vielen Dank für Ihren Mut. Der hat den Ausschlag gegeben.«

»Es ist vorbei«, bemerke ich, nachdem ich aufgelegt und Jack erzählt habe, dass Mr Elliott erschossen worden ist.

»Gott sei Dank.«

»Ich will nur nach Hause und eine Woche durchschlafen.« Ich halte inne und werfe ihm einen unsicheren Blick zu. »Ich bin nicht sicher, wann es passiert ist, aber wenn ich an zu Hause denke, denke ich an dein Haus.«

»Das passt ziemlich gut, denn wenn ich an zu Hause denke, denke ich an dich, und ich weiß ganz genau, wann *das* passiert ist.«

»Wann?«

»An dem Tag, an dem ein umwerfender Rotschopf auf meine Einfahrt gebraust kam und mein ganzes Leben auf bestmögliche Weise auf den Kopf gestellt hat.«

Ich lehne mich an seine Schulter, erschüttert von all dem, was in der Zwischenzeit geschehen ist. Eigentlich wollte ich nur ein schreckliches Unrecht wiedergutmachen, doch dabei hab ich die wahre Liebe gefunden. »Irgendwie hab ich das Gefühl, als wärst du meine Belohnung dafür, dass ich endlich das Richtige getan habe.«

»Damit kann ich gut leben.«

EPILOG

Zwei Jahre später
Ryder

Ich lebe für die Sonntage, wenn ich meine Kinder sehen kann, die inzwischen neun, sieben und fünf Jahre alt sind. Sie wachsen so schnell, was mir das Herz bricht. Ich verpasse alles mit ihnen, aber wenigstens haben wir eine Stunde in der Woche, in der wir reden können und ich dafür sorgen kann, dass sie wissen, dass ich sie immer lieben werde, auch wenn ich nicht jeden Tag bei ihnen sein kann.

Kinder sind so unglaublich bereit, zu verzeihen, und ich habe Glück, dass sie mich trotz allem, was sie meinetwegen durchmachen mussten, immer noch lieben. Sie schicken mir Bilder und Briefe ins Gefängnis, backen für mich und sagen mir immer, wie lieb sie mich haben, was ich in Wahrheit nicht verdient habe.

Als Marty sich im Gerichtssaal auf mich gestürzt und auf mich eingeprügelt hat, habe ich einen Kieferbruch und eine Gehirnerschütterung erlitten, und es hat lange gedauert, bis ich mich davon erholt hatte. Sie haben ihn wegen eines geringfügigen Vergehens angeklagt, was für mich in Ordnung war. Ich werfe ihm seinen Wutausbruch nicht vor, ich hatte ihn verdient. Allerdings hätte ich darauf verzichten können, zwei Monate mit zusammengedrahtetem Kiefer zu leben. Das war ziemlich furchtbar.

Ungefähr ein halbes Jahr nachdem ich meine Haftstrafe im Gefängnis in Cranston angetreten hatte, wurden mir die Papiere zur Scheidung von Caroline zugestellt. Auch wenn sie die Kinder jede Woche hergebracht hat, hatte ich in all der Zeit kein einziges Wort mit ihr gewechselt. Insofern hat es mich nicht komplett überrascht. Trotzdem hat es verdammt wehgetan, diese Papiere zu unter-schreiben und zu ihr zurückzuschicken. Ich habe es dennoch getan, weil es das war, was sie wollte, nicht weil ich sie nicht mehr liebe.

Ich werde sie immer lieben, doch unsere Ehe war an dem Tag vorbei, an dem ich am Spielfeldrand verhaftet wurde.

Manche Sachen kann man sich selbst nicht so leicht verzeihen. Meine Frau über zehn Jahre lang angelogen zu haben ist eine davon, und das akzeptiere ich genauso wie all meine anderen Fehler.

Im Gefängnis habe ich zu Gott gefunden.

Das mag aus meinem Mund komisch klingen, aber nachdem ich früher alles, was passiert ist, ausgeblendet habe, wenn ich in der Kirche war, fühle ich mich jetzt getröstet von der Vergebung, die Gott den Menschen bietet – sogar jemandem wie mir. Ich besuche die wöchentliche Bibelstunde für die Insassen und habe die Bibel schon zweimal von vorne bis hinten gelesen. Jedes Mal, wenn ich sie in die Hand nehme, lerne ich etwas Neues, und es schenkt mir einen Frie-den, wie ich ihn lange Zeit nicht gekannt habe.

Meine Anwältin Bridget sagt mir, dass eine frühzeitige Entlassung im Gespräch ist, vielleicht sogar schon in einem oder anderthalb Jahren. Ich mache mir jedoch keine Hoffnung. Ich habe gelernt, jeden Tag einzeln anzugehen, und ich weiß, wenn ich hier irgend-wann rauskomme, werden neue Herausforderungen auf mich warten. Zum einen bin ich mir nicht sicher, wie ich als verurteilter Straftäter meinen Lebensunterhalt bestreiten soll. Zum anderen hat Caroline das alleinige Sorgerecht für die Kinder, sodass meine Zeit mit ihnen immer noch begrenzt sein wird.

Aber das ist in Ordnung. Ich nehme, was ich kriegen kann.

Die Kinder kommen wie üblich allein in den Besucherraum.

Caroline wartet vor der Tür auf sie.

Sie umarmen und küssen mich wie jedes Mal, wollen meine ungeteilte Aufmerksamkeit und erzählen mir das Neueste über ihre Freunde, ihre sportlichen Aktivitäten, ihren neuen Hund und ihre Cousins und Cousinen.

»Houston baut uns eine Schaukel«, berichtet mir Grace.

Die Worte treffen mich mitten ins Herz. »Houston?«

»Ja, er ist Mommys besonderer Freund«, erklärt Elise.

Nach diesen Worten fällt es mir schwer, zu atmen. Natürlich trifft sie sich mit jemandem. Doch ausgerechnet mit Houston, der mal mein Freund gewesen ist? Das tut weh.

»Bist du böse, Daddy?« Miles ist alt genug, um zu wissen, wie diese Dinge funktionieren.

»Nein, überhaupt nicht. Eure Mommy hat es verdient, glücklich zu sein.« Das entspricht definitiv der Wahrheit.

Wir spielen eine Runde *Schlangen und Leitern*, das sie mitgebracht haben.

Elise gewinnt zum allerersten Mal und freut sich so süß darüber, dass mir die Tränen kommen.

Die Stunde ist vorbei, lange bevor ich bereit bin, sie gehen zu lassen.

»Hey, gebt mir eine so feste Umarmung, dass sie für eine ganze Woche reicht.«

Das tun sie immer.

»Bist du hier drinnen sicher, Daddy?«, fragt Grace mich leise.

»Das bin ich, Liebes. Mach dir um mich keine Sorgen.«

»Du fehlst uns.«

»Ihr mir auch. Schickt mir weiter Briefe.«

»Ich habe alle Briefe, die du mir geschickt hast, aufbewahrt«, sagt Elise.

»Das ist so lieb von dir.«

Miles umarmt mich als Letzter.

»Hab dich lieb, Kumpel. Mehr als alles auf der Welt.«

»Ich dich auch, Dad. Ich kann es nicht erwarten, dass du nach Hause kommst.«

Ich hoffe, er weiß, dass ich nie mehr zu ihnen nach Hause kommen werde, sondern irgendwo in die Nähe ziehe, wo ich sie immerhin wesentlich öfter sehen kann als jetzt. Zumindest ist das meine Hoffnung.

Die Tür wird geöffnet, und der Wärter teilt den Kindern mit, dass die Besuchszeit vorbei ist.

Sie umarmen mich noch einmal. Die Mädchen haben Tränen in den Augen, aber Miles lässt sich nichts anmerken. Er fasst seine Schwestern an den Händen und führt sie aus dem Raum.

Caroline taucht an der Tür auf. Sie wirkt unsicher.

Ich bin überrascht, sie zu sehen. Es ist das erste Mal.

»Geht es dir gut?«

Ich zucke mit den Schultern. »So gut, wie das unter den Umständen möglich ist.«

Sie nickt.

»Du triffst dich mit Houston?«

Die Frage überrascht sie.

»Die Kinder haben etwas in der Richtung gesagt.«

»Ich … äh … Ja, das tue ich.«

»Er ist ein netter Kerl.«

»Er ist ein sehr netter Kerl.«

»Ich freue mich für dich.«

»Ich … ich sollte gehen.«

»Danke, dass du die Kinder herbringst. Ich lebe für meine Zeit mit ihnen.«

»Es ist ihnen auch wichtig, dich zu sehen. Pass auf dich auf, Ryder.«

»Du auch auf dich.«

Nachdem sie fort ist, bitte ich darum, das Telefon benutzen zu dürfen. Meistens wird die Bitte abgelehnt, aber manchmal, so wie jetzt, klappt es.

Cam

Ich warte, bis der Tee gezogen hat, bevor ich die zierliche Tasse samt Untertasse zu meiner Mutter in den Wintergarten bringe, wo wir uns derzeit am liebsten aufhalten. Ein paar Monate nach dem grauenhaften Tag im Gericht haben wir unsere Häuser verkauft und sind nach Tampa gezogen. Meine Mutter hat ihren eigenen Flügel im Haupthaus. Die Kinder lieben es, dass sie bei uns wohnt, und sie hat sich einigermaßen in ihrem neuen Leben eingerichtet, nachdem sie ihren Mann auf so dramatische Weise verloren hat und danach ihr ältester Sohn ins Gefängnis gekommen ist.

Bridget ist es gelungen, die Anklage gegen Sienna zu einem Vergehen herabzustufen. Sie musste eine Strafe von eintausend Dollar zahlen und hundert Stunden gemeinnützige Arbeit leisten.

Direkt nach Ableistung dieser Stunden sind wir weggezogen.

Ich will ehrlich sein. Nach ihrem Auftritt im Gerichtssaal hatte ich an Scheidung gedacht, doch am Ende habe ich beschlossen, der Kinder wegen bei ihr zu bleiben. Wir arbeiten an unserer Beziehung, und dabei haben wir gute und nicht so gute Tage. Aber wir halten als Familie zusammen in diesem neuen Leben, das wir uns weit entfernt von unserer Heimat aufgebaut haben.

Ich habe mich als Anwalt in Florida lizenzieren lassen und einen Job gefunden, mit dem ich die Rechnungen bezahlen kann. Es ist nicht annähernd so viel, wie ich in Rhode Island verdient habe, doch ich hoffe, dass ich nach einer Weile etwas Besseres finde.

Jeder Tag, der hier vergeht, ohne dass die Vergangenheit uns verfolgt, ist ein Segen. Das wäre zu Hause nicht möglich gewesen, wo alle wussten, was mein Bruder, mein Vater und meine Frau getan haben.

»Wie ist der Tee, Mom?«

»Perfekt. Danke.«

»Gern geschehen.«

Mom leidet seit jenem verhängnisvollen Herbst unter einer Melancholie, aber mit ihren Enkeln zusammen zu sein hilft ihr. Sie liebt es, sie zur Haltestelle des Schulbusses zu begleiten, und uns hilft es, dass sie auf sie aufpasst, wenn wir mal etwas zu zweit unternehmen wollen – was nicht oft vorkommt.

Es ist seltsam, ein so einsames Leben zu führen, nachdem wir bislang immer von Freunden umgeben waren, die wir unser Leben lang gekannt haben. Sollte ich jemals wieder das Glück haben, so eine Gemeinschaft um mich herum zu haben, werde ich es nicht als so selbstverständlich ansehen, wie ich es getan habe, bevor alles wie ein Kartenhaus in sich zusammengefallen ist.

Mein Handy klingelt. Es ist ein Anruf aus dem Gefängnis in Cranston, Rhode Island.

Ich nehme den Anruf an.

»Hey«, sagt Ryder. »Danke, dass du rangegangen bist.«

Nach dem Gerichtstermin habe ich mich bestimmt ein Jahr lang geweigert, mit ihm zu sprechen. Meine Mutter hat mich dann jedoch gebeten, um ihretwillen mit ihm zu reden, also habe ich irgendwann nachgegeben.

»Was ist los? War heute nicht Besuchstag?«

»Ja, die Kinder waren hier. Sie sind gerade eben wieder weg.«

»Wie geht es ihnen?«

»Super. Es erstaunt mich immer wieder, wie gefasst sie es aufnehmen, mich hier besuchen zu müssen.«

»Hoffentlich werden sie sich später nicht mehr so genau an diese Zeit in ihrem Leben erinnern.«

»Sie haben mir gesagt, dass Caroline sich mit Houston trifft.«

»Oh. Wirklich?«

»Ja. Sie haben erzählt, dass er ihnen ihre neue Schaukel aufbaut und Mommys besonderer Freund ist.«

»Oh, das muss für dich schwer zu verkraften gewesen sein.«

»Ich schätze, es war absehbar, dass so etwas irgendwann passiert. Ich hatte nur nicht damit gerechnet, dass es mein Freund sein würde.«

»Ich meine, er war kein wirklich enger Freund, und sie hat ihn auch über dich nicht wirklich gekannt.«

»Trotzdem. Es ist ätzend. Ich weiß, es wäre sehr weit hergeholt gewesen, aber ich hatte irgendwie gehofft, dass wir nach alldem noch eine Chance hätten, als Paar und als Familie …«

»Das wird nicht passieren, Ry. Ob mit oder ohne Houston.«

»Wie gesagt, es war weit hergeholt.«

»Das Wichtigste ist, dass du weiter am Leben deiner Kinder teilhaben kannst.«

»Ich weiß. Wie geht es euch?«

»Gut. Lucy hat heute Abend eine Kunstausstellung, auf die sie sich freut, und Duncan wird zu einem richtig guten Basketballspieler. Die Kleinen werden so schnell groß. Ich schicke dir mal ein paar aktuelle Fotos.«

»Das wäre toll. Sag ihnen, dass ich sie vermisse und lieb habe.«

»Das mach ich. Willst du mit Mom reden?«

»Gern.«

Ich reiche ihr mein Handy und sehe, wie ihr Gesicht aufleuchtet, als sie Ryders Stimme hört. Da ich ihnen ein paar ungestörte Minuten geben will, gehe ich ins Haus zurück und in mein Büro, wo ich mich hinter den Schreibtisch setze und die Fotos von meinen Eltern und meinen Geschwistern anschaue, die aus einer Zeit stammen, als wir alle noch zu Hause gewohnt haben.

Das kommt mir jetzt vor, als wäre es in einem anderen Leben gewesen.

Caroline

Nach unserem wöchentlichen Besuch im Gefängnis fahren wir nach Hause. Nach all dieser Zeit kann ich immer noch nicht glauben, dass ich meine Kinder ins Gefängnis bringen muss, damit sie ihren Vater sehen können. Als wir zu Hause vorfahren, ist Houston im Garten und legt letzte Hand an das neue Klettergerüst aus Holz, das er für die Kinder baut. Das alte Gerüst, das Ryder vor Jahren aufgestellt hatte, war inzwischen halb verrottet und morsch, was eine passende Metapher für mein Leben war.

Die Therapeutin, mit der ich nach Ryders Inhaftierung gearbeitet habe, hat mich ermutigt, die Kinder zu ihm zu fahren, ihn in ihrem Leben zu belassen, weil das nach allem, was passiert war, das Beste für sie sei.

Anfangs bin ich vor der Vorstellung zurückgeschreckt.

Aber sie haben ihn so sehr vermisst, dass ich schließlich entschieden habe, es zu tun.

Und darüber bin ich jetzt froh. Sie sind ausgeglichener, wenn sie ihn sehen können, und das macht es für mich einfacher.

Kurz nachdem Ryder seine Haftstrafe angetreten hat, sind meine

Brüder für ein Wochenende zu Besuch gekommen und haben unseren Keller zu einer Wohnung umgebaut, die ich an eine reizende ältere Dame namens Mrs Dugan vermietet habe. Sie ist wie eine weitere Großmutter für die Kinder und freut sich immer, für mich auf sie aufzupassen. Mit der Miete und den Einnahmen aus meiner kleinen Bäckerei konnte ich das Haus behalten. Für Extras ist kein Geld da, doch wir haben alles, was wir brauchen.

Und ich habe Houston, was für mich und die Kinder in diesem seltsamen neuen Leben, das wir uns eingerichtet haben, der größte Segen ist.

Was als Freundschaft begonnen hat, ist kürzlich zu mehr geworden, und ich könnte nicht glücklicher darüber sein. Er ist während der schlimmsten Zeit meines Lebens für mich da gewesen, und weil ihm klar ist, wie zerbrechlich ich noch lange nach Ryders Inhaftierung war, hat er mich nie bedrängt, sondern ist mir einfach ein guter Freund gewesen.

Er hat sich regelmäßig bei mir gemeldet und ist einmal sogar sofort hergefahren, als ein Waschbär an den Mülltonnen randaliert hat.

Am Ende habe *ich ihn* fragen müssen, ob er mehr will, und sein entschiedenes Ja hat uns aus der Freundeszone an diesen Punkt gebracht, an dem wir jetzt sind, und hier gefällt es mir sehr gut.

Gestern Abend, nachdem die Kinder im Bett waren, haben wir uns auf dem Sofa hinreißen lassen, und es ist ziemlich heiß geworden. Heute hat er mich zum Abendessen zu sich eingeladen, und ich bin mir sehr bewusst, dass wir aufs Ganze gehen werden.

Mrs Dugan passt auf die Kinder auf, und ich werde Sex mit Houston Rafferty haben.

Ich kann es gar nicht erwarten.

Es ist wirklich erstaunlich, dass ich einst dachte, ich hätte den Mann fürs Leben gefunden. Wie unglaublich glücklich ich mit ihm war. Ich habe mein ganzes Leben um ihn herum aufgebaut, und als er nicht mehr da war, bin ich daran beinahe zerbrochen. So was werde ich nie wieder zulassen. Sosehr ich auch glaube, in Houston verliebt zu sein, überstürze ich trotzdem nichts.

Mit meinen Kindern und ihren Gefühlen steht einfach zu viel auf dem Spiel.

Aber während ich zuschaue, wie er sie auf der Schaukel anschubst, dabei über ihre endlosen Fragen lacht und sie dann geduldig beantwortet, weiß ich, dass ich mir bei ihm keine Sorgen machen muss. Er ist so nett und zuverlässig, wie er sexy ist.

Er bemerkt, dass ich ihn beobachte, und lächelt.

Aufregung erfasst mich.

Houston lässt die Kinder allein weiterspielen und kommt zu mir. »Hi.«

»Hi. Das sieht super aus. Danke noch mal, dass du die Mühe auf dich genommen hast.«

»Ich habe jede Minute davon geliebt.«

»Auch als du nach der Hälfte noch mal ganz von vorn anfangen musstest?«

»Ja, auch da.«

»Lügner.« Ich versetze ihm einen spielerischen Stoß, und er lacht.

»Wie ist es heute gelaufen?«

»Wie üblich.«

»Wie geht es dir?«

»Auch wie üblich«, antworte ich lächelnd.

Er zieht mich in seine Arme, wodurch sofort alles besser wird. Seine Umarmungen sind inzwischen lebenswichtig für mich. »Wie schnell können wir uns davonstehlen?«

»Ich brauche eine Stunde, um sie abzufüttern, dann gehöre ich ganz dir.«

»Ich kann es nicht erwarten.«

»Ich auch nicht.«

Denise

Wie können meine beiden Babys schon drei Jahre alt sein? Das frage ich mich seit Wochen, während ich ihre Geburtstagsparty vorbereite.

Sie kommen zusammen auf mich zugelaufen – immer zusammen

–, blond, mit rosigen Wangen und voller Unfug. Ich liebe sie wie verrückt.

Ich beuge mich vor, um sie zu umarmen. »Wer freut sich auf die Party?«

»Wir!«

»Sie sind außer sich vor Vorfreude«, sagt mein Dad, der in diesem Moment aus dem Flur, an dem die Kinderzimmer liegen, ins Wohnzimmer tritt.

Wir sind wieder zurück in Fairfax County, in der Nähe vieler Menschen, mit denen Kane und ich zur Schule gegangen sind. Zu der Party sind mehr als fünfzig Kinder eingeladen, was verrückt ist, doch wir konnten einfach niemanden außen vor lassen.

Kane hat auf meine Bitte hin die Torte abgeholt und hat sie in den Händen, als er aus der Garage ins Haus tritt.

»Zeig sie uns!«, ruft Hudson und rennt zu seinem Vater, wobei er ihm beinahe an die Knie stößt.

Hayes folgt ihm auf den Fersen, um die Feuerwehrauto-Torte zu sehen, die ich vor drei Monaten bestellt habe.

Ich bin gerade noch rechtzeitig da, um das kostbare Stück zu retten.

Kane gibt mir lachend einen Kuss. »Nur ein weiterer Tag im Irrenhaus.«

»Der heutige Tag wird allerdings besonders lang werden.«

»Fünfzig Kinder, hast du gesagt?«

Ich zucke hilflos mit den Schultern.

»Ich brauche einen Drink.«

Mein Dad tritt hinter mich und drückt meine Schultern. »Du bist unglaublich, Dee.«

»Wie meinst du das?«

»Du lässt alles, was du machst, so leicht wirken.«

»Ah, danke, Dad. Ich bin so froh, dass du und Anita für die Party kommen konntet.«

»Die hätten wir um nichts auf der Welt verpasst.« Er dreht mich zu sich um. »Du sollst wissen, wie stolz ich auf dich und Kane und meine wundervollen Enkelkinder bin. Du hast überlebt, Dee. Und du bist aufgeblüht.«

»Ich hatte viel Hilfe.«

»Und jetzt gibst du das weiter, indem du anderen jungen Frauen hilfst, die das Gleiche wie du erleben mussten.«

»Es ist eine sehr lohnende Arbeit.«

»Noch ein Grund mehr, warum ich so stolz bin.«

Ein Jahr lang habe ich Abend- und Wochenendkurse besucht, um mich ausbilden zu lassen, damit ich mit den Mädchen im Krisenzentrum für Vergewaltigungsopfer arbeiten kann. Anfangs hatten Kane und Dad Sorge, dass es zu viel für mich sein könnte. Und manchmal ist es das auch. Aber oh, wie sehr wünschte ich mir, mir hätten diese Ressourcen zur Verfügung gestanden, die wir den jungen Mädchen in Krisensituationen bieten können. Das hätte für mich einen großen Unterschied gemacht, und deshalb weiß ich, dass es das auch in ihrem Leben tut.

Charlotte und Levi kommen von draußen herein, um mir zu sagen, dass sie alle Ballons im Garten aufgehängt haben.

Es klingelt an der Tür.

Kane reibt sich die Hände. »Möge der Wahnsinn beginnen.«

Blaise

»Noch einmal pressen, Blaise. Du schaffst das.«

Ich schaffe das nicht. Überhaupt nicht. Ich drehe durch vor Schmerzen, von dem Druck, der Erschöpfung. Und vor Hunger.

»Ich bin so stolz auf dich, Babe«, sagt Jack und wischt mir mit einem kühlen Lappen den Schweiß von der Stirn. Das ist das beste Gefühl, das ich je erlebt habe.

»Gleich haben wir es geschafft!«, erklärt die forsche Hebamme. Selbst ihr Name – Poppy – klingt forsch.

Am liebsten würde ich die Forschheit aus ihr herausprügeln.

Jack stützt mich an den Schultern, während ich noch einmal so fest presse, dass es endlich ein Ergebnis erzielt – beinahe vierundzwanzig Stunden nachdem zu Hause meine Fruchtblase geplatzt ist.

»Dein wunderschönes Mädchen ist da!«, verkündet Poppy.

Erst als Jack sie mir abwischt, wird mir bewusst, dass mir Tränen über die Wangen strömen.

»Du hast es geschafft, Red. Sie ist umwerfend.«

Sie bringen sie mir, eingewickelt in eine weiche, weiße Decke, und ein Blick auf ihre feinen Gesichtszüge verrät mir, dass er recht hat. Sie ist das Schönste, was ich je gesehen habe.

»Oh, wow, schau sie dir an.« Er blinzelt sich seine eigenen Tränen weg. »Sie so bezaubernd wie ihre Mutter.«

»Das musst du sagen. Immerhin hast du das Ganze verursacht.«

»Ja, das habe ich.« Er plustert sich so auf, wie er es die ganze Zeit schon tut, seitdem wir wissen, dass ich schwanger bin. »Und PS: Es entspricht der Wahrheit. Sie gleicht dir aufs Haar.«

Das kann ich nicht beurteilen, aber mir fehlt die Kraft dafür, das mit ihm auszudiskutieren. Ich will einfach nur das Baby anstarren, von dem ich einst dachte, ich würde es nie kriegen. Damals, als mein Leben das reinste Chaos war. Das habe ich im Rückblick erkannt. Die gesamten vierzehn Jahre lang, in denen ich das Geheimnis mit mir herumgeschleppt habe, war mein Leben furchtbar.

In der Minute, in der ich Houston erzählt habe, was ich gesehen hatte, war es, als würde mein Leben erst richtig beginnen.

Und Jack Olsen ist der Mittelpunkt dieses neuen Lebens.

Wir haben vor einem Jahr mit einer kleinen, informellen Zeremonie zu Hause geheiratet. Meine gesamte Familie war da, dazu ein paar Freunde wie Houston Rafferty und Caroline Elliott. Als sie ihre Beziehung öffentlich gemacht haben, war ich erst geschockt und unsicher in ihrer Gegenwart, doch sie ist reizend. Und sie trägt mir die Rolle, die ich beim Untergang ihrer Ehe gespielt habe, nicht nach, was ich bemerkenswert finde.

Mit ihrer Herzlichkeit und Gefasstheit ist sie ein Vorbild für uns alle, und ich bewundere sie dafür, wie sie ihr Leben in die Hand genommen hat.

Allen Erwartungen zum Trotz ist auch Denise Messner Textnachricht für Textnachricht zu einer engen Freundin geworden. Sie ist einer der vielen Menschen, die darauf warten, von der Geburt unserer Tochter zu hören.

Das Leben ist so seltsam und schrecklich und einfach wundervoll.

Dank Jack habe ich außerdem einen komplett neuen Karriereweg eingeschlagen. Ich manage ihn und zwei seiner Studienkollegen. Die Arbeit ist lustig, interessant und herausfordernd, und dass ich den Großteil eines jeden Tages mit ihm verbringen kann, ist dabei das Beste von allem.

»Wie heißt sie?«, fragt Poppy.

»Diana Elizabeth Olsen«, antworte ich. »Zu Ehren von Jacks Mutter und meiner Großmutter.«

»Das ist ein wunderschöner Name für ein wunderschönes Mädchen.«

»Hallo, Diana die Zweite«, flüstert Jack mit Tränen in den Augen.

Er war überwältigt, als ich ihm gesagt habe, dass ich sie nach seiner Mutter benennen möchte.

»Ich danke dir so sehr für sie, Red«, erklärt er, bevor er erst mich und dann das Baby küsst.

Ich bin weiterhin erstaunt darüber, auf wie viele Arten die Wahrheit mich befreit hat. Aber nichts ist unglaublicher als die Liebe dieses Mannes und das Leben, das wir uns gemeinsam aufgebaut haben.

Er und Diana sind die Hölle und all den Herzschmerz wert, die ich durchstehen musste, um zu ihnen zu kommen.

Niemals werde ich sie als selbstverständlich betrachten.

Wenn du oder jemand, den du kennst, sexuell missbraucht wurde, kannst du dich jederzeit an Organisationen wie »Gewalt gegen Frauen« des Bundesamtes für Familie wenden. Ihr Hilfetelefon ist unter der Nummer 116 016 rund um die Uhr an 365 Tagen im Jahr kostenlos erreichbar.

ANMERKUNGEN DER AUTORIN

Puh! Ich habe keine Ahnung, woher diese Geschichte gekommen ist, aber sobald sich die Idee einmal in meinem Kopf festgesetzt hatte, war ich wie besessen davon, sie niederzuschreiben. Ich bin in einer Kleinstadt aufgewachsen und lebe jetzt in einer. Hier kennt jeder jeden. Die Verbindungen reichen lange zurück. Nicht nur die Kinder kennen einander ihr ganzes Leben lang, sondern die Eltern oft auch. Selbst die Großeltern sind befreundet oder zumindest miteinander bekannt. Ich wollte Blaise in eine Situation bringen, in der sie das Gefühl hat, keine andere Wahl zu haben, als den Mund zu halten über das, was sie mit angesehen hat. Und dann wollte ich, dass sie *leidet*. Der Rest hat sich von da aus ergeben und hatte mich beim Schreiben jede Sekunde im Würgegriff.

Ich will anmerken, dass Hope, Monroe und Land's End fiktive Orte in Rhode Island sind, die die Einheimischen als Portsmouth, Tiverton und Little Compton wiedererkennen könnten. Ich möchte nachdrücklich darauf verweisen, dass die Beschreibungen der Städte zwar realistisch sind, die Abgründe, die in diesem Buch dargestellt werden, aber rein meiner Fantasie entsprungen sind. Deshalb habe ich ihnen auch neue Namen verpasst. Meine Kinder hatten eine wundervolle Zeit in Portsmouth, und wir sind in unserer jetzigen Kleinstadt unendlich dankbar für die wunderbare Gemeinschaft aus Freunden, die wie Familie für uns sind – und die meisten kennen einander schon ihr Leben lang!

Ich war hin- und hergerissen, ob ich Ryders Sicht in diese Geschichte mit aufnehmen sollte oder nicht, fand dann jedoch, dass, wie sein Leben aufgrund seiner Tat in sich zusammenbricht, am besten von seiner Perspektive aus mitzuverfolgen ist. Es hat mich zutiefst fasziniert, zu erforschen, wie innerhalb von wenigen grauenhaften Minuten ein vielversprechendes Leben zerstört und eine Familie für immer verändert werden kann.

Außerdem war ich sehr an Denises Geschichte interessiert und daran, wie sie sich ihr Leben mithilfe ihres hingebungsvollen Freundes und ihres liebevollen Vaters zurückerobert. Aber noch mehr habe ich es genossen, zuzusehen, wie sie im Laufe der Geschichte ihre eigene Macht und innere Stärke entwickelt. Als ich »Ich werde ihr Untergang sein« getippt habe, habe ich am ganzen Körper gezittert.

Ich rechne damit, dass es einige Kontroversen darüber geben wird, ob Blaise ein sympathischer Charakter ist oder nicht. Ich hoffe, am Ende erntet sie mehr Mitgefühl als Abscheu – schließlich war sie ein Teenager, der in einen Tsunami geraten ist, der sie beinahe in die Tiefe gezogen hätte. Wie schon in vergangenen Büchern habe ich es genossen, über den »Graubereich« zu schreiben, der zwischen Richtig und Falsch existiert, und darüber, dass wir oft nicht mit Sicherheit sagen können, wie wir uns in einer gewissen Situation verhalten würden, bis wir uns darin befinden. In dem Moment vermischen sich das Weiß und Schwarz von Richtig und Falsch zu Grau – und genau dort findet der Großteil des Lebens statt. Ich liebe diese Art von Dilemma. Also, in der Fiktion, im echten Leben eher nicht!

Wenn ich und meine Romane neu für Sie sind, dann: Willkommen zur Party! »In the Air Tonight – Im Dunkel der Nacht« ist mein 105. Buch! Eine Liste der anderen findet sich unter *marieforce.com/deutsche*. Die meisten meiner Bücher sind bei Kindle Unlimited erhältlich, die Auflistung ist unter *marieforce.com/deutsche* abgelegt. Wenn jemand etwas mit einem ähnlichen Vibe wie dieses Buch sucht, dann wäre »First Love – Dieses Mal für immer« einen Versuch wert – ein Einzeltitel – oder die Fatal- und First-Family-Serie. Wenn Sie sich unter *marieforce.com/connect* in meine Mailingliste eintragen, bleiben Sie immer auf dem Laufenden. Sie finden mich auch unter @marieforceauthor auf TikTok, Instagram und Threads. Und bei Facebook können Sie unter *facebook.com/MarieForceAuthor* meine Seite liken.

Außerdem lade ich Sie herzlich ein, meiner Lesergruppe für »In the Air Tonight – Im Dunkel der Nacht« beizutreten: *www.facebook.com/groups/intheairtonightreaders/* – natürlich erst, *nachdem* Sie das Buch gelesen haben. Dort können Sie alle Drehungen und Wendungen mit anderen Leserinnen und Lesern diskutieren. Aber Achtung: In dieser Gruppe sind Spoiler ausdrücklich erlaubt.

Ein besonderer Dank geht an Liz Berry, MJ Rose und Jillian Greenfield Stein bei Blue Box für all ihre Unterstützung und ihren Enthusiasmus für »In the Air Tonight – Im Dunkel der Nacht«. Ich freue mich so, mit euch Wonder Women zusammen das Buch an die Leserinnen und Leser zu bringen! Danke auch dem Team bei Simon & Schuster für das Platzieren der Taschenbücher im Handel.

Ein großer Dank gilt außerdem Captain Russell Hayes (i. R.) von der Polizei in Newport, Rhode Island, für seine Hilfe mit den Einzelheiten bezüglich der Strafverfolgung und der Gerichtsabläufe in Rhode Island. Russ' Ratschläge waren mitentscheidend dafür, wie die Kette der Ereignisse sich entfaltet, nachdem Blaise nach Hause zurückkehrt, um ein Verbrechen zu melden, das vierzehn Jahre zuvor stattgefunden hat. Die Hausärztin Dr. Sarah Hewitt hat mir genau beschrieben, wie Denises Termin in der Praxis ablaufen würde, und sie hat all meine medizinischen und die Schwangerschaft betreffenden Fragen geduldig beantwortet.

Wie immer bedanke ich mich auch bei dem Team, das mich jeden Tag unterstützt: Julie Cupp, Lisa Cafferty, Jean Mello, Nikki Haley, Ashley Lopes und Rachel Spencer, sowie bei meinen Beta-Leserinnen Anne Woodall, Kara Conrad, Tracey Suppo und Gwen Neff. Dank auch meiner langjährigen Freundin Sarah Mayberry, einer fantastischen Autorin, für ihr aufschlussreiches Feedback.

All meine Liebe für Dan, Emily und Jake, die mein Leben mit Lachen und Unsinn anfüllen, sowie für meine Fellnasen Sam Sullivan und Louie, die gemeinsam mit meinem »Enkelhund« Tommy zu meinen konstanten Gefährten zählen.

Und zum Schluss noch ein Dank an meine Leserinnen und Leser, die mich überall dahin begleiten, wohin meine verrückte Muse mich führt. Ich danke Ihnen dafür, dass Sie es mir ermöglichen, den Beruf meiner Träume auszuüben. Ich liebe Sie alle so sehr!

XOXO
Marie

Wild Widows

Someone like you – Neues Glück mit dir, Band 1

Someone to hold – Nur mit deiner Liebe, Band 2

Someone to love – Du mein Ein und Alles, Band 3

Die Fatal Serie

One Night With You – Wie alles begann (Fatal Serie Novelle)

Fatal Affair – Nur mit dir (Fatal Serie 1)

Fatal Justice – Wenn du mich liebst (Fatal Serie 2)

Fatal Consequences – Halt mich fest (Fatal Serie 3)

Fatal Destiny – Die Liebe in uns (Fatal Serie 3.5)

Fatal Flaw – Für immer die Deine (Fatal Serie 4)

Fatal Deception – Verlasse mich nicht (Fatal Serie 5)

Fatal Mistake – Dein und mein Herz (Fatal Serie 6)

Fatal Jeopardy – Lass mich nicht los (Fatal Serie 7)

Fatal Scandal – Du an meiner Seite (Fatal Serie 8)

Fatal Frenzy – Liebe mich jetzt (Fatal Serie 9)

Fatal Identity – Nichts kann uns trennen (Fatal Serie 10)

Fatal Threat – Ich glaub an dich (Fatal Serie 11)

Fatal Chaos – Allein unsere Liebe (Fatal Series 12)

Fatal Invasion – Wir gehören zusammen (Fatal Serie 13)

Fatal Reckoning – Solange wir uns lieben (Fatal Seric 14)

Fatal Accusation – Mein Glück bist du (Fatal Serie 15)

Fatal Fraud – Nur in deinen Armen (Fatal Serie 16)

Fatal Serie Bände 1-6

Fatal Serie Bände 7-11

First Family

State of Affairs – Liebe in Gefahr, Band 1

State of Grace – Für alle Ewigkeit, Band 2

State of the Union – Du und ich gemeinsam, Band 3

State of Shock - Meine Liebe, mein Leben, Band 4

State of Denial – Riskantes Spiel mit dir, Band 5

State of Bliss – Unser Traum von Liebe, Band 6

State of Suspense – Zwei Seelen, ein Herz, Band 7

Miami Nights

Bis du mich küsst

Bis du mich berührst

Bis du mich liebst

Bis du mich verzauberst

Bis du mit mir träumst

Die McCarthys

Liebe auf Gansett Island (Die McCarthys 1)

Mac & Maddie

Sehnsucht auf Gansett Island (Die McCarthys 2)

Joe & Janey

Hoffnung auf Gansett Island (Die McCarthys 3)

Luke & Sydney

Glück auf Gansett Island (Die McCarthys 4)

Grant & Stephanie

Träume auf Gansett Island (Die McCarthys 5)

Evan & Grace

Küsse auf Gansett Island (Die McCarthys 6)

Owen & Laura

Ganz nah bei dir (Green-Mountain-Serie 13)

Meine Liebe für dich (Green-Mountain-Serie 14)

Eine Ewigkeit für uns (Green-Mountain-Serie 15)

Die Neuengland-Reihe

Vergiss die Liebe nicht (Neuengland-Reihe 1)

Wohin das Herz mich führt (Neuengland-Reihe 2)

Wenn das Glück uns findet (Neuengland-Reihe 3)

Und wenn es Liebe ist (Neuengland-Reihe 4)

Für immer und ewig du (Neuengland-Reihe 5)

Die Quantum Serie

Tugendhaft (Quantum-Serie 1)

Furchtlos (Quantum-Serie 2)

Vereint (Quantum-Serie 3)

Befreit (Quantum-Serie 4)

Verlockend (Quantum-Serie 5)

Überwältigend (Quantum-Serie 6)

Unfassbar (Quantum-Serie 7)

Berühmt (Quantum-Serie 8)

Andere Bücher

In the Air Tonight – Im Dunkel der Nacht

Sex Machine – Blake und Honey

Sex God – Garrett und Lauren

Five Years Gone – Ein Traum von Liebe

One Year Home – Ein Traum von Glück

Mein Herz für dich

Nicht nur für eine Nacht

Take-off ins Glück

The Fall – Du und keine andere

Über die Autorin

Marie Force ist die *New-York-Times*-Bestsellerautorin von mehr als einhundert Romanen. Weltweit hat sie über 13 Millionen Exemplare ihrer Bücher verkauft, die in mehr als ein Dutzend Sprachen übersetzt wurden und mehr als 30-mal auf der *New-York-Times*-Bestsellerliste erschienen sind. Sie ist außerdem eine *USA-Today-* und *Wall-Street-Journal*-Bestsellerautorin und hat es in Deutschland sogar auf die Bestsellerliste des *Spiegel* geschafft.

Ihre Ziele im Leben sind sehr einfach: so viel Zeit wie möglich mit ihren inzwischen erwachsenen Kindern zu verbringen, Bücher zu schreiben, solange es nur irgend geht, und niemals in einem Flugzeug zu sitzen, das es in die Schlagzeilen schafft.

Bleiben Sie in Kontakt!

Schreiben Sie sich für meinen Newsletter ein unter: marieforce.com/subscribe

E-Mail: *marie@marieforce.com*

Social Media:

Facebook: *facebook.com/MarieForceDeutschland*

Instagram: *instagram.com/marieforcegermany/*

TikTok: *tiktok.com/@marieforceauthor*

Threads: *threads.net/@marieforceauthor?hl=en*

Mehr über Marie Force findet sich unter: *marieforce.com*

Tragen Sie sich für den Newsletter von *Blue Box Press/1001 Dark Nights* ein, und erhalten Sie die Chance, eine Tiffany-Kette in Form eines Herzschlosses zu gewinnen.

Jedes Vierteljahr gibt es ein neues Gewinnspiel!

Einfach hier registrieren *1001darknights.com/key/?utm_source=ebook&utm_medium=August&utm_campaign=DGrant*

Als Bonus können sich alle neuen Abonnenten *fünf kostenlose* exklusive E-Books herunterladen.

www.ingramcontent.com/pod-product-compliance
Lightning Source LLC
Chambersburg PA
CBHW021227190726
48289CB00005B/1200